KB107647

백
야
행

BYAKUYAKO by Keigo Higashino

Copyright ⓒ 1999 Keigo Higashino

All rights reserved.

First published in Japan in 1999 by SHUEISHA Inc., Tokyo.

Korean translation rights in Korea arranged by SHUEISHA Inc., Tokyo

in care of Tuttle-Mori Agency, Inc., Tokyo through EntersKorea Co., Ltd., Seoul.

백야행 2

초판 1쇄 펴낸 날 2016년 4월 6일 **10쇄** 펴낸 날 2024년 7월 20일
지은이 히가시노 게이고 **옮긴이** 김난주 **펴낸이** 박설림 **펴낸곳** 도서출판 재인 **디자인** 오필민디자인
등록 2003. 7. 2 제300-2003-119 **주소** 서울시 강남구 도곡동 467-6 대림아크로텔 1812호
전화 02-571-6858 **팩스** 02-571-6857

ISBN 978-89-90982-62-9 03830 Copyright ⓒ 재인, 2016 Printed in Korea.

책값은 뒤표지에 표시되어 있습니다. 잘못된 책은 바꿔 드립니다.

백야행

하얀 어둠 속을 걷다

2

히가시노 게이고

김난주 옮김

재인

차례

9장　　　7

10장　　79

11장　　169

12장　　241

13장　　369

9
장

1

　도자이 전장 주식회사 도쿄 본사에서는 대부분의 부서가 월요일 아침에 미팅을 한다. 그 자리에서는 각 부서장으로부터 회의에서 결정된 사항을 전달받거나 업무에 관한 대략의 지시가 내려지기도 한다.

　4월 중순의 월요일. 특허 라이선스부 특허 1과장인 나가사카의 브리핑은 급기야 며칠 전 개통된 세토 대교까지 언급하고 있었다. 지난달에 준공된 세이칸 터널도 화제에 올리면서 앞으로 이 나라가 한층 좁아지고 더욱 발전된 자동차 사회로 나아감에 따라 경쟁도 한층 치열해질 것이므로 마음을 단단히 먹어야 한다는 얘기로 끝을 맺었다. 필시 지난주 회의에서 누군가 했던 발언을 그대로 옮기는 것일 터였다.

　미팅이 끝나자 부하 직원들은 자신의 자리로 돌아가 각자 맡은 일을 시작했다. 전화를 거는 사람, 서류를 꺼내는 사람이 있는가 하면 급히 밖으로 나가는 사람도 있다. 이것이 이 부서의 평균적인 월요일 풍경이다.

다카미야 마코토 역시 평소처럼 업무에 시동을 걸고, 금요일에 하다 만 특허 출원 절차를 매듭짓는 작업에 들어갔다. 머리를 워밍업 하기 위해 그리 급하지 않은 일은 조금씩 다음 주로 넘기는 것이 그의 업무 방식이었다.

그런데 그 일이 끝나기 전에 "E반 좀 모여 보지."라는 소리가 들렸다. 목소리의 주인공은 지난해 말 계장으로 승진한 나리타였다.

E반이란 전기, 전자, 컴퓨터 관계 특허를 취급하는 팀의 명칭이다. 그러니까 E는 일렉트로닉스의 머리글자인 것이다. 계장 이하 다섯 명의 스태프로 구성된 팀이다.

다들 나리타의 책상을 빙 둘러싸듯이 모여 앉았다.

"중요한 얘기니까 잘 듣도록."

나리타가 다소 굳은 표정으로 말을 꺼냈다.

"생산 기술 엑스퍼트 시스템에 관한 얘기야. 그게 뭔지는 다들 알고 있겠지?"

마코토를 비롯한 세 사람이 고개를 끄덕였다. 작년에 입사한 야마노만 "잘 모르겠는데요."라며 겸연쩍은 표정을 지었다.

"엑스퍼트 시스템이 뭔지는 알아?"

"아니요, 들어 본 적은 있지만……."

"그럼 AI는?"

"그건…… 인공 지능을 말하는 거 아닌가요?"

야마노가 자신 없는 태도로 되물었다.

최근에 급격하게 발달한 컴퓨터 분야에서는 컴퓨터의 기능을 좀 더 인간의 두뇌에 가깝게 만들려는 움직임이 활발해지고 있다. 예를 들어, 인간은 타인과 스쳐 지나갈 때 상대와의 거리를 측정하며 걷지 않는다. 그때까지의 경험과 직감 등을 통해 걷는 속도와 방향을 '적당히' 조절할 뿐이다. 그처럼 유연성 있는 사고력과 판단력을 갖춘 컴퓨터 시스템이 바로 인공 지능이다.

"엑스퍼트 시스템은 인공 지능의 용도 중 하나로, 전문가를 대신하게 하려는 것이지. 소위 전문가라든가 엑스퍼트라고 불리는 사람들은 단순히 지식만 풍부한 것이 아니라 각자의 분야에서 다양한 노하우를 가졌잖아. 그것을 하나의 시스템으로 구축해서 초보자라도 그 시스템만 있으면 전문가처럼 판단할 수 있도록 만든 것이 엑스퍼트 시스템이야. 현 단계에서 실용화된 것은 의료 엑스퍼트 시스템과 경영 진단 엑스퍼트 시스템 같은 것이 있지."

나리타는 거기까지 설명하고 나서 "이해하겠어?"라고 야마노에게 물었다.

어느 정도는요, 라고 야마노가 대답했다.

"우리 회사도 2, 3년 전부터 그 시스템에 주목해 왔어. 그 이유는, 우리 회사는 급성장한 탓에 베테랑 사원과 젊은 사원의 나이 차가 크잖아. 그러니 베테랑 사원이 정년이 된다든지 하면 진정한 의미의 엑스퍼트가 없어지는 셈이지. 그런데 특히 금속 가공이라든가 열처리, 화학 처리 같은 생산 기술 분야는 장인적인 지식과 노하우가 요구되기 때문에 베테랑이 없어지면 곤란하단 말이야. 그래서 그런 사태가 벌어지기 전에 엑스퍼트 시스템을 구축해서 젊은 기술자들이 대응할 수 있도록 하자는 것이었지."

"그게 생산 기술 엑스퍼트 시스템인가요?"

"그래. 생산 기술부와 시스템 개발부가 공동으로 개발했어. 이미 워크스테이션에 도입돼서 이용이 가능할 텐데……."

그러면서 나리타는 다른 세 사람을 둘러봤다.

"그럴 겁니다. 기술 정보 검색용 패스워드를 갖고 있어야 한다는 조건이 있지만요."

마코토가 대답했다.

기술 정보에는 대외비인 내용이 많기 때문에 사원이라도 패스워드를 취득하려면 따로 신청해야 한다. 마코토를 비롯한 특허 부원들은 모두 특허 정보를 검색할 필요성이 있기 때문에 이미 전원이 취득한 상태였다.

"그럼 설명은 여기까지 하고,"

나리타는 자세를 고쳐 앉으며 목소리를 낮췄다.

"지금까지 한 얘기는 우리 부서와는 크게 상관이 없어. 아니, 거의 무관하지. 생산 기술 엑스퍼트 시스템은 사내에서만 사용한다는 걸 전제로 하는 이상 특허와는 기본적으로 무관하니까 말이야."

"무슨 일이 있습니까?"

다른 사원이 물었다. 나리타가 고개를 살짝 끄덕였다.

"방금 시스템 개발부 사람이 찾아왔어. 그 사람 얘기가, 현재 몇몇 중견 회사 사이에 어떤 컴퓨터 소프트웨어가 나돌고 있다는 거야. 그런데 그 소프트웨어가 곧 금속 가공 엑스퍼트 시스템이라고 해도 좋을 물건이라는 거야."

그의 말에 부하 직원들이 서로 얼굴을 마주 보았다.

"그 소프트웨어에 무슨 문제라도 있습니까?"

마코토가 물었다. 나리타가 몸을 앞으로 조금 기울였다.

"우연히 그걸 입수하게 됐는데, 시스템 개발부와 생산 기술부에서 내용을 검토한 결과, 우리 회사 생산 기술 엑스퍼트 시스템의 금속 가공에 관련된 부분과 데이터가 아주 흡사하다는 거야."

"그럼 우리 프로그램이 외부로 유출됐다는 건가요?"

마코토보다 한 살 위인 선배가 물었다.

"아직 단언할 수는 없지만, 가능성은 부정할 수 없겠지."

"그 소프트웨어의 출처는 안 밝혀졌습니까?"

이번에는 마코토가 물었다.

"아니, 밝혀졌어. 도내에 있는 소프트웨어 개발 회사인데, 거기서 선전용으로 뿌린 모양이야."

"선전용이라고요?"

"그 소프트웨어는 말하자면 맛보기용 정도의 물건이야. 극히 한정된 정보밖에 들어 있지 않지. 사용해 보고 마음에 들면 정식 금속 가공 엑스퍼트 시스템을 사라는 거야."

그렇군요, 하고 마코토는 납득했다. 말하자면 화장품 샘플 같은 것이겠지.

"문제는 그게 만일 우리 회사의 생산 기술 엑스퍼트 시스템의 내용이 외부로 흘러간 것이라면, 그 사실을 어떻게 증명하느냐 하는 거야. 더 나아가, 증명한다 해도 과연 법적인 수단을 동원해 제조와 판매를 중지시킬 수 있느냐 하는 거지."

"그러니까 그걸 우리가 조사해야 한다는 거군요."

마코토의 말에 나리타가 고개를 끄덕였다.

"컴퓨터 프로그램이 저작권 보호 대상에 포함된다는 것은 이미 판례가 나와 있어. 하지만 프로그램이 도용되었다는 걸 증명하는 건 그리 간단하지 않거든. 소설의 표절과 마찬가지야. 얼마만큼 유사해야 범죄인지, 선을 긋기가 어려워. 하지만 어떻게든 해 보자고."

"그런데 말이죠,"

야마노가 입을 열었다.

"만일 우리 회사 엑스퍼트 시스템의 내용이 유출된 거라면 어쩌다 그런 일이 생겼을까요? 기술 정보는 모두 엄격하게 관리되고 있는데 말이죠."

그러자 나리타가 한쪽 입술을 일그러뜨리며 쓴웃음을 지었다.

"재미난 얘기 하나 해 줄까. 어느 회사가 신형 터보차저를 극비리에 개발했을 때 일이야. 부품 하나하나를 만들어서 겨우 시작품 제1호가 완성됐지. 그 두 시간 후……,"

나리타가 야마노 가까이로 얼굴을 들이댔다.

"경쟁사 터보 엔진 개발 담당 과장의 책상 위에 완전히 똑같은 터보차저가 놓여 있었어."

네? 하고 야마노가 어리둥절한 표정을 지었다. 그러자 나리타가 히죽거리며 "그게 바로 개발 경쟁이라는 거야."라고 말했다.

"어떻게 그런……."

여전히 이해가 가지 않는다는 얼굴을 하고 있는 후배를 보며 마코토 역시 씁쓸하게 웃었다. 일찍이 자신도 똑같은 얘기를 들은 경험이 있었기 때문이다.

이날 마코토가 세이조에 있는 집으로 돌아온 시각은 저녁 8시가 조금 지나서였다. 예의 엑스퍼트 시스템에 관한 조사가 시작된 탓에 벌써부터 야근을 해야 했던 것이다.

그러나 자기 집 현관문을 열었을 때 그는 일을 좀 더 하고 와도 좋았을걸 하고 후회했다. 실내가 깜깜했기 때문이다.

그는 현관, 복도, 거실의 전등 스위치를 차례대로 눌렀다. 4월이라고는 하지만 하루 종일 불기운이 없었던 바닥의 싸늘함은 슬리퍼를 신었음에도 충분히 전해졌다.

마코토는 윗도리를 벗고 소파에 앉아 넥타이를 풀어 헤쳤다. 그리고 테이블 위에 있는 텔레비전 리모컨을 집어 버튼을 눌렀다. 몇 초 후, 32인치 대형 화면에 찌부러진 열차 차량이 비쳤다. 이미 몇 번이나 본 영상이다. 지난달 중국 상하이 교외에서 발생한 열차 정면충돌 사고 장면이었다. 이어서 영상은 그 후의 경과를 전했다. 사고를 당한 열차에는 사립 고치 학예 고등학교 수학여행단 193명이 타고 있었고, 그중 인솔 교사 한 명과 학생 26명이 사망했다.

희생자의 보상 문제를 둘러싸고 일본과 중국 사이에 교섭이 계속되고 있으나 여전히 난항을 겪고 있다는 내용을 리포터는 전했다.

마코토는 야구 중계를 보려고 채널을 돌렸다가 오늘이 월요일이라는 걸 깨닫고 텔레비전을 아예 꺼 버렸다. 그러자 텔레비전을 켜기 전보다 정적이 한층 깊어진 느낌이 들었다. 그는 벽시계를 올려다보았다. 결혼 축하 선물로 받은 꽃무늬 글자판 시계는 8시 20분을 가리키고 있었다.

마코토는 소파에서 일어나 와이셔츠 단추를 풀면서 부엌 쪽을 들여다보았다. 시스템키친은 깔끔하게 정리돼 있었다. 싱크대 속에는 씻지 않은 그릇 하나 없고, 사용하기 좋게 배열된 조리 기구들은 모두 새것처럼 빛났다.

그러나 마코토가 알고 싶은 것은 부엌 청소가 빈틈없이 잘 돼 있느냐 하는 게 아니라 아내가 저녁을 어떻게 할 작정인가 하는 것이었다. 외출 전에 저녁 준비를 끝낸 건지, 아니면 돌아와서 시작할 건지 알고 싶었다. 부엌의 상태로 보아 오늘 저녁은 후자 같았다.

그는 다시 시계를 보았다. 긴바늘이 조금 전 봤을 때로부터 2분 정도밖에 옮겨 가 있지 않았다.

그는 거실 장식장 서랍에서 볼펜을 꺼내 벽에 붙은 달력의 오늘 날짜에 커다랗게 ×표를 했다. 자신이 먼저 들어온 날을 표시하는 것이다. 이번 달 들어 표시를 시작했지만, 그 의미를 아내에게는 말하지 않았다. 적당한 기회가 오면 말할 생각이다. 악의적인 행위라는 자각은 있지만 어떤 형태로든 지금의 상황을 객관적으로 기록해 둘 필요가 있다고 그는 생각하고 있다.

× 표시는 이미 열 개를 넘어섰다. 아직 이달이 반밖에 지나지 않았는데도 말이다.

아내가 일하겠다고 했을 때 허락한 것이 역시 잘못이었나. 마코토는 벌써 몇 번째인지 모를 후회를 한다. 하지만 동시에 그런 식으로 생각하는 자신에 대해 도량이 좁은 남자라는 자기혐오도 느낀다.

유키호와 결혼한 지 2년 반이 지났다.

그녀는 마코토가 생각한 대로 아내로서 완벽한 여자였다. 무엇을 하든 솜씨가 나무랄 데 없었다. 특히 요리 솜씨는 감탄스러울 정도로 훌륭했다. 프렌치든 이탤리언이든 일본 음식이든 프로 요리사 못지않게 차려 내곤 했다.

"이런 말은 정말 하기 싫지만, 넌 금세기 최고로 운 좋은 남자야. 저런 미인을 신부로 맞은 것만으로도 만족해야 할 판에 요리 솜씨까지 훌륭하니 말이야. 너랑 같은 세상에 살고 있다고 생각하면 정말이지 나 자신이 싫어진다."

결혼 후 이 집에 초대받은 친구들 중 한 명은 그렇게 말하기도 했다. 다른 친구들 역시 동감이라는 듯 질투에 찬 대사를 연발했다.

물론 마코토도 그녀의 요리 솜씨를 인정했다. 결혼 초기에는 거의 매일 칭찬했다고 해도 과언이 아니다.

"엄마가 일류로 이름난 음식점에 자주 데려가 주셨어요. 어렸을 때 맛있는 걸 먹어 보지 못하면 진정한 미각을 가질 수 없다고 하시면서요. 값만 비싸고 맛도 없는 가게를 좋아라 하며 다니는 건 어렸을 때 맛있는 걸 먹어 보지 못한 증거래요. 덕분에 나, 혀에 관해서는 웬만큼 자신이 있어요. 그래도 당신이 좋아하니까 정말 기뻐요."

마코토의 칭찬에 유키호는 그렇게 말하며 기뻐했다. 살짝 수줍어하는 듯한 그 모습에 마코토는 꼭 껴안아 주고 싶은 충동을 느꼈다.

그러나 그녀가 손수 만들어 주는 요리에 입맛만 다시면 되는 생활은 두 달여 만에 끝나고 말았다. 그 계기가 된 것은 그녀의 이 한마디였다.

"여보, 나도 주식 좀 사 볼까?"

"주식을?"

그때 마코토가 주식이라는 말을 얼른 이해하지 못한 것은 그때까지 그녀가 보여 준 일상과 너무나 동떨어진 세계의 얘기였기 때문이다. 그리고 그것이 주식 투자를 뜻한다는 걸 깨달았을 때는 놀랍기보다 당황스러웠다.

"당신이 주식에 대해 뭘 좀 알아?"

"알죠. 공부도 했는걸요."

"공부를 했다고?"

그러자 유키호는 책꽂이에서 책을 몇 권 뽑아 보여 주었다. 모두 주식 매매에 관한 입문서와 해설서였다. 평소에 책을 별로 읽지 않는 마코토는 거실에 놓인 앤티크 분위기의 서가에 그런 책이 꽂혀 있는지도 몰랐다.

"주식을 왜 하고 싶은데?"

마코토는 질문의 방향을 바꿨다.

"집에서 집안일만 하니까 시간이 많이 남잖아요. 그리고 지금 주식 시장이 굉장히 좋아요. 아마 당분간 더 좋아질걸요. 돈을 은행에 맡기는 것보다 훨씬 유리해요."

"하지만 손해를 볼 수도 있잖아."

"그야 어쩔 수 없죠. 게임인걸."

그리고 유키호는 경쾌하게 웃었다.

'게임인걸'이라는 말에 마코토는 처음으로 유키호에게 불쾌감을 느꼈다. 뭔지 모르지만 배신당한 듯한 기분이 들었다.

그리고 그녀의 다음 말에 그런 기분은 한층 뚜렷해졌다.

"걱정 말아요, 절대 손해 보지 않을 자신 있으니까. 그리고 내 돈으로 할 거예요."

"당신 돈이라니?"

"나도 저축해 놓은 돈이 조금 있거든요."

"그야 그렇겠지만……."

내 돈, 이라는 사고방식에 그는 거부감을 느꼈다. 부부가 내 돈 네 돈이 어디 있냐는 것이 지금까지 그의 생각이었던 것이다.

"안 되나요?"

유키호가 눈을 치켜뜨고 남편을 보았다. 마코토가 계속 말이 없자 그녀는 조그맣게 한숨을 내쉬며 "그렇군요. 역시 안 되는 거군요. 미안해요. 다시는 그런 말 꺼내지 않을게요."라고 하더니 어깨를 축 늘어뜨리고 주식 관계 책을 정리하기 시작했다.

그 가녀린 등을 보고 있자니 마코토는 자신이 한없이 쩨쩨한 남자로 여겨졌다. 그녀가 이렇게까지 무리한 부탁을 한 적은 한 번도 없었다.

"조건이 있어."

유키호의 뒷모습을 향해 그가 말했다.

"깊이 빠지지 말 것. 그리고 빚은 절대 지지 말 것. 지킬 수 있겠어?"

유키호가 뒤돌아 그를 보았다. 눈이 반짝이고 있었다.

"괜찮겠어요?"

"약속, 지킬 수 있어?"

"꼭 지킬게요. 고마워요."

그녀는 마코토의 목을 꼭 껴안았다. 그러나 마코토는 그녀의 잘록한 허리를 두 팔로 감싸 안으면서 뭔지 모를 불안한 예감이 들었다.

결론부터 말하자면 유키호는 그와의 약속을 지켰다. 그녀는 주식으로 순조롭게 자산을 불려 나갔다. 그녀의 최초 자금이 얼마였는지, 그리고 매매를 어느 정도 하고 있는지 마코토는 전혀 몰랐다. 하지만 증권 회사 담당자에게 걸려 오는 전화 통화 내용으로 미루어 그녀가 천만 엔 이상을 굴리고 있는 것은 확실해 보였다.

당연히 그녀의 생활은 주식을 중심으로 움직이게 됐다. 언제나 상황을 자세히 파악하고 있어야 했으므로 하루에 두 번은 증권 회사에 걸음을 했다. 언제 담당자에게 연락이 올지 몰라 외출도 거의 하지 않았다. 어쩔 수 없이 밖에 나갈 때도 한 시간마다 전화를 걸었다. 신문은 최소 여섯 종류를 구독했다. 그중 두 가지는 경제 신문과 공업 신문이었다.

"적당히 좀 하지그래."

어느 날 참다못한 마코토가 그렇게 말했다. 유키호가 증권 회사에서 걸려 온 전화를 끊은 직후였다. 아침부터 전화벨 소리가 끊이지 않아 예민해져 있었던 것이다. 평소에는 마코토가 회사에 있어서 괜찮았지만 이날은 회사의 창립 기념일이었다.

"모처럼의 쉬는 날을 잡쳐 버렸잖아. 주식 거래에 쫓겨 둘이서 외출도 못하고 말이야. 정상적인 생활이 안 된다면 집 어치워야 하는 거 아닌가."

언성을 높인 건 교제 기간까지 포함해서 처음 있는 일이었다. 결혼식을 올린 지 8개월이 됐을 때였다.

충격을 받았는지 유키호는 얼빠진 표정으로 가만히 서 있었다. 하얗게 질린 그녀의 얼굴을 보고 마코토는 금세 가여운 마음이 들었다.

그런데 그가 사과의 말을 하려고 했을 때 그녀가 "미안해요."라고 중얼거렸다.

"당신한테 소홀하게 할 생각은 조금도 없었어요. 그건 믿어 줘요. 하지만 주식이 잘된다고 생각하니까 나도 모르게 들떠 있었나 봐요. 미안해요. 내가 아내 자격이 없네요."

"아니, 그런 말이 아니잖아."

"괜찮아요. 나도 알아요."

그러면서 유키호는 수화기를 들었다. 그리고 전화를 한 곳은 증권 회사였다. 그녀는 그 자리에서 모든 주식을 처분해 달라고 담당자에게 부탁했다.

전화를 끊은 후 그녀는 마코토를 보며 말했다.

"투자 신탁은 금방 어떻게 할 수 없으니까 이걸로 용서를 ……."

"괜찮겠어?"

"괜찮아요. 이렇게 해야 마음이 편해요. 당신을 힘들게 했다고 생각하니 미안해서……."

유키호는 카펫 위에 무릎을 꿇고 고개를 숙였다. 어깨가 파르르 떨리고 있었다. 그녀의 손등으로 눈물이 뚝뚝 떨어졌다.

"그럼 이 얘기는 이제 그만하지."

마코토는 그녀의 어깨에 손을 올려놓았다.

다음 날부터 주식에 관한 자료가 집 안에서 완전히 사라졌다. 유키호도 주식 얘기를 입에 올리지 않았다.

하지만 그녀는 눈에 띄게 기운을 잃어 갔다. 할 일이 없어서 따분해 보이기도 했다. 외출을 하지 않으니 화장도 하지 않고 미장원에도 거의 가지 않았다.

"어쩐지 못난이가 된 것 같아."

때때로 거울을 보면서 그녀는 힘없이 웃었다.

문화 센터에라도 다니면 어떻겠냐고 제안해 본 적도 있었다. 하지만 그녀는 배우는 일에는 별로 관심이 없는 듯했다. 다도에 꽃꽂이, 그리고 영어 회화까지 어린 시절부터 배워 왔다고 하니 그 반작용인지도 모르겠다고 마코토는 짐작했다.

아이를 낳는 것이 가장 좋은 대안이라는 건 알고 있었다. 아이를 키우다 보면 유키호에게 시간이 남을 리 없다. 그런데 아이가 생기지 않았다. 피임을 한 것은 결혼 후 반년 동안뿐이었는데 그 후로도 아이가 들어설 기미는 보이지 않았다.

마코토의 어머니 요리코는 한 살이라도 젊을 때 아이를 낳는 편이 좋다고 생각하는 사람이어서 아들 부부에게 아이가 생기지 않는 게 불만인 듯했다. 피임도 하지 않는데 아이가 들어서지 않는다면 병원에 가 보는 게 좋지 않겠느냐는 뜻을 기회 있을 때마다 마코토에게 비쳤다.

실은 마코토 역시 병원에 가서 검사를 받아 보고 싶은 마음이 있었다. 유키호에게 그런 제안을 한 적도 있다. 그러나 그녀는 마코토의 제안을 강경하게 거부했다. 이유를 묻자 그녀는 눈시울을 붉히면서 이렇게 대답했다.

"어쩌면 그때의 수술이 원인이라고 할지도 모르잖아요. 그렇다면 나, 슬퍼서 어떻게 살아요."

'그때의 수술'이란 임신 중절 수술을 말하는 것이다.

"그러니까 그걸 분명히 하자는 거잖아. 치료하면 해결될지도 모르고."

마코토가 그렇게 말했지만 그녀는 고개를 저었다.

"불임 치료라는 게 현실적으로는 그다지 잘 되지 않는다더군요. 아이를 낳을 수 없다는 걸 확실히 하고 싶지도 않고요. 그리고 아이를 낳을 수 없으면 어때요? 혹시 당신, 아이 못 낳는 여자와는 같이 살고 싶지 않은 거예요?"

"아니, 그런 거 아니야. 아이는 아무래도 상관없어. 알았어. 다시는 그런 얘기 꺼내지 않을게."

아이가 생기지 않는 걸 가지고 여자를 질책하는 게 얼마나 잔혹한 일인지는 마코토도 잘 알고 있는 터였다. 실제로 그 이후로 그가 먼저 아이 얘기를 꺼내는 일은 거의 없었다. 그리고 어머니 요리코에게는 병원에 가서 검사를 받았는데 둘 다 이상이 없다는 진단이 나왔다고 거짓 설명을 했다.

그러나 유키호는 간혹 혼잣말처럼 중얼거리곤 했다.

"왜 우리에게는 아이가 생기지 않는 걸까."

그리고 그 중얼거림 뒤에는 거의 언제나 다음과 같은 말이 이어졌다.

"역시 그때 수술하지 말았어야 했나."

마코토는 잠자코 듣고 있을 수밖에 없었다.

3

현관문이 열리는 소리가 났다. 소파에 멍하니 누워 있던 마코토는 몸을 벌떡 일으켰다. 벽시계가 9시 정각을 가리키고 있었다.

복도를 걸어오는 발소리가 들리고, 문이 활짝 열렸다.

"미안해요. 너무 늦어서."

이끼색 투피스를 입은 유키호가 들어왔다. 그녀의 양손에

짐이 들려 있었다. 오른손에는 종이봉투가 둘, 왼손에는 슈퍼마켓 봉투가 둘이다. 어깨에는 검은 숄더백을 메고 있다.

"배고프죠. 금방 준비할게요."

슈퍼마켓 봉투를 부엌 바닥에 내려놓고 그녀는 침실로 들어갔다. 그녀가 지나간 뒤에는 달짝지근한 향수 냄새가 감돈다.

몇 분 후 침실에서 나온 그녀는 평상복으로 갈아입은 채 손에 앞치마를 들고 있었다. 그것을 두르면서 부엌으로 들어간다.

"바로 먹을 수 있는 걸 사 왔으니까 오래 기다리지 않아도 돼요. 캔 수프도 있고."

살짝 상기된 목소리가 부엌에서 들려온다.

신문을 읽으려던 마코토는 갑자기 언짢은 생각이 들었다. 무엇이 거슬리는지는 자신도 잘 모른다. 굳이 말하자면 그녀의 기운찬 목소리 때문이라고 할까.

마코토는 신문을 내려놓고 일어섰다. 그리고 식사 준비하는 소리가 나는 부엌으로 향했다.

"결국 사 온 음식을 먹이는 건가?"

"네, 뭐라고요?"

유키호가 큰 소리로 되물었다. 환풍기 소리에 묻혀 그의 말소리가 들리지 않은 듯했다. 그것이 그를 한층 더 짜증스럽게 했다.

마코토는 부엌 입구에서 걸음을 멈췄다. 가스레인지에 국을 데우고 있던 유키호가 왜 그러냐는 듯한 표정으로 그를 바라본다.

"여태까지 기다리게 해 놓고 기껏해야 그런 부실한 저녁이나 내놓느냐 말이야."

아, 하는 모양새로 그녀의 입이 벌어졌다. 그리고 그녀는 돌아서서 환풍기 스위치를 껐다. 단박에 공기의 흐름이 멈추고 실내가 조용해졌다.

"미안해요. 화난 거예요?"

"가끔이면 말을 안 해."

마코토가 말했다.

"요즘은 매일이잖아. 날마다 밤늦게 들어와서는 사 들고 온 음식이나 내놓고 말이야. 하루 이틀이 아니잖아."

"미안해요. 하지만 당신을 기다리게 하지 않으려고……."

"기다렸어, 지치도록. 라면이나 끓여 먹을까 하던 참이야. 그런데 결국은 이런 걸 내놓다니, 라면이나 별반 차이도 없군."

"미안해요. 저…… 변명이라고 하겠지만 요즘 너무 바빠서……. 당신한테는 정말 미안하게 생각해요."

"장사가 잘돼서 좋겠군."

자신의 입가가 흉하게 일그러지는 것이 마코토도 느껴졌다.

"그런 식으로 말하지 말아요. 미안해요. 앞으로 주의할게요."

유키호는 앞치마 위에 두 손을 모으고 고개를 숙였다.

"대체 그 말을 언제까지 들으라는 거야."

주머니에 두 손을 쑤셔 넣으면서 마코토가 내뱉듯 말했다.

유키호는 고개를 숙인 채 말이 없었다. 할 말이 없겠지. 그러면서 마코토는 문득 이런 생각을 했다. 이렇게 고개를 숙이고 회오리바람이 지나가기만을 기다리면 된다고 생각하는 게 아닐까.

"이제 그만두는 게 어때? 역시 무리 아닌가, 바깥일과 집안일을 병행하는 거. 당신도 힘들 텐데."

그래도 유키호는 아무 말이 없었다. 이 일에 대해 논의하는 것을 아예 피하고 있는 것이다.

그녀의 어깨가 가늘게 떨리기 시작했다. 다음 순간 그녀는 앞치마 자락을 양손으로 잡더니 눈에 갖다 댔다. 그 손 사이로 울음이 새어 나왔다.

미안해요, 라고 그녀가 다시 말했다.

"내가 이러면 안 되는데, 정말 한심하네요. 당신에게 폐만 끼치고……. 하고 싶은 일을 하게 해 주었는데 전혀 보답도 못하고. 안 돼요, 난. 역시 안 되는 인간인가 봐요. 당신, 나 같은 여자랑 결혼하지 않는 건데 그랬어요."

그녀는 말하는 중간 중간 눈물을 삼켰다.

여기까지 오면 마코토로서는 더 이상 질책을 할 수 없다.

오히려 사소한 일로 화를 쏟아 낸 자신이 너무 옹졸한 게 아 닐까 하는 생각마저 들게 된다.

"알았어. 됐어."

결국 그는 이쯤에서 그만하기로 한다. 유키호가 말대답을 한마디도 하지 않기 때문에 부부 싸움으로 번지는 일은 없 었다.

마코토는 소파로 돌아가 신문을 펼쳤다. 그런 그에게 유키 호가 다가왔다.

"저……."

"왜?"

그가 돌아보며 물었다.

"오늘 저녁…… 어떻게 할까요? 뭔가 만들려고 해도 재료 가 없는데."

"홈……."

마코토는 전신에 묵직한 피로감이 몰려드는 것을 느꼈다.

"알았어. 오늘 저녁은 그냥 사 온 걸로 먹지."

"괜찮겠어요?"

"할 수 없잖아."

"미안해요. 금방 준비할게요."

그러고서 유키호는 부엌으로 사라졌다.

다시 환풍기가 돌아가는 소리를 들으면서 마코토는 어딘가 모르게 석연치 않은 기분을 느꼈다.

유키호가 일을 해도 되겠느냐는 말을 불쑥 꺼낸 것은 결혼 1주년을 한 달 앞둔 어느 날이었다. 전혀 예상치 못했던 일이라 마코토는 적잖이 당황했다.

그녀의 말에 따르면, 어패럴 업계에 있던 친구가 독립해서 가게를 차리게 되었는데, 그 가게를 공동으로 운영해 보지 않겠냐고 제안했다는 것이다. 수입 의류를 취급하는 가게였다.

하고 싶으냐고 묻자 유키호는 하고 싶다고 대답했다.

주식 투자를 접은 후로 완전히 빛을 잃었던 그녀의 눈이 오랜만에 반짝반짝 빛나 보였다. 그 모습을 본 마코토는 하지 말라는 말을 할 수 없었다.

무리하지 않도록 해, 이 한마디만 하고 마코토는 허락했다. 유키호는 가슴 앞에 두 손을 모으고 갖가지 말로 기쁨을 표현했다.

그 가게는 미나미아오야마에 있었다. 마코토도 몇 번 가 본 적이 있는데, 벽 전체를 유리로 장식한 화사한 분위기의 가게였다. 길가에서도 다양한 수입 여성복과 잡화가 들여다보였다. 나중에 알게 된 사실이지만, 그 가게의 리모델링 비용은 몽땅 유키호가 부담한 것이었다.

유키호의 동업자는 다무라 기코라는 여자였다. 얼굴도 몸

매도 둥글둥글한 것이 어딘가 모르게 서민적인 분위기를 풍겼다. 그 외모에서 상상할 수 있듯이 바지런하게 움직이는 걸 힘들어 하지 않는 타입이어서, 손님을 상대하는 일은 유키호가 맡고, 옷을 진열하거나 계산하는 일은 다무라 기코가 맡는 식으로 역할 분담이 이루어진 듯했다.

가게는 완전 예약제로, 손님이 방문할 날을 미리 연락해 두면 유키호와 기코는 그 손님의 사이즈와 취향을 고려해 상품을 준비해 두는 식이었다. 쓸데없이 공간만 낭비하는 것보다는 합리적인 방법으로 보였다.

문제는 그녀들이 어느 정도의 인맥을 가졌느냐 하는 것이었는데, 개업 이래 손님의 발길이 끊이는 일은 없는 것 같았다.

가게 운영에 정신이 팔려 집안일에 소홀해지지 않을까 하는 게 마코토의 걱정이었지만 그 시점에서는 아직 그런 일은 없었다. 유키호도 그렇게 여겨지는 게 두려웠는지 가게를 시작한 뒤로는 전보다 한층 가사에 힘을 쏟았다. 식사 준비를 소홀히 하는 적도 없었고 마코토보다 늦게 들어오는 일도 그 무렵에는 없었다.

가게를 시작한 지 두 달쯤 지났을 때였다. 유키호가 또 뜻밖의 말을 꺼냈다. 이번에는 마코토에게 가게의 오너가 되지 않겠냐는 것이었다.

"내가 오너를, 왜?"

"집주인이 상속세를 내야 해서 급히 돈이 필요하게 됐나 봐요. 그래서 우리에게 건물을 사지 않겠느냐고 연락이 왔어요."

"당신은 사고 싶어?"

"사고 싶다기보다, 사는 편이 이득인 건 확실해요. 그런 자리라면 값이 내려가는 일은 절대 없을 거예요. 제시한 금액도 파격적이고."

"만약 내가 사지 않겠다고 하면?"

"그럼 어쩔 수 없죠."

유키호는 한숨을 쉬더니 다시 이렇게 말했다.

"내가 사야죠, 뭐."

"당신이?"

"그런 자리라면 은행에서도 대출을 해 줄 거예요."

"빚을 지겠다는 거야?"

"그렇죠."

"그렇게 하면서까지 사고 싶어?"

"사고 싶기도 하지만, 사지 않으면 일이 복잡해질 수도 있거든요. 우리가 사지 않겠다고 하면 집주인은 다른 업자와 접촉할 테고, 그러다가 자칫 우리더러 나가라고 할 수도 있어요."

"그건 또 왜?"

"우리를 쫓아내고 건물을 헐어서 더 비싼 값에 땅을 파는 거죠."

그 말을 들은 마코토는 조그맣게 신음 소리를 내며 생각에 잠겼다.

사지 않을 도리가 없었다. 다카미야 집안은 세이조에 몇 군데 땅을 소유하고 있었다. 언젠가는 모두 마코토가 물려받을 것들이다. 그걸 처분하면 해결될 일이었다. 잘 얘기하면 어머니 요리코도 반대하지 않을 것 같았다. 지금 있는 땅들이 실질적으로는 거의 사용하지 않는 상태였기 때문이다.

또한 유키호가 빚을 지는 것에도 찬성할 수 없었다. 그렇게 되면 그녀는 온 신경을 일에만 쏟을 게 뻔했다. 그녀가 자기 명의의 가게를 갖게 되는 상황도 어쩐지 꺼림칙했다.

그는 유키호에게 2, 3일만 생각할 시간을 달라고 했다. 그러나 그 시점에 그는 이미 마음을 굳힌 상태였다.

1987년으로 해가 바뀐 후 얼마 안 있다가 미나미아오야마의 가게는 마코토 소유가 됐다. 그리고 그녀들의 수입 중 일부가 그의 계좌에 임대료로 들어오기 시작했다.

그 얼마 후 마코토는 유키호의 생각이 옳았다는 것을 알게 되었다.

도쿄 도심부의 오피스 빌딩에 대한 수요가 폭주하는 바람에 터무니없는 가격에 땅을 사들이는 투기가 횡행했고, 그 결과 단기간에 두세 배로 오르는 일이 비일비재할 만큼 땅값이 폭등하게 된 것이다. 마코토에게도 미나미아오야마의 가게와 땅을 팔지 않겠느냐는 연락이 끊임없이 왔는데, 제시되는 가격을 들을 때마다 이것이 정말 현실에서 벌어지고 있는 일인지 의심스러울 정도였다.

유키호에게 희미하게나마 열등감 같은 것을 느끼기 시작한 것도 마침 그 무렵이었다. 생활력이나 경영 능력, 대담함에 이르기까지 자신은 이 여자를 도저히 따라가지 못할 것 같은 생각이 든 것이다. 그녀가 일에서 어느 정도의 성과를 올리는지 정확하게는 몰랐지만 순조롭게 경영하고 있는 것만은 확실했다. 그녀는 다이칸야마에 2호점을 내겠다는 계획까지 세우고 있었다.

그에 비해 자신은 어떤가를 생각하면 마코토는 우울해졌다. 스스로 무언가를 시작할 용기 같은 건 애초부터 없었다. 고용인으로 사는 편이 성격에 맞는다며 회사에 붙어 있는 게 고작이었다. 기껏 물려받은 땅은 효율적으로 활용하지도 못하고, 여전히 부모가 마련해 준 맨션에 살고 있었다.

그런 데다 그를 한심한 기분에 빠지도록 만드는 일이 또 하나 있었다. 그것은 작년에 있었던 주식 붐이었다. 작년 1월에 NTT의 주식이 발매됨과 동시에 이상 폭등한 것에 힘입어 평균 주가가 상승하기 시작한 것이다. 세간에서는 주식을 하지 않으면 바보라는 말까지 나돌았다.

하지만 마코토네 집은 주식과 인연이 없었다. 그 이유는 물론 예전에 주식 때문에 유키호를 비난한 일이 있었기 때문이다. 그녀도 그 이후로는 주식 얘기를 꺼내지 않았다. 하지만 이 공전의 주식 붐을 그녀가 어떻게 바라보고 있을까 생각하면 마코토는 정말이지 바늘방석에 앉아 있는 기분이었다.

4

그날 밤 잠들기 전, 유키호가 뜻밖의 말을 꺼냈다.

"골프 교실을?"

세미 더블 침대 안에서 화장대 거울에 비친 아내의 얼굴을 보며 마코토가 되물었다. 신혼 때부터 침대는 따로따로다. 단, 유키호 쪽은 싱글 침대다.

"네, 토요일 오후라면 같이 갈 수 있지 않을까 싶어서요."

유키호는 팸플릿 한 장을 내밀었다.

"흐음, NGF 인정 골프 스쿨이라······. 그전부터 골프를 배우고 싶었던 거야?"

"조금은요. 요즘은 여자들도 골프를 하는 사람이 많아졌잖아요. 나이 들어서도 부부끼리 할 수 있고."

"나이 들어서도······, 그렇게 먼 훗날까지는 생각해 본 적이 없는데."

"우리 시작해 봐요. 같이하면 재미있을 거예요."

"글쎄."

마코토는 돌아가신 아버지의 취미가 골프였다는 것을 기억하고 있었다. 쉬는 날마다 커다란 캐디 백을 차에 싣고 나가곤 했다. 그때 아버지의 표정은 평소에 비해 생기가 넘쳤다. 데릴사위라는 입장 때문에 집 안에서는 위축되어 있었는지도 모른다.

"다음 토요일에 설명회가 있대요. 한번 가 보지 않을래요?"

피부 손질을 마친 유키호가 자기 침대로 들어가면서 물었다.

"좋아, 가 보지, 뭐."

"아, 고마워요."

"그건 그렇고, 이리 오지그래."

"아, 네."

유키호가 자기 침대에서 나와 마코토의 침대로 미끄러져 들어왔다.

마코토는 머리맡에 있는 스위치를 돌려 스탠드 불빛을 줄였다. 그리고 그녀 쪽으로 몸을 돌려 흰 네글리제의 가슴께로 손을 밀어 넣었다. 그녀의 가슴은 보드랍고, 겉보기보다 훨씬 풍만했다.

오늘이야말로 별일 없겠지, 하고 그는 생각했다. 실은 최근 들어 무슨 이유에선지 제대로 되지 않을 때가 많았던 것이다.

한동안 가슴을 쓰다듬고 유두를 입으로 애무한 다음 그는 천천히 네글리제를 걷어 올려 유키호의 머리 위로 벗겨 냈다. 그리고 자신도 잠옷을 벗었다. 그의 페니스는 충분히 발기돼 있었다.

벗은 몸으로 그는 다시 유키호를 안았다. 몸의 탄력이 느껴졌다. 허리 부근을 쓰다듬자 그녀는 간지러운 듯 몸을 살짝 비틀었다. 그녀를 안은 채로 목덜미에 입을 맞추고 유두를 깨물었다.

마침내 마코토는 그녀의 팬티로 손을 뻗었다. 그것을 무릎 밑으로 끌어 내린 다음 발로 단숨에 벗겼다. 늘 하던 대로의 순서다.

이제 그는 어떤 기대감을 품고 그녀의 숲으로 손을 가져갔다. 그리고 천천히 가운뎃손가락을 아래로 밀어 넣었다.

순간 마음속에 가벼운 실망감이 번졌다. 그의 페니스를 받아들여야 할 부분이 조금도 젖어 있지 않았다. 그는 클리토리스를 애무해 보기로 했다. 그러나 아무리 부드럽게 손가락 끝을 움직여도 윤활액은 거의 분비되지 않았다.

자신의 방법에 문제가 있다고는 생각되지 않았다. 얼마 전까지만 해도 그렇게 하면 충분히 젖었기 때문이다.

하는 수 없이 그는 질 입구로 가운뎃손가락을 넣어 보았다. 하지만 그곳도 단단히 닫혀 있었다. 그래도 억지로 밀어 넣으려 하자 "아아." 하고 유키호가 고통스러운 신음을 내뱉었다. 얼굴을 찡그리고 있다는 것을 어둠 속에서도 알 수 있었다.

"미안. 아팠어?"

"괜찮아요. 신경 쓰지 말고 해요."

"하지만 손가락만 넣어도 이렇게 아파하는걸."

"상관없어요. 참을게. 천천히 넣으면 오히려 더 아프니까 단숨에 해요."

그러면서 유키호는 다리를 조금 더 벌렸다.

마코토는 그녀의 다리 사이로 들어가 자신의 페니스를 쥐고 그 끝을 그녀의 질 입구에 댄 후 허리를 앞으로 밀었다.

아, 하고 유키호가 소리를 질렀다. 이를 악물고 있는 그녀의 얼굴이 보였다. 마코토는 무리하게 할 생각이 아니었기 때문에 적잖이 당황했다. 아직 끝부분조차 들어가지 않았다.

몇 번 그렇게 반복하는데 유키호가 이상한 신음을 내뱉기 시작했다.

"왜 그래?"

"배가…… 아파요."

"배가?"

"그러니까, 자궁 있는 데가……."

"또?"

마코토는 한숨이 나왔다.

"미안해요. 하지만 괜찮아요. 금방 좋아질 거예요."

"됐어. 오늘 밤은 그만하지."

마코토는 침대 밑에 떨어진 팬티를 주워 다리를 집어넣었다. 그리고 잠옷을 입으면서 '오늘 밤은'이 아니라 '오늘 밤도'라는 생각을 했다. 요즘은 계속 이런 식이다.

유키호도 팬티를 입었다. 그리고 네글리제를 집어 들고 자기 침대로 갔다.

"미안해요. 정말 어쩐 일인지 모르겠네."

"병원에 가 보는 게 좋지 않을까?"

"응, 그럴게요. 다만……."

"다만, 뭐?"

"낙태 수술을 하면 이런 일이 있을 수 있다고 들었어요."

"젖지 않거나 자궁이 아프기도 한다는 거야?"

"응."

"나는 그런 말을 들은 적이 없는데."

"당신은 남자니까."

"그야 그렇지만……."

화제가 그다지 바람직한 방향으로 흐를 것 같지 않아서 마코토는 그녀를 등지고 이불을 덮어썼다. 페니스는 이미 쪼그라들었지만 성욕은 사라지지 않는다. 섹스가 어렵다면 하다 못해 입이나 손으로라도 애정을 표현해 줬으면 싶었지만 유키호는 결코 그럴 여자가 아니었다. 마코토로서도 그런 요구는 하기 어려웠다.

어둠 속에서 흐느끼는 소리가 들렸다.

마코토는 그녀를 위로하기도 귀찮은 생각이 들어서 이불에 얼굴을 묻고 못 들은 척했다.

5

이글 골프 연습장은 구획이 네모반듯하게 나뉜 주택가 한가운데에 있었다. '전장 200야드, 최신식 볼 공급 기계 완비'라는 간판이 붙어 있고, 녹색 네트 안쪽에서는 하얗고 조그만 공이 쉴 새 없이 날아다녔다.

마코토 부부의 맨션에서는 차로 약 20분 거리였다. 4시쯤 집을 나선 두 사람은 4시 반 전에 도착했다. 설명회는 5시부터라고 팸플릿에 적혀 있었다.

"역시 너무 빨리 왔군. 그러게 좀 더 천천히 와도 된다고 했는데."

마코토는 BMW의 핸들을 돌리며 말했다.

"길이 막힐지도 모른다고 생각했어요. 사람들 공 치는 거나 구경하고 있죠, 뭐. 참고가 될 수도 있으니까요."

조수석에서 유키호가 대답했다.

"초보자들 연습하는 건 아무리 봐야 그게 그걸 텐데."

골프 붐이 인 데다 토요일이기도 해서 손님이 꽤 많은 듯했다. 주차장이 거의 만차인 것만 봐도 알 수 있었다.

간신히 빈자리를 찾아 차를 세운 후 두 사람은 차에서 내려 입구로 향했다. 도중에 전화 부스가 나타나자 유키호가 그 앞에서 걸음을 멈췄다.

"미안하지만 전화 한 통만 해도 되겠어요?"

그녀가 가방에서 수첩을 꺼내며 물었다.

"그럼 난 먼저 들어가 있을게."

"그래요."

그렇게 대답했을 때 그녀는 이미 수화기를 들고 있었다.

골프 연습장 현관은 패밀리 레스토랑처럼 밝고 화려했다. 마코토는 유리로 된 자동문을 지나 건물 안으로 들어섰다. 회색 카펫이 깔린 로비에는 하릴없이 어슬렁거리는 손님이 몇 있고, 들어가자마자 왼쪽에 있는 카운터에서는 컬러풀한 유니폼을 입은 여직원 둘이서 손님을 상대하고 있었다.

"죄송하지만 여기에 성함을 기입해 주시겠습니까? 빈자리가 나면 순서대로 호명하겠습니다."

종업원 하나가 말했다. 상대는 스포츠와 별 인연이 없어 보이는 뚱뚱한 중년 남자였다. 옆에 검은 캐디 백이 놓여 있었다.

"뭐야, 사람이 그렇게 많아?"

남자가 마뜩잖다는 듯 묻는다.

"네, 이삼십 분 정도 기다리셔야 하는데요."

"흠, 할 수 없지."

남자가 마지못해 이름을 쓰기 시작했다.

그러고 보니 로비에서 서성대고 있는 사람들은 순번을 기다리고 있는 듯했다. 골프가 붐이라더니 정말인가 보네, 하고 마코토는 새삼 깨달았다. 접대와 무관한 탓인지 그의 직장에는 골프를 치는 사람이 별로 없다.

마코토는 카운터로 다가가 골프 교실 설명회에 참석하고 싶다고 말했다. 여자 종업원 하나가 "안내 방송이 나올 때까지 여기서 기다려 주시겠습니까."라고 웃는 얼굴로 대답했다.

그때 유키호가 현관으로 들어섰다. 마코토를 보자 곧장 뛰어오는 그녀의 표정이 아까와는 조금 달랐다.

"미안한데, 좀 곤란한 일이 생겼어요."

"무슨 일인데?"

"아무래도 가게에 문제가 생겼나 봐요. 내가 가 봐야 할 것 같아요."

그녀의 가게는 일요일에는 문을 닫지만 토요일은 다무라 기코와 아르바이트생이 영업을 하고 있다.

"지금 바로?"

그렇게 묻는 마코토의 목소리에서 노골적으로 불쾌감이 묻어 나왔다.

응, 하고 유키호가 고개를 끄덕였다.

"골프 교실은 어쩌고? 설명회에 참석하지 않을 거야?"

"미안하지만 당신 혼자 참석해요. 난 택시 타고 갈게."

"나 혼자?"

마코토는 한숨을 내쉬었다.

"어쩔 수 없지."

"미안해요."

유키호가 두 손을 모으며 말했다.

"듣다가 신통치 않으면 그냥 집에 가도 돼요."

"물론 그럴 거야."

"정말 미안해요. 그럼 나, 가요."

유키호는 종종걸음을 치며 현관으로 향했다.

그녀의 뒷모습을 바라보며 마코토는 다시 한숨을 살짝 내쉬었다. 화가 치미는 걸 어떻게든 참으려는 것이다. 화를 내봤자 결국 자신만 비참해질 뿐이라는 걸 지금까지의 경험으로 그는 잘 알고 있었다.

마코토는 로비 한 귀퉁이에 있는 골프 숍을 구경하기로 했다. 골프 숍 안에는 골프채와 각종 골프 용품, 액세서리 같은 것들이 진열돼 있었다. 하지만 아무리 봐도 별 흥미가 일지 않았다. 사실 마코토는 골프에 대해서 아는 게 거의 없었다. 기본적인 룰과, 일반 골퍼들의 당면 목표가 100타를 깨는 일이라는 것 정도만 겨우 알 뿐이다. 그것도 100이라는 스코어가 어느 정도 수준을 말하는 것인지는 상상도 할 수 없었다.

그가 누군가의 시선을 느낀 것은 아이언 세트를 보고 있을 때였다. 바로 옆에 바지 정장 차림의 여자 다리가 보였다. 그 여자가 마코토를 향해 서 있다고 느꼈다.

그가 시선을 돌려 힐끗 올려다본 순간 그 여자와 눈이 마주쳤다. 그리고 그의 입에서 "아니!"라는 소리가 나올 때까지 1, 2초의 공백이 있었다. 상대 여자가 누구인지 인식하고, 그 여자가 이런 데 있을 리 없다고 생각을 바꾸고, 그럼에도 역시 그녀임에 틀림없다고 결정하기까지의 시간이었다.

눈앞에 서 있는 사람은 미사와 지즈루였다. 머리를 짧게 잘라서 분위기는 조금 변했지만 틀림없었다.

"미사와 씨가…… 웬일로 이런 곳에?"

마코토가 물었다.

"골프 연습 하러요……."

지즈루는 손에 든 클럽 케이스를 흔들어 보였다.

"아아, 그야 물론 그렇겠지."

마코토는 가렵지도 않은 볼을 긁었다.

"다카미야 씨도 당연히 그렇겠죠?"

"아, 응. 뭐, 그렇지."

그녀가 자신의 이름을 기억해 주어서 마코토는 내심 기뻤다.

"혼자인가?"

"네. 다카미야 씨는요?"

"나도 혼자야. 아, 저기 좀 앉을까?"

대기 손님들로 로비 의자는 빈자리가 거의 없었지만 마침 벽 쪽으로 나란히 두 자리가 났다. 두 사람은 그곳에 앉았다.

"놀랍군, 이런 데서 만나다니."

"그러게요. 저도 잘못 봤겠지 했어요."

"지금 어디 살지?"

"시모키타자와에요. 일은 신주쿠에 있는 건설 회사에서 하고요."

"역시 파견 사원?"

"네."

"우리 회사와 계약이 끝난 후에는 삿포로에 있는 본가로 간다고 들었는데?"

"그걸 다 기억하세요?"

지즈루가 미소를 짓는데 하얗고 건강한 치아가 드러나 보였다. 짧은 머리가 아주 잘 어울리는군, 하고 생각하게 만드는 미소였다.

"삿포로에는 가지 않은 건가?"

"가기는 갔죠. 하지만 곧 돌아왔어요."

"그랬군."

마코토는 말하면서 손목시계를 보았다. 4시 50분이었다. 5시면 설명회가 시작된다. 약간의 초조함을 느꼈다.

2년 몇 개월 전 어느 날의 일이 뇌리에 되살아났다. 유키호와의 결혼식을 하루 앞둔 날 밤이다. 마코토는 어느 호텔 로비에 있었다. 거기에 지즈루가 나타나게 되어 있었다.

그는 그녀를 사랑했다. 그래서 모든 것을 희생해서라도 자신의 마음을 고백하리라 마음먹었다. 미사와 지즈루야말로 운명의 끈으로 이어진 여자라고, 그 순간에는 그렇게 믿었다.

그런데 지즈루가 나타나지 않았다. 이유는 모른다. 마코토가 알게 된 것은 그녀와는 이어질 운명이 아니라는 것뿐이었다.

그런데 이렇게 재회하고 보니 그때의 불길이 완전히 사그라지지 않았다는 것을 마코토는 새삼 자각했다. 지즈루 옆에 있는 것만으로도 마음이 붕 떠오르는 느낌이었다. 오래도록 품어 보지 못한 감미로운 설렘이었다.

"다카미야 씨는 지금 어디 사세요?"

지즈루가 물었다.

"나는 세이조에 살아."

"세이조……, 그리고 보니 전에 들은 적이 있네요."

무언가를 떠올리는 듯한 눈빛으로 그녀가 말했다.

"벌써 2년 반……이 넘었죠. 아이는요?"

"아직 없어."

"안 낳았어요?"

"안 낳았다기보다 안 생겼다고나 할까."

그렇게 말하면서 마코토는 쓸쓸하게 웃었다.

"아, 그렇군요."

지즈루가 당혹스러운 표정을 지었다. 안쓰럽다는 표정을 지어야 하나 어쩌나 갈피를 못 잡는 것이리라.

"결혼은?"

"아직 안 했어요."

"그럼 예정은 있는 거야?"

그녀의 표정을 살피면서 마코토가 물었다.

지즈루는 웃으며 고개를 저었다.

"상대가 없는데 어떻게 해요."

"그래?"

안도하는 자신의 마음을 마코토는 스스로 느끼고 있었다. 그러나 한편으로, 그녀가 독신이면 어쩔 건데, 하고 또 다른 자신이 물었다.

"여기는 자주 오나?"

"일주일에 한 번요. 여기 골프 스쿨에 다니고 있거든요."

"어, 골프 스쿨?"

그러자 그녀가 "네." 하면서 고개를 끄덕였다.

그녀는 두 달 전부터 이곳에 다니고 있다고 했다. 매주 토요일 오후 5시에 시작되는 초보자 코스인 듯했다. 즉, 마코토와 유키호가 이제부터 수강하려고 하는 코스였다.

마코토는 자신도 그 코스의 설명회를 들으러 왔다고 말했다.

"그래요? 여기는 두 달마다 수강생을 모집하거든요. 그럼 앞으로 매주 만날 수 있겠네요."

"그렇겠지."

하지만 그는 이 우연을 복잡한 심경으로 받아들이고 있었다. 이곳을 유키호와 함께 와야 하기 때문이었다. 그는 자신의 아내를 지즈루와 만나게 하고 싶지 않았다. 아니, 아내와 같이 다닐 거라는 말조차 할 수 없었다.

그때 안내 방송이 나왔다. 골프 스쿨 설명회에 참석하실 분은 카운터 앞으로 모여 주십시오, 라는 내용이었다.

"그럼 저는 갈게요."

클럽 케이스를 들고 지즈루가 일어섰다.

"이따 견학하러 가지."

"아이, 싫어요. 부끄럽잖아요."

콧등을 찡그리며 그녀가 웃었다.

6

마코토가 맨션에 돌아와 보니 현관에 유키호의 구두가 놓여 있고 안에서 무언가를 볶는 듯한 소리가 들려왔다.

거실로 들어가자 부엌에서 앞치마를 두르고 요리하고 있는 유키호의 모습이 보였다.

"어서 와요. 꽤 늦었네."

그녀가 프라이팬을 흔들면서 큰 소리로 말한다. 어느새 8시 반이 넘어 있었다.

"당신은 몇 시쯤 돌아왔어?"

부엌 입구에 서서 마코토가 물었다.

"한 시간 전쯤에요. 저녁 준비 하려고 서둘러 왔죠."

"그랬군."

"거의 다 됐으니까 잠깐만 기다려요."

"저 말이지,"

재빠른 손놀림으로 샐러드를 만들고 있는 유키호의 옆얼굴을 보며 그가 말했다.

"오늘 거기서 옛날에 알던 사람을 만났어."

"어머, 그래요? 나는 모르는 사람?"

"응."

"그렇구나. 그래서요?"

"오래간만이라 식사라도 같이하자 싶어서 근처 레스토랑에서 간단히 먹고 왔어."

유키호의 손이 움직임을 멈췄다. 그녀는 그 손을 목덜미 근처로 가져갔다.

"그래요……."

"당신은 어차피 늦을 거 같아서. 가게에 골치 아픈 일이 생겼대서 말이야."

"그 일은 금방 처리했어요."

유키호는 목덜미를 긁적거렸다. 그리고 맥없는 미소를 띠었다.

"그렇겠죠. 나 같은 사람을 어떻게 믿겠어요."

"미안해, 어떻게든 연락을 했어야 했는데."

"신경 쓰지 마요. 아무튼 만들었으니까 나중에라도 배고프면 먹어요."

"그럴게."

"그건 그렇고…… 어땠어요, 골프 스쿨은?"

아아, 하며 마코토는 일단 애매하게 고개를 끄덕거렸다.

"딱히 이렇다 할 건 없었어. 커리큘럼이 있고, 거기에 따라 잘 가르치겠다. 그게 전부였어."

"마음에 들어요?"

"글쎄……."

뭐라고 설명하면 좋을까, 하고 마코토는 생각했다. 미사와 지즈루가 거기에 다니는 이상 유키호와 같이 갈 마음은 없었다. 어쩔 수 없이 그는 골프 스쿨에 다니는 것을 단념하기로 했다. 문제는 어떤 말로 유키호를 설득하느냐 하는 것이었다.

"있잖아요,"

그가 할 말을 찾고 있는데 유키호가 먼저 입을 열었다.

"내가 먼저 말을 꺼내 놓고 이제 와서 이러기 정말 미안한데, 나 좀 곤란한 상태예요."

"응?"

마코토가 눈을 크게 뜨고 그녀의 얼굴을 보았다.

"곤란하다니, 무슨 뜻이지?"

"이번에 2호점을 새로 오픈하잖아요. 그래서 지금 점원을 모집하고 있는데, 좀처럼 좋은 사람이 나타나질 않아요. 최근에는 일자리가 많아져서 취직하려는 사람들이 오히려 회사를 고른다잖아요. 우리같이 작은 데는 선뜻 오질 않네요."

"그래서?"

"오늘 기코 씨와 의논했는데, 앞으로는 나도 되도록이면 토요일까지 일하는 수밖에 없을 것 같아요, 매주는 아니더라도."

"그럼 확실히 쉬는 날은 일요일뿐이라는 거야?"

"그렇죠."

유키호는 어깨를 으쓱하더니 눈을 약간 치뜨고 마코토를 보았다. 그가 화를 낼까 봐 노심초사하는 기색이 역력했다.

그러나 그는 화가 나지 않았다. 그의 머릿속은 지금 전혀 다른 생각으로 꽉 차 있었다.

"그럼 골프 스쿨을 다닐 상황이 아니겠군."

"그래요. 내가 먼저 말을 꺼냈는데, 정말 미안해요."

유키호는 손을 앞으로 모으고 머리를 숙였다.

"그럼 당신은 못 가는 거지?"

응, 하고 그녀가 고개를 끄덕끄덕했다.

"그렇군."

마코토는 팔짱을 끼더니 그 자세 그대로 소파 쪽으로 걸어갔다.

"그럼 할 수 없지, 뭐."

그리고 그는 소파에 털썩 앉았다.

"골프 스쿨은 나 혼자 다녀야겠네, 애써 설명회까지 나갔으니."

"화 안 나요?"

남편의 태도가 유키호로서는 의외인 듯했다.

"아니. 이제 이런 일에는 화내지 않기로 했어."

"아, 다행이다. 또 화내는 거 아닌가 하고 조마조마했거든요. 그런데 일손은 부족하고 다른 방법이 없어서……."

"됐어, 이 얘기는 이걸로 끝내자고. 단, 나중에 마음이 바뀌어서 다시 가고 싶다고 해도 그때는 이미 늦은 거야."

"응, 그러지 않을게요."

"그럼 됐어."

마코토는 테이블 위에 있는 텔레비전 리모컨을 집어 버튼을 눌렀다. 그리고 채널을 야구 중계에 맞췄다. 왕 감독이 이끄는 거인 군단은 올해 완성된 도쿄 돔에서 주니치를 상대로 고전하고 있었다. 그러나 텔레비전을 보면서 그가 생각하고 있는 것은 작년에 은퇴한 에가와 투수의 빈자리를 누가 메울 것이냐 하는 것도, 하라 선수가 이번에야말로 홈런왕을 쟁취할 것이냐 하는 것도 아니었다.

어떻게 하면 유키호에게 들키지 않고 전화를 걸 수 있을까 하는 것이었다.

그날 밤 마코토는 좀처럼 잠을 이루지 못했다. 미사와 지즈루와의 재회를 떠올리기만 해도 몸이 달아올랐기 때문이다. 그녀의 웃는 얼굴이 눈앞에 아른거리고 그녀의 목소리가 귓속에서 맴돌았다.

설명회 도중, 실제 연습 광경을 견학하는 순서가 있었다. 마코토는 지즈루를 비롯한 수강생들이 강사의 지도를 받으면서 공을 치는 모습을 뒤에서 바라보았다. 그가 있다는 것을 안 지즈루는 긴장이 되는지 몇 번이나 실수를 했다. 그럴 때마다 그녀는 마코토 쪽을 돌아보며 분홍색 혀를 쏙 내밀었다.

견학이 끝난 후 마코토는 눈 딱 감고 그녀에게 식사를 제안했다.

"집에 가 봐야 먹을 것도 없고 해서 먹고 들어가려던 참이야. 그런데 혼자 먹는 건 재미없잖아."

변명하는 듯한 그의 말에 지즈루는 잠시 망설이다가 "알았어요, 같이 먹어요."라고 웃으며 대답했다. 마코토가 보기에 그녀가 예의상 할 수 없이 그러는 것 같진 않았다.

지즈루는 전철을 타고 골프 연습장에 다닌다고 했다. 마코토는 그녀를 BMW 조수석에 태우고, 몇 번 가 본 적이 있는 파스타 전문점으로 향했다. 유키호와는 같이 간 적이 없는 곳이었다.

레스토랑의 은은한 조명 아래서 마코토는 지즈루와 마주 앉아 식사를 했다. 생각해 보니, 같은 회사에 다닐 때는 둘이서 찻집에조차 간 적이 없다. 마코토는 참으로 편안한 기분이 들었다. 그녀와 보내는 시간이 마치 몸에 잘 맞는 옷을 입은 것 같은 느낌이었다. 그녀와 얘기를 나누니 화제가 끊임없이 샘솟았다. 자신이 마치 달변가라도 된 듯한 기분마저 들었다. 그녀는 까르르 웃고, 때때로 얘기했다. 여러 회사를 옮겨 다닌 그녀의 경험담 중에는 마코토가 미처 몰랐던 유익한 내용도 있었다.

"골프는 왜 시작했어? 다이어트를 위해서?"

마코토가 질문했다.

"어쩌다 보니 하게 됐어요. 굳이 말하자면 자신을 변화시키기 위해서라고 할까요."

"변화시킬 이유가 있었어?"

"그래야 하지 않을까 싶을 때가 있어요, 이 부초 같은 생활을 그만둬야 한다고."

"흐음."

"다카미야 씨는 왜 시작하려고 하시는데요?"

"아……, 나?"

마코토는 대답이 궁했다. 아내가 권해서, 라고 할 수는 없었다.

"그냥 운동 부족을 보충하는 차원에서."

지즈루는 그런대로 납득하는 듯했다.

레스토랑에서 나온 마코토는 그녀를 집까지 바래다주겠다고 했다. 그녀는 사양했지만 그다지 싫어하는 눈치가 아니어서 마코토는 한 번 더 강하게 권유했다. 그러자 이번에는 순순히 그의 뜻을 받아들였다.

의식적이었는지 어떤지는 모르겠지만 식사하는 동안 지즈루는 마코토의 결혼 생활에 관해 일절 묻지 않았다. 물론 그역시 유키호에 관한 얘기나 유키호의 존재를 느끼게 만드는화제는 입에 담지 않았다. 그런데 차가 출발하고 얼마 지나지 않아 지즈루가 이렇게 묻는 것이었다.

"오늘은 부인이 외출했나 봐요?"

그렇게 들어서 그런지 말투가 조금 딱딱한 것 같았다.

"일을 하니까 집을 비우는 일이 잦아."

지즈루는 말없이 고개를 끄덕였다. 그 후로 그녀는 마코토의 아내에 대해 전혀 묻지 않았다.

그녀의 집은 선로 바로 옆에 있는 3층짜리 아담한 아파트에 있었다.

"고마워요. 그럼 다음 주에 봬요."

차에서 내리기 전에 그녀가 말했다.

"응. ……하지만 아까 말했듯이 골프 스쿨에 다니지 못할지도 몰라."

그때까지 마코토는 다니지 않을 작정이었다.

"그렇군요. 바쁘신가 봐요."

지즈루가 아쉽다는 표정을 지었다.

"조금. 하지만 간혹 만날 수는 있을 거야. 전화해도 괜찮지?"

전화번호는 식사 도중에 알아 두었다.

"네."

그녀가 고개를 끄덕였다.

"그럼."

"네, 고맙습니다."

그녀가 차에서 내릴 때 마코토는 그녀의 손을 잡고 싶은 충동에 시달렸다. 손을 잡고 끌어당겨 입을 맞추고 싶었다. 그러나 그것은 물론 상상에 그쳤다.

그녀가 배웅하는 모습을 백미러로 보면서 그는 차를 출발시켰다.

골프 스쿨에 다니기로 했다고 하면 그녀가 기뻐할까. 베개에 머리를 묻은 채 마코토는 생각해 보았다. 빨리 알리고 싶었다. 하지만 그날 밤은 끝내 전화할 기회가 없었다.

앞으로는 매주 그녀를 만날 수 있다. 그런 생각만 해도 그는 소년처럼 가슴이 콩닥거렸다. 벌써부터 토요일이 몹시 기다려졌다.

이런저런 생각에 몸을 뒤척이던 그가 문득 정신을 차려 보니 옆 침대에서 잠든 아내의 숨소리가 들렸다.

오늘 밤은 아내를 안고 싶은 마음이 조금도 없었다.

7

"다들 모여 봐."

나리타가 E반 멤버들을 부른 것은 7월에 들어선 어느 날이었다. 창밖에는 장마철 특유의 가는 비가 부슬부슬 내리고 있었다. 에어컨이 켜져 있는데도 나리타는 와이셔츠 소매를 팔꿈치까지 걷어 올리고 있었다.

"예의 엑스퍼트 시스템 말인데, 시스템 개발부에서 새로운 정보가 들어왔어."

멤버 전원이 모인 것을 확인한 나리타가 그렇게 운을 떼었다. 손에 보고서 한 장을 들고 있었다.

"시스템 개발부에서는 만일 데이터가 유출되었다면 누군가 엑스퍼트 시스템에 무단으로 접근했을 것으로 보고 내내 조사를 했다는군. 그런데 며칠 전에 드디어 흔적을 발견한 모양이야."

"역시 유출된 건가요?"

마코토보다 세 살 많은 선배 직원이 물었다.

"작년 2월에, 사내 워크스테이션을 사용해서 생산 기술 엑스퍼트 시스템 전체를 복사한 자가 있었나 봐. 그런 작업을 할 경우 대개는 기록이 남는데, 그 기록 자체를 조작했다는군. 그래서 여태까지 발견되지 않았나 봐."

계장은 목소리를 낮추어 말했다.

"그렇다면 역시 사내 인물이 데이터를 유출했다는 말인가요?"

마코토가 주위를 살피며 물었다.

"그렇다고 봐야지."

나리타가 긴장한 표정으로 고개를 끄덕거렸다.

"조금 더 조사한 후에 경찰에 신고를 할지 말지 결정하겠다더군. 하지만 그렇다고 시중에 나도는 엑스퍼트 시스템이 우리가 도난당한 거라고 단언할 수는 없어. 어디까지나 내용을 신중하게 조사한 후에 결론을 내릴 일이야. 물론 가능성은 아주 높다고 할 수 있지."

그때 신입 사원인 야마노가 "저……." 하고 손을 들었다.

"내부 인물의 소행이라고도 단정할 수 없지 않을까요. 휴일에 몰래 들어와서 워크스테이션 단말기를 조작했을 수도 있잖아요?"

"ID 카드가 있어야 하잖아, 비밀 번호도 그렇고."

마코토가 말했다.

"아니, 실은 바로 그 점인데 말이야."

나리타가 한층 목소리를 낮췄다.

"야마노 말대로 시스템 개발부 역시 그런 가능성을 염두에 두고 있어. 그게 말이지, 컴퓨터 기술이 뛰어나지 않으면 이런 범행을 저지르기 어렵다는군. 다시 말해서 프로의 짓이라는 거지. 그렇다면 생각할 수 있는 가능성은 두 가지야. 하나는 내부 인물이 범인과 공모했을 경우, 또 하나는 범인이 직원 누군가의 ID와 비밀 번호를 손에 넣었을 경우. 나도 마찬가지지만 다들 ID와 비밀 번호의 중요성을 크게 인식하지 못하고 있으니 그런 틈을 노렸을지도 몰라."

마코토는 바지 뒷주머니에 든 지갑을 더듬어 감촉을 확인했다. 그 안에 사원증이 들어 있다. 그리고 그 사원증 뒤에 워크스테이션 단말기를 사용할 때 필요한 ID와 비밀 번호를 메모해 놓았다.

ID와 비밀 번호를 사람들 눈에 띄는 곳에 함부로 적어 두지 말 것, 마코토는 처음 비밀 번호를 받았을 때 들었던 주의 사항을 떠올렸다. 그리고 '지워 버리는 게 좋을지도 모르겠군.' 하고 생각했다.

"흠…… 도자이 전장에서도 그런 일이 있었군요."

커피가 든 종이컵을 손에 들고 지즈루가 흥미롭다는 듯이 고개를 끄덕였다.

"그럼 다른 회사에서도 그런 일이 있었단 말이야?"

"최근 들어 많아졌어요. 앞으로는 정보가 돈이 되는 시대니까 어느 회사든 컴퓨터에 정보를 저장하고 있잖아요. 그런데 그게 정보를 훔치려는 자들에게는 굉장히 유리한 일이라는 거죠. 전에는 엄청난 분량의 서류에 기록돼 있던 정보가 플로피 디스크 한 장에 들어가니까요. 그것도 키 하나만 누르면 자신이 필요한 부분만 검색할 수도 있고요."

"듣고 보니 그렇군."

"도자이 전장에서 사용되는 건 기본적으로 아직 사내 네트워크뿐이지만, 개중에는 그걸 사외 네트워크에까지 연결하는 회사가 늘어나고 있어요. 그렇게 되면 외부에서 침입하는 것도 가능해지기 때문에 좀 더 귀찮은 사건이 일어날 수 있는 거죠. 미국에서는 벌써 몇 년 전부터 그런 일이 일어나고 있대요. 남의 컴퓨터에 멋대로 침입해 장난질 치는 사람을 해커라고 한다죠."

"흐음."

지즈루는 여러 회사를 옮겨 다녀서 그런지 과연 그쪽 방면의 지식이 풍부했다. 생각해 보면 마코토네 회사의 특허 정보를 마이크로필름에서 컴퓨터로 옮긴 것도 그녀들이었다.

오후 5시가 다 돼 가고 있었다. 마코토는 빈 종이컵을 옆에 있는 쓰레기통에 버렸다. 이글 골프 연습장 로비는 여전히 순서를 기다리는 손님들로 북적거렸다. 마코토와 지즈루는 빈 의자를 찾지 못해 벽 앞에 서서 얘기를 나누는 중이었다.

"그런데 그 후로 어프로치 샷은 연습을 했어?"

마코토는 화제를 골프로 옮겼다.

지즈루가 고개를 저었다.

"연습하러 올 틈이 없었어요. 다카미야 씨는요?"

"나도 지난주 레슨 후로는 클럽을 쥐어 보지도 못했어."

"그래도 다카미야 씨는 잘하시던걸요. 내가 먼저 배우기 시작했는데 이젠 나보다 어려운 걸 배우고 계시잖아요. 역시 운동 신경이 다른 건가……."

"요령이 좋을 뿐이야. 재주가 별로 없는 사람이 결과적으로는 더 숙달된다더군."

"그걸 지금 위로라고 하시는 말이에요? 하나도 기쁘지 않네요."

그러면서도 지즈루는 즐겁다는 듯이 웃었다.

마코토가 골프 스쿨에 다니기 시작한 지 석 달이 지나고 있었다. 그동안 그는 한 번도 거른 적이 없었다. 생각 이상으로 골프가 재미있다는 이유도 있지만, 지즈루를 만나는 기쁨이 그보다 몇 배는 컸다.

"그런데 오늘은 연습 끝나고 어디 갈까?"

마코토가 물었다. 골프 스쿨이 끝난 후 둘이 같이 식사하는 것은 이제 거의 습관이 돼 가고 있었다.

"난 어디든 좋아요."

"그럼 오랜만에 이탤리언으로 할까?"

네, 하고 지즈루가 고개를 끄덕였다. 어리광을 부리는 듯한 표정이다.

"저 말이야,"

마코토가 갑자기 주위를 살피며 목소리를 낮췄다.

"우리 다른 날 한번 만나면 안 될까? 가끔은 시간에 신경 쓰지 않고 얘기를 나누고 싶은데."

싫어하지 않을 거라는 자신은 있었다. 문제는 지즈루가 얼마나 망설이느냐 하는 것이었다. 다른 날 만난다는 것은 골프 연습이 끝나고 돌아가는 길에 같이 식사를 하는 것과는 전혀 의미가 다르기 때문이다.

"난 괜찮아요."

지즈루가 시원스럽게 대답했다. 어쩌면 그렇게 보이도록 했을 뿐인지도 모르지만 그 말투에 부자연스러움은 없었다.

"그럼 대략 날짜를 정해서 연락할게."

"그래요. 일찍 얘기해 주면 스케줄은 조정할 수 있으니까요."

"알겠어."

이 정도 얘기만으로도 마코토는 마음이 달아오르는 걸 느꼈다. 크게 한 걸음 앞으로 내디딘 기분이었다.

8

지즈루와 데이트하는 날이 7월 셋째 주 금요일로 정해졌다. 다음날이 휴일이어야 느긋하게 시간을 보낼 수 있는 데다 그 날은 지즈루도 회사에서 일찍 나올 수 있다고 해서였다.

그리고 그날이 유리한 이유가 하나 더 있었다. 유키호가 그 전날부터 일주일 정도 이탈리아에 가게 된 것이다. 옷을 사러 가는 게 목적이었다. 그녀는 몇 달에 한 번씩 이탈리아에 갔다.

유키호가 출발하기 전날인 수요일 밤, 마코토가 집에 돌아오니 거실에서 유키호가 여행 가방을 꺼내 놓고 짐을 싸고 있었다.

"어서 와요."

말은 그렇게 했지만 그녀의 얼굴은 그가 아니라 테이블 위에 펼쳐진 시스템 다이어리를 향해 있었다.

"저녁은?"

마코토가 물었다.

"스튜 만들어 놨으니까 알아서 먹어요. 보다시피 나는 지금 좀 바빠요."

그 말을 할 때도 유키호는 남편을 쳐다보지 않았다.

마코토는 아무 말 없이 침실로 들어가 티셔츠와 트레이닝

바지로 갈아입었다.

최근 들어 유키호가 변했다고 그는 느끼고 있었다. 얼마 전까지만 해도 아내 노릇을 제대로 못하는 것에 대해 눈물을 흘릴 정도로 반성하곤 했다. 그런데 지금은 '알아서 먹어요.'에 말투도 퉁명스러워졌다.

일이 잘 돼는 데서 생긴 자신감을 남편을 대할 때도 그런 태도로 나타나는 것이리라. 그러나 그보다 자신이 잔소리를 하지 않으니까 더 그렇게 된다고 마코토는 생각했다. 전에는 마음에 들지 않는 일이 있으면 금세 화를 냈지만, 최근에는 언성을 높이는 일이 좀처럼 없었다. 하루하루가 무난하게 지나가면 그걸로 족하다고 생각하고 있다.

미사와 지즈루와의 재회가 모든 것을 바꿔 놓은 것이다. 그날 이후로 마코토는 유키호에게 관심을 갖지 않게 됐고, 관심을 받고 싶어 하지도 않았다. 마음이 떠났다는 건 이런 걸 두고 하는 말인가 보다고 스스로 분석했다.

마코토가 거실로 돌아오자 유키호가 "아, 맞다."라며 말을 꺼냈다.

"오늘 밤 나쓰미 씨가 우리 집에 와서 자기로 했어요. 그러면 내일 공항에 같이 가기가 편하니까요."

"나쓰미 씨라니?"

"만난 적 없나? 처음부터 우리 가게에 있었는데. 이번에는 그녀와 둘이 가거든요."

"어디서 재울 건데?"

"작은 방 치워 놨어요."

뭐든 마음대로 결정하고 통보만 하는군, 마코토는 그렇게 한마디 해 주고 싶은 걸 가까스로 참았다.

나쓰미라는 여자는 10시가 조금 지나서 왔다. 스무 살이 갓 넘었겠다 싶은 단정하게 생긴 여자였다.

"나쓰미 씨, 설마 그런 차림으로 가려는 건 아니지?"

빨간 티셔츠에 청바지 차림으로 나타난 그녀를 보고서 유키호가 물었다.

"내일은 투피스 입을 거예요. 이 옷은 짐에 넣어 갈 거고요."

"티셔츠나 청바지는 필요 없어, 놀러 가는 게 아니니까. 그건 여기 두고 가."

유키호의 말투는 마코토가 지금까지 들어 본 적 없을 정도로 냉혹했다.

네, 하고 나쓰미가 힘없는 소리로 대답했다.

그녀들이 거실에서 뭔가 의논하기 시작하는 걸 보고 마코토는 샤워를 하러 들어갔다. 그가 욕실에서 나왔을 때는 두 사람의 모습이 보이지 않았다. 다른 방으로 옮겨 간 듯했다.

마코토는 거실 장식장에서 잔과 스카치위스키를 꺼내 냉장고에 있던 얼음으로 온더록스를 만들었다. 그리고 텔레비전

앞에 앉아 그것을 마시기 시작했다. 그는 맥주는 그다지 좋아하지 않는다. 혼자서 느긋하게 마실 때는 언제나 스카치 온더록스를 선택했다. 그것이 매일 밤의 즐거움이기도 했다.

문이 열리더니 방에서 유키호가 나왔다. 그러나 마코토는 그녀에게 시선을 주지 않았다. 그의 눈은 스포츠 뉴스에 고정돼 있었다.

"여보."

유키호가 그를 불렀다.

"텔레비전 소리 좀 낮춰요. 나쓰미 씨가 잠을 못 자잖아요."

"그 방까지는 안 들릴 텐데."

"들려요. 들리니까 줄이라는 거죠."

가시 돋친 말투였다. 그 말투가 신경에 거슬렸지만 마코토는 아무 말 없이 리모컨을 집어 텔레비전 볼륨을 줄였다.

그러나 유키호는 선 채 그대로 있었다. 그녀의 시선이 느껴졌다. 뭔가 할 말이 있는 듯했다. 미사와 지즈루에 관한 것일까 하는 생각이 언뜻 머리를 스쳤다. 하지만 그럴 리 없었다.

이윽고 유키호가 한숨을 쉬더니 말했다.

"당신은 참 좋겠어요."

뭐, 하며 마코토가 유키호를 보았다.

"뭐가 좋겠다는 거지?"

"날이면 날마다 그러고 지내잖아요. 술 마시고 프로 야구

소식 보고……."

"그럼 안 되나?"

"누가 안 된다고 그랬어요, 좋겠다고 했지?"

그리고 유키호는 침실 쪽으로 돌아섰다.

"잠깐, 그게 무슨 뜻이야? 무슨 말이 하고 싶은 거냐고? 하고 싶은 말이 있으면 분명하게 말해."

"큰 소리 내지 마요. 들리잖아요."

유키호가 눈썹을 찌푸렸다.

"시비는 당신이 걸었어. 하고 싶은 말이 뭐냐고 묻잖아."

"내가 뭘요?"

그러더니 유키호가 마코토를 향해 몸을 돌렸다.

"당신에게도 꿈이라는 게 있나 하는 생각이 들어요. 야심이라든가 성취욕 같은 거 말이에요. 자신을 갈고닦는 노력은 전혀 하지 않고 그렇게 매일 똑같은 일을 반복하면서 나이를 먹어 갈 작정인가요."

그 말이 마코토의 신경을 몹시 자극했다. 그는 온몸이 화끈해지는 걸 느꼈다.

"당신은 야심도 있고 성취욕도 있다는 건가, 비즈니스우먼 흉내나 내고 있는 게 아니고?"

"나는 제대로 하고 있어요."

"그게 누구 가겐데? 내가 사 준 거잖아."

"임대료 내고 있잖아요. 그리고 부모에게 물려받은 땅을 팔아서 산 걸 가지고 뭘 그렇게 큰소리예요."

마코토가 벌떡 일어나 유키호를 노려보았다. 그녀도 험악한 눈길로 그를 쏘아보았다.

"그만 잘게요. 아침 일찍 나가야 하니까. 당신도 그만 자는 게 좋지 않겠어요, 적당히 마시고."

"상관 마!"

"그럼 잘 자요."

한쪽 눈썹을 꿈틀하고서 유키호는 침실로 사라졌다.

마코토는 다시 소파에 앉아 스카치 병을 들었다. 그리고 얼음이 별로 남지 않은 잔에 술을 콸콸 따랐다.

그것을 집어 벌컥 들이켜자 평소보다 쓴맛이 났다.

눈을 뜨는 순간 심한 두통이 밀려왔다. 마코토는 얼굴을 찡그리고 뿌연 눈을 비볐다. 화장대 앞에 앉아 화장을 하고 있는 유키호의 뒷모습이 눈에 들어왔다.

자명종을 보았다. 슬슬 일어나야 할 시간이다. 그런데 몸이 납덩어리처럼 무겁다.

유키호에게 뭔가 말을 하려고 했지만 할 말이 떠오르지 않았다. 그녀의 모습이 왠지 아주 멀리 있는 것처럼 느껴졌다.

그때 거울에 비친 그녀의 얼굴을 보고 그는 어, 하고 의아해했다. 그녀가 한쪽 눈에 안대를 하고 있었다.

"어떻게 된 거야, 그건?"

그가 물었다.

립스틱을 바르고 화장품 가방을 정리하던 유키호가 손을 멈췄다.

"그거라니요?"

"왼쪽 눈 말이야. 안대를 하고 있잖아."

유키호가 천천히 그를 돌아보았다. 가면처럼 표정이 없었다.

"어젯밤 그거죠."

"그거?"

"기억 안 나요?"

마코토는 입을 다물고 어젯밤의 기억을 더듬었다. 유키호와 말다툼을 한 뒤 술을 좀 많이 마셨다는 것까지는 어렴풋이 기억났다. 그런데 그 후로 뭘 했는지 떠오르지 않는다. 잠이 몹시 쏟아졌다는 것만 희미하게 생각날 뿐 자세한 상황은 전혀 기억에 없었다. 두통도 기억의 회복을 방해하고 있다.

"내가 무슨 짓을 한 건가?"

마코토가 물었다.

"자고 있는데 갑자기 와서 이불을 젖히더니……."

유키호는 침을 한 번 삼킨 뒤 말을 이었다.

"뭐라고 소리를 지르면서 나를 때렸어요."

"뭐?"

마코토의 눈이 휘둥그레졌다.

"난 그런 짓 한 적 없어."

"무슨 소리를 하는 거예요? 때렸잖아요, 머리며 얼굴이며. 그래서 이 꼴을 하고 있는 거 아니에요."

"전혀 기억나지 않아."

"많이 취한 것 같았어요."

유키호는 의자에서 일어나 문을 향해 걸어갔다.

"기다려 봐."

마코토가 그녀를 불러 세웠다.

"정말 기억이 안 나."

"그렇겠죠. 하지만 난 기억나요."

"유키호."

그는 일단 숨을 골랐다. 머릿속이 혼란스러웠다.

"만약 내가 그런 짓을 했다면 사과할게. 미안해."

유키호는 선 채로 잠시 고개를 숙이고 있다가 "다음 주 토요일에 돌아와요."라고 말한 뒤 문을 열고 나갔다.

마코토는 베개에 머리를 눕혔다. 그리고 천장을 올려다보며 다시 한 번 기억을 더듬었다.

그러나 역시 아무것도 떠오르지 않았다.

지즈루가 손에 든 텀블러의 얼음이 달그락 소리를 냈다. 그녀의 눈 아래에 살짝 붉은 기가 돈다.

"오늘 정말 즐거웠어요. 재밌는 얘기도 나누고, 맛있는 것도 먹고요."

지즈루는 노래하듯 고개를 좌우로 천천히 흔들며 말했다.

"나도 더할 수 없이 즐거웠어. 이렇게 좋은 기분, 오랜만에 느껴 보는군."

카운터에 팔꿈치를 올려놓고 그녀를 향해 앉은 자세로 마코토가 말했다.

"당신 덕분이야. 같이 있어 줘서 정말 고마워."

누가 들으면 얼굴을 붉힐 만한 대사였지만 다행히 바텐더는 옆에 없었다.

두 사람은 아카사카의 어느 호텔 바에 있었다. 프렌치 레스토랑에서 식사를 한 후 이곳으로 왔다.

"고맙다는 말은 내가 해야죠. 뭐랄까, 지난 몇 년 동안 쌓인 답답함이 단번에 사라진 것 같아요."

"뭐가 그렇게 답답한데?"

"저도 여러 가지로 고민이 많은걸요."

그러더니 지즈루는 싱가포르 슬링을 한 모금 마셨다.

"나는 말이지."

시버스 리걸이 담긴 잔을 흔들면서 마코토가 말했다.

"당신을 다시 만나서 정말 기뻐, 하늘에 감사하고 싶을 정도로."

듣기에 따라서는 대담한 고백이었다. 지즈루는 미소를 머금은 채 살며시 눈을 내리깔았다.

"당신에게 털어놓고 싶은 얘기가 있어."

그가 그렇게 말하자 지즈루가 고개를 들었다. 눈이 약간 젖어 있었다.

"3년 전쯤 나는 결혼을 했지. 그런데 실은 결혼식 전날 중대한 결심을 하고 어떤 장소에 갔었어."

지즈루가 고개를 삐딱하게 기울였다. 그녀의 얼굴에서 미소가 사라졌다.

"그때 일을 당신에게 밝히고 싶어."

"네······."

"단, 우리 둘만 있는 곳에서."

놀란 듯 눈을 크게 뜨고 바라보는 그녀에게 마코토가 오른손을 펼쳐 내밀었다. 손바닥 위에 호텔 키가 놓여 있었다.

지즈루는 고개를 숙인 채 아무 말도 하지 않았다. 그 마음의 흔들림이 마코토에게는 손에 잡힐 듯 느껴졌다.

"어떤 장소라는 곳은."

그러고서 마코토는 잠시 틈을 두었다.

"파크 사이드 호텔이야, 그날 밤 당신이 묵기로 했던 호텔."

그녀가 다시 고개를 들었다. 이번에는 그녀의 눈이 완전히 붉게 물들어 있었다.

"방으로 ……가자."

지즈루는 그의 눈을 똑바로 바라보며 고개를 위아래로 천천히 움직였다.

방으로 향하면서 마코토는 마음속으로 중얼거렸다. 그래, 이걸로 된 거야. 지금까지 잘못된 길을 걸어왔어. 이제야 겨우 올바른 이정표를 찾은 거야.

방 앞에서 걸음을 멈춘 그는 열쇠 구멍에 키를 꽂았다.

10

의뢰인의 이름은 다카미야 유키호라고 했다. 여배우 뺨치리만큼 얼굴이 예쁜 여자다. 다만 그 표정은 다른 의뢰인들과 다름없이 어두웠다.

"그러니까 남편 쪽에서 먼저 이혼하자고 했단 말이죠."

"네."

"그런데 그 이유를 분명하게 말하지 않는다는 거죠, 그냥 당신과는 같이 살 수 없다고만 할 뿐?"

"네."

"뭔가 짚이는 건 없나요?"

이 질문에 의뢰인은 잠시 머뭇거리다가 입을 열었다.

"좋아하는 여자가 생긴 것 같아요. 저…… 그 여자에 대해 알아봤어요."

그녀는 샤넬 핸드백에서 사진을 몇 장 꺼냈다. 사진에는 다양한 장소에서 밀회를 즐기는 남녀의 모습이 선명하게 찍혀 있었다. 머리에 7 대 3 가르마를 낸, 착실한 회사원 같아 보이는 남자와 쇼트커트의 젊은 여자는 둘 다 무척 행복해 보였다.

"이 여자에 대해 남편에게 물어봤나요?"

"아니요, 아직. 일단 상담부터 받아 보려고요."

"그럼 당신은 헤어질 의사가 있는 건가요?"

"네, 더는 안 된다고 생각해요."

"무슨 일이 있었나요?"

"이 여자와 사귄 다음부터 그러지 않았을까 싶은데, 때로 폭력을……. 술에 취했을 때지만요."

"정말 너무하군요. 그 일을 알고 있는 사람이 있나요? 증인이 있느냐는 뜻이에요."

"아무에게도 얘기하지 않았어요. 다만 딱 한 번, 가게에서 일하는 여직원이 집에 와서 잤을 때도 그런 일이 있었어요.

그러니까 그녀는 기억하고 있을 거예요."

"알겠습니다."

여변호사는 메모를 하면서, 이 정도라면 공격할 방법은 얼마든지 있다고 생각했다. 이렇게 겉으로는 좋은 사람 같아 보이는데 아내에게 폭력을 휘두르는 타입을 그녀는 가장 혐오했다.

"믿기지 않아요, 그 사람이 이런 짓을 하다니. 예전에는 더없이 자상했거든요."

다카미야 유키호는 흰 손으로 입을 막고 흐느껴 울기 시작했다.

10
장

1

 주차장으로 들어간 이마에다 나오미는 얼굴을 찡그렸다. 수십 대를 주차할 수 있는 공간이 거의 꽉 차 있었다. 거품은 다 꺼진 거 아니야? 하고 그는 혼자 중얼거렸다.

 맨 안쪽 자리에 애마 프렐류드를 세운 이마에다는 트렁크에서 캐디 백을 꺼냈다. 캐디 백이 부옇게 먼지를 뒤집어쓴 것은 2년 넘게 방구석에 마냥 처박아 두었기 때문이다. 직장 선배가 권하는 바람에 골프를 시작했고 꽤 열심이던 때도 있었지만, 독립해서 혼자 일을 하게 된 후로는 캐디 백에서 클럽을 꺼내는 일조차 없어지고 말았다. 바빠서가 아니라 필드에 나갈 기회가 없었던 것이다. 혼자인 사람에게는 맞지 않는 스포츠라고 절실하게 생각한다.

 싸구려 비즈니스호텔을 연상케 하는 이글 골프 연습장의 정면 현관을 통해 안으로 들어간 그는 새삼 진저리를 쳤다. 순서를 기다리는 골퍼들이 로비에서 따분한 표정으로 텔레비전을 보고 있는데 그 수가 열 명 가까이 되는 것이다.

갔다가 나중에 다시 오고 싶은 심정이었지만, 평일에 오지 않는 한 상황은 달라지지 않겠다 싶어 하는 수 없이 카운터에 가서 번호표를 받았다.

비어 있는 소파에 걸터앉아 이마에다는 멍하니 텔레비전을 보았다. 스모 경기 중계가 나오고 있었다. 바야흐로 여름 스모 시즌이다. 아직 시간이 일러서인지 화면에는 주료(스모의 여러 품계 중 하나. 스모의 품계는 위에서부터 크게 마쿠우치와 주료, 마쿠시타, 삼단메, 조니단, 조노구치로 나뉘며, 마쿠우치는 다시 요코즈나, 오제키, 세키와케, 고무스비, 마에가시라로 나뉜다-옮긴이)의 경기가 펼쳐지고 있었다. 최근에는 스모의 인기가 높아져서 마쿠우치의 전반 경기나 주료에도 주목하는 팬이 많아졌다. 와카노하나와 다카노하나 형제, 다카토리키, 마이노우미 같은 새로운 스타가 등장했기 때문일 것이다. 특히 다카노하나는 지난 시즌에 사상 최연소로 수훈상, 감투상, 기능상을 휩쓴 데 이어 이번 시즌 첫날에는 지요노후지를 꺾고 역시 사상 최연소 긴보시(세키와케 이하의 선수가 서열 1위인 요코즈나를 꺾는 일-옮긴이)가 되었다. 지요노후지는 그 이틀 후 또다시 다카토리키에게 패했고 그 경기를 끝으로 은퇴를 결의했다.

텔레비전을 보면서 이마에다는 시대가 확실히 변하고 있다고 생각했다. 매스컴은 연일 거품 경제의 종언을 전하고 있었다. 주식이나 땅으로 큰돈을 벌고 있는 사람들도 앞으로는 그 꿈이 거품처럼 꺼지는 것을 보고 안색이 바뀌게 될 것이다. 그에 따라 이 나라도 조금은 조용해질지 모르겠다고 이마에다는 기대하고 있었다. 고흐의 그림을 50억 엔 이상 주고 사다니, 세상이 미쳐 돌아간다는 증거다.

다만 젊은 여성들이 사치하고 멋 부리는 건 별 변화가 없는 모양이라고 그는 로비를 둘러보면서 생각했다. 예전에는 골프 하면 남자들의 놀이였다. 그것도 어느 정도 지위를 쌓은 성인 남자들의 스포츠였다. 그러던 것이 요즘은 젊은 여자들에게 골프장을 완전히 점거당한 꼴이 됐다고들 한다. 실제로 이 연습장도 순번을 기다리는 골퍼의 절반은 여자였다.

하기야 그러니까 나 같은 사람도 오랜만에 클럽을 잡게 되었지만, 하고 그는 속으로 씁쓸하게 웃었다. 학생 시절의 친구에게 전화가 온 것은 나흘 전이었다. 친구는 호스티스 두 명을 골프장에 데려가게 됐는데 같이 가지 않겠느냐고 물었다. 같이 가기로 한 남자에게 사정이 생긴 모양이었다.

그러잖아도 요즘 운동다운 운동을 통 못했다는 생각이 들어서 제안에 응하기로 했다. 물론 젊은 여자들이 동행한다는 소리에 흑심이 싹튼 것도 사실이다.

한 가지 걱정되는 점은 한동안 클럽을 잡지 않았다는 것이었다. 그래서 이 연습장을 떠올리고 이렇게 찾아온 것이다. 필드에 나가는 날은 2주일 후였다. 그때까지 창피를 당하지 않을 정도로는 감을 회복하고 싶었다.

타이밍이 좋았는지 30분 정도 기다리자 방송에서 이마에다의 이름을 불렀다. 카운터에서 타석 번호가 쓰인 카드와 골프공을 뽑는 데 사용하는 코인을 받아 들고 레인지로 나갔다.

지정된 타석은 1층 오른편 가장자리였다. 가까이에 있는 골프공 대출기에 코인을 넣고 일단 공 두 바구니를 뽑았다.

가볍게 스트레칭을 하고 타석에 섰다. 오랜만이라 과거에 주특기였던 7번 아이언부터 시작하기로 했다. 그것도 풀 스윙이 아닌 컨트롤 샷으로.

처음에는 조금 어색했지만 차츰 감각이 되살아났다. 공을 스무 개 정도 쳤을 무렵에는 클럽을 힘껏 휘두를 수 있었다. 체중 이동도 매끄럽고, 공이 타구면의 스위트 스폿에 맞는 느낌도 들었다. 눈어림으로 백오륙십 야드는 날리는 것 같았다. 뭐야, 공백이 길었는데도 실력이 녹슬지 않았잖아, 라며 이마에다는 흡족해했다. 골프에 열중하던 시절, 아는 프로에게 레슨을 받은 덕인지도 모르겠다.

클럽을 5번 아이언으로 바꾸고 공 몇 개를 쳤을 때 비스듬히 옆쪽으로부터 시선이 느껴졌다. 바로 앞 타석에서 공을 치던 남자가 의자에 앉아 쉬고 있었는데, 그가 자신의 샷을 지켜보는 것 같았다. 기분이 나쁜 건 아니지만 신경이 쓰였다.

이마에다는 클럽을 바꾸면서 남자 쪽을 힐끔 보았다. 젊은 남자였다. 서른 살이 채 안 되어 보인다.

다음 순간 이마에다는 어라, 하면서 고개를 갸웃했다. 어디선가 만난 적이 있는 것 같았다. 이마에다는 다시 한 번 곁눈으로 그를 훔쳐보았다. 역시 만난 기억이 있다. 어디서 봤더라……. 그러나 남자의 태도로 봐서 저쪽은 이마에다를 모르는 듯하다.

기억을 떠올리지 못한 채 이마에다는 3번 아이언으로 연습을 시작했다. 잠시 후에는 앞의 남자도 공을 치기 시작했다. 꽤 괜찮은 실력이다. 게다가 폼도 좋았다. 드라이버로 친 공이 2백 야드 앞에 있는 네트를 향해 똑바로 날아간다.

남자가 고개를 약간 오른쪽으로 돌렸을 때였다. 목덜미에 나란히 있는 사마귀 두 개가 보였다. 그것을 본 이마에다는 하마터면 어, 하고 소리를 지를 뻔했다. 그가 누구인지 퍼뜩 떠오른 것이다.

다카미야 마코토였다. 도자이 전장 주식회사 특허 라이선스부 소속.

아, 그래, 하면서 이마에다는 고개를 끄덕였다. 이 남자를 여기에서 만난 건 우연도 그 무엇도 아니었다. 골프 연습을 해야겠다 마음먹었을 때 금세 이 연습장이 떠오른 것은 3년 전 어떤 사건이 있었기 때문이다. 그리고 다카미야라는 남자도 그때 알았다.

그러나 다카미야 쪽에서는 이마에다를 알 리 없다. 그건 당연한 일이었다.

그 후 어떻게 되었을까, 이마에다는 문득 궁금했다. 그 여자와 지금도 사귀고 있을까.

3번 아이언이 뜻대로 잘 쳐지지 않아 잠시 쉬기로 한 이마에다는 자동판매기에서 콜라를 뽑아 의자에 앉았다. 그리고 다카미야가 공을 치는 모습을 바라보았다. 다카미야는 피칭 샷을 연습하고 있었다. 목표 지점은 50야드 앞에 있는 깃발인 듯했다. 하프 스윙으로 친 공이 붕 떠올랐다가 깃발 바로 옆에 떨어진다. 멋들어진 솜씨다.

그의 시선을 느꼈는지 다카미야가 뒤를 돌아보았다. 이마에다는 그 눈길을 피하며 콜라 캔에 입을 댔다.

그때 다카미야가 이마에다 쪽으로 다가왔다.

"이거, 브라우닝이죠?"

네? 하고 이마에다가 얼굴을 들었다.

"아이언 말입니다. 브라우닝 아닌가요?"

다카미야가 이마에다의 캐디 백 안을 가리켰다.

"아아."

이마에다는 아이언 헤드에 새겨진 메이커 이름을 확인했다.

"그런 것 같군요, 난 잘 몰랐는데."

어쩌다 불쑥 들른 골프 숍에서 충동구매한 것이었다. 가게 주인은 자신이 강력하게 추천하는 물건이라면서 그 아이언 세트를 꺼내 왔다. 그리고 그것이 얼마나 좋은지 구구절절이 늘어놓은 후 이마에다처럼 마른 체형에 알맞은 것이라고 덧붙였다. 하지만 이마에다가 그것을 사기로 마음먹은 것은 주인의 설명을 믿어서가 아니라 브라우닝이라는 메이커 이름이 마음에 들었기 때문이다. 그에게는 총에 미쳐 있던 시절이 있었다.

"잠깐 보여 주실 수 있을까요?"

다카미야가 물었다.

"네, 물론이죠."

그러자 다카미야가 캐디 백에서 5번 아이언을 꺼냈다.

"친구 중에 갑자기 잘 치게 된 녀석이 있었는데, 그 녀석이 브라우닝을 사용하더라고요."

"그래요? 그분 실력이 좋아졌던 거 아닐까요?"

"하지만 아이언을 바꾼 후부터 갑자기 좋아졌는걸요. 그래서 저도 제게 맞는 클럽을 다시 찾아야 하나 생각했었죠."

"그랬군요. 하지만 지금도 충분히 잘 치시는데요."

"아닙니다. 필드에 나가면 영 엉망이에요."

그러고서 다카미야는 준비 자세를 취한 뒤 가볍게 스윙을 해 보았다.

"흐음, 그립이 좀 가늘군요……."

"괜찮으니까 공을 한번 쳐 보시죠."

"그래도 됩니까?"

"그럼요."

그렇다면, 이라며 다카미야는 이마에다의 클럽을 들고 타석에 섰다. 그리고 한 개, 두 개, 공을 치기 시작했다. 스핀이 걸린 공이 기세 좋게 뻗어 나갔다.

"멋지군요."

이마에다가 말했다. 듣기 좋으라고 한 말이 아니었다.

"느낌이 아주 좋은데요."

다카미야도 만족스러운 듯 말했다.

"마음껏 쳐 보세요. 저는 우드 연습을 할 거니까요."

"그래요? 감사합니다."

다카미야가 다시 공을 치기 시작했다. 미스 샷이 거의 없었다. 그건 클럽 덕분이 아니라 그의 폼이 정확하기 때문이었다. 역시 스쿨에 다닌 보람이 있군, 하고 이마에다는 생각했다.

그렇다. 다카미야는 이 골프 스쿨에 다녔다. 그리고 여기서 같이 연습하던 여자와 사귀었다.

좀 더 생각해 보니 여자의 이름이 떠올랐다. 미사와 지즈루라는 이름이었다.

2

3년 전, 이마에다는 '도쿄 종합 리서치'라는 회사에 있었다. 기업이나 개인에 관한 조사 전반을 취급하는 회사로, 전국 열일곱 군데에 사무실이 있었는데 이마에다가 근무한 곳은 메구로 사무실이었다. 이 회사의 특징은 기업 고객이 많다는 것이었다. 고객들의 의뢰 내용으로는, 거래를 고려 중인 회사의 실적과 경영 실태를 파악해 달라는 것에서부터 자기네 회사의 어느 사원에게 헤드헌터가 접근할 가능성이 있으니 알아봐 달라고 하는 것까지 실로 다양했다. 젊은 사장이 어느 여사원과 관계하고 있는지 조사해 달라는 의뢰가 들어온 적도 있었다. 그 젊은 사장이 임원실 소속 여사원 네 명모두에게 손을 댔다는 사실이 밝혀졌을 때는 조사를 담당한이마에다와 동료들도 어이가 없어 웃지 않을 수 없었다.

도자이 전장 주식회사 관계자라고 밝힌 사람이 의뢰한 건도 참으로 묘한 내용 중 하나였다. 그는 모 회사의 어떤 제품에 대해 조사해 달라고 했다. 모 회사란 메모릭스라는 이름의 소프트웨어 개발 회사이고, 어떤 제품이란 그 회사에서 발매하고 있는 '금속 가공 엑스퍼트 시스템'이라는 소프트웨어였다. 그 소프트웨어의 개발 경위와 개발자의 경력, 교제범위 등을 조사해 달라는 것이었다.

의뢰인은 조사의 목적에 대해서는 자세히 얘기해 주지 않았지만, 그의 말 중 몇몇 단어로 미루어 막연하게나마 짐작할 수는 있었다. 아마도 도자이 전장에서는 그 소프트웨어가 자사가 개발한 소프트웨어를 무단으로 도용한 것이 아닌가 의심하는 듯했다. 하지만 제품을 비교한 것만 가지고는 도용 사실을 입증하기 곤란하다고 판단하고 누가 훔쳤는지를 밝혀내려 한 것이다. 컴퓨터 소프트웨어를 훔치려면 도자이 전장 내부에 반드시 공범이 있어야 하므로, 메모릭스의 개발 담당자 주변을 조사하다 보면 도자이 전장과의 접점이 발견되지 않을까 하는 것이 의뢰인의 생각인 듯했다.

도쿄 종합 리서치 메구로 사무실에는 약 스무 명의 조사원이 있었다. 그 가운데 절반이 그 일에 매달리게 됐다. 이마에다도 그중의 한 명이었다.

조사를 시작한 지 2주 정도 지나자 메모릭스라는 회사의 실태가 거의 드러났다. 1984년에 설립되었으며, 대표는 전직 프로그래머였던 안자이 도오루라는 남자였다. 아르바이트생을 포함해 12명의 시스템 엔지니어가 있고, 주로 업체들의 의뢰를 받아 갖가지 시스템을 개발함으로써 실적을 올리고 있었다.

그런데 문제의 금속 가공 엑스퍼트 시스템에는 아닌 게 아니라 이해할 수 없는 점이 많았다. 가장 큰 의문점은 금속 가공에 관한 방대한 노하우와 데이터를 어디서 입수했느냐 하는 것이었다. 표면상으로는 어느 중견 금속 재료 회사가 기술 협력을 했다고 되어 있었지만, 자세히 알아 보니 그 금속 재료 회사는 이미 개발된 소프트웨어를 확인하는 작업만 했을 뿐이었다.

맨 먼저 생각해 볼 수 있는 것은 그동안 거래한 고객으로부터 얻은 데이터를 유용한 것이었다. 메모릭스는 여러 회사와 협력 관계에 있으므로 상대 회사의 기술 정보를 접할 기회가 많았다. 당연히 개중에는 금속 가공에 관한 정보도 있었을 것이다.

그러나 이것은 현실적으로 가능성이 적었다. 정보 관리에 대해서 메모릭스는 고객과 세세한 계약을 맺고 있었으므로, 직원이 무단으로 정보를 회사 밖으로 갖고 나가거나 외부에 흘린 것이 발각될 경우에는 메모릭스에 엄청난 페널티가 부과되기 때문이었다.

그런 만큼 도자이 전장의 소프트웨어가 도난당한 것이라는 주장은 설득력이 있었다. 메모릭스는 도자이 전장과는 접점이 전혀 없었다. 그리고 도자이 전장의 소프트웨어가 사외로 나간 적도 없었다.

조사를 계속하던 중 드디어 한 남자가 부각되었다. 메모릭스의 주임 개발원이라는 직함을 가진 아키요시 유이치라는 사람이었다.

이 남자가 메모릭스에 입사한 것은 1986년이었다. 그 직후 메모릭스는 갑자기 금속 가공 엑스퍼트 시스템을 연구하기 시작했고, 그다음 해에는 개발이 거의 완료되었다. 상식적으로는 도저히 납득할 수 없는 속도였다. 보통 짧아도 3년은 걸리는 연구이기 때문이다.

아키요시 유이치가 입사할 때 금속 가공 엑스퍼트 시스템의 기초가 되는 정보를 선물로 가져간 것이 아닐까, 그것이 이마에다와 동료들이 세운 가설이었다.

그런데 아키요시에 대해 알 수 있는 것이 거의 없었다.

사는 곳은 도시마 구의 임대 아파트이지만 전입신고가 되어 있지 않았다. 그래서 이마에다를 비롯한 조사원들이 아파트 관리 회사를 찾아 아키요시의 입주 전 주소를 조사했다. 그 결과 뜻밖에도 나고야로 돼 있었다.

조사원들은 당장 그 주소로 가 보았다. 그런데 그곳에는 높은 빌딩이 서 있었고, 근처 사람들에게 물어보았지만 그 빌딩이 서기 전에 아키요시라는 사람이 살았다는 얘기는 들을 수 없었다. 구청에서 조사한 결과도 마찬가지였다. 아키요시 유이치는 주민 등록이 아예 없었다. 또한 아키요시가 집을 임대할 때의 보증인도 주소가 나고야로 되어 있었지만 그곳에도 사는 사람은 아무도 없었다.

아무래도 집을 임대할 때 아키요시가 관리 회사에 제출한 서류는 위조된 것일 가능성이 높았다. 즉 아키요시 유이치라는 이름조차 본명이 아닐 수도 있었던 것이다.

아키요시는 대체 어떤 인물인가. 그것을 밝히기 위해 가장 기본적인 조사가 이루어졌다. 즉, 그의 행동을 감시하게 된 것이다.

도시마 구에 있는 아키요시의 아파트에는 그가 집을 비운 사이 도청기가 설치됐다. 집 안에서 이루어지는 대화와 전화 내용을 도청하기 위해서였다. 또한 그에게 배달되는 우편물은 서류와 등기를 제외하고 거의 전부 개봉해서 내용물을 살폈다. 살펴보고 난 우편물은 도로 봉해서 우편함에 넣었다. 물론 이런 수단을 통해 얻은 정보는 재판에서는 사용할 수 없었지만 무엇보다 그의 정체를 밝히는 것이 급선무였다.

아키요시는 회사와 집만 오가는 생활을 하는 것으로 보였다. 집에 찾아오는 사람도 없고, 통화 내용에도 특별한 의미가 담겨 있을 만한 것은 없었다. 아니, 전화가 걸려 오는 일조차 거의 없었다.

"이 인간은 대체 무슨 낙으로 사는지 모르겠군. 고독 그 자체잖아."

이마에다와 이인조로 움직이는 조사원이 모니터에 비친 그의 방 창문을 보며 그렇게 말한 적이 있었다. 세탁소 밴으로 위장한 차 안에서의 일이다. 밴의 지붕에 카메라가 설치돼 있었다.

"도피 생활을 하고 있는지도 모르지. 그래서 정체를 숨기고 있는 거 아닐까."

"사람을 죽였다든지?"

동료는 그렇게 말하고 히죽 웃었다.

"그럴지도 모르지."

이마에다도 웃음으로 답했다.

아키요시에게 연락을 취할 만한 상대가 적어도 한 명은 있다는 사실이 알려진 것은 그로부터 며칠이 지나서였다. 그가 집에 있을 때 갑자기 날카로운 전자음이 울리기 시작한 것이다. 호출기에서 나는 소리였다. 이마에다는 긴장한 채 헤드폰에 온 신경을 집중했다. 아키요시가 어딘가로 전화를 할 것이라고 생각했기 때문이다.

그런데 아키요시는 전화를 거는 대신 즉시 집을 나갔다. 그리고 아파트 단지 밖까지 나와 걷기 시작했다. 이마에다 일행은 서둘러 그의 뒤를 밟았다.

잠시 후 아키요시는 공중전화 부스에 들어가 어딘가로 전화를 걸더니 무표정한 얼굴로 한참 얘기를 나눴다. 그러는 동안 그는 줄곧 주위를 살폈다. 그래서 이마에다 일행은 가까이 접근할 수가 없었다.

그런 일이 몇 번인가 되풀이됐다. 호출기가 울리면 아키요시는 전화를 하러 밖으로 나갔다. 절대로 집 전화를 사용하지 않기에 혹시 도청기가 설치된 사실을 알아채지 않았나 싶기도 했지만, 만일 그랬다면 진즉 제거해 버렸을 것이라는 의견이 지배적이었다. 그렇다면 아키요시는 중요한 전화는 외부 전화를 이용하는 게 습관이 되지 않았을까 싶었다. 공중전화도 한 군데서만 걸지 않고 매번 다른 전화를 이용하는 철저함을 보였다.

누가 호출을 하는 걸까, 그것이 당시로서는 가장 큰 수수께끼였다.

그런데 그 수수께끼가 풀리지 않은 상태에서 사태는 다른 방향으로 흘러갔다. 아키요시가 이해할 수 없는 행동을 하기 시작한 것이다.

어느 목요일, 아키요시는 회사 일이 끝나자 신주쿠로 갔다. 이마에다 등이 조사를 시작한 이래 처음 있는 일이었다. 아키요시는 신주쿠 역 서쪽 출구 근처의 찻집으로 들어갔다. 그리고 거기서 한 남자를 만났다. 나이는 사십 대 중반 정도. 야위고 작은 체구에 가면처럼 표정을 읽을 수 없는 얼굴이었다. 이마에다는 그 남자를 보는 순간 가슴이 두근거리는 것을 느꼈다.

아키요시는 남자에게서 커다란 봉투를 받았다. 그리고 내용물을 확인한 후 교환하듯이 조그만 봉투를 건넸다. 남자가 봉투를 열어 내용물을 꺼냈다. 현찰이었다. 그는 그것을 재빨리 세어 본 다음 윗도리 안주머니에 집어넣은 후 종이 한 장을 아키요시에게 내밀었다.

영수증이군, 하고 이마에다는 짐작했다.

두 사람은 몇 분 동안 얘기를 나누다가 동시에 자리에서 일어났다. 이마에다와 동료는 각각 두 사람을 미행하기로 했다. 이마에다가 따라간 것은 아키요시 쪽이다. 아키요시는 찻집을 나와 곧바로 집으로 돌아갔다.

동료가 미행한 남자는 도내에 사무실이 있는 탐정 사무소 소장이었다. 소장이래야 직원은 조수이자 아내인 여자 달랑 한 명뿐이라고 했다.

역시, 하고 이마에다는 생각했다. 그 남자에게서는 같은 직종에 종사하는 사람 특유의 분위기가 풍겼다.

아키요시가 탐정을 고용해서 뭘 조사했는지 궁금했다. 도쿄 종합 리서치와 조금이라도 연관이 있는 탐정 사무소였다면 알아낼 방법이 없지 않았겠지만, 아키요시가 고용한 탐정은 어디에도 소속되지 않은 프리랜서였다. 섣불리 접촉했다가 자신들의 조사 내용이 알려지기라도 하면 수습이 힘들 터였다.

일단은 계속해서 아키요시를 지켜보기로 했다.

그 주 토요일, 아키요시가 다시 움직이기 시작했다.

이마에다와 동료가 그의 아파트를 지켜보고 있는데, 블루
종에 청바지의 캐주얼한 차림을 한 아키요시가 나왔다. 이마
에다 일행은 그를 따라붙었다. 이때 이마에다는 어떤 예감
같은 걸 느꼈다. 단순한 외출이 아닌 듯한 불온한 기운이 아
키요시의 뒷모습에 감돌고 있었던 것이다.

아키요시는 전철을 바꿔 탄 끝에 시모키타자와 역에서 내
렸다. 날카로운 눈초리로 주위를 계속 살피곤 했지만 미행을
눈치채지는 못한 듯했다.

그는 조그만 메모지 같은 것을 손에 쥐고 간간이 주소가 적
힌 표지판을 확인하면서 역 주변을 걸어 다녔다. 이마에다는
그가 어떤 집을 찾는 거라고 짐작했다.

이윽고 그가 걸음을 멈췄다. 선로 옆에 있는 3층짜리 아담
한 건물 앞이었다. 독신자용 원룸 아파트 같은 분위기였다.

그런데 아키요시는 그 건물로 들어가지 않고 건너편에 있
는 찻집으로 들어갔다. 이마에다는 잠시 망설이다가 함께 있
던 동료를 찻집으로 들여보냈다. 어쩌면 아키요시가 그 찻집
에서 누구와 만나기로 했을지도 모른다고 기대한 것이다. 자
신은 근처에 있는 서점에서 기다리기로 했다.

한 시간 후, 동료 혼자서 찻집을 나왔다.

"누구를 만나러 온 게 아니었어."

동료는 말했다.

"감시하고 있어. 저기 사는 누군가를 지켜보고 있다고."

그는 턱짓으로 맞은편 아파트를 가리켰다.

이마에다는 예의 탐정을 떠올렸다. 아키요시가 그에게 이 아파트에 사는 누군가에 대해 조사해 달라고 했던 것 아닐까.

"그럼 우리도 여기서 꼼짝 않고 지켜봐야겠군."

"그래야지."

이마에다는 한숨을 쉰 후 공중전화를 찾았다. 사무실에 연락해서 차를 보내 달라고 하려는 것이다.

하지만 그 차가 도착하기 전에 아키요시는 찻집을 나왔다. 이마에다가 아파트 쪽을 보니 손에 골프채를 든 젊은 여자 하나가 역 쪽으로 걸어가고 있었다. 아키요시는 10미터 정도 거리를 두고 그녀를 뒤쫓았다. 그런 아키요시를 이마에다 일행이 또 뒤쫓았다.

여자의 목적지는 이글 골프 연습장이었다. 아키요시도 그녀를 따라 안으로 들어갔다. 이번에는 이마에다가 그를 따라가기로 했다.

아키요시를 따라 안으로 들어간 이마에다가 지켜보고 있자니 여자는 골프 레슨을 받으러 들어가고 아키요시는 그녀의 뒷모습을 확인한 뒤 골프 교실에 관한 팸플릿 한 장을 뽑아 들고 밖으로 나갔다. 그리고 그날은 이글 골프 연습장에 다시 나타나지 않았다.

이마에다는 여자에 대해 조사해 보았다. 신원은 금세 판명됐다. 용역 파견 회사에 적을 둔 미사와 지즈루라는 여자였다. 이마에다는 그녀가 소속된 용역 회사에 문의해 미사와 지즈루가 도자이 전장에 파견된 적이 있다는 사실을 알아냈다. 마침내 도자이 전장과 아키요시가 연결된 것이다.

이마에다와 동료들은 그 여세를 몰아 계속 아키요시를 지켜보기로 했다. 언젠가는 미사와 지즈루와 접촉할 것이라고 판단한 것이다.

그런데 사태는 또 예상치 못한 방향으로 기울었다.

한동안 눈에 띄는 움직임을 보이지 않던 아키요시가 어느 토요일 다시 이글 골프 연습장으로 향했다. 미사와 지즈루가 참가하는 골프 교실이 시작될 시간대였다.

아키요시는 그날도 미사와 지즈루에게 접근하려 하지 않고 숨어서 그녀를 지켜보기만 했다.

그런데 어떤 남자 하나가 미사와 지즈루에게 다가와 옆에 앉더니 친근하게 얘기를 나누는 것이었다. 두 사람은 마치 연인처럼 보였다.

그것을 확인하는 게 목적이었다는 듯 아키요시는 잠시 후 골프 연습장을 떠났다.

결국 아키요시가 미사와 지즈루에게 접근한 것은 그때가 마지막이었다. 그 후로 그는 한 번도 이글 골프 연습장에 걸음을 하지 않았다.

이마에다와 동료들은 미사와 지즈루와 함께 있던 남자에 대해서도 조사했다. 남자의 이름은 다카미야 마코토. 도자이 전장 사원으로 소속은 특허 라이선스부였다.

당연히 뭔가가 있다고 생각했다. 두 사람의 관계와, 아키요시와의 연관성에 대해 조사했다.

그러나 소프트웨어 도용과 관련이 있을 만한 단서는 아무것도 찾을 수 없었고, 다만 이 조사에서 밝혀진 것은 유부남인 다카미야 마코토가 미사와 지즈루와 불륜 관계에 있는 것 같다는 사실뿐이었다.

그러던 와중에 의뢰인으로부터 조사를 종결해 달라는 요청이 들어왔다. 조사비만 점점 늘어날 뿐 유익한 정보는 하나도 건지지 못했으니 무리도 아니었다. 도쿄 종합 리서치는 두툼한 조사 보고서를 의뢰인에게 건넸지만, 그것이 얼마나 활용되었는지는 알 수 없다. 아마 그 즉시 문서 절단기에 들어가지 않았을까 하고 이마에다는 추측할 뿐이다.

3

기묘한 금속성 소리가 들리는 바람에 이마에다는 퍼뜩 정신을 차렸다. 고개를 들어 보니 다카미야 마코토가 아연한 표정으로 서 있었다.

"아아……."

다카미야는 손에 들린 클럽 끝을 보면서 입을 쩍 벌리고 있었다. 클럽 끝이 똑 부러져 있었다.

"어, 부러졌어요?"

이마에다는 주위를 둘러보았다. 다카미야가 있는 자리에서 3미터 정도 앞쪽에 클럽 헤드가 떨어져 있었다.

주위에 있던 손님들도 사태를 알아차렸는지 공을 치다 말고 다카미야를 보고 있었다. 이마에다는 앞으로 가서 부러진 클럽 헤드를 주웠다.

"아…… 이거 죄송합니다. 이게 왜 부러졌지……."

다카미야는 헤드가 없는 클럽을 든 채 황당한 표정을 지었다.

"금속 피로라는 것이겠지요. 이 5번 아이언을 꽤 혹사했거든요."

이마에다가 말했다.

"정말 죄송합니다. 잘 친다고 쳤는데 그만……."

"네, 압니다. 예전에 제가 제대로 치지 못한 여파가 오늘 이런 식으로 나타난 거죠. 아마 제가 쳤어도 부러졌을 겁니다. 신경 쓰지 마세요. 그보다, 다친 데는 없습니까?"

"네, 괜찮습니다. 저…… 이건 제가 변상하겠습니다. 제가 부러뜨렸으니까요."

다카미야의 말에 이마에다는 손사래를 쳤다.

"그러실 필요 없습니다. 어차피 부러지는 건 시간문제였을 거예요. 변상하시면 제가 너무 송구스럽죠."

"하지만 제 마음이 편치 않아요. 그리고 변상한다고 해서 제 주머니를 터는 것도 아니고요. 보험으로 처리하면 되니까요."

"보험으로요?"

"네, 골프 보험을 들었거든요. 필요한 절차를 밟으면 전액을 보험금으로 충당할 수 있을 겁니다."

"하지만 이건 제 클럽인데 보험 회사에서 보상을 해 줄까요?"

"아마 가능할 겁니다. 여기 있는 프로 숍에 문의해 보죠."

다카미야는 부러진 클럽을 들고 로비로 향했다. 이마에다도 그를 따랐다.

프로 숍은 로비 한쪽에 있었다. 다카미야를 잘 아는지, 까무잡잡한 얼굴의 점원이 그를 보고 반갑게 인사했다. 다카미야가 부러진 클럽을 보여 주며 사정을 설명했다.

"아, 문제없어요. 보험금이 나옵니다."

점원이 시원스레 대답했다.

"보험금을 청구하는 데 필요한 서류는 파손이 발생한 곳에서 발행한 증명서와 부러진 클럽 사진, 그리고 수리 대금 청구서 정도일 겁니다. 클럽이 본인 것인지 아닌지는 증명할 길이 없으니까요. 저희 쪽에서 필요한 서류를 준비할 테니 다카미야 씨는 보험 회사에 연락하세요."

"잘 부탁드립니다. 저, 그런데 수리하는 데는 며칠이나 걸릴까요?"

"글쎄요, 똑같은 샤프트를 찾아야 하니까 2주일 정도는 걸리지 않을까 싶은데요."

"2주일이나……."

다카미야는 난감한 표정으로 이마에다를 돌아보았다.

"그래도 괜찮겠습니까?"

"아, 네. 상관없습니다."

이마에다가 웃으며 대답했다. 2주일 후라면 이번 라운드에는 들고 나갈 수 없겠지만, 클럽 하나 없다고 해서 스코어에 큰 차이가 날 것 같지는 않았다. 그리고 무엇보다 더는 이 남자에게 신경을 쓰게 하고 싶지 않았다.

그 자리에서 클럽 수리를 의뢰하고 다카미야와 이마에다는 프로 숍을 나왔다.

"마코토 씨!"

두 사람이 다시 연습장으로 향하는데 누군가 다카미야를 불렀다. 목소리의 주인공을 본 이마에다는 저도 모르게 입 끝이 긴장됐다. 아는 얼굴이었다. 미사와 지즈루. 그녀 뒤에는 키 큰 남자가 서 있는데 그쪽은 모르는 얼굴이었다.

"어, 그래."

"벌써 연습이 끝났어요?"

지즈루가 물었다.

"아니, 그게…… 사고가 좀 있었어. 여기 이분께 큰 실례를 했어."

다카미야는 지즈루에게 상황을 설명했다. 듣고 있던 그녀의 얼굴이 점차 흐려졌다.

"그랬군요. 정말 죄송해요. 클럽을 빌리는 것만 해도 염치없는 일인데 부러뜨리기까지 하다니……."

지즈루가 이마에다에게 머리를 숙였다.

"아닙니다, 정말 괜찮습니다."

이마에다가 손을 내젓고는 "부인이신가요?"라고 다카미야에게 물었다.

네, 뭐, 라며 다카미야는 살짝 쑥스러워하는 표정을 지었다.

그렇다면 불륜이 마침내 성취됐다는 얘기인가, 참 드문 일도 다 있군, 하고 이마에다는 생각했다.

"다친 사람은 없나?"

지즈루 뒤에 서 있던 남자가 물었다.

"응, 없었어. 아, 그보다, 명함을 드린다는 걸 깜박했군요."

다카미야는 골프 바지 주머니에서 지갑을 꺼내 이마에다에게 명함을 건넸다.

"다카미야라고 합니다."

"아, 감사합니다."

이마에다도 지갑을 꺼냈다. 그 역시 지갑에 명함을 넣어 가지고 다닌다. 그러나 이마에다는 명함을 꺼내려던 손을 잠시 주춤했다. 어떤 명함을 주면 좋을지 망설인 것이다. 그에게는 이름과 직함이 다르게 적힌 여러 종류의 명함이 있었다.

결국 그는 진짜 명함을 건네기로 했다. 여기서 굳이 가짜 이름을 쓰는 게 별 의미가 없기도 하고, 앞으로 다카미야가 고객이 될 수도 있다는 생각에서였다.

"아니, 탐정 사무소에서 일하시는 분이군요."

이마에다의 명함을 보고 다카미야는 신기하다는 표정을 지었다.

"무슨 일이 생기면 연락 주십시오."

이마에다가 가볍게 고개를 숙였다.

"외도 같은 것도 조사하시나요?"

지즈루가 물었다.

"물론이죠. 의뢰 건수가 가장 많은 일입니다."

이마에다가 고개를 끄덕이며 대답했다.

그녀는 키득 웃더니 다카미야에게 "그럼 이 명함, 내가 보관해 둬야겠네."라고 말했다.

"그럴지도 모르겠군."

다카미야도 그렇게 말하고는 빙그레 웃어 보였다.

이마에다는 '그렇죠, 특히 지금이 가장 위험한 시기이니 주의하시는 게 좋겠습니다.'라고 지즈루에게 말하고 싶은 기분이었다.

그녀의 아랫배가 불룩했기 때문이다.

4

이마에다 나오미의 사무실 겸 주거지는 니시신주쿠에 있다. 좁은 도로에 면한 5층짜리 건물의 2층이다. 바로 앞에 버스 정류장이 있어서 신주쿠 역에서 몇 분이면 올 수 있다. 그런데도 손님들에게는 편리하지 않은 모양이다. 전화로 길을 가르쳐 주는 순간 그들은 어김없이 우울한 목소리를 낸다. 어떻게든 찾아오게끔 있는 힘을 다해 친절하게 응수하지만,

전화를 끊고 나면 피로가 한꺼번에 몰려온다.

역 바로 근처로 옮기면 유리하다는 것은 알고 있다. 의뢰인들은 대체로 한참을 망설이다가 탐정 사무소를 찾는다. 버스를 타고 오는 몇 분 동안에도 '그래, 탐정까지 고용할 건 없지.' 하고 마음이 변하는 일은 충분히 있을 수 있다.

그러나 땅값이 폭등하는 바람에 임대료도 천정부지로 올랐다. 이마에다는 좁은 사무실 하나 빌리는 데 매달 눈이 튀어나올 정도로 거금을 낼 마음이 조금도 없었다. 임대료의 상승은 곧 조사비 증가로 이어진다. 가능하면 합리적인 가격으로 의뢰인의 기대에 응하고 싶다는 것이 이 일을 시작할 때부터의 그의 생각이었다.

그 사무실에 시노즈카 가즈나리로부터 전화가 걸려 온 것은 7월을 며칠 앞둔 수요일이었다. 창밖에는 실처럼 가는 비가 하염없이 내리고 있었다. 그러니 오늘도 파리나 날리겠다며 포기하고 있던 참이었다.

전화를 건 사람이 시노즈카라는 사실을 안 순간 일 얘기라는 걸 이마에다는 직감했다. 의뢰인의 목소리에는 특유의 울림이 있는 법이다.

아니나 다를까, 그는 긴히 할 얘기가 있는데 지금 찾아가도 괜찮겠느냐고 물었다. 기다리고 있겠습니다, 라고 이마에다는 대답했다.

전화를 끊은 이마에다는 고개를 갸웃했다. 시노즈카 가즈나리는 독신인 것으로 알고 있다. 그러므로 단순히 외도 조사를 의뢰할 것 같지는 않았다. 또한 설사 연인의 외도를 감지했다 해도 그걸 남의 힘을 빌려 확인할 사람으로 보이지도 않았다.

골프 연습장에서 다카미야 마코토와 우연히 만난 날, 다카미야의 아내가 된 지즈루 뒤에 서 있던 사람이 시노즈카 가즈나리였다. 그날 그들은 셋이서 식사를 하려고 골프 연습장에서 만난 모양이었다. 물론 이마에다는 그 식사 자리에까지 끼지는 않았지만 연습장 로비에서 자판기 커피를 마시면서 세 사람과 잠시 대화를 나눴다. 시노즈카와도 그때 명함을 교환했다.

그 후 이마에다는 골프 연습장에서 시노즈카와 두 번 정도 마주쳤다. 시노즈카도 골프 실력이 상당했다. 그때 그와 이마에다의 탐정 일에 대해서 얘기를 나눈 적이 있었다. 시노즈카가 그 일에 대해 딱히 관심이 있어 보이지는 않았는데 어쩌면 그때 이미 생각하는 바가 있었는지도 모른다.

이마에다는 말보로 갑에서 담배 한 개비를 꺼내 일회용 라이터로 불을 붙였다. 그리고 서류가 어지럽게 널려 있는 책상 위에 발을 얹고는 의자에 푹 기대어 담배를 한 모금 빨았다. 잿빛 연기가 어두컴컴한 천장으로 피어올랐다.

시노즈카 가즈나리는 보통의 샐러리맨이 아니다. 큰아버지가 사장인 시노즈카 약품의 간부 후보생이다. 그렇다면 기업에 관계된 조사를 의뢰할 가능성도 없지 않다.

그렇게 상상하는 순간 이마에다는 전신의 혈류가 빨라지는 것을 느꼈다. 오랜만에 맛보는 감각이었다.

이마에다가 도쿄 종합 리서치를 그만두고 독립한 것은 2년 전이다. 더는 쥐꼬리만 한 월급을 받으며 혹사당하고 싶지 않았고, 혼자서도 해 나갈 수 있다는 자신감이 붙었기 때문이었다. 여러 분야에 걸쳐 인맥도 꽤 쌓여 있었다.

결과는 나쁘지 않았다. 남자 혼자 먹고살 만큼은 일거리가 안정적으로 들어왔다. 조금이나마 저축도 하고, 한 달에 한 번 골프를 즐길 여유도 있었다.

다만 만족감이 적었다. 그가 하는 일의 태반은 외도 조사였다. 도쿄 종합 리서치에 있던 시절에는 빈번하던, 기업과 관련된 조사 의뢰가 지금은 전무하다시피 했다. 날이면 날마다 남녀의 애증의 냄새만 맡고 다닌다. 그게 싫은 건 아니지만 전처럼 일에 긴장감이 돌지 않는 것이 아쉬웠다.

과거 그는 경찰이 되려던 때가 있었다. 시험에 합격해 경찰학교에도 들어갔다. 그러나 그곳의 무의미하기 짝이 없는 엄격한 규율에 염증이 나서 도중에 자퇴하고 말았다. 이십 대 초반의 일이다.

그 후 몇 가지 아르바이트를 하다가 어느 날 신문에서 도쿄 종합 리서치의 사원 모집 광고를 발견했다. 경찰이 되지 않을 거라면 탐정이나 될까 하는, 절반은 장난스러운 기분으로 면접을 보러 갔다. 채용이 되긴 했지만 처음에는 아르바이트생 대우였다. 그리고 반년 후 정사원이 됐다.

조사원 일을 하면서 그는 이 일이 자신의 적성에 맞는다는 것을 깨달았다. 영화나 드라마에 나오는 사립 탐정 같은 화려함은 전혀 없었다. 조용하고 고독한 작업의 반복이었다. 경찰처럼 권력이 있지도 않으니 어떤 세계에도 정문으로 들어갈 수는 없었다. 거기에 더해 의뢰인의 비밀을 지켜야 할 의무도 있었다. 조사한 흔적을 가능한 한 남기지 않아야 하고, 그러면서도 조사에 빈틈이 없어야 한다. 그러나 고생 끝에 원하는 정보를 손에 넣었을 때의 기쁨과 성취감은 그 무엇과도 비교할 수 없었다.

그런 흥분을 다시 맛보게 되는 것 아닐까. 시노즈카의 전화를 받고 이마에다는 그런 기대를 품기 시작했다. 왠지 예감이 좋았다.

그러나 그는 이내 고개를 저으며 담배를 재떨이에 비벼 껐다. 꿈 깨라. 섣불리 기대했다가 실망만 하지. 어차피 또 여자 뒷조사일 게 뻔하다.

커피나 끓이자며 그는 자리에서 일어났다. 벽시계가 2시를 가리키고 있었다.

5

시노즈카 가즈나리는 2시 20분쯤 나타났다. 옅은 회색 양복 차림이었다. 비가 오는데도 머리 스타일에 흐트러짐이 없고, 골프 연습장에서 봤을 때보다 네댓 살은 많아 보였다. 엘리트의 관록인가, 하고 이마에다는 생각했다.

"요즘은 연습장에서 통 뵐 수 없더군요."

의자에 앉으며 시노즈카가 말했다.

"코스에 나갈 예정이 없으면 귀찮아져서요."

이마에다가 커피 잔을 내밀며 대답했다. 예의 호스티스들과 라운드를 한 후로는 한 번밖에 연습장에 가지 않았다. 그 한 번이라는 것도 수리가 끝난 5번 아이언을 받으러 간 것이었다.

"그럼 다음에 한번 같이 나가시죠. 몇 군데 예약할 수 있는 코스가 있거든요."

"좋지요. 꼭 불러 주십시오."

"그럼 다카미야에게도 얘기해 놓겠습니다."

시노즈카는 커피 잔을 입으로 가져갔다. 몸짓과 말투에 의뢰인 특유의 긴장이 배어 있는 것을 이마에다는 금방 눈치챘다.

이윽고 시노즈카가 잔을 내려놓더니 숨을 한 번 길게 쉬고는 입을 열었다.

"실은 좀 묘한 부탁을 드리려고 합니다."

이마에다는 고개를 끄덕거렸다.

"여기 오시는 분들은 대개 자신의 의뢰가 묘하다고 생각하죠. 무슨 일입니까?"

"어떤 여자에 관한 일이에요."

시노즈카는 잠시 틈을 두었다가 말을 이었다.

"그 여자에 대해서 조사를 해 주셨으면 합니다."

"그렇군요."

이마에다는 살짝 실망감을 느꼈다. 역시 여자로군.

"시노즈카 씨의 애인인가요?"

"아닙니다. 저와는 직접적인 관계가 없는 여성입니다만……."

시노즈카는 양복 안주머니에 손을 집어넣더니 사진 한 장을 꺼내 책상 위에 놓았다.

"이 여자입니다."

"어디 한 번 볼까요."

이마에다가 사진으로 손을 뻗었다.

얼굴이 무척이나 아름다운 여자였다. 어느 저택 앞에서 찍었는데, 하얀 모피 코트를 입고 있는 것으로 보아 계절은 겨울일 터였다. 카메라를 향해 미소 짓는 표정이 매우 자연스러워 프로 모델로도 손색이 없을 정도다.

"상당한 미인이군요."

이마에다는 우선 그렇게 감상을 말했다.

"제 사촌 형이 교제하고 있는 여성입니다."

"사촌 형이라면…… 시노즈카 사장님의……."

"아들이죠. 현재 상무이사로 있습니다."

"나이가 어떻게 되시죠?"

"마흔다섯……이었나."

이마에다는 어깨를 으쓱했다. 그 나이에 대형 제약 회사의 상무가 되다니, 보통의 샐러리맨은 꿈도 꿀 수 없는 일이다.

"부인은 계신가요?"

"아니요, 지금은 없습니다. 6년 전에 비행기 사고로 돌아가셨어요."

"비행기 사고로요?"

"일본 항공의 점보기 추락 사고입니다."

"아아."

이마에다는 고개를 끄덕였다.

"그 비행기에 타고 계셨군요. 참 안된 일입니다. 혹시 다른 가족은……."

"아니요, 가족 중에 그 비행기를 탄 사람은 형수님뿐이었습니다."

"자녀는 없습니까?"

"남매가 있어요. 다행히 그 비행기에는 타지 않았죠."

"불행 중 다행이었군요."

"그렇다고 할 수 있죠."

이마에다는 사진 속의 여자를 다시 들여다보았다. 살짝 치켜 올라간 커다란 눈이 고양이를 연상시켰다.

"부인이 돌아가셨다면 사촌 형이 여성과 교제를 하는 것 자체에는 별문제가 없을 텐데요."

"물론 그렇죠. 친척들도 가능하면 빨리 좋은 상대를 만났으면 하고 있습니다. 형으로 말하자면 머지않아 우리 회사를 맡아야 할 사람이니까요."

"그렇다면,"

이마에다는 사진 바로 옆을 손가락으로 톡, 톡, 톡, 두드렸다.

"이 여성에게 무슨 문제라도 있는 겁니까?"

시노즈카는 자세를 고쳐 앉더니 몸을 앞으로 내밀었다.

"분명하게 말씀드리자면 그렇습니다."

"아, 네."

이마에다는 다시 사진을 집어 들었다. 보면 볼수록 미인이었다. 피부가 마치 도자기처럼 희고 매끄러워 보였다.

"문제라는 게 뭡니까? 괜찮다면 말씀해 주십시오."

시노즈카는 고개를 살짝 끄덕이더니 책상 위에서 두 손을 깍지 꼈다.

"사실 이 여성은 과거에 결혼했던 경력이 있어요. 하지만
물론 그 사실을 문제 삼는 건 아닙니다. 문제는 결혼했던 상
대가 누구냐죠."

"그게 누군데요?"

그러자 시노즈카는 천천히 숨을 한 번 쉰 뒤 이마에다를 똑
바로 보며 말했다.

"이마에다 씨도 잘 아는 인물입니다."

"제가요?"

"다카미야예요."

"네에?"

이마에다가 등을 쭉 폈다. 그리고 멀뚱멀뚱 시노즈카의 얼
굴을 보았다.

"다카미야 씨라면…… 그 다카미야 씨 말씀입니까?"

"그렇습니다, 그 다카미야예요. 그의 부인이었습니다."

"어떻게 그런……,"

이마에다는 사진을 보며 고개를 가로저었다.

"놀라운 일이군요."

"그러게요."

시노즈카는 쓸쓸하게 웃었다.

"들으셨는지 모르겠지만, 저와 다카미야는 대학 때 댄스부

에서 같이 활동했습니다. 그리고 이 사진 속의 여성은 우리와 합동으로 연습했던 여자 대학 댄스부 부원이었고요. 두 사람은 그때의 인연으로 교제하다 결혼했던 겁니다."

"이혼한 게 언제죠?"

"88년이니까…… 3년 전이군요."

"이혼의 원인은 지즈루 씨인가요?"

"자세한 얘기는 듣지 못했지만 그럴 거라고 생각합니다."

시노즈카는 입술 끝을 살짝 일그러뜨렸다.

이마에다는 팔짱을 끼고서 3년 전 일을 회상했다. 그렇다면 그들이 조사를 마무리한 직후에 다카미야가 아내와 헤어진 모양이다.

"그런데 다카미야 씨의 전처가 이번에는 시노즈카 씨의 사촌 형과 교제하고 있다는 거군요."

"그렇습니다."

"우연이었습니까? 그러니까 시노즈카 씨와 전혀 상관없이 사촌 형과 다카미야 씨의 전처가 만나서 사귀기 시작한 건가요?"

"아니요, 우연이라고는 할 수 없습니다. 결과적으로는 제가 두 사람을 만나게 한 셈이 되고 말았습니다."

"무슨 뜻이죠?"

"제가 사촌 형을 그녀의 가게로 데려갔거든요."

"가게라면?"

"미나미아오야마에 있는 부티크입니다."

시노즈카의 말에 따르면 가라사와 유키호라는 여자는 다카미야와 결혼 생활을 할 당시부터 몇 개의 부티크를 운영하고 있었다고 한다. 그때는 시노즈카도 그 가게에 간 적이 없었는데, 그녀가 다카미야와 이혼하고 얼마 있다가 특별 세일 초대장이 온 것을 계기로 처음 찾아갔다는 것이다.

그 이유에 대해서 시노즈카는 다카미야가 부탁했다고 설명했다.

"헤어지기는 했지만, 과거에 아내였던 여자가 혼자 살아가는 데 어려움이 없도록 도와주려고 했던 것 같아요. 이혼의 원인이 자기 쪽에 있다 보니 사죄하고 싶은 마음도 있었겠지요."

이마에다는 고개를 끄덕였다. 드물지 않은 얘기다. 이런 얘기를 들을 때마다 정말이지 남자라는 동물은 참 선량하다고 생각한다. 때로는 이혼의 원인이 아내 쪽에 있음에도 헤어진 후에 어떻게든 힘이 되어 주려는 남자도 있다. 그런데 여자 쪽은 가령 자신에게 잘못이 있다 해도 헤어진 남자의 이후 인생에는 완전히 무관심하다.

"저도 그녀가 조금은 마음에 걸리기도 해서, 잘 지내는지 확인할 겸 가 보기로 했죠. 그런데 사촌 형에게 그 얘기를 했더니 자기도 같이 가겠다는 거예요. 그러잖아도 세련된 평상복을 찾고 있다면서 말이죠. 그래서 같이 가게 된 겁니다."

"그리고 운명의 만남이 이루어진 건가요?"

"그랬나 봅니다."

시노즈카는 사실 사촌 형인 야스하루가 가라사와 유키호에게 강하게 끌렸다는 것을 전혀 눈치채지 못했다고 한다. 그런데 나중에 야스하루로부터 "얘기하기 부끄럽지만, 한눈에 반했어."라는 고백을 들었다는 것이다. 자신에게는 이 여자밖에 없다고 생각한다면서.

"사촌 형은 그 가라사와 유키호라는 여성이 시노즈카 씨 친구의 전처라는 사실을 몰랐나요?"

"아니에요, 알고 있었어요. 처음 부티크에 데려가기 전에 말했으니까요."

"그런데도 한눈에 반하고 말았군요."

"그렇죠. 사촌 형이 원래 정열적인 사람이라 한번 마음먹으면 누가 뭐라고 해도 듣지 않습니다. 저는 전혀 몰랐는데, 처음 데려간 이후 수시로 그녀의 부티크를 드나들었다는 거예요. 입지도 않는 옷이 잔뜩 쌓였다고 가사 도우미가 투덜거릴 정도로 말입니다."

시노즈카의 말에 이마에다는 가볍게 웃음을 터뜨렸다.

"안 봐도 알 것 같습니다. 그래서, 야스하루 씨의 구애가 열매를 맺은 건가요? 교제하고 있다고 좀 전에 들은 것 같습니다만……."

"사촌 형은 결혼을 원하고 있어요. 그런데 그녀 쪽에서 확실한 대답을 안 하는 모양입니다. 사촌 형은 그녀가 나이 차이와 아이들 때문에 망설인다고 생각하는 것 같습니다."

"그런 이유도 있겠지만, 한 번 결혼에 실패했으니 신중할 수밖에 없겠죠."

"그럴지도 모르겠군요."

"그래서,"

이마에다는 팔짱을 끼면서 책상 위로 몸을 기댔다.

"이 여성의 뭘 조사하면 되는 겁니까? 지금 들은 바로는 시노즈카 씨도 이 여성에 대해 꽤 많이 알고 계신 것 같은데요."

"그게 그렇지도 않습니다. 한마디로 수수께끼투성이예요."

"그야 시노즈카 씨에게는 남이니까 당연하겠죠."

그러자 시노즈카는 천천히 고개를 저었다.

"수수께끼의 질이 문제지요."

"질이라니요?"

시노즈카는 가라사와 유키호의 사진을 집어 새삼 들여다보았다.

"전 말이죠, 사촌 형이 정말 행복해질 수 있다면 이 여자와 결혼해도 상관없다고 생각합니다. 친구의 전처라는 점에 약간 거부감이 있지만 그 또한 시간이 지나면 익숙해질 테니까요. 다만……."

그는 사진을 이마에다 쪽으로 돌려놓은 뒤 말을 이었다.

"이 여자를 보고 있으면 왠지 모를 불길함이 느껴져요. 단순히 갸륵한 여자라고만은 도저히 생각되지 않는 겁니다."

"갸륵하기만 한 여자가 이 세상에 어디 있습니까."

"그런데 언뜻 보기에는 그렇게 느껴져요. 괴롭고 힘든 일을 꾹 참고 견뎌 내면서 있는 힘을 다해 웃는 얼굴을 하고 있다는 인상을 사람들에게 줍니다. 사촌 형도 그녀의 미모뿐만 아니라 내면에서 우러나오는 빛에 끌렸다고 하니까요."

"시노즈카 씨는 그 빛이 가짜라고 생각하시는군요."

"그걸 조사해 달라는 겁니다."

"어려운 문제네요. 시노즈카 씨가 그토록 의심에 찬 눈으로 이 여성을 보는 구체적인 이유라도 있습니까?"

이마에다의 물음에 시노즈카는 일단 고개를 숙이고 잠시 침묵하다가 고개를 들었다.

"그렇습니다."

"그게 뭡니까?"

"돈입니다."

"돈이라니."

이마에다가 의자에 몸을 기댔다. 그리고 새삼스러운 눈길로 시노즈카의 얼굴을 바라보았다.

"무슨 뜻이죠?"

시노즈카가 살짝 숨을 들이마셨다.

"이건 다카미야도 미심쩍게 여기는 일인데, 아무래도 그녀의 자산에 불투명한 부분이 많은 것 같아요. 예를 들어 부티크를 개업할 때도 다카미야는 금전적인 도움을 전혀 주지 않았다는 겁니다. 당시 그녀가 주식에 열중했다고는 하지만, 개미 투자자가 단기간에 그렇게 큰돈을 벌었다고는 도저히 생각할 수 없습니다."

"친정이 부자라거나……."

이마에다가 그렇게 말해 보았지만 시노즈카는 고개를 저었다.

"다카미야에게 들은 바로는 그렇지도 않은 것 같아요. 친정 어머니가 다도를 가르치는 것에 연금까지 더해서 겨우 생활하는 정도라고 하니까요."

이마에다는 고개를 끄덕였다. 흥미가 일기 시작했다.

"그럼 시노즈카 씨는 어떤 가능성을 염두에 두고 있는 겁니까? 가라사와 유키호라는 여성의 뒤에 후원자라도 있다고 생각하는 건가요?"

"모르겠습니다. 결혼한 여자에게 후원자가 있다는 건 이해하기 어렵고……, 다만 그녀에게 또 다른 얼굴이 있다는 느낌만은 지울 수 없습니다."

"또 다른 얼굴이라…….."

이마에다는 새끼손가락 끝으로 콧등을 갉작거렸다.

"그리고 마음에 걸리는 게 또 하나 있습니다."

"그게 뭐죠?"

"그녀와 관련된 사람은,"

시노즈카가 목소리를 낮췄다.

"모두들 어떤 형태로든 불행한 일을 당합니다."

"네에?"

이마에다가 눈을 크게 뜨고 시노즈카를 보았다.

"설마요."

"그중 한 사람이 바로 다카미야입니다. 현재 그는 지즈루 씨와 결혼해서 행복해졌지만, 이혼이라는 것 또한 하나의 불행한 결말 아니겠습니까."

"그 일은 원인이 다카미야 씨 쪽에 있었잖습니까."

"표면적으로야 그렇죠. 하지만 진상은 알 수 없습니다."

"흐음……, 아무튼 알겠습니다. 불행한 일을 당한 사람이 그 밖에 또 있습니까?"

"제 연인이었던 여자 또한 그렇게 됐습니다."

그렇게 말하고서 시노즈카는 입을 꾹 다물었다.

"저런……."

이마에다는 커피를 한 모금 마셨다. 커피는 이미 싸늘하게 식어 있었다.

"어떤 일이 있었습니까? 괜찮으시다면……."

"정말 가혹한 일을 당했어요. 여자로서는 참으로 고통스러운 일이죠. 그 일 때문에 우리는 헤어지고 말았습니다."

그러니까, 라며 그는 말을 이었다.

"저 역시 불행한 일을 당한 한 사람이라고 할 수 있습니다."

6

낡고 지저분한 프렐류드를 가게에서 조금 떨어진 길가에 세웠다. 차를 새로 살 만한 형편이 아니라는 걸 들키면 애써 시노즈카에게 고급 양복과 손목시계를 빌린 의미가 없어진다.

"있잖아, 정말 아무것도 안 사줄 거야? 싼 거라도 안 돼?"

옆에서 걷던 스가와라 에리가 물었다. 그녀도 일단은 가진 옷 중에서 제일 좋은 걸 입고 왔다.

"싼 건 없을 거야. 하나같이 눈이 튀어나올 만큼 비싼 가격표가 붙어 있을걸."

"아이참, 갖고 싶은 게 있으면 어쩌지."

"자기 돈으로 사는 거야 상관없지. 나한테 사 달라고 하지만 말아."

"쳇, 구두쇠."

"투덜거리지 마. 아르바이트비는 준다고 했잖아."

어느덧 두 사람은 부티크 'R&Y' 앞에 이르렀다. 매장 전면
이 유리로 돼 있어 매장 안에 가득한 여성복과 액세서리가
한눈에 들여다보였다.

"우와!"

에리가 감탄사를 내뱉었다.

"아닌 게 아니라 비싸 보이는 것들밖에 없네."

스가와라 에리는 이마에다의 사무실 옆에 있는 선술집에서
일하고 있다. 낮에는 전문학교에 다닌다고 하는데, 무슨 공
부를 하는지는 이마에다도 자세히 모른다. 다만 믿을 수 있
는 아가씨여서, 같이 활동할 사람이 필요하면 그녀에게 아르
바이트비를 지불하고 도움을 받는 경우가 있었다. 에리 쪽도
그걸 좋아하는 듯했다.

두 사람은 유리문을 열고 가게 안으로 발을 들여놓았다. 에
어컨 바람이 시원했다. 천박하지 않을 정도로 향수 냄새도
떠다녔다.

"어서 오세요."

안에서 젊은 여자가 나왔다. 하얀 투피스 차림에 스튜어디
스 같은 틀에 박힌 미소를 지어 보인다. 가라사와 유키호는
아니었다.

"스가와라라고 합니다. 예약했는데요."

이마에다의 말에 여자는 "기다리고 있었습니다."라며 고개를 숙였다.

에리와 함께 다닐 때는 가능하면 스가와라라는 이름을 사용한다. 다른 이름을 사용하면 누가 불렀을 때 에리가 반응하지 않는 경우가 있기 때문이다.

"오늘은 어떤 걸 찾으시는지요?"

하얀 투피스의 여자가 물었다.

"이 여자 분에게 어울릴 만한 옷을 부탁합니다. 여름부터 가을에 걸쳐 입을 수 있는 것으로요. 깔끔하면서도, 회사에 입고 갔을 때 튀지 않을, 너무 화려하지 않은 옷이면 좋겠는데요. 1년 차 사회인이라, 눈에 띄게 입었다가 괜히 찍히기라도 하면 곤란하니까요."

그러자 여자는 "아아." 하며 납득했다는 듯 고개를 끄덕였다.

"그러시다면 마침 적당한 옷이 있습니다. 금방 가져오겠습니다."

여자가 등을 돌리는 것과 동시에 에리가 이마에다를 돌아보았다. 그는 고개를 살짝 끄덕여 보였다. 그 직후 안쪽에서 또한 사람이 나타났다. 이마에다는 그쪽으로 시선을 돌렸다.

가라사와 유키호가 진열된 옷 사이를 누비듯 천천히 다가오고 있었다. 입가에 머금은 미소가 작위적으로 보이지는 않왔다. 두 눈에 상냥함이 흘러넘쳤기 때문인지도 모른다. 매장을 방문한 손님에게 최선을 다하겠다는 마음이 마치 아우라처럼 온몸에서 넘쳐흘렀다.

"어서 오세요."

그녀가 가볍게 고개를 숙이며 인사했다. 그러는 동안에도 그녀의 눈은 이마에다를 향해 있었다.

이마에다는 말없이 고개만 숙여 답례했다.

"스가와라 씨죠? 시노즈카 씨 소개라고 들었습니다만."

"그렇습니다."

이마에다가 대답했다. 전화로 예약을 받는 직원이 누가 소개했느냐고 물었었다.

"시노즈카…… 가즈나리 씨의?"

유키호가 머리를 옆으로 살짝 기울였다.

"네."

고개를 끄덕이면서 이마에다는 왜 야스하루가 아니라 가즈나리라는 이름이 먼저 나왔을까 하고 생각했다.

"오늘은 사모님 옷을 사러 오셨나요?"

"아니요."

이마에다가 웃으며 손을 내저었다.

"조카입니다. 사회인이 되었는데 아직 축하 선물을 해 주지 못해서요."

"아아, 그러시군요. 죄송합니다."

유키호는 미소를 머금은 채 긴 속눈썹을 아래로 내리깔았다. 그 순간 앞머리가 얼굴로 사르르 쏟아져 내렸다. 그녀는 그것을 약지로 끌어 올려 귀 뒤로 넘겼다. 그 동작이 어찌나 우아한지 이마에다는 옛날 외국 영화에서 본 귀족 여성을 떠올렸다.

가라사와 유키호는 이제 막 스물아홉 살이 되었을 것이다. 그 나이에 어떻게 이런 분위기가 몸에 배었는지 신기하다고 생각했다. 이 여자에게 한눈에 반했다는 시노즈카 야스하루라는 사람의 심정을 이해할 것 같았다. 남자라면 대부분 끌릴 만한 여자였다.

하얀 투피스의 여자가 옷 몇 벌을 들고 돌아왔다. 이 정도면 될까요, 라면서 에리에게 보여 준다.

"잘 보고 마음에 꼭 드는 걸 고르렴."

이마에다가 에리에게 말했다.

에리는 그를 돌아보더니 눈썹을 찡긋하면서 묘한 미소를 지었다. 어차피 사 줄 마음도 없으면서. 눈이 그렇게 말하고 있었다.

"시노즈카 씨는 잘 지내시나요?"

유키호가 물었다.

"네, 늘 바쁜 남자죠."

"실례지만 시노즈카 씨와는 어떤 관계시죠?"

"친구입니다. 골프 친구요."

"아, 골프……, 그러시군요."

그녀가 고개를 끄덕였다. 그리고 다음 순간, 아몬드 모양으로 생긴 그녀의 눈이 이마에다의 손목을 향했다.

"시계가 참 멋지네요."

"네? 아아……."

이마에다는 손목시계를 오른손으로 감췄다.

"선물 받은 겁니다."

유키호가 또 고개를 끄덕였다. 하지만 입가에 머금은 미소의 종류가 어쩐지 달라진 듯한 느낌이었다. 시노즈카에게 빌린 시계라는 사실을 눈치챈 것일까. 그러나 이 시계를 빌려주면서 시노즈카는 "걱정 마세요. 그녀 앞에서 이 시계를 찬 적은 한 번도 없으니까요."라고 말했다. 그러니 눈치챘을 리 없을 것이다.

"그건 그렇고, 정말 멋진 가게로군요. 이 정도로 고급스러운 물건을 갖추려면 경영 수완이 상당해야겠죠? 젊으신 분이 대단합니다."

가게를 둘러보며 이마에다가 말했다.

"감사합니다. 하지만 손님들의 요구를 충족시키려면 아직 멀었는걸요."

"무슨 겸손의 말씀을."

"사실입니다. 아, 그보다, 시원한 음료라도 가져다 드릴까요? 아이스커피나 아이스티…… 물론 따뜻한 것도 있습니다만."

"그래요? 그럼 커피로 부탁하죠, 따뜻한 걸로요."

"알겠습니다. 그럼 저쪽에서 기다려 주세요. 바로 갖다 드리겠습니다."

유키호가 소파와 테이블이 있는 쪽을 손으로 가리키면서 말했다.

이마에다는 이탈리아제처럼 보이는 소파에 앉았다. 테이블은 진열대를 겸하고 있어, 유리판 밑으로 목걸이와 팔찌 등의 액세서리가 예쁘게 진열돼 있었다. 가격표는 붙어 있지 않지만 파는 물건일 터였다. 옷을 고르다 지친 손님들이 잠시 휴식을 취하는 동안에도 그들의 눈을 붙잡아 두려는 계산인 듯했다.

이마에다는 웃옷 주머니에서 말보로 갑과 라이터를 꺼냈다. 라이터도 시노즈카에게 빌린 것이었다. 그것으로 담배에 불을 붙인 뒤 가슴 한가득 연기를 빨아들였다. 굳어져 있던 신경이 서서히 풀리는 느낌이다. 젠장, 이거 내가 긴장하고 있었잖아. 이마에다는 그제야 깨달았다. 고작 한 여자 앞에서 말이다.

저 여자의 기품과 우아함은 과연 어디에서 온 것일까. 도대체 어떻게 형성되고 어떻게 다듬어진 것일까.

이마에다의 뇌리에 낡은 2층짜리 아파트가 떠올랐다. 요시다 하이츠. 건축된 지 무려 30년. 서 있다는 것이 불가사의할 정도였다.

이마에다는 지난주 요시다 하이츠에 다녀왔다. 가라사와 유키호가 전에 살았던 곳이기 때문이다. 시노즈카의 얘기를 듣고 그는 우선 그녀의 성장 과정을 추적해 보기로 마음먹었다.

아파트 주변에는 전쟁 전부터 있었을 법한 조그맣고 낡은 집들이 몇 채나 서 있었다. 그리고 주민들 중에는 요시다 하이츠 103호에 살았던 모녀의 존재를 기억하는 사람도 몇 명 있었다.

모녀의 성은 니시모토라고 했다. 니시모토 유키호, 그것이 그녀가 태어날 당시의 이름이다.

아버지가 일찍 사망하는 바람에 그녀는 친엄마 후미요와 단둘이 살았다. 후미요는 파트타임으로 일하며 생계를 유지했다고 한다.

그 후미요가 죽은 것은 유키호가 초등학교 6학년 때였다. 가스 중독사였다고 한다. 일단 사고사로 처리되었지만 자살이 아닐까 하는 소문이 나돌았다고 근방에 사는 주부가 귀띔해 주었다.

"니시모토 씨가 약을 먹었다는 얘기가 있었어요. 그것 말고도 여러 가지 이상한 점이 있었다고 하던데······. 남편이 갑자기 죽어서 고생이 굉장히 심했대요. 그런데 확실히 밝혀진 것이 아무것도 없어서 결국은 사고사로 결론이 났다나 봐요."

그 동네에 30년 넘게 살았다는 주부는 목소리를 낮춰 그렇게 말했다.

그 얘기를 듣고 나서 이마에다는 다시 한 번 요시다 하이츠에 가까이 가 보았다. 아파트 뒤편으로 돌아가자 창문 하나가 활짝 열려 있고 집 안이 훤히 들여다보였다.

부엌 외에는 좁은 다다미방 하나뿐인 구조였다. 낡은 서랍장과 흠집투성이 등바구니 등이 벽 주변에 늘어서 있고, 다다미방 한가운데에는 탁자 대신인 듯한 고타쓰 판이 놓여 있었다. 판 위에는 안경과 약봉지가 있었다. 현재 이 아파트에 노인들만 살고 있다던 동네 주부의 말이 떠올랐다.

이마에다는 눈앞에 있는 방에서 초등학생 여자아이와 아마도 삼십 대 후반이었을 엄마가 함께 사는 광경을 상상해 봤다. 여자아이는 고타쓰를 책상 삼아 학교 숙제를 하고 있었을지도 모른다. 그리고 엄마는 지친 표정으로 저녁밥을 짓고 있다.

그 순간 이마에다는 가슴이 죄어드는 듯한 감각을 느꼈다.

요시다 하이츠 주변을 조사하면서 그는 한 가지 묘한 얘기를 들었다. 살인 사건에 관한 내용이었다.

후미요가 죽기 1년 전쯤, 근방에서 살인 사건이 발생했는데, 그녀도 경찰 조사를 받았다는 것이다. 살해당한 사람은 전당포 주인으로, 니시모토 후미요도 그 전당포에 자주 드나든 탓에 용의선상에 올랐다고 한다. 물론 체포되지는 않았다고 하니까 혐의가 금세 풀린 듯하다.

"그래도 조사받았다는 소문이 삽시간에 퍼져서 그 영향으로 일자리까지 잃었으니 살기가 한층 힘들어지지 않았겠어?"

동네 담배 가게 노인은 딱하다는 듯이 말했다.

이 살인 사건에 대해 좀 더 알아보기 위해 이마에다는 신문 축쇄판을 뒤졌다. 후미요가 죽기 1년 전이라면 1973년이다. 그리고 가을이라는 얘기도 들었다.

별 어려움 없이 기사를 찾았다. 그 내용에 따르면 사체가 발견된 장소는 오에에 있는 짓다가 방치된 빌딩이고 사체에는 몇 군데 자상이 있었다고 한다. 흉기는 가느다란 나이프 등으로 추정되지만 발견되지는 않은 듯했다. 살해된 기리하라 요스케는 전날 낮에 집을 나간 후 돌아오지 않았다고 한다. 당시 피해자가 소지하고 있던 현금 약 백만 엔이 없어진 것으로 보아 경찰은 돈을 노린 범행, 그것도 기리하라 요스케가 큰돈을 소지하고 있다는 것을 아는 자의 소행으로 보았던 것 같다.

이 사건이 해결되었다는 기사는 아무리 찾아도 보이지 않았다. 담배 가게 주인도 "아마 범인이 안 잡혔지……."라고 말했다.

만일 니시모토 후미요가 그 전당포에 수시로 드나들었다면 경찰이 주목하는 것도 무리는 아니다. 얼굴을 아는 사이라면 전당포 주인이 마음을 놓았을 터이니 아무리 여자라 해도 틈을 보아 찔러 죽일 수 있었을 것이다.

그러나 한 번이라도 경찰에 불려 갔다 하면 사람들의 보는 눈이 달라지게 마련이다. 그런 의미에서 니시모토 모녀 또한 이 사건의 피해자라고 할 수 있었다.

7

옆에 누군가 서 있는 기척이 느껴져서 이마에다는 퍼뜩 정신을 차렸다. 커피 향이 코끝을 스쳤다. 고개를 들어 보니 앞치마를 두른 스무 살 남짓한 아가씨가 쟁반에 커피 잔을 담아 들고 서 있었다. 위에는 몸의 굴곡이 고스란히 드러나는 티셔츠를 입었다.

"아, 고마워요."라며 이마에다는 커피 잔으로 손을 뻗었다. 이런 곳에 있으니 커피 향까지 특별하게 느껴진다.

"이 가게는 세 분이 운영하고 있나요?"

"네, 대개는요. 사장님은 다른 데 있는 가게에 가 계실 때가 많지만요."

앞치마를 입은 아가씨가 쟁반을 들고 선 채로 대답했다.

"다른 데라면……."

"다이칸야마요."

"흠, 정말 대단하군요. 그 젊은 나이에 가게를 두 군데나 갖고 있다니."

"다음에는 지유가오카에 아동복 전문점을 오픈할 예정이에요."

"세 번째 가게를요? 하아, 거참, 가라사와 씨는 돈이 열리는 나무라도 갖고 있나……."

"사장님이 정말 부지런히 일하시거든요. 대체 잠은 언제 주무시나 싶을 정도예요."

작은 소리로 그렇게 말하고 나서 그녀는 가게 안쪽을 힐끔 보았다. 그리고 "그럼 천천히 드세요."라고 하고서 물러갔다.

커피는 어쭙잖은 찻집보다 맛있었다.

어쩌면 가라사와 유키호라는 여자는 보이는 것 이상으로 돈에 집착하는 타입인지도 모르겠다고 이마에다는 생각했다. 그렇지 않은 인간형은 장사로는 거의 성공하지 못하기 때문이다. 그리고 유키호의 그런 특성은 틀림없이 요시다 하이츠에 살던 시절에 형성되었을 것이라고 추측했다.

생모를 잃은 유키호는 가까이 지내던 가라사와 레이코에게 의탁했다. 그녀는 유키호 아버지의 사촌 누나다.

이마에다는 이미 가라사와 레이코의 집도 보고 왔다. 아담한 정원이 있는, 품위 있는 전통 가옥이었다. 다도 우라센케라고 쓰인 팻말이 문에 걸려 있었다.

그 집에서 유키호는 양모로부터 다도와 꽃꽂이를 비롯해 여성이 갖추면 좋을 만한 재주 몇 가지를 배운 듯하다. 유키호가 온몸에서 뿜어내는 여자다움의 원천은 그 시기에 싹텄을 것이다.

가라사와 레이코가 아직 살아 있기 때문인지 집 주변에서 얻어들은 것은 생각보다 적었다. 그러나 가라사와가에 온 이후 유키호의 생활에 별다른 점은 없었던 것 같다. 동네 주민들도 "예쁘고 얌전한 여자아이가 있었지." 정도밖에 기억하지 못했다.

"삼촌."

그를 부르는 소리에 고개를 드니 스가와라 에리가 검은색 벨벳 원피스를 입고 서 있었다. 길이가 깜짝 놀랄 만치 짧아서 매끄러운 다리가 고스란히 드러나 있다.

"그걸 입고 회사에 간단 말이야?"

"좀 그런가?"

"이건 어떨까요?"

하얀 투피스의 여자가 다른 옷을 보여 주었다. 푸른 바탕에 옷깃만 하얀 재킷이다.

"치마에도 치마바지에도 잘 어울리는 디자인이에요."

"흐음……, 비슷한 옷이 있는 것 같기도 하고."

에리가 꿍얼거리면서 말했다.

"그럼 그 옷도 안 되겠네."

그리고 이마에다는 시계를 보았다. 슬슬 일어날 시간이다.

"삼촌, 다음에 다시 오면 안 돼? 나한테 어떤 옷들이 있는지 잘 모르겠어."

에리가 사전에 입을 맞춰 둔 대로 말했다.

"하는 수 없지, 뭐. 그럼 다음에 다시 오자."

"죄송해요, 잔뜩 구경만 하고."

에리가 하얀 투피스 여자에게 사과했다.

아니에요, 괜찮습니다, 라며 여자는 상냥하게 미소 지었다.

이마에다는 자리에서 일어나 에리가 자기 옷으로 갈아입고 돌아오기를 기다렸다. 그때 안쪽에서 다시 가라사와 유키호가 나타났다.

"조카 분 마음에 드는 옷이 없나 보군요."

"네, 이거 죄송합니다. 워낙 변덕이 심해 놔서요."

"아닙니다, 신경 쓰지 마세요. 자신에게 맞는 걸 찾기란 생

136

각처럼 쉬운 일이 아니까요."

"그런 것 같습니다."

"옷이나 장신구는 사람의 내면을 감추는 것이 아니라 오히려 부각시키기 위한 것이라고 생각해요. 그러니까 손님들의 옷을 선택할 때도 그분의 내면을 이해해야 하죠."

"오호, 그렇군요."

"예를 들어 정말 곱게 자란 사람이 착용하면 그 무엇이든 기품이 넘치게 되죠. 아, 물론……."

유키호는 이마에다의 눈을 똑바로 보았다.

"그 반대도 있습니다만."

이마에다는 고개를 끄덕이며 그녀의 시선을 슬쩍 피했다.

내 얘기를 하는 건가. 양복이 어울리지 않는 걸까, 아니면 에리가 부자연스러운 걸까.

그때 에리가 옷을 다 갈아입고 왔다.

"삼촌, 많이 기다렸죠?"

"안내장을 보내 드리려고 하는데, 여기에 주소를 좀 적어 주시겠어요?"

유키호가 종이 한 장을 에리에게 내밀었다. 에리는 불안한 눈빛으로 이마에다를 보았다.

"네 주소를 적는 게 낫지 않겠니?"

이마에다의 말에 에리는 고개를 끄덕이고 볼펜을 받아 주소를 적기 시작했다.

"정말 멋진 시계군요."

유키호가 또 이마에다의 왼쪽 손목을 보며 말했다.

"이 시계가 마음에 드시나 봅니다."

"네, 카르티에의 한정품이죠. 그 시계를 가진 사람은 한 분밖에 알지 못하는데."

"아, 네……."

이마에다는 슬며시 왼손을 뒤로 감췄다.

"그럼 또 찾아 주세요. 기다리고 있겠습니다."

유키호가 인사했다.

그럼 조만간 다시, 라고 이마에다는 대답했다.

가게에서 나온 이마에다는 에리를 집까지 데려다주었다. 알바비는 만 엔이다.

"고급 옷을 입어 보고 만 엔, 나쁘지 않지?"

"날 죽이는 거지. 다음에는 뭐라도 사 달라고 할 거야."

"이다음이란 게 있다면."

이마에다는 액셀을 밟았다. 그리고 아마도 다음은 없을 것이라고 생각했다. 오늘은 조사하기 위해서가 아니라 가라사와 유키호라는 여자를 직접 만나 보고 싶어서 찾았을 뿐이다.

게다가.

더는 그 가게에 접근하는 것이 위험하다고 생각했다. 가라사와 유키호는 예상했던 것 이상으로 만만한 상대가 아닐지도 모른다.

집으로 돌아온 이마에다는 시노즈카에게 전화를 걸었다.

"어땠던가요?"

전화를 한 사람이 이마에다라는 걸 알자 그가 대뜸 물었다.

"시노즈카 씨가 왜 그렇게 말했는지 조금은 알 것 같더군요."

"무슨 뜻이죠?"

"과연 정체를 알 수 없는 여자였어요."

"그럴 거예요."

"하지만 대단한 미인이던데요. 사촌 형이 반할 만도 합니다."

"……네, 뭐."

"아무튼 조사를 계속해 보겠습니다."

"잘 부탁합니다."

"그런데 한 가지 확인하고 싶은 게 있어요. 빌려 주신 시계 말입니다."

"그게 왜요?"

"그 시계, 정말 그녀 앞에서 찬 적이 한 번도 없습니까? 차지는 않았어도 그 시계 얘기를 그녀에게 했다거나……."

"아니요, 없을 텐데요. 왜요, 뭐라고 하던가요?"

"뭐라고 했다기보다……."

이마에다는 매장에서의 일을 대충 설명했다. 시노즈카가 신음 소리를 냈다.

"그녀가 그 시계를 알 리 없어요. 다만,"

시노즈카는 조금 작은 소리로 말을 이었다.

"엄밀히 말하자면, 그녀가 있는 장소에서 시계를 찬 적은 있습니다. 하지만 절대 그녀에게 보이지는 않았을 거예요. 만에 하나 봤다 해도 기억에 남을 만한 장소는 아니었어요."

"그게 어디였는데요?"

"피로연장입니다."

"피로연장이라고요, 누구의?"

"그들요. 다카미야와 유키호의 결혼식 피로연에 그 시계를 차고 갔어요."

"아……."

"하지만 그때 저는 다카미야 옆에는 갔어도 그녀에게는 거의 접근하지 않았어요. 제일 가까웠던 게 캔들 서비스 때가 아닐까 싶습니다만, 그녀가 제 시계를 기억한다는 건 거의 불가능한 일입니다."

"캔들 서비스라……. 그럼 역시 제가 너무 과민했던 걸까요?"

"그럴 겁니다."

수화기를 귀에 댄 채 이마에다는 고개를 끄덕였다. 시노즈 카는 머리가 나쁜 남자가 아니다. 그가 그렇게 기억하고 있는 한 착각은 아닐 것이다.

"성가신 걸 의뢰해서 죄송합니다."

"아닙니다, 이것도 일인걸요. 게다가 저 개인적으로도 그녀에게 흥미가 생겼습니다. 아, 오해는 하지 마세요. 반했다는 의미는 아니니까요. 그 여자에게는 뭔가가 있다, 그런 느낌이 듭니다."

"탐정의 직감인가요?"

"뭐, 그렇다고 할 수 있겠죠."

전화 저편의 시노즈카가 침묵했다. 그 직감이라는 것의 근거에 대해 생각하고 있는지도 모른다.

잠시 후 그가 입을 열었다.

"그럼 아무쪼록 잘 부탁합니다."

"네, 열심히 해 보겠습니다."

이마에다는 전화를 끊었다.

8

이틀 후 이마에다는 다시 오사카로 갔다. 그 목적 중 하나는 어떤 여성을 만나는 것이었다. 그 여성에 대해서는 지난번 가라사와가 근처 주민들을 만났을 때 우연히 알게 되었다.

"가라사와 씨네 딸에 대해서는 모토오카 씨네 딸이 잘 알지 모르겠네. 그 집 딸도 세이카 여자 대학에 다녔다고 하니까."

그렇게 말해 준 사람은 조그만 빵 가게 주인아주머니였다.

이마에다가 그 여성의 나이를 묻자 빵 가게 아주머니는 고개를 갸웃거렸다.

"가라사와 씨네 딸이랑 비슷한 나이가 아닐까 싶은데, 확실한 건 잘……."

그녀의 이름은 모토오카 구니코로, 그 빵 가게에 자주 온다고 했다. 아주머니는 그녀가 대형 부동산 회사와 계약을 맺고 일하는 인테리어 코디네이터라는 것까지 알고 있었다.

도쿄로 돌아온 이마에다는 그 부동산 회사에 문의했다. 몇 가지 절차가 필요했지만 마침내 모토오카 구니코와 통화할 수 있었다.

이마에다는 자신을 자유 기고가로 소개하고, 어느 여성 잡지에 실릴 기사를 쓰기 위해 취재 중이라고 설명했다.

"구체적으로 말씀드리자면, 이번에 '명문 여대 출신자들의 자립도'라는 특집을 기획하게 됐거든요. 그래서 도쿄와 오사카의 여대 출신으로 현재 활발하게 활동하는 분을 찾던 중에 어떤 분께 모토오카 씨를 소개받았습니다."

모토오카 구니코는 뜻밖이라는 듯 "무슨 저 같은 사람을……." 하고 겸손의 말을 했다. 그러나 싫어하는 눈치는 아니었다.

"그런데 대체 누가 저를 추천했나요?"

"죄송하지만 그건 말씀드릴 수 없습니다. 그러기로 약속했거든요. 그보다 저…… 모토오카 씨는 세이카 여중고를 몇 년도에 졸업하셨죠?"

"저요? 고등부를 졸업한 건 1981년이에요."

이마에다는 마음속으로 쾌재를 불렀다. 기대했던 대로 가라사와 유키호와 동급생이라는 얘기다.

"그렇다면 가라사와 씨도 아십니까?"

"가라사와라면…… 가라사와 유키호요?"

"그렇습니다. 역시 아시는군요."

"네, 같은 반이었던 적은 없지만요. 그 친구가 왜요?"

모토오카의 목소리에 이유를 알 수 없는 경계의 빛이 어렸다.

"아, 그분에 대해서도 취재할 예정이거든요. 가라사와 씨는 현재 도쿄에서 부티크를 운영하고 계십니다."

"네, 그렇군요."

"아, 그래서 말씀인데요."

이마에다는 목소리에 힘을 실었다.

"한 시간 정도면 충분하니까 한번 만나 뵐 수 있을까요? 현재 하시는 일을 포함해서 라이프스타일에 관해 얘기를 듣고 싶은데요."

모토오카는 잠시 주저하는 듯하더니, 일에 지장이 없는 때라면 괜찮다고 대답했다.

모토오카 구니코가 근무하는 곳은 지하철 미도스지 선 혼마치 역에서 도보로 몇 분 거리에 있었다. 속칭 '센바'라 불리는, 오사카 시 중심부다. 도매 상가와 금융가로 알려진 만큼 비즈니스 빌딩이 숲을 이루고 있다. 경제의 거품이 꺼졌다고는 해도 거리를 지나는 남녀 직장인들은 1초가 아까운 듯 바삐 걸었다.

모토오카 구니코가 근무하는 '디자인 메이크'라는 회사는 부동산 회사가 소유한 빌딩의 20층에 사무실이 있었다. 이마에다는 그 빌딩 지하 1층에 있는 찻집에서 그녀를 기다렸다.

벽시계가 오후 1시 5분을 가리켰을 때 흰 재킷을 입은 여자 손님이 들어왔다. 테가 약간 큰 안경을 낀 그녀는 전화로 들었던 특징을 모두 갖추고 있었다. 거기에 다리가 늘씬하고 상당한 미인이다.

이마에다는 자리에서 일어나 그녀를 맞았다. 그리고 프리라이터라는 직함이 인쇄된 명함을 내밀며 인사했다. 이름도 가짜인 것은 물론이다.

그가 도쿄에서 사 온 과자 상자를 내밀자 모토오카 구니코는 감사하다며 받았다. 그리고 밀크티를 주문한 후 자리에 앉았다.

"바쁘실 텐데 죄송합니다."

"아니에요. 그보다, 저를 취재하실 만한 가치가 있는지 모르겠네요."

모토오카 구니코는 좀 석연치 않다는 표정으로 말했다. 당연한 일이지만, 간사이 지방 억양이다.

"아, 네. 다양한 분들의 얘기를 들어 보려고 합니다."

"그럼 기사에는 실명이 나오나요?"

"원칙적으로는 가명을 사용합니다. 물론 실명을 원하신다면 그렇게도……."

아니에요, 라며 그녀가 얼른 손을 내저었다.

"가명으로 해 주세요."

"네. 그럼 바로 시작할까요?"

이마에다는 필기구를 꺼내고 '명문교 출신 여성의 자립도를 검증한다'라는 제목의 기사에 적합한 질문을 시작했다. 신칸센을 타고 오면서 생각해 둔 것들이다. 거짓 취재인 줄 모르는 모토오카 구니코는 질문 하나하나에 성실하게 답변해 주었다. 그 모습을 보면서 왠지 미안한 생각이 든 이마에다는 최소한 그녀의 얘기를 진지하게 들어 주기라도 하자고 마음먹었다. 이용자들이 인테리어 코디네이터를 고용했을 때의 이점과, 부동산 회사가 인테리어 코디네이터의 활동으로 얻을 수 있는 부차적인 이익이 의외로 적다는 내용 등은 들어서 손해 볼 내용은 아니었다.

약 30분에 걸쳐 한 차례 질문을 끝냈다. 모토오카 구니코도 한숨 돌리는 듯한 느낌으로 밀크티를 마셨다.

이마에다는 가라사와 유키호에 대한 얘기를 꺼낼 타이밍을 엿보고 있었다. 며칠 전의 통화로 복선은 깔아 두었지만, 그래도 부자연스러워서는 안 된다.

그런데 모토오카 구니코 쪽에서 먼저 이렇게 질문했다.

"가라사와에 대해서도 취재한다고 하셨죠?"

"아…… 네."

의표를 찔린 기분으로 이마에다는 상대방의 얼굴을 바라보았다.

"부티크를 경영한다면서요?"

"네, 도쿄 아오야마에서요."

"흐음…… 열심이네요."

그러고서 표정이 다소 굳어진 모토오카 구니코는 시선을 다른 곳으로 돌렸다.

이마에다의 머릿속에서 직감이 꿈틀거렸다. 이 여자는 가라사와 유키호에게 별로 좋지 않은 인상을 갖고 있는 것 같다. 그렇다면 더욱더 잘된 일이다. 옛날의 유키호에 대해 물었을 때 자신의 본심을 얘기해 주지 않는다면 의미가 없다.

그는 웃옷 주머니에 손을 집어넣으면서 "저, 담배 좀 피워도 괜찮을까요?"라고 물었다.

그녀는 "네, 그러세요."라고 대답했다.

이마에다는 말보로를 입에 물고 불을 붙였다. 본론은 끝났으니 이제부터는 편하게 얘기를 하겠다는 표시였다.

"가라사와 씨에 대해서 말인데요, 실은 문제가 좀 생겨서 골머리를 앓고 있습니다."

"무슨 문제인데요?"

모토오카 구니코의 표정에 미묘하게 변화가 일어났다. 이 여자는 분명히 관심이 있다.

"별일 아닐지도 모르겠습니다만,"

이마에다는 재떨이에 담뱃재를 떨었다.

"사람에 따라서는 가라사와 씨에 대해 좋지 않게 얘기하는 경우가 있어서 말이죠."

"뭐라고 하는데요?"

"뭐, 그렇게 젊은 나이에 가게를 몇 개나 경영하고 있으니 사람들이 시기하는 것은 충분히 있을 수 있는 일이죠. 그렇게 되려면 실제로 늘 품위 있게 행동할 수만도 없었을 테고요."

이마에다는 미지근해진 커피를 한 모금 마셨다.

"요컨대 돈 문제가 깔끔하지 못하다든가, 장사를 위해서는 사람을 막무가내로 이용한다든가, 그런 얘기들을 한단 말입니다."

"그래요?"

"저로서는 젊은 여성 사업가로서 그녀를 기사에서 다루고 싶은데, 인간적으로 평판이 좋지 않다면 보류하는 편이 낫지 않을까 하는 소리가 편집부 내에서 나오고 있습니다. 그래서 고민 중이에요."

"잡지 이미지에 타격을 입을 수도 있으니까요."

"그렇죠."

이마에다는 고개를 끄덕이면서 모토오카 구니코의 표정을 관찰했다. 학창 시절 동급생의 험담을 하고 있는데 불쾌하게 느끼는 것 같지는 않았다.

이마에다는 짧아진 담배를 재떨이에 비벼 끄고 새 담배에 불을 붙였다. 그리고 연기가 상대의 얼굴 쪽으로 흐르지 않도록 주의하면서 피웠다.

"모토오카 씨는 그분과 중고등학교를 같이 다니셨죠?"

"네, 맞아요."

"그럼 그때 기억이 꽤 있겠군요. 어땠나요, 그녀는?"

"어땠냐니, 무슨 뜻이죠?"

"요컨대, 그런 면이 있는 사람이었냐는 거죠. 아, 물론 이건 기사에 싣지 않을 테니까 솔직한 의견을 들려주셨으면 합니다."

"글쎄요."

모토오카 구니코는 고개를 갸웃했다. 그리고 자신의 손목시계를 힐금 내려다보았다. 시간이 신경 쓰이는 모양이었다.

"전화로도 말씀드렸지만, 저는 그 친구와 같은 반이었던 적이 없어요. 다만, 가라사와는 학교에서 아주 유명했어요. 다른 반 아이들은 물론이고 다른 학년 학생들도 다들 그녀를 알지 않았을까 싶은데요."

"왜 그렇게 유명했죠?"

"그야,"

그녀가 눈을 깜박거렸다.

"그렇게 예쁘게 생겼는데 어떻게 눈에 띄지 않을 수 있겠어요. 팬클럽 비슷한 걸 만든 남학생들도 있었어요."

"팬클럽이라……."

이마에다는 유키호의 얼굴을 떠올리며 그럴 만도 하다고 생각했다.

"성적도 상당히 우수했던 것 같아요. 중학교 때 그 친구와 같은 반이었던 아이한테 들은 적이 있어요."

"한마디로 재원이었군요."

"하지만 성격이나 인간성에 대해서는 잘 몰라요. 직접 얘기를 나눠 본 적이 없으니까요."

"그녀와 같은 반이었다는 친구의 평가는 어땠습니까?"

"그 아이는 가라사와의 험담을 한 적이 없어요. 그렇게 미인으로 태어난 건 행운이라며 반농담조로 샘을 낸 적은 있지만요."

모토오카 구니코의 말에 담겨 있는 미묘한 뉘앙스를 이마에다는 놓치지 않았다.

"그 아이는······이라고 하셨는데, 다른 친구 중에는 그녀를 좋지 않게 말한 사람이 있었습니까?"

본의 아니게 말꼬리를 잡혔다는 듯이 모토오카 구니코는 어깨를 으쓱했다. 하지만 이마에다는 그것이 결코 그녀의 본심이 아니라는 것을 간파했다.

"중학교 때 이상한 소문이 퍼진 적이 있었어요."

모토오카 구니코의 목소리가 한층 낮아졌다.

"어떤 소문이었죠?"

그가 그렇게 묻자 모토오카는 일단 의심의 눈초리를 보냈다.

"정말 기사에는 싣지 않는 거죠?"

"물론입니다."

그는 고개를 깊이 끄덕했다.

모토오카 구니코는 숨을 한 번 크게 들이쉬고 나서 입을 열었다.

"유키호가 사실은 형편없는 가정에서 태어나 자랐는데 그 사실을 숨기고 양갓집 규수인 척한다는 거죠."

"아니, 잠깐만요. 그건 그녀가 어렸을 적에 친척의 양녀가 됐다는 사실을 말하는 겁니까?"

그렇다면 대수로운 일이 아니라고 이마에다는 생각했다.

그러자 모토오카 구니코가 몸을 살짝 앞으로 내밀었다.

"그건 그런데요, 문제는 태어나 자란 집이에요. 유키호의 생모가 남자와 특별한 관계를 맺으면서 돈을 번다고 소문이 났었어요."

"아하······."

이마에다는 굳이 호들갑을 떨지는 않았다.

"누군가의 정부였다는 말이군요?"

"그랬을지도 모르지만, 상대가 여러 명이었다고 하더라고 요. 소문이 그랬다는 말이지만."

소문, 이라는 단어를 모토오카는 강조했다.

게다가, 하고 그녀가 말을 이었다.

"상대 남자 중 한 명이 살해당했대요."

"그게 정말입니까?"

그녀가 고개를 까닥했다.

"그래서 유키호 엄마도 경찰 조사를 받았다는 거예요."

이마에다는 대답하는 것도 잊은 채 담배 끄트머리를 물끄러미 바라보았다.

예의 전당포 주인 살인 사건이다, 라고 생각했다. 그렇다면 경찰이 니시모토 후미요에게 혐의를 두었던 것은 그녀가 단순히 전당포의 단골 고객이어서만은 아니라는 얘기다. 그 소문이 사실이라면 말이다.

"제가 이런 얘기를 했다는 사실을 아무에게도 알리시면 안 돼요."

"물론입니다. 걱정 마세요."

이마에다는 그녀에게 웃어 보였다. 그리고 이내 진지한 표정으로 돌아왔다.

"하지만 그런 소문이 퍼졌다면 꽤나 시끄러웠을 텐데요."

"아니요, 그게 그렇지도 않아요. 소문이라고는 했지만 사실은 아주 한정된 범위 안에서만 퍼진 얘기니까요. 소문을 퍼뜨린 장본인이 누군지도 다들 알고 있었고요."

"아, 그렇습니까?"

"그 친구는 자기가 아는 사람이 유키호의 생가 근처에 살아서 방금 얘기한 사실을 알게 됐다고 했어요. 그리고 저는 그 친구와는 별로 친하지 않아서 다른 친구를 통해 들었을 뿐이고요."

"그럼 그 친구도 세이카 여중고의……."

"동급생이었죠."

"이름이 뭡니까?"

"그건 좀……."

모토오카 구니코가 눈길을 떨어뜨렸다.

"아, 그렇군요. 죄송합니다."

이마에다는 재떨이에 담뱃재를 떨었다. 지나치게 캐물었다가 의심을 사는 사태는 피하고 싶었다.

"그런데 왜 그런 소문을 퍼뜨린 걸까요? 본인의 귀에 들어갈 수도 있다는 걸 생각 못했을까요?"

"그 친구가 당시 유키호에게 적개심을 품고 있었나 봐요. 그 친구 역시 재원이라고 불렸으니까 경쟁의식이 있었는지도 모르죠."

"여학교에서 흔히 있을 법한 일화군요."

이마에다의 말에 모토오카는 하얀 이를 드러내며 미소 지었다.

"지금 와서 생각해 보면 그렇죠."

"그 두 사람의 경쟁 관계는 결국 어떻게 되었습니까?"

"그게……."

그녀는 운을 뗀 뒤 잠시 침묵하다가 천천히 입을 열었다.

"어떤 사건을 계기로 사이가 좋아졌어요."

"어떤 사건……이라면?"

모토오카 구니코가 주위를 살피듯이 시선을 움직였다. 그들 주위의 테이블에는 손님이 없었다.

"그 소문을 퍼뜨린 친구가 습격을 당했어요."

"습격을 당해요?"

이마에다가 몸을 앞으로 더 들이밀었다.

"그 친구가 오랫동안 학교를 쉰 적이 있었어요. 교통사고를 당했다고 했지만, 실제로는 학교에서 집으로 돌아가는 길에 습격을 당했다고 하더라고요. 그래서 심신의 충격을 벗어나지 못해 학교를 쉬었다고요."

"그러니까, 저, 폭행을 당했다는 겁니까?"

모토오카 구니코는 고개를 저었다.

"자세한 건 몰라요. 강간당했다는 소문도 있었지만, 미수에 그쳤다는 얘기도 있어요. 하지만 습격당한 것만은 사실인가 봐요. 사건 현장 근처에 살던 사람이, 경찰이 와서 이것저것 조사하는 걸 봤다고 했으니까요."

이마에다의 머릿속에 무언가 걸리는 듯한 느낌이 들었다.

"그 사건을 계기로 그 친구와 가라사와 유키호 씨가 친해졌다고 하셨죠?"

모토오카 구니코가 고개를 끄덕였다.

"현장에 쓰러져 있던 그녀를 발견한 사람이 바로 유키호였어요. 그 후 유키호는 그 친구를 문병하러 가는 등 여러모로

도움을 줬나 봐요."

가라사와 유키호가……

무언가가 이마에다의 사고를 자극했다. 평정을 가장하고는 있었지만 온몸이 뜨거워지는 것을 느꼈다.

"발견한 사람은 가라사와 유키호 씨 혼자였나요?"

"아니요, 친구와 둘이서 발견했다고 들었어요."

모토오카 구니코의 대답에 이마에다는 침을 꿀꺽 삼키며 고개를 끄덕거렸다.

그날 밤은 우메다 역 앞에 있는 비즈니스호텔에 묵기로 했다. 이마에다는 소형 카세트테이프리코더에서 흘러나오는 모토오카 구니코의 얘기를 리포트 용지에 정리하고 있었다. 그녀는 이마에다가 웃옷 안주머니에 녹음기를 숨기고 있다는 사실을 알아차리지 못한 것 같았다.

모토오카 구니코는 오늘부터 한동안 자신의 이야기가 실릴 여성 잡지를 사들일지도 모르겠군, 하고 이마에다는 생각했다. 조금 미안한 기분도 들었지만, 소박한 꿈을 주었다고 생각하기로 했다. 한 차례 정리가 끝났을 무렵 그는 테이블에 놓인 전화기로 손을 뻗었다. 그리고 수첩을 보면서 버튼을 눌렀다.

신호음이 세 번 울린 후 상대가 전화를 받았다.

"여보세요, 시노즈카 씨입니까? ……네, 그렇습니다, 이마에다입니다. 지금 오사카에 내려와 있는데 말이죠, ……네, 예의 조사 때문에요. 실은 꼭 만나고 싶은 사람이 있어서 연락을 취하려고 하는데요, 연락처를 좀 가르쳐 주셨으면 합니다."

그리고 이마에다는 그 사람의 이름을 말했다.

9

건조기에서 세탁물을 꺼내기 시작했을 때 현관 벨이 울렸다. 에리코는 한가득 안고 있던 침대 시트와 속옷들을 옆에 있는 바구니에 던져 넣었다. 그리고 식당 벽에 붙어 있는 인터폰 수화기를 들고 "네."라고 대답했다.

"데즈카 씨 댁이죠? 저는 도쿄에서 온 마에다라고 합니다."

"아, 네. 지금 나갈게요."

에리코는 앞치마를 벗고 현관으로 갔다. 얼마 전에 산 이 집은 낡아서 복도 군데군데에서 삐걱거리는 소리가 났다. 빨리 고쳐 달라고 하는데도 남편 다미오는 좀처럼 말을 들어주지 않는다. 다소 게으른 것이 그의 단점이었다.

체인을 풀지 않은 채로 문을 열었다. 반소매 와이셔츠에 파란 넥타이를 맨 남자가 서 있었다. 나이는 서른이 좀 넘었을까.

"갑작스럽게 찾아와서 죄송합니다."

남자가 고개를 숙였다. 머리가 단정하게 손질돼 있다.

"저, 어머니께 말씀 들으셨는지요?"

"네, 들었어요."

"그렇군요."

남자는 안도한 듯 미소를 떠올리며 명함을 내밀었다.

"이런 사람입니다. 잘 부탁드립니다."

명함에는 '하트 결혼 상담 센터 조사원, 마에다 가즈오'라고 적혀 있었다.

"잠깐만요."

에리코는 일단 문을 닫고 체인을 푼 뒤 다시 열었다. 그러나 낯선 남자를 집 안으로 들이고 싶은 마음은 없었다.

"저…… 집이 너저분해서……."

아, 아닙니다, 라며 마에다는 손을 저었다.

"여기서도 괜찮습니다."

마에다는 그렇게 말하고 와이셔츠 주머니에서 수첩을 꺼냈다.

친정엄마가 전화해서 결혼 문제 전문 조사원이 찾아올 거라고 말한 게 오늘 아침이었다. 조사원이 에리코의 친정을 먼저 방문한 모양이었다.

"가라사와에 대해서 물어볼 게 있다더라."

"유키호요? 그 친구는 이혼했을 텐데요."

"그러니까 그러는 거지. 아무래도 또 혼담이 오가는 모양이야."

그 혼담 상대의 의뢰로 조사원이 유키호에 대해 조사하는 것 같다고 엄마가 설명했다.

"옛날 친구에게 얘기를 듣고 싶어서 우리 집을 찾아왔나 본데, 네가 결혼해서 여기 없다고 했더니 어디 사는지 가르쳐 줄 수 없겠냐는 거야. 가르쳐 줘도 되겠니?"

그 조사원을 기다리게 한 상태에서 전화를 한 모양이었다.

"안 될 거야 없지만……."

"그래서 너만 괜찮으면 오늘 오후에 그쪽으로 찾아가겠다고 하더라."

"응…… 알았어. 괜찮아, 나는."

"그럼 그렇게 전하마."

조사원의 이름은 마에다라고 했다.

평소 같았으면 그런 정체 모를 사람을 만날 이유가 없으니 거절하라고 했을 것이다. 그러지 않은 것은 조사 대상이 가라사와 유키호였기 때문이다. 에리코는 그녀 나름으로 지금 유키호가 어떻게 지내고 있는지 궁금했다.

그건 그렇다 치더라도 결혼 상대에 대한 조사는 좀 더 은밀하게 할 줄 알았는데 조사원이 당당하게 이름까지 대며 찾아오다니, 에리코로서는 의외였다.

마에다는 절반쯤 열린 문틈에 몸을 끼우듯이 서서 에리코와 유키호의 교분에 대해 질문했다. 에리코는 자신들이 세이카 여중고 중등부 3학년 때 같은 반이 된 것을 계기로 친해졌고, 대학도 같은 곳을 다녔다고 간단히 설명했다. 조사원은 볼펜으로 수첩에 그 내용을 메모했다.

"저…… 상대가 어떤 사람인가요?"

조사원의 질문이 일단락됐을 때쯤 에리코가 물었다.

마에다는 허를 찔린 듯한 표정을 짓더니 멋쩍은 웃음을 웃으면서 머리를 긁적였다.

"죄송하지만 지금은 말씀드릴 수 없습니다."

"지금은…… 요?"

"이 혼담이 정식으로 추진되면 언젠가는 데즈카 씨의 귀에도 들어가겠죠. 하지만 아쉽게도 현 단계에서는 아무래도 혼담 자체가 무산될 가능성도 있고 해서요."

"그럼 신부 후보가 여러 명 있다는 말씀인가요?"

마에다는 잠시 머뭇거리더니 고개를 끄덕였다.

"그렇게 해석하셔도 무방합니다."

아무래도 상대는 꽤나 격식 있는 집안 사람인 듯하다.

"제게 이런 조사를 했다는 걸 유키호에게는 비밀로 하는 게 좋겠네요."

"네, 그렇게 해 주시면 감사하겠습니다. 자신에 대해 조사했다는 걸 알아서 기분이 좋을 사람은 없으니까요. 그런데 가라사와 씨와는 지금도 교류가 있습니까?"

"지금은 거의 없어요. 연하장을 주고받는 정도죠."

"아하, 그렇군요. 실례지만 데즈카 씨는 언제 결혼하셨나요?"

"2년 전에요."

"결혼식에 가라사와 씨도 참석하셨습니까?"

에리코가 고개를 저었다.

"식은 올렸지만 피로연을 크게 하지 않고 가족끼리 조촐한 파티만 했거든요. 그래서 유키호에게는 초대장을 보내지 않고 결혼했다는 소식만 전했어요. 그 친구가 도쿄에 있는 데다, 뭐랄까…… 시기가 좋지 않았거든요. 초대하기도 껄끄럽고 해서요."

"시기요?"

그렇게 말해 놓고서 마에다는 이내 알겠다는 듯 고개를 크게 위아래로 움직였다.

"가라사와 씨가 이혼한 직후였군요."

"그해에 받은 연하장에 헤어졌다는 말만 간단하게 적혀 있었어요. 그래서 신경이 좀 쓰였죠."

"그랬겠군요."

유키호의 이혼 사실을 알았을 때 에리코는 전화라도 해서 사정을 들어 보자고 생각했다. 하지만 다시 생각해 보니 그것이야말로 무신경한 행동인 것 같아 결국은 전화를 하지 못했다. 언젠가는 그녀 쪽에서 연락할지 모른다는 생각도 있었다. 그러나 끝내 연락은 없었다. 그래서 이혼의 원인이 무엇인지 알 수 없었다. 연하장에는 '이제 다시 스타트 라인으로 돌아왔습니다. 재출발입니다.'라고만 쓰여 있었다.

대학교 2학년 때까지는 중고등학교 시절과 마찬가지로 유키호와 함께 있는 일이 많았다. 쇼핑하러 갈 때도, 콘서트에 갈 때도 그녀와 함께였다. 1학년 때 일어난 그 끔찍한 사건의 영향으로 낯선 남자와 사귀는 것은 물론 새로운 만남조차 두려웠기 때문에 오로지 유키호에게만 기댔다. 말하자면 그녀는 에리코와 바깥 세계를 잇는 통로 같은 존재였다.

그러나 언제까지고 그런 상태를 유지할 수는 없었다. 그 사실은 에리코 자신이 가장 잘 알고 있었다. 물론 그녀가 불평한 적은 단 한 번도 없다. 하지만 그녀가 댄스부 선배인 다카미야와 사귀고 있다는 것을 에리코는 알고 있었다. 그와 함께 시간을 보내고 싶어 하는 것은 당연한 일이었다.

거기에 또 하나의 이유가 있었다. 유키호가 다카미야와 사귀기 시작하자 에리코는 어떤 남자를 떠올리는 일이 잦아졌다. 바로 시노즈카 가즈나리였다.

유키호가 에리코 앞에서 다카미야의 일을 입에 올린 적은
없었지만, 무심코 하는 말의 단편에서 옛 연인의 존재가 엿
보였다. 그럴 때마다 에리코는 가슴에 회색 베일이 드리워지
는 것을 느꼈다. 깊은 어둠의 나락으로 마음이 추락하는 것
만 같았다.

대학교 2학년 중반부터 에리코는 의식적으로 유키호와 만
나는 횟수를 줄이려고 노력했다. 유키호는 당황스러워하는
것 같았지만, 차츰 그녀 쪽에서도 연락하지 않게 되었다. 머
리가 워낙 좋으니까 에리코의 의도를 알아차렸을지도 모른
다. 혹은 이대로 가면 에리코가 영원히 자신의 두 발로 설 수
없다고 생각했을지도 모른다.

친구 관계를 끊은 건 아니기 때문에 연락이 완전히 끊기지
는 않았다. 만나면 얘기를 나누고, 때로는 통화도 했다. 하지
만 그 정도는 다른 친구들과 비교해 특별할 것이 없었다.

대학을 졸업하자 두 사람의 관계는 더욱 소원해졌다. 에리
코는 친척의 소개로 그 지역 신용 금고에 취직했고, 유키호
는 도쿄로 올라가 다카미야와 결혼했기 때문이다.

"이번에는 에리코 씨가 느낀 그대로 말씀해 주시면 되는데
요."

마에다가 질문을 계속했다.

"가라사와 씨는 어떤 타입의 여성이었습니까? 내성적이었

다든가, 신경질적이었다든가, 지는 것을 싫어했다든가, 대범했다든가, 뭐 그런 식으로 표현해 주시면 됩니다."

"어렵네요, 그런 식으로 표현하기는."

"그럼 에리코 씨 마음대로 표현하셔도 괜찮습니다."

"한마디로 말해서,"

에리코는 잠시 말을 멈추고 생각하는 표정을 지었다.

"강한 여자예요. 특별히 활동적인 건 아니었지만, 옆에 다가가면 파워가 뿜어져 나오는 듯한 느낌이었죠."

"아우라처럼?"

"네, 그래요."

에리코가 진지한 표정으로 고개를 끄덕였다.

"그 밖에는요?"

"그 밖에는……, 맞아요, 뭐든지 알고 있는 여자랄까요."

"호오."

마에다의 눈동자가 조금 더 활짝 열렸다.

"그것참, 재미있는 표현이군요. 뭐든 알고 있는 여자라, 박식하다는 뜻인가요?"

"단순히 지식이 풍부한 게 아니라 인간의 본질이나 세상의 이면을 알고 있다는 느낌이었어요. 그래서 그녀와 함께 있으면 아주……,"

그녀가 잠시 머뭇거리다 말을 이었다.

"배우는 게 많았어요."

"배우는 게 많았다……, 그렇게 세상 이치를 잘 아는 여성이 결혼에는 실패했단 말이죠. 그 점에 대해서는 어떻게 생각하시나요?"

마에다가 쉬지 않고 질문을 퍼부었다.

에리코는 조사원의 목적을 이해했다. 결국 유키호가 이혼했다는 사실에 신경을 곤두세우고 있는 것이다. 이혼의 근본적인 원인이 그녀 쪽에 있지 않을까 걱정하는 것이다.

"그 결혼에 관한 한 그녀가 잘못했는지도 몰라요."

"무슨 뜻이죠?"

"그녀답지 않게 분위기에 휩쓸려 결혼을 결정한 듯한 느낌을 받았어요. 그녀가 자신의 의지를 좀 더 분명하게 관철했다면 그 사람과 결혼하지 않았을 거예요."

"그러니까 남자 쪽에서 결혼을 강제로 밀어붙였다는 뜻인가요?"

"아니요. 강제로 밀어붙였다는 게 아니라,"

에리코가 신중하게 말을 골랐다.

"연애결혼의 경우, 서로 감정이 고양되는 정도가 균형을 이룬 상태여야 한다고 생각하는데, 그 점에서 약간……."

"다카미야 씨에 비해 가라사와 씨의 감정이 별로였다는 뜻인가요?"

마에다는 다카미야라는 이름을 들이댔다. 유키호의 전남편에 대해 조사하지 않았을 리 없으니 놀랄 일이 아니다.

"뭐라고 말을 잘 못하겠는데……"

에리코가 표현을 망설였다.

"가장 사랑하는 사람은 아니었다고 생각해요."

"하아."

마에다가 눈을 크게 떴다.

그 모습을 본 에리코는 자신이 쓸데없는 말을 했다고 후회했다. 경솔하게 입에 담을 말이 아니었는데.

"죄송해요, 지금 그 말은 제 맘대로 상상한 거예요. 마음에 두지 마세요."

그러나 마에다는 입을 다문 채 그녀의 얼굴을 지그시 바라보았다. 잠시 후 그는 무언가를 깨달았다는 듯 화들짝 놀라는 표정을 지었다. 그리고 천천히 웃는 얼굴로 되돌아왔다.

"괜찮습니다, 좀 전에도 말씀드렸듯이 에리코 씨가 느낀 그대로 얘기해 주시면 됩니다."

"그래도 이제 그만하겠어요. 괜한 말을 해서 그녀에게 폐를 끼치고 싶지는 않으니까요. 이 정도면 됐죠? 그리고 그녀에 대해서는 저보다 더 잘 아는 사람이 많을 거예요."

에리코가 문손잡이로 손을 뻗으려 했다.

"잠깐만요, 마지막으로 한 가지만 더."

마에다가 집게손가락을 세웠다.

"중학교 시절의 일인데, 알고 싶은 게 있어요."

"뭔데요?"

"네, 어떤 사건에 대해서요. 두 분이 3학년 때 한 여학생이 습격당한 일이 있었다고 하던데요, 그걸 발견한 사람이 가라사와 씨와 에리코 씨였다는 게 사실인가요?"

에리코는 얼굴에서 핏기가 가시는 자신을 느꼈다.

"그게 왜…… 궁금하시죠?"

"그 당시의 가라사와 씨에 대해 뭔가 인상에 남아 있는 거 없습니까? 그녀가 어떤 사람인지 보여 주는 에피소드 같은 게……."

그가 질문을 끝내기도 전에 에리코는 고개를 마구 저었다.

"없어요, 아무것도. 저, 부탁인데, 이 정도로 해 주세요. 저도 바쁘니까요."

그녀의 서슬에 조사원이 얼른 문에서 몸을 떼었다.

"알겠습니다. 감사했습니다."

그러나 에리코는 대꾸도 제대로 하지 않고 문을 닫아 버렸다. 동요를 보여서는 안 된다고 생각하면서도 평정을 유지할 수 없었다.

그녀는 현관 매트 위에 주저앉았다. 묵직한 두통이 밀려왔다. 오른손으로 이마를 눌렀다.

시커먼 기억이 가슴에 번지기 시작했다. 벌써 몇 년이나 지났는데도 마음의 상처는 전혀 치유되지 않았다. 다만 거기에 상처가 있다는 사실을 잊고 있었을 뿐이다.

조사원이 후지무라 미야코 얘기를 꺼낸 탓도 있다. 그러나 사실은 그러기 전부터 그 끔찍한 사건이 뇌리에 되살아날 조짐이 있었다.

유키호에 관한 얘기를 시작했을 때부터다.

언제부터인가 에리코는 한 가지 상상을 가슴속에 은밀히 품고 있었다. 그것은 처음에는 그저 생각에 지나지 않았지만 시간이 지나면서 차츰 하나의 스토리로 발전해 갔다.

그러나 그것을 절대 입 밖에 낼 수는 없었다. 그 상상이 사악한 것이라고 생각했기 때문에, 가슴에 품고 있다는 사실조차 남에게 들켜서는 안 되는 것이었다. 그녀 자신도 어떻게 해서든 그 터무니없는 망상을 떨쳐 버리려 했다.

그런데 그것은 그녀의 마음 한가운데 자리 잡은 채 사라지지 않았다. 그 때문에 그녀는 자기혐오에 빠졌다. 자신을 친절히 대하는 유키호와 함께 있을 때면 자신은 정말이지 비열한 인간이라고 생각했다.

그러나 한편으로 그 상상을 음미하고 있는 자신을 발견하기도 했다. 정말 상상에 지나지 않는 것일까. 혹시 그 상상이 진실은 아닐까.

유키호를 떠나려 했던 가장 큰 이유는 거기에 있었다고 할 수 있다. 에리코는 자신의 내면에 퍼져 가는 의혹과 자기혐오의 무게를 견딜 수 없었던 것이다.

그녀는 벽을 짚고 일어섰다. 몸이 몹시 무거웠다. 납덩어리가 몸을 짓누르는 것 같았다.

얼굴을 들어 보니 현관문이 잠기지 않은 채로 있었다. 그녀는 손을 뻗어 문을 잠그고 도어체인도 단단히 걸었다.

11
장

1

약속한 찻집은 긴자 중앙로에 면해 있었다. 시각은 저녁 6시 13분 전. 회사 일을 마치고 돌아가는 남녀들과 쇼핑객으로 보이는 사람들로 길이 혼잡하다. 모두들 자기 나름으로 충족된 표정이다. 거품이 꺼진 영향이 아직 일반 시민들에게는 미치지 않았는지도 모르겠다고 이마에다는 생각했다.

바로 앞에 젊은 남녀가 걸어가고 있었다. 스무 살이 갓 넘었을까. 남자가 걸치고 있는 여름용 재킷은 아르마니일 것이다. 조금 전 이마에다는 그들이 길가에 BMW를 세우고 내리는 모습을 봤다. 그 차도 호경기에 편승해 샀을 것이다. 머리에 피도 안 마른 애송이가 고급 외제 차를 몰고 다니는 시대는 하루빨리 끝나 버리는 편이 좋다.

1층 케이크 매장을 지나 계단을 올라갈 때 그의 손목시계는 6시 10분 전을 가리켰다. 예정보다 조금 늦었다. 약속 시간보다 15분에서 30분 정도 먼저 도착하는 것이 그의 신조였다. 그것은 심리적으로 상대보다 우위에 서기 위한 요령이기도 하다. 물론 오늘 그가 만날 상대는 그런 줄다리기가 필요한 인물은 아니다.

찻집 안을 한 바퀴 둘러보았다. 시노즈카 가즈나리는 아직 와 있지 않았다. 이마에다는 중앙로가 내려다보이는 창가 자리에 앉았다. 손님이 절반쯤 차 있었다.

동남아시아계로 보이는 웨이터가 주문을 받으러 왔다. 거품 경기로 인건비가 폭등하자 외국인을 고용하는 경우가 많아졌다. 이 가게도 그렇게 해서 살아남았는지도 모른다. 거드름 피우며 일하는 일본 젊은이들을 고용하는 것보다 훨씬 나을 것이라는 생각을 순간적으로 하면서 이마에다는 커피를 주문했다.

말보로를 입에 물고 불을 붙인 후 거리를 내려다본다. 그 몇 분 사이에 오가는 사람들이 한층 늘어난 것 같다. 업계마다 접대비를 삭감하고 있다지만 그건 일부에 국한된 얘기가 아닐까 하는 의문이 들었다. 혹은 사그라지기 전의 마지막 불꽃인가.

거리를 오가는 인파 속에서 이마에다는 한 남자를 발견했다. 그는 베이지색 양복 윗도리를 손에 들고 성큼성큼 걷고 있다. 6시 5분 전. 역시 엘리트는 지각을 하지 않는 법이라는 것을 새삼 깨닫는다.

얼굴이 가무잡잡한 웨이터가 커피를 들고 오는 것과 동시에 시노즈카 가즈나리가 한 손을 들어 보이며 테이블로 다가 왔다. 그는 자리에 앉으면서 아이스커피를 주문했다.

"날이 무척 덥군요."

시노즈카는 손바닥으로 부채질을 했다.

"그러게요."

"이마에다 씨가 하는 일에도 추석 휴가가 있습니까?"

"따로 없습니다."

이마에다가 웃으며 대답했다.

"일이 없을 때가 휴가죠, 뭐. 그리고 추석 같은 경우 어떤 종류의 조사에는 아주 적기라고 할 수 있습니다."

"어떤 종류요?"

"외도 말입니다. 예를 들어 남편이 외도하는지 조사해 달라는 여성에게는 이렇게 제안합니다. 남편에게 추석 연휴에 반드시 친정에 가야겠다고 하라고요. 만약 남편이 난색을 표하면 '당신이 못 갈 상황이면 나 혼자서라도 가겠다'고 해 보라고 합니다."

"아하, 만일 남편에게 애인이 있다면……."

"그 기회를 놓칠 리 없겠죠. 부인이 친정에서 안절부절못하는 동안 저는 남편이 애인과 1박 2일로 여행에 나서는 현장을 촬영하는 겁니다."

"실제로 그런 경험이 있습니까?"

"있습니다, 몇 번이나요. 남편이 덫에 걸릴 확률은 백 퍼센트입니다."

시노즈카가 소리 내어 웃었다. 긴장이 좀 풀린 모양이다. 찻집에 들어올 때는 왜 그런지 얼굴이 굳어 있었다.

종업원이 아이스커피를 가져왔다. 시노즈카는 시럽도 크림도 넣지 않은 채 쭉 들이켰다.

"그래서, 뭐 좀 알아낸 게 있나요?"

아까부터 줄곧 묻고 싶었을 말을 그가 꺼냈다.

"여러 가지로 조사해 봤습니다. 보고서가 시노즈카 씨의 기대에 미치지 못할 수도 있겠지만요."

"일단 보여 주시죠."

"알겠습니다."

이마에다는 서류 가방 안에서 파일을 꺼내 시노즈카 앞에 놓았다. 시노즈카는 곧바로 그것을 펼쳤다.

의뢰인이 보고서를 훑어보는 모습을 이마에다는 커피를 마시면서 관찰했다. 가라사와 유키호가 나고 자란 과정과 경력, 그리고 현재 상태에 대해 조사한다는 목적은 거의 달성됐을 것이라는 자부심이 있었다.

마침내 시노즈카가 보고서에서 얼굴을 들었다.

"그녀의 친어머니가 자살했다는 건 몰랐습니다."

"잘 읽어 보시죠. 자살이라고 쓰지는 않았습니다. 자살의 가능성도 있다고 여겨지지만 결정적인 증거는 발견되지 않았어요."

"하지만 자살했대도 이상하지 않을 만한 상황이군요."

"그런 것 같습니다."

"의외네요."

그렇게 말해 놓고 시노즈카는 금방 덧붙였다.

"아니…… 그렇지도 않은가."

"뭐가 말입니까?"

"좋은 집안에서 나고 자란 요조숙녀 같은 분위기를 풍기기는 하지만, 때때로 그녀가 보이는 표정이나 몸짓에 뭐랄까……."

"열악했던 가정환경의 흔적이 배어 있다?"

이마에다가 빙그레 웃어 보였다.

"그렇게까지 말할 수는 없지만, 품위 있다고만은 할 수 없는 것이, 빈틈이 전혀 없다고 느껴질 때가 있어요. 이마에다 씨는 고양이를 키워 본 적이 있습니까?"

아니요, 라며 이마에다는 고개를 저었다.

"저는 어렸을 때 몇 마리 키운 적이 있었어요. 혈통이 있는 고양이는 아니고 길에서 주워 온 고양이였죠. 그런데 똑같이 대하며 키운다고 키우는데도 주워 온 시기에 따라 사람을 대하는 고양이의 태도가 크게 차이가 나더라고요. 아주 어렸을 때 주워온 고양이들은 줄곧 집 안에서 사람의 보호를 받으며 자라서 그런지 사람에 대한 경계심이 별로 없어요. 천진난만하고 어리광도 잘 부리죠. 그런데 어느 정도 큰 다음에 주워온 고양이는 사람을 잘 따르는 것 같으면서도 실은 경계를 완전히 풀지 않아요. 먹이를 주니까 일단은 같이 살고 있지만 결코 방심하지 않겠다, 그런 식으로 자신을 늘 일깨우는 듯한 면이 있어요."

"가라사와 유키호 씨에게도 비슷한 면이 있다는 말씀인가요?"

"네. 자신이 길고양이에 비유됐다는 걸 알면 그야말로 고양이처럼 화를 내겠지만요."

시노즈카의 입가에 웃음이 감돌았다.

"하지만,"

이마에다는 고양이를 연상케 하는 가라사와 유키호의 예리한 눈을 떠올리며 말했다.

"그런 특성이 오히려 매력으로 다가오는 경우도 있죠."

"맞습니다. 그래서 여자가 무서운 거죠."

"동감입니다."

이마에다가 잔을 들어 물을 한 모금 마셨다.

"그런데 주식 거래에 관한 보고문은 읽으셨는지요?"

"네, 훑어봤습니다. 증권 회사 담당자를 용케 찾아냈군요."

"다카미야 씨에게 자료가 일부 남아 있었어요. 거기서 알아냈습니다."

"다카미야에게요……."

시노즈카의 얼굴이 살짝 어두워졌다. 갖가지 상념이 뇌리를 스치는 표정이다.

"이번 조사에 대해 그에게는 뭐라고 설명했나요?"

"사정을 솔직하게 얘기했습니다. 가라사와 유키호 씨와 결혼을 원하는 남자의 가족이 의뢰해서 조사하고 있다고요. 말하지 말 걸 그랬나요?"

"아니요, 괜찮습니다. 만약 결혼을 하게 되면 언젠가는 알게 될 일이니까요. 그는 어떻게 반응하던가요?"

"그녀에게 좋은 상대가 생겼다면 다행이라고 했습니다."

"제 친척이라는 말은 하지 않았겠지요?"

"말하지는 않았지만, 의뢰한 사람이 시노즈카 씨라는 건 어렴풋이 짐작한 눈치였습니다. 당연하지 않습니까? 생판 모르는 사람이 다카미야 씨와 안면이 있는 제게 가라사와 유키호 씨에 대해 조사해 달라고 의뢰한다, 세상에 우연도 그런 우연이 어디 있겠습니까."

"그렇겠지요. 그럼 기회를 봐서 제가 다카미야에게 솔직히 얘기하는 편이 좋을지도 모르겠네요."

시노즈카가 혼잣말하듯 하고 나서 다시 파일을 들여다보

았다.

"이 보고서에 의하면 그녀가 주식으로 돈을 꽤 번 것 같던데요."

"네. 아쉽게도 그녀를 담당했던 여직원이 올봄에 결혼으로 퇴사하는 바람에 정확한 자료는 없고 그 여직원의 기억에 기대는 수밖에 없었습니다만."

하기야 퇴사를 하지 않았다면 고객의 비밀을 타인에게 발설하는 일도 없었겠지, 하고 이마에다는 생각했다.

"작년까지만 해도 개미 투자자들이 돈을 꽤 벌었다고 들었는데……, 리카르도의 주식에 2천만 엔 넘게 쏟아부었다는 게 사실입니까?"

"사실인 것 같습니다. 담당했던 여직원도 인상에 강하게 남아 있다고 하더군요."

주식회사 리카르도는 원래 반도체 회사였다. 그러던 것이 프레온의 대체 물질을 개발했다고 발표한 것은 약 2년 전의 일이다. 1987년 9월, 국제 연합에서 프레온 가스 규제법이 채택된 이래 국내외에서 펼쳐진 개발 경쟁에서 리카르도가 마침내 한발 앞서가기 시작한 것이다. 1989년 5월에는 금세기 중 프레온 가스 사용 전면 폐지를 주장한 헬싱키 선언이 채택됐고, 그 후 리카르도의 주가는 지속적으로 상승했다.

증권 회사 담당자가 놀란 것은 가라사와 유키호가 주식을 산 시점에는 리카르도의 개발 상황이 전혀 공개되지 않았기 때문이다. 공개되기는커녕 리카르도에서 그런 연구를 하고 있다는 사실조차 업계 내에도 거의 알려지지 않았을 때였다. 국내 유수의 프레온 가스 메이커인 '퍼시픽 초자'에서 장기간 프레온 가스 개발에 종사해 온 기술자 여러 명이 스카우트되어 갔다는 사실이 밝혀진 것도 대체 물질 개발에 관한 기자 회견이 끝난 후의 일이다.

"그 외에도 비슷한 케이스가 여러 번 있었던 것 같아요. 무엇을 근거로 투자하는지는 모르지만 가라사와 유키호 씨가 주식을 산 회사는 얼마 후에 반드시라고 해도 좋을 만큼 히트를 친다는 거예요. 그 확률이 거의 백 퍼센트였다는 게 담당자의 말이에요."

"인사이더?"

시노즈카가 목소리를 낮추어 물었다.

"담당자도 그걸 의심했답니다. 가라사와 씨의 남편이 어느 회사엔가 근무한다고 하는데, 특수한 루트를 통해서 타사의 개발 상황을 알아내는 것 아닐까 하고 말이죠. 물론 가라사와 씨 본인에게 물어본 적은 없다고 합니다."

"다카미야가 근무하는 부서가……."

"도자이 전장 주식회사의 특허 라이선스부죠. 다른 기업의 기술에 밝은 환경인 건 확실합니다. 하지만 그건 어디까지나

공개된 기술에 한해서입니다. 아직 공개되지 않은, 더군다나 개발 중에 있는 기술에 관한 정보는 얻을 수 없어요."

"그렇다면 단순히 주식에 대한 감이 좋았다고 해야 할까요?"

"물론 감도 좋았던 것 같습니다. 그 담당자 말로는 주식을 파는 타이밍도 절묘했다고 하니까요. 조금 더 오를 듯한 기미가 남아 있는 단계에서 과감하게 갈아탔다고 합니다. 그런 건 개미 투자자가 좀처럼 하기 힘든 일이라고 하더군요. 하지만 말이죠, 역시 감만으로 주식을 할 수는 없는 거 아니겠습니까."

"그녀의 배후에 누군가 있었다는 뜻인가요?"

"확실치는 않아요. 다만 그런 느낌이 듭니다."

이마에다는 어깨를 살짝 들어 올리며 대답했다.

시노즈카는 다시 한 번 파일을 눈으로 훑었다. 그리고 고개를 살짝 기울였다.

"그 외에도 한 가지 걸리는 부분이 있는데요."

"뭐죠?"

"이 보고서로 봐서는 그녀가 지난해까지 꽤 빈번히 주식을 사고팔았던 것 같아요. 지금도 완전히 손을 턴 것 같지는 않고요."

"네. 아마 가게 일이 바빠서겠지만 지금은 그전만큼은 힘을 쏟지 않는 것 같습니다. 하지만 견실한 주식 몇 종목은 아직도 보유하고 있어요."

시노즈카는 또 고개를 갸웃했다.

"이상하군요."

"왜 그러시죠? 보고서에 무슨 실수라도 있는 겁니까?"

"아니, 그런 게 아니라 다카미야에게 들은 얘기와 조금 다르다 싶어서요."

"다카미야 씨가 뭐라고 했는데요?"

"유키호 씨가 주식에 손을 댔다는 건 그도 알고 있었어요. 그런데 집안일에 소홀해진다는 이유로 그녀 스스로 주식을 전부 팔았다고 들었거든요."

"팔았다고요, 전부 다요? 다카미야 씨가 그걸 확인했답니까?"

"글쎄요, 거기까지는 모르겠습니다. 확인했다는 말은 못 들었어요."

"제가 담당자에게 들은 바로는, 가라사와 유키호 씨가 주식에서 완전히 손을 뗀 적은 없었던 것 같습니다."

"아무래도 그런가 보군요."

시노즈카는 불쾌한 듯이 입을 꾹 다물었다.

"이렇게 해서 그녀의 자금 운용에 관해서는 대충 파악이 됐는데, 아직 중요한 의문이 남아 있습니다."

"애당초 자금이 어디에서 나왔느냐 하는 것이겠죠."

"그렇습니다. 구체적인 자료가 없어서 정확하게 거슬러 올라가기는 어렵습니다만, 담당자의 기억을 바탕으로 추측해 보면 그녀는 처음부터 상당한 액수의 자금을 갖고 있었다는 얘기가 됩니다. 주부의 쌈짓돈 수준이 아니에요."

"몇백만 엔 정도인가요?"

"아마 그 이상일 겁니다."

시노즈카는 팔짱을 끼며 낮게 신음을 내뱉었다.

"다카미야도 그녀의 지갑 속을 짐작하지 못하겠다고 한 적이 있어요."

"전에 시노즈카 씨도 말씀하신 적이 있습니다만, 그녀의 양모인 가라사와 레이코 씨에게는 별다른 자산이 없는 것 같더군요. 그러니 수백만 엔이 넘는 돈을 마련하기란 쉽지 않았을 텐데 말입니다."

"그 점에 대해 좀 더 조사할 수 있을까요?"

"그러잖아도 조사해 볼 작정입니다. 다만 시간을 좀 더 주셨으면 합니다."

"알겠습니다. 이마에다 씨에게 맡기겠습니다. 이 파일은 제가 가져가도 되겠습니까?"

"그러시죠. 제게는 복사본이 있습니다."

시노즈카는 자신이 들고 온 007가방에 파일을 집어넣었다.

"참, 그리고 이걸 돌려드려야 하는데요."

이마에다가 자신의 가방에서 종이 꾸러미 하나를 꺼냈다. 펼쳐 보니 손목시계가 들어 있었다.

"지난번에 빌린 시계입니다. 옷은 택배로 보냈으니까 내일쯤 도착할 겁니다."

"시계도 같이 보내 주시면 되는데 그랬습니다."

"그럴 수는 없지요. 만에 하나 분실되면 변상해 드릴 방법도 없고요. 카르티에의 한정품이라던데요."

"그런가요? 선물 받은 것이라, 저는 잘……."

손목시계의 글자판을 힐끔 보고 나서 시노즈카는 그것을 웃옷 안주머니에 집어넣었다.

"그녀가 그렇게 말했습니다, 가라사와 유키호 씨가요."

"그래요?"

시노즈카의 시선이 일순 허공을 헤맸다.

"뭐……, 하는 일이 그러니 그런 것도 잘 알겠죠."

"그 때문만은 아닌 것 같습니다."

이마에다는 일부러 의미심장한 말투를 사용했다.

"무슨 뜻이죠?"

이마에다는 자세를 고쳐 앉아 테이블 위에서 손깍지를 끼었다.

"가라사와 유키호 씨가 시노즈카 씨 사촌 형의 프러포즈에 확실한 대답을 하지 않는다고 하셨죠?"

"네, 그런데요."

"그 이유에 대해 한 가지 생각해 본 게 있습니다."

"뭡니까, 그게?"

"그녀에게,"

이마에다가 시노즈카의 눈을 바라보았다.

"따로 좋아하는 남자가 있는 것 아닐까요?"

시노즈카의 얼굴에서 웃음기가 싹 사라졌다. 그리고 냉정한 학자 같은 표정이 어렸다. 그는 몇 번인가 고개를 끄덕이더니 입을 열었다.

"저도 그 생각을 해 보지 않은 건 아닙니다만, 잠깐 스쳐 지나가는 생각에 불과했습니다. 그런데 이마에다 씨가 그런 말씀을 하는 걸 보면 상대 남자에 대해 짚이는 바가 있으신 거겠죠?"

"네, 그렇습니다."

이마에다가 고개를 끄덕였다.

"그게 누구죠? 제가 아는 사람입니까? 아니, 혹시 말씀하시기 곤란하다면 안 하셔도 괜찮습니다."

"제가 곤란할 건 없다고 생각합니다."

그리고 이마에다는 잔을 들어 물을 마신 뒤 시노즈카를 똑바로 바라보았다.

"바로 시노즈카 씨, 당신입니다."

184

"네에?"

"그녀가 정말로 좋아하는 사람은 시노즈카 씨의 사촌 형이 아니라 시노즈카 씨가 아닐까 싶습니다."

별 엉뚱한 소리를 다 듣는다는 듯이 시노즈카는 눈썹을 찡그렸다. 그러고는 어깨를 으쓱하더니 웃으면서 고개를 저었다.

"농담하지 마세요."

"저도 시노즈카 씨만큼은 아니지만 나름 바쁜 사람입니다. 쓸데없는 농담으로 시간을 허비할 생각은 없어요."

이마에다의 말투에 시노즈카도 급기야 표정이 굳었다. 사실은 그 자신도 탐정이 실없는 농담이나 한다고 생각하지는 않을 터였다. 단지 너무나 엉뚱한 소리여서 어떻게 대응해야 좋을지 몰랐을 것이다.

"왜 그렇게 생각하시죠?"

"직감이라고 하면 웃으시겠죠?"

"웃지는 않겠지만 믿지도 않을 겁니다. 그저 흘려들을 뿐이에요."

"그렇겠죠."

"단순히 직감이라는 겁니까?"

"아니요, 근거가 있습니다. 한 가지는 바로 그 시계예요. 가라사와 유키호 씨는 그 시계의 주인이 누군지 분명하게 기억하고 있었어요. 시노즈카 씨는 기억도 못할 정도로 짧은 순간에 얼핏 봤을 뿐인데 지금까지 잊지 않고 있었습니다. 그건 그 시계의 주인에게 특별한 감정을 품고 있었기 때문 아닐까요?"

"그건 그녀의 직업에서 비롯된 습성이……."

"시노즈카 씨가 그 시계를 그녀 앞에서 찼을 때 그녀는 아직 부티크의 주인이 아니었습니다."

"그건……."

말하다 말고 시노즈카는 입을 다물었다.

"한 가지가 더 있습니다. 제가 부티크에 갔을 때 시노즈카 씨 소개로 왔다고 하자 그녀는 대뜸 당신 이름을 말하더군요. 보통은 사촌 형, 그러니까 시노즈카 야스하루 씨의 이름이 먼저 나와야 하는 거 아닐까요?"

"어쩌다 보니 그렇게 됐겠죠. 야스하루라는 이름을 말하기가 쑥스러웠을 수도 있고요. 아무래도 프러포즈를 받은 상대이다 보니."

"그녀는 그런 타입의 여자가 아닙니다. 무엇보다 비즈니스에 관해서는 아주 냉철하죠. 실례지만, 시노즈카 씨는 그 가게에 몇 번이나 갔습니까?"

"두 번인가……."

"마지막으로 간 게 언제죠?"

이마에다의 질문에 시노즈카는 입을 다물고 말았다. 그리고 "1년도 넘지 않았나요?"라고 재차 묻자 천천히 고개를 끄덕였다.

"현재 그녀의 가게에서 시노즈카 씨 하면 최고의 고객인 시노즈카 야스하루 씨일 겁니다. 만약 그녀가 당신에게 특별한 감정이 없다면 그 순간에 당신 이름이 나올 리 없어요."

"그건 너무……."

그러면서 시노즈카가 쓴웃음을 지었다.

이마에다도 표정을 누그러뜨렸다.

"비약일까요?"

"전 그렇게 생각합니다."

이마에다는 커피 잔으로 손을 뻗어 한 모금 마신 뒤 의자 등받이에 몸을 기댔다. 그리고 한숨을 쉬더니 다시 몸을 일으켰다.

"대학 시절부터 아는 사이라고 하셨죠, 가라사와 유키호 씨와?"

"네, 댄스부 연습을 함께 했어요."

"그 무렵의 일들을 하나하나 돌이켜 보세요, 뭔가 짚이는 게 없는지. 이를테면 그녀가 시노즈카 씨에게 호감을 나타냈다고 해석할 만한 일화 말입니다."

화제가 댄스부 시절에 이르자 뭔가 떠오르는 게 있는지 시노즈카의 표정이 살짝 어두워졌다.

"역시 그녀를 만나러 갔었군요, 가와시마 에리코 씨를요."

시노즈카가 눈을 깜박거리면서 말했다.

"네, 다녀왔습니다. 하지만 염려 마세요, 시노즈카 씨 이름은 일절 꺼내지 않았고, 의심할 일도 없도록 처신했으니까요."

시노즈카는 한숨을 쉬었다.

"그녀는 잘 있던가요?"

"그래 보이더군요. 2년 전에 결혼했답니다. 상대는 전기 공사 회사에 사무직으로 근무하는 사람이고요. 중매결혼이었답니다."

"잘 있다니 다행입니다."

시노즈카는 고개를 몇 번 끄덕였다. 그리고 얼굴을 들고는 "그녀가 뭐라고 하던가요?"라고 물었다.

"다카미야 씨는 가라사와 유키호 씨가 가장 사랑하는 사람이 아니었다고 생각한다, 그게 가와시마 씨의 견해였습니다. 즉, 가장 사랑하는 사람은 따로 있었다는 얘기죠."

"그게 저란 말인가요? 말도 안 돼요."

시노즈카가 웃으며 얼굴 앞에서 손바닥을 살랑살랑 흔들었다.

"하지만 가와시마 씨는 그렇게 생각하는 것 같았습니다."

"설마……."

시노즈카의 얼굴에서 웃음기가 사라졌다.

"그녀가 그렇게 말하던가요?"

"아닙니다, 그녀의 표정에서 제가 감지한 겁니다."

"직감만으로 판단하는 건 위험해요."

"압니다. 그래서 보고서에는 쓰지 않은 거죠. 하지만 저는 확신합니다."

다카미야는 가라사와 유키호가 가장 사랑하는 남자는 아니었다고 생각한다. 그 말을 하고 났을 때 가와시마 에리코의 표정을 이마에다는 똑똑히 기억했다. 분명 엄청난 후회가 밀려오는 얼굴이었다. 그녀는 무언가를 두려워했다. 이마에다는 그런 그녀를 바라보다가 그 이유를 깨달았다. 그녀는 '그럼 가라사와 유키호가 가장 사랑한 사람은 누구였나요?' 라는 질문을 두려워했던 것이다. 그렇게 생각하는 순간 몇 개의 퍼즐 조각이 맞춰졌다.

후, 숨을 내쉬며 시노즈카가 아이스커피 잔을 들었다. 그리고 단숨에 절반 정도를 마셨다. 카랑, 얼음이 부딪치는 소리가 났다.

"아무리 생각해 봐도 저는 짚이는 일이 없습니다. 그녀에게 고백을 받은 적도 없고, 생일이나 크리스마스에 선물을 받은 기억도 없어요. 기껏해야 밸런타인데이에 으레 주는 초콜릿 정도 받은 게 전부인데 그것도 남자 부원 전원에게 준 거였어요."

"시노즈카 씨에게 준 초콜릿에만 특별한 감정이 담겨 있었는지도 모르죠."

"아닙니다, 절대 아닐 거예요."

시노즈카가 고개를 마구 저었다.

이마에다는 말보로 갑에 손가락을 넣었다. 마지막 한 개비가 남아 있었다. 담배를 꺼내어 물고 백 엔짜리 라이터로 불을 붙인 후 빈 말보로 갑을 왼손으로 꽉 쥐어 으스러뜨렸다.

"보고서에 쓰지 않은 게 또 하나 있는데, 그녀의 중학 시절 에피소드 중 마음에 걸리는 게 있어요."

"뭐죠?"

"강간 사건입니다. 아니, 강간을 당했는지는 명확하지 않지만요."

이마에다는 유키호의 동급생이 습격당한 일이 있는데 그 현장을 발견한 사람이 유키호와 가와시마 에리코였다는 것, 피해자는 그전부터 유키호에게 적대감을 품고 있던 학생이었다는 것 등을 얘기했다. 예상했던 대로 시노즈카의 얼굴이 미묘한 긴장감을 띠었다.

"그 사건이 왜……."

그렇게 묻는 시노즈카의 목소리가 경직돼 있었다.

"비슷하다고 생각하지 않으세요, 시노즈카 씨가 학생 시절에 경험한 사건과?"

"비슷해서 어떻다는 겁니까?"

그의 말투에는 노골적으로 불쾌감이 배어 있었다.

"그 사건의 결과로 가라사와 유키호는 라이벌인 그 학생을 회유하는 데 성공했습니다. 그리고 이번에는 자신의 연적을 밀어내기 위해 똑같은 일을 벌였다, 그랬을 가능성도 있다는 거죠."

시노즈카가 이마에다의 얼굴을 바라보았다. 노려보았다는 표현이 맞을 법한 시선이었다.

"공상이라 해도 별 재미는 없군요. 가와시마 씨와 그녀는 친구였어요."

"가와시마 씨야 그렇게 생각했겠지만 과연 가라사와 유키호 씨도 그렇게 생각했을지는 의문이군요. 저는 말이죠, 중학 시절 사건도 그녀가 꾸민 게 아닐까 의심하고 있어요. 그렇게 생각하면 앞뒤가 딱딱 맞거든요."

시노즈카가 얼굴 앞에서 오른 손바닥을 펼쳐 이마에다의 말을 막았다.

"그만하시죠. 제가 원하는 건 사실뿐입니다."

이마에다가 고개를 끄덕였다.

"알겠습니다."

"그럼 다음 보고서를 기다리겠습니다."

시노즈카는 엉덩이를 들고 테이블 가장자리에 놓인 계산서를 집으려 했다. 그러나 그의 손이 닿기 전에 이마에다가 먼저 계산서를 손으로 눌렀다.

"만일 지금 한 얘기가 단순한 공상이 아니라 사실이라는 걸 증명할 무언가를 제가 찾아온다면, 그 사실을 사촌 형에게 말할 용기가 있습니까?"

그러자 시노즈카는 다른 손으로 천천히 이마에다의 손을 밀쳐내고 계산서를 움켜쥐었다.

"물론입니다, 그것이 사실이라면 말이죠."

"잘 알겠습니다."

"다음 보고서를 기다리겠습니다, 사실만 다룬 보고서를요."

시노즈카는 계산서를 손에 쥐고 카운터로 걸어갔다.

2

스가와라 에리에게서 전화가 걸려 온 것은 긴자에서 시노즈카를 만나고 이틀이 지난 날 밤이었다. 이마에다는 다른 일로 밤 10시가 넘도록 시부야의 러브호텔에서 망을 보다가 자정이 넘어서야 집에 돌아왔다. 옷을 벗고 샤워를 하려는데 전화벨이 울렸다.

에리는 왠지 미심쩍은 일이 있어서 전화했다고 했다. 말투로 보아 농담을 하는 것 같지는 않았다.

"자동 응답기에 말없이 전화를 끊은 기록이 몇 번이나 있더라고. 왠지 기분이 나빠서 말이지. 이마에다 씨는 아니지?"

"그런 취미는 없는데. 술집 손님 중에 에리에게 푹 빠진 남자가 있는 거 아닐까?"

"그런 남자 없어. 그리고 손님에게는 전화번호를 가르쳐 주지 않는단 말이야."

"전화번호쯤이야 간단히 알아낼 수 있지, 뭐."

가령 우편함을 열고 전화국에서 온 고지서를 슬쩍 훔쳐본다든지, 하고 이마에다는 자신의 테크닉 중 하나를 떠올렸다. 물론 그런 말을 해 봐야 에리에게 겁만 주는 꼴이니 입 밖에 내지는 않는다.

"그리고 또 하나 마음에 걸리는 게 있어."

뭔데, 하고 이마에다가 물었다.

"기분 탓인지는 모르겠지만,"

에리는 목소리를 낮췄다.

"집에 누가 들어왔던 것 같은 느낌이야."

"뭐라고?"

"아까 아르바이트하고 돌아와서 현관문을 여는 순간 그런 느낌이 들더라고, 이상하다 싶은."

"구체적으로 이상한 점이 있었어?"

"응. 우선 샌들이 넘어져 있었어."

"샌들?"

"굽 높은 샌들. 현관에 놓아두었는데 한 짝이 옆으로 넘어져 있었어. 나, 구두를 넘어진 채로 두는 거 굉장히 싫어하거든. 그래서 아무리 급할 때도 꼭 반듯하게 세워 놓는단 말이야."

"그런데 넘어져 있었단 말이지?"

"응. 그리고 전화기도."

"전화기가 어땠는데?"

"놓여 있는 각도가 달랐어. 나는 앉은 상태에서 곧바로 왼손으로 수화기를 집을 수 있게 약간 비스듬히 놓는데 어떻게 된 일인지 똑바로 놓여 있었어."

"그건 에리가 그런 거 아니야?"

"아닐 거야. 그렇게 둔 적이 없어."

한 가지 생각이 이내 이마에다의 머릿속에 떠올랐다. 그러나 그 말은 에리에게 하지 않았다.

"알았어. 잘 들어, 에리. 지금 내가 그쪽으로 갈게. 그래도 되지?"

"이마에다 씨가 온다고? 안 될 것은 없지만……."

"늑대로 돌변하지는 않을 테니까 걱정 말아. 그리고 내가 갈 때까지 전화는 절대 사용하지 마. 알았어?"

"알긴 알겠는데……, 이거 대체 무슨 일이야?"

"가서 설명할게. 그리고 하나 더. 가서 문을 두드릴 테니까 반드시 나라는 걸 확인한 다음에 열어. 알았지?"

"그래, 알았어."

에리는 처음 전화를 걸었을 때보다 더 불안한 목소리로 대답했다.

이마에다는 전화를 끊자마자 옷을 갈아입은 후 도구 몇 가지를 재빨리 스포츠 가방에 던져 넣었다. 그리고 스니커를 신고 후다닥 집을 뛰쳐나왔다.

밖에는 부슬비가 내리고 있었다. 되돌아가 우산을 가지고 나올까도 생각했지만 그냥 뛰어가기로 했다. 에리가 사는 아파트까지는 불과 몇백 미터 거리다.

아파트는 버스길에서 한 블록 안쪽으로 들어간 곳에 있고 건너편에는 월정액 주차장이 있다. 외벽에 금이 간 아파트 바깥 계단을 뛰어 올라가 205호의 문을 두드렸다. 문이 열리고, 에리가 우울한 얼굴을 빼꼼 내밀었다.

"무슨 일이야, 이게?"

그녀가 미간에 주름을 잡으며 물었다.

"나도 몰라. 에리가 과민한 것이기를 바랄 뿐이지."

"그런 거 아니야."

에리는 고개를 저었다.

"전화를 끊고 나서 점점 더 기분이 나빠졌어. 내 방이 아닌 것 같은 느낌이야."

그거야말로 기분 문제라고 생각했지만 이마에다는 잠자코 고개를 끄덕이며 열린 문 사이로 미끄러지듯 들어갔다.

현관에는 신발이 세 켤레 놓여 있었다. 하나는 스니커, 또 하나는 펌프스, 그리고 나머지 하나가 문제의 샌들. 과연 샌들은 굽이 높았다. 이 정도면 살짝만 건드려도 넘어질 것이다.

이마에다는 신발을 벗고 집 안으로 들어갔다. 조그만 싱크대 하나가 붙어 있는 원룸이었다. 그래도 입구에서 안이 훤히 들여다보이지 않도록 중간에 커튼이 드리워져 있다. 커튼 안쪽에는 침대와 텔레비전과 테이블이 놓여 있었다. 낡은 에어컨은 소리는 좀 요란스럽지만 나름 시원한 바람을 내보냈다.

"전화기는?"

"저기."

에리가 침대 옆을 가리켰다.

정사각형에 가까운 조그만 탁자 위에 하얀 전화기가 놓여 있었다. 요즘 유행하는 무선 전화기가 아니다. 하기야 이렇게 작은 방에서는 그런 게 필요 없을 것이다.

이마에다가 가방에서 검고 네모난 장치를 꺼냈다. 위쪽에 안테나가 달려 있고 앞에는 조그만 미터기와 스위치들이 붙어 있었다.

"그게 뭐야? 무전기?"

"아니, 그냥 장난감이야."

이마에다가 전원을 켜고 주파수 조정 다이얼을 돌렸다. 백 메가헤르츠 언저리에서 미터기에 변화가 나타났다. 램프가 깜박거렸다. 그 상태로 전화기로 다가갔다가 다시 멀어지기를 반복했다. 미터기가 확실한 반응을 보였다.

그가 장치의 스위치를 껐다. 그리고 전화기를 들어 올려 바닥을 살피더니 가방에서 드라이버 세트를 꺼냈다. 거기에서 십자드라이버를 집어 든 그는 전화기 커버를 고정한 십자나사못을 풀었다. 짐작했던 대로 나사못을 푸는 데는 별로 힘이 들지 않았다. 누군가 한 번 풀었다 조인 탓이다.

"뭐 하는 거야, 전화기를 망가뜨릴 셈이야?"

"아니, 수리하는 거야."

"뭐라고?"

나사못을 모두 푼 이마에다는 조심스럽게 뒷면 커버를 벗겼다. 전자 부품이 조르륵 붙어 있는 기판이 보인다. 그 위에 테이프로 고정된 조그만 상자가 눈에 들어왔다. 그는 그것을 손가락으로 집어 떼어 내 버렸다.

"그게 뭔데 그래? 떼어 내도 되는 거야?"

에리의 질문에는 대답하지 않은 채 이마에다는 상자에 붙어 있는 뚜껑 밑으로 드라이버를 집어넣더니 비틀어 올렸다. 상자 안에는 수은 전지가 들어 있었다. 그것을 다시 드라이버 끝으로 밀어 떼어 냈다.

"됐다! 이걸로 오케이."

"그게 뭔데? 가르쳐 달란 말이야!"

에리가 꽥 소리를 질렀다.

"별거 아니야. 도청기."

전화 커버를 원래대로 해 놓으며 이마에다가 말했다.

"뭐?"

에리가 눈을 둥그렇게 뜨더니 기판에서 떼어 낸 상자를 집어 들었다.

"별게 아니긴……. 왜 우리 집에 도청기 같은 게 설치돼 있는데?"

"그건 내가 묻고 싶은 말이야. 대체 어떤 놈이 쫓아다니는 거야?"

"쫓아다니는 남자, 없다니까 그러네."

이마에다는 다시 도청 탐지기의 스위치를 켜고 주파수를 바꿔 가며 집 안을 왔다 갔다 했다. 이번에는 미터기가 전혀 반응하지 않았다.

"이중 삼중으로 설치할 정도로 공을 들이지는 않은 모양이군."

그는 스위치를 끈 후 탐지기를 드라이버 세트와 함께 가방에 도로 넣었다.

"도청기가 설치돼 있는 줄은 어떻게 알았어?"

"그보다, 마실 것 좀 줘. 움직였더니 덥네."

"아, 예예."

에리는 허리 높이 정도밖에 안 되는 조그만 냉장고에서 캔맥주 두 개를 꺼내 왔다. 그중 한 개를 테이블에 내려놓고 나머지 한 개는 자신이 땄다.

이마에다는 책상다리를 하고 앉아 맥주를 한 모금 마셨다. 긴장이 풀리면서 온몸에서 땀이 솟았다.

"한마디로, 경험에서 오는 직감이지."

맥주 캔을 한 손에 든 채 그가 말했다.

"누가 들어온 흔적이 있고, 전화기 위치가 바뀌었다. 그렇다면 누군가가 전화기에 농간을 부렸다고 생각하는 게 타당하지 않을까?"

"뭐야, 그런 거야? 의외로 간단하네."

"그런 식으로 말하니까 간단하지 않다고 하고 싶네. 아무튼,"

이마에다는 맥주를 한 모금 더 마시고 입가를 손등으로 닦았다.

"진짜로 짐작 가는 데가 없어?"

"없어, 정말."

에리가 침대에 걸터앉아 고개를 위아래로 크게 끄덕이며
말했다.

"그럼 역시 나를 노리는 건가……."

"이마에다 씨를 노리다니, 그게 무슨 말이야?"

"자동 응답기 기록에 말없이 끊긴 전화가 많았다며. 그 때
문에 에리는 기분이 나빠서 내게 전화했고. 어쩌면 그게 바
로 범인의 노림수였는지도 몰라. 다시 말해 에리로 하여금
전화를 걸도록 만드는 게 범인의 목적이었다는 거지. 자동
응답기에 그런 게 있으면 먼저 짚이는 사람에게 전화를 걸어
보는 게 인지상정이잖아."

"내게 전화를 걸게 해서 뭘 하려고?"

"에리의 인간관계를 파악하는 거지. 친구는 누구고, 유사시
에 도움을 청할 사람은 누구인지 말이야."

"그런 걸 알아 봐야 땡전 한 푼 생기지 않을 텐데? 그리고
무엇보다, 알고 싶으면 직접 물어보면 되지 도청기 같은 건
뭐하러 설치해?"

"에리 모르게 알고 싶은 거겠지. 아무튼 오늘 일을 정리하
면 이렇게 되겠군. 범인은 어떤 인물의 이름과 정체를 알고
싶어 한다. 실마리는 에리다. 아마도 범인이 아는 건 그 어떤
인물이 에리와 친하다는 것뿐이다."

이마에다는 남은 맥주를 단숨에 들이켠 후 빈 캔을 손으로 쥐어 찌그러뜨렸다.

"자, 이런 상황이라면 짚이는 건?"

에리는 고개를 숙이더니 오른손의 엄지손톱을 깨물며 잠시 생각에 잠겼다.

"지난번에 갔던 아오야마의 부티크?"

"빙고."

이마에다가 고개를 끄덕거렸다.

"그때 에리는 연락처를 남겼어. 그런데 나는 아무것도 남기지 않았지. 그러니까 내 정체를 알려면 에리로부터 시작하는 수밖에 없겠지."

"그 가게 사람이 이마에다 씨에 대해 조사하려고 했다는 거야? 대체 왜?"

"그거야 뭐, 여러 가지로 사정이 있어. 어른들 얘기야."

그러고서 이마에다는 히죽 웃었다.

그에게는 시노즈카의 시계 건이 여전히 마음에 걸린 채 남아 있었다. 그 시계가 시노즈카의 것이라는 사실을 가라사와 유키호가 알아차린 게 분명했다. 시계를 빌리면서까지 가게를 찾아온 이 남자는 대체 누굴까 하고 의문을 품는다 한들 이상할 게 없었다. 그래서 이마에다와 같은 일에 종사하는 사람을 고용해 스가와라 에리에 대해 조사하기로 한 것이다.

충분히 있을 법한 얘기였다.

이마에다는 좀 전의 통화에서 에리와 나눈 대화를 돌이켜 보았다. 그녀는 그를 이마에다 씨, 라고 불렀다. 도청기를 설치한 사람은 이 아파트 근처에 이마에다 나오미라는 남자가 운영하는 탐정 사무소가 있다는 사실을 결국 밝혀낼 것이다.

"하지만 나, 주소를 정확하게 쓰지는 않았어. 돈 많은 집 딸이라는 설정이라서 주소가 고포 야마모토면 안 될 것 같았거든. 전화번호도 살짝 바꿔 썼고."

"정말이야?"

"응, 이래 봬도 탐정 조수잖아. 나도 조금은 생각이 있단 말이야."

이마에다는 가라사와 유키호의 부티크에 갔을 때의 일을 회상해 보았다. 어딘가에 실수가 있지는 않았을까.

"그날 지갑은 가져갔어?"

이마에다가 물었다.

"그럼, 가져갔지."

"물론 백 안에 들어 있었겠지?"

"응."

"그날 옷을 이것저것 많이 입어 보는 것 같던데, 그러는 동안 백은 어디에 뒀지?"

"그게 아마…… 피팅룸이었을 거야."

"거기 그냥 놔두고 별 신경 안 썼던 거지?"

응, 하고 에리가 고개를 끄덕이는데 얼굴에 불안한 표정이 스쳤다.

"지갑 좀 보여 줄래?"

이마에다가 손을 내밀었다.

"에이, 돈도 별로 없는데."

"돈은 상관없어. 다른 걸 보려는 거야."

그러자 에리는 침대 머리에 걸어 두었던 숄더백 타입의 가방을 열어 검은색 지갑을 꺼냈다. 앞에 구찌 마크가 새겨져 있었다.

"에리한테 이런 명품이 다 있어?"

"받았어, 점장한테."

"그 얌체처럼 콧수염을 기른 점장?"

"응."

"흐음, 그것참."

이마에다는 지갑을 열고 카드 꽂는 칸을 뒤졌다. 백화점 카드, 미장원 카드와 함께 면허증이 꽂혀 있었다. 그는 면허증을 꺼내 내용을 확인했다. 주소가 이 아파트로 돼 있었다.

"아니, 그걸 마음대로 꺼내 본 거야?"

에리가 놀라서 물었다.

"그럴지도 몰라. 확률이 60퍼센트 이상이야."

"너무하네, 그런 짓을 하다니. 뭐야, 그럼 처음부터 우리를 의심하고 있었다는 얘기야?"

"그렇다고 봐야지."

손목시계를 봤을 때부터 가라사와 유키호는 의심을 품었을 것이다. 지갑 속을 뒤지는 일쯤이야 아무렇지도 않게 할 수 있는 여자인지도 모른다. 그녀의 고양이처럼 생긴 눈을 떠올리며 이마에다는 그런 생각을 했다.

"하지만 그렇다면 왜 가게에서 나오기 전에 우리한테 주소랑 이름을 써 달라고 했을까? 안내장을 보내 주겠다면서 그랬잖아."

"그거야 확인하기 위해서겠지."

"뭘 확인해?"

"에리가 실제 주소와 이름을 쓰는지 안 쓰는지. 그런데 결국은 진짜 주소를 쓰지 않았던 거야."

그러자 에리는 미안한 듯이 고개를 끄덕거렸다.

"번지를 살짝 다르게 썼어."

"그래서 그녀가 확신한 거야, 이 사람들은 옷을 사러 온 게 아니라고 말이야."

"미안해. 쓸데없이 잔재주를 피우는 게 아니었는데."

"괜찮아. 그러지 않았어도 어차피 의심했을 거야."

이마에다는 가방을 들고 일어섰다.

204

"문단속 잘해. 이번 일로 깨달았겠지만, 프로에게 걸리면 이런 아파트 자물쇠쯤은 없는 거나 다름없어. 집에 있을 때는 반드시 체인을 걸도록 해."

"알았어."

"그럼 이만."

이마에다가 스니커에 발을 집어넣었다.

"이마에다 씨, 나, 괜찮을까? 누가 습격하거나 그러진 않겠지?"

에리의 말에 이마에다는 풋, 웃음을 터뜨렸다.

"007 영화 같은 소리 하고 있네. 걱정할 거 없어. 기껏해야 인상 고약한 살인 청부업자 정도나 쳐들어오겠지."

"헉."

에리의 얼굴이 한층 심각해졌다.

"잘 자. 문단속 잘하고."

이마에다는 에리의 집을 나와 문을 닫았다. 그러나 곧바로 걸음을 옮기지는 않았다. 자물쇠를 잠그고 체인을 거는 소리를 확인한 후 그 자리를 떠났다.

자, 이제 어떤 놈이 찾아올까.

이마에다는 하늘을 올려다보았다. 여전히 부슬비가 내리고 있었다.

다음 날이 되자 본격적으로 비가 내리기 시작했다. 그 덕분에 기온도 조금 내려가 무더위가 맹위를 떨치는 8월치고는 비교적 견딜 만한 아침이었다.

오전 9시가 넘어 이불에서 기어 나온 이마에다는 청바지와 티셔츠 차림에 살 하나가 구부러진 우산을 쓰고 집을 나섰다. 목적지는 아파트 건너편에 있는 '볼레로'라는 찻집이었다. 나무로 된 문 위쪽에 조그만 종이 달려 있어 문을 여닫을 때마다 딸랑딸랑 소리가 났다. 이 찻집에서 스포츠 신문을 읽으면서 모닝 세트를 먹는 것이 그의 매일 아침 일과였다.

'볼레로'는 테이블 네 개와 카운터 자리뿐인 조그만 가게다. 테이블 두 개와 카운터에 손님이 앉아 있었다. 머리가 벗어진 마스터가 카운터 안에서 이마에다에게 인사를 건넸다.

이마에다는 잠시 망설이다가 결국 맨 안쪽 테이블에 앉았다. 손님이 밀려들 시간대는 아니지만 혹시라도 테이블 자리가 모자라게 되면 그때 카운터 자리로 옮기면 된다.

이마에다는 따로 주문을 하지 않는다. 잠자코 앉아 있으면 몇 분 후 마스터가 굵은 소시지를 끼운 핫도그와 커피를 가져다준다. 핫도그에는 볶은 양배추도 들어 있을 것이다.

옆에 놓인 잡지꽂이에 신문 몇 종류가 접힌 채 꽂혀 있었다. 카운터 손님이 스포츠 신문을 읽고 있어서 남아 있는 것은 경제 신문과 일반 신문뿐이었다. 이마에다는 하는 수 없이 아사히 신문을 뽑아 들었다. 요미우리 신문도 있었지만 그건 집에서도 구독하고 있다.

다시 자리에 앉아 신문을 펼치려고 할 때 딸랑딸랑 소리가 났다. 반사적으로 문 쪽을 바라보았다. 남자 손님 하나가 막 들어오는 참이었다.

남자는 예순이 가까워 보였다. 반 가르마를 탄 머리에 흰머리가 섞여 있다. 흰 남방셔츠 아래로 드러나 보이는 가슴이 실팍하고, 반소매 아래로 나와 있는 팔뚝도 상당히 굵었다. 키는 170센티미터 이상. 거기에 옛날 무사처럼 자세가 반듯하다.

그러나 그가 이마에다의 시선을 끈 가장 큰 이유는 그런 겉모습 때문이 아니라 그 남자가 가게에 들어서자마자 이마에다 쪽으로 날카로운 시선을 보냈기 때문이다. 마치 거기에 그가 있다는 것을 가게에 들어오기 전부터 알고 있었던 듯한 시선이었다.

하지만 그 시선은 아주 짧은 동안에 불과했다. 다음 순간 남자는 눈길을 다른 쪽으로 돌리며 카운터 자리에 가서 앉았다.

"커피 줘요."

남자가 마스터에게 말했다.

신문으로 눈길을 돌리려던 이마에다는 그 한마디에 다시 고개를 들었다. 남자의 말에 간사이 억양이 섞여 있었기 때문이다. 의표를 찔린 느낌이었다.

그때 남자가 다시 이마에다 쪽을 보았다. 순간 두 사람의 눈길이 마주쳤다.

남자의 눈에 그를 위협하려는 느낌은 없었다. 사악함 같은 것도 품고 있지 않았다. 그러나 그 눈빛은 인간의 증오심과 일그러진 마음을 속속들이 꿰뚫고 있는 듯했다. 진정한 냉철함이라고도 할 수 있는 묵직한 빛이 깃들어 있었다. 이마에다는 등줄기가 서늘해지는 것을 느꼈다.

두 사람의 눈길이 마주친 시간은 매우 짧았다. 어쩌면 1초도 안 되었을지 모른다. 누가 먼저랄 것도 없이 시선을 돌린 후 이마에다는 신문 사회면 기사를 보았다. 대형 트레일러가 고속도로에서 사고를 일으켰다는 내용이었다. 그러나 이마에다가 남자를 의식에서 완전히 몰아낸 것은 아니었다. 저 사람은 누구일까, 라는 생각이 한 점 보푸라기처럼 의식 끝에 달라붙어 있었다.

마스터가 핫도그와 커피 세트를 들고 왔다. 이마에다는 핫도그에 케첩과 머스터드를 듬뿍 쳐서 덥석 깨물었다. 앞니가 비엔나소시지 껍질을 톡 터뜨리는 감각이 좋았다.

핫도그를 먹는 동안 이마에다는 남자 쪽을 보지 않으려 애썼다. 보면 또 시선이 마주칠 것 같은 기분이 들어서였다.

마지막 한 조각을 입 안에 밀어 넣은 후 커피 잔을 입으로 가져가면서 이마에다는 힐끔 남자의 모습을 살폈다. 남자는 똑바로 앞을 향한 채 커피 잔을 들고 있었다.

방금 전까지 나를 보고 있었군. 그는 그렇게 직감했다.

이마에다는 커피를 다 마신 뒤 자리에서 일어섰다. 청바지 주머니에 손을 넣어 천 엔짜리 지폐를 꺼내 카운터에 올려놓았다. 마스터는 말없이 거스름돈 450엔을 돌려주었다.

그러는 동안 남자는 자세를 거의 바꾸지 않고 등을 꼿꼿하게 편 채 커피를 마시고 있었다. 마치 기계 장치처럼 똑같은 리듬, 똑같은 움직임이었다. 이마에다 쪽으로는 눈길도 주지 않았다.

찻집을 나온 이마에다는 우산을 쓰지 않고 뛰어서 도로를 건넜다. 그리고 아파트 계단도 뛰어 올라갔다. 집에 들어가기 전에 '볼레로'를 내려다봤지만 그 초로의 남자는 나오지 않았다.

이마에다는 철제 선반 위에 놓인 미니 컴포넌트의 스위치를 켜고 CD플레이어를 작동시켰다. CD플레이어에는 휘트니 휴스턴의 CD가 들어 있었다. 잠시 후, 벽에 부착된 두 개의 스피커에서 볼륨 있는 음성이 흘러나왔다.

그는 티셔츠를 벗었다. 샤워를 하기 위해서다. 어젯밤 샤워를 하려다 에리의 전화를 받고 나간 그는 결국 샤워를 하지 못한 채 잠들었다. 덕분에 머리카락이 끈적거렸다.

청바지 지퍼를 내리는데 현관 벨이 울렸다.

늘 들어서 귀에 익은 벨소리가 오늘은 왠지 의미심장하게 들렸다. 아무 반응을 보이지 않자 다시 한 번 벨이 울렸다.

이마에다는 지퍼를 올리고 방금 벗은 티셔츠를 도로 입었다. 대체 샤워는 언제나 할 수 있을지, 라고 생각하면서 현관으로 나가 자물쇠를 풀고 문을 열었다.

아까 그 초로의 남자가 서 있었다.

깜짝 놀라는 게 정상이지만 이마에다는 조금도 동요하지 않았다. 벨이 처음 울렸을 때부터 예감하고 있었던 일이다.

남자는 이마에다를 보더니 얼굴에 희미하게 미소를 떠올렸다. 왼손에는 우산을, 오른손에는 수금원이 주로 들고 다닐 법한 손가방을 들고 있다.

"무슨 일이시죠?"

이마에다가 물었다.

"이마에다 씨죠?"

남자가 물었다. 역시 간사이 지방 억양이다.

"이마에다 나오미 씨죠?"

"그런데요."

"물어볼 게 있어서요. 시간 좀 내 주실 수 있습니까?"

배에서 울려 나오는 듯한 저음이었다. 미간을 중심으로, 마치 조각칼로 새긴 듯한 주름이 사방으로 퍼져 있다. 그중 하나가 칼에 베였던 흉터라는 것을 이마에다는 알아차렸다.

"실례지만 댁은 누구시죠?"

"사사가키라고 합니다. 오사카에서 왔습니다."

"오사카에서 여기까지요? 그런데 죄송합니다만, 일이 있어서 곧 나가야 하는데요."

"오래 걸리지 않습니다. 두세 가지 질문에 답해 주시기만 하면 됩니다."

"다음에 다시 오십시오. 정말 급하거든요."

"그렇게 급한데 찻집에서는 그토록 느긋하게 신문을 읽고 있었군요."

남자가 입술을 일그러뜨리며 웃었다.

"제가 시간을 어떻게 사용하든 댁과는 상관없는 일일 텐데요. 돌아가 주세요."

이마에다는 문을 닫으려 했다. 그런데 남자가 들고 있던 우산을 문틈에 밀어 넣었다.

"열심히 일하시는 건 좋지만 이쪽도 일이라서 말이죠."

그리고 남자는 바지 주머니에 손을 넣었다. 그가 꺼낸 것은 검은 수첩이었다. 오사카부, 라는 글자가 보였다.

이마에다는 숨을 후, 내뱉으며 문손잡이를 잡고 있던 손에서 힘을 뺐다.

"경찰이면 경찰이라고 처음부터 말씀을 하셨어야죠."

"현관 밖에서 경찰이라고 말하면 싫어하는 사람도 있어서 말이죠. 얘기를 좀 들을 수 있을까요?"

"들어오시죠."

의뢰인용 의자를 남자에게 권하고 이마에다는 자리에 앉았다. 의뢰인용 의자는 사실 조금 낮게 고정되어 있다. 그 사소한 요령 덕에, 일 얘기를 할 때 미묘하게 우위에 설 수 있다. 하지만 그 신통력도 이 사람에게는 통하지 않을지 모르겠다고, 남자의 주름투성이 얼굴을 바라보며 이마에다는 생각했다.

이마에다가 명함을 달라고 하자 남자는 없다고 대답했다. 거짓말일 게 뻔했지만 그런 일로 말씨름을 할 생각은 없었다. 대신 조금 전의 경찰수첩을 다시 보여 달라고 했다.

"저한테 그 정도 권리는 있겠죠? 댁이 진짜 경찰이라는 증거가 어디에도 없으니까요."

"물론 권리가 있습니다. 몇 번이든 보세요."

남자는 수첩을 펼쳐 신분을 증명하는 페이지를 보여 주었다. 이름은 사사가키 준조. 사진 속의 얼굴이 좀 더 갸름하긴 하지만 동일 인물임에는 틀림없는 듯했다.

"이제 믿으시겠습니까?"

사사가키가 수첩을 덮으며 물었다.

"현재는 서후세 경찰서에 있습니다. 형사과 1계 소속이죠."

"1계 형사요, 그렇다면 살인 사건 수사입니까?"

뜻밖이었다. 이마에다로서는 예상치 못한 일이다.

"뭐, 그렇다고 할 수 있죠."

"무슨 일이죠? 제 주변에서 살인 사건이 발생했다는 얘기는 듣지 못했는데요."

"그야 사건에도 여러 가지가 있으니까요. 화제에 오르는 사건이 있는가 하면, 아무도 화제로 삼지 않는 사건도 있습니다. 그래도 사건은 다 같은 사건이죠."

"언제 어디서 누가 살해당한 사건입니까?"

사사가키가 웃었다. 얼굴 주름이 복잡한 모양을 그렸다.

"이마에다 씨, 제 질문에 먼저 답해 주세요. 그러면 저도 예의를 차리겠습니다."

이마에다는 찬찬히 형사를 보았다. 오사카에서 온 노형사는 의자에 앉은 채 몸을 조금씩 흔들고 있었다. 하지만 그 표정에는 조금도 흔들림이 없었다.

"알겠습니다. 먼저 질문하세요. 듣고 싶은 게 뭡니까?"

그러자 사사가키는 우산을 자신의 앞에 세우고 두 손으로 그 손잡이를 짚었다.

"이마에다 씨, 당신은 2주쯤 전에 오사카를 다녀갔습니다. 그때 이쿠노 구 오에 근처를 어슬렁거리고 다녔어요. 맞습니까?"

이마에다는 느닷없이 급소를 찔린 느낌이었다. 오사카 부경이라는 얘기를 들었을 때부터 그는 오사카에 갔던 일을 머릿속에 떠올리고 있었다. 동시에 그는 그때 후세 역을 이용했던 사실을 떠올렸다.

"맞습니까?"

사사가키가 거듭 물었다. 하지만 대답은 이미 알고 있다는 표정이다.

"다녀왔습니다. 잘 아시는군요."

이마에다는 인정할 수밖에 없었다.

"그 지역에 관한 일이라면 어느 길고양이가 임신을 했는지까지 알고 있습니다."

사사가키는 입을 벌린 채 소리 없이 웃었다. 공기가 새는 듯한 기묘한 소리가 났다.

"뭘 하러 갔습니까?"

이마에다는 재빨리 머리를 굴리며 대답했다.

"일 때문이죠."

"호오, 일이라. 어떤 일입니까?"

이번에는 이마에다가 웃어 보였다. 조금은 여유를 보이고 싶었다.

"사사가키 씨, 제 직업을 모르시는 건 아니겠죠?"

"아주 재미있는 일을 하고 계시더군요."

사사가키는 파일이 빽빽하게 꽂힌 철제 선반을 바라보았다.

"내 친구 중에도 오사카에서 이런 일을 하는 사람이 있어요. 벌이가 되는지 어떤지는 모르겠지만 말입니다."

"다시 말해서 그 일 때문에 오사카에 갔던 거죠."

"오사카에서 가라사와 유키호에 대해 조사하는 게 일이었나요?"

역시 그것 때문에 나를 추적했군. 이마에다는 그렇게 납득했다. 어떻게 해서 나까지 선이 닿았을까 곰곰이 생각하다가 어제의 도청기 사건을 떠올렸던 것이다.

"무엇 때문에 가라사와 유키호가 나고 자란 과정을 조사했는지, 그 얘기를 해 주면 고맙겠는데요."

사사가키는 흰자위가 많이 드러나 보이는 눈으로 이마에다를 바라보았다. 실이 죽죽 늘어질 듯 끈끈한 말투였다.

"친구 분이 이런 일을 하고 있다니 사정을 잘 아실 텐데요. 우리는 의뢰인의 이름을 밝힐 수 없습니다."

"즉, 누군가의 의뢰로 가라사와 유키호를 조사했다는 말인가요?"

"그렇습니다."

대답하면서 이마에다는 이 형사가 가라사와 유키호의 이름에 '씨' 자를 붙이지 않는 이유에 대해 생각해 보았다. 상당히 친한 사이인가, 아니면 형사라는 직업에서 오는 습관인가.

그것도 아니라면…….

"혼담과 관련된 건가요?"

사사가키가 느닷없이 물었다.

"네?"

"가라사와 유키호에게 혼담이 들어온 모양이더군요. 상대편 집안 사람으로서는 사기꾼 같은 여자를 며느리로 맞게 생겼으니 신원을 자세히 조사하고 싶은 게 당연하겠지요."

"무슨 말씀입니까?"

"그러니까, 혼담 말입니다."

사사가키는 입가에 기분 나쁜 미소를 띤 채 이마에다를 보았다. 그리고 그 시선을 책상 위로 옮겨 재떨이를 가리키며 물었다.

"피워도 될까요?"

그러시죠, 라고 이마에다가 대답했다.

사사가키는 남방셔츠 가슴 주머니에서 하이라이트 갑을 꺼냈다. 담뱃갑이 납작하게 찌그러져 있었다. 거기서 꺼낸 담배 역시 살짝 휘어져 있다. 사사가키는 그것을 입에 문 뒤 종이 성냥으로 불을 붙였다. '볼레로'에서 받은 성냥인 듯했다.

자신은 시간이 얼마든지 있다는 것을 시위라도 하듯 형사는 아주 천천히 담배를 빨았다. 그가 뿜어낸 연기가 흔들거리며 올라가 공기에 섞여들었다.

형사는 노골적으로 이마에다에게 생각할 여유를 주려 하고 있었다. 손에 쥔 카드 중 몇 장을 보여 주고 상대가 어떻게 나오는지 관찰하는 방식, 그게 그의 주특기인지도 모르겠다. 찻집에서 굳이 존재를 드러낸 것도 나는 너를 줄곧 지켜보고 있었다고 암시함으로써 손에 쥔 카드를 좀 더 강력한 것으로 보이도록 하려는 계산에서 나온 행동일 것이다. 무표정하게 연기를 좇는 형사의 눈에 깊이를 알 수 없는 교활함이 감춰져 있는 듯이 보였다.

이마에다는 그가 감춘 카드가 무엇인지 알고 싶어 미칠 것 같았다. 살인 사건을 다루는 형사가 왜 가라사와 유키호를 추적하고 있는 것일까. 아니, 추적하고 있는지 어떤지는 확실치 않다. 다만 이 남자가 그녀에 관한 정보를 꽤 많이 갖고 있다는 것만은 확실했다.

"가라사와 유키호 씨에게 혼담이 있다는 것은 저도 알고 있습니다."

궁리 끝에 이마에다는 그렇게 말했다.

"하지만 그 일과 제 조사가 관계가 있느냐고 물으시면, 있다고도 없다고도 대답할 수 없습니다."

담배를 손가락 사이에 끼워 든 자세로 사사가키가 고개를 끄덕였다. 표정이 만족스러워 보였다. 그는 짧아진 담배를 재떨이 안에 천천히 비벼 껐다.

"이마에다 씨, 마리오를 기억합니까?"

"마리오요?"

"슈퍼마리오 브라더스. 아이들 장난감이죠. 하기야 요즘은 어른들도 빠져 있다고들 합니다만."

"아아, 게임기 소프트웨어 말이군요. 네, 물론 기억합니다."

"몇 년 전에 엄청난 붐이 일었죠. 장난감 가게 앞에 줄을 설 정도로 말입니다."

"네, 그랬죠."

당황스럽기 짝이 없었지만 이마에다는 맞장구를 쳤다. 얘기가 어디로 흘러가는지 도무지 가늠할 수 없다.

"오사카에 그 복제품을 만들어 팔려던 남자가 있었어요. 실제로 복제품을 완성해서 이제 팔기만 하면 되는 단계였지요. 그런데 아슬아슬하게도 그 순간에 경찰에게 적발되고 말았어요. 물건은 압수됐지요. 그런데 그걸 만든 남자는 찾지 못했어요. 행방불명됐거든요."

"도망쳤군요."

"경찰도 그렇게 생각했어요. 아니, 지금도 그렇게 생각하고 있습니다. 그래서 지명 수배 중이에요."

사사가키는 손가방을 열어 접힌 전단지 같은 것을 꺼내더니 펼쳐서 이마에다에게 보여 주었다. '사람을 찾습니다'라는 활자 밑에 머리를 전부 뒤로 빗어 넘긴 쉰 살 전후의 남자 얼굴이 있었다. 이름이 '마쓰우라 이사무'라고 쓰여 있었다.

"이 얼굴, 어디선가 본 적 없습니까?"

"없는데요."

"그러시겠죠."

사사가키는 종이를 접어 다시 가방에 넣었다.

"그럼 사사가키 씨는 그 마쓰우라라는 남자를 쫓고 있는 겁니까?"

"마쓰우라를 쫓고 있다…… 뭐, 그렇다고도 할 수 있죠."

"그렇다고도 할 수 있다고요?"

이마에다는 사사가키의 얼굴을 가만히 바라보았다. 오사카에서 온 형사는 의미심장하게 입술을 일그러뜨리며 미소 지었다.

그 순간 이마에다는 퍼뜩 깨달았다. 살인 사건을 취급하는 형사가 그저 게임 소프트웨어 위조범이나 쫓고 있을 리 없다. 사사가키는 그 마쓰우라라는 남자가 살해당했다고 보고 있는 것이다. 그가 찾고 있는 것은 마쓰우라의 사체, 그리고 마쓰우라를 살해한 범인이다.

"그 남자와 가라사와 유키호 씨가 무슨 관계라도 있습니까?"

"직접적인 관계는 없……을지도 모르겠군요."

"그렇다면 왜……."

"마쓰우라와 함께 사라진 남자가 있어요. 그 남자도 슈퍼마리오의 복제에 관여했을 가능성이 아주 높죠. 그런데 그 남자가 아마도,"

형사는 말을 고르는 듯 잠시 침묵하더니 다시 입을 열었다.

"가라사와 유키호의 주변 어딘가에 있을 겁니다."

"주변 어딘가……라고요?"

이마에다가 되물었다.

"그게 무슨 뜻입니까?"

"말 그대로예요. 어딘가에 숨어 있을 겁니다. ……딱총새우라고 혹시 압니까?"

형사가 또 종잡을 수 없는 얘기를 시작했다.

"딱총새우요? 아니요, 모릅니다."

"딱총새우는 말이죠, 구멍을 파고 그 구멍 속에서 생활한다고 합니다. 그런데 그 구멍에 빌붙어 사는 놈이 있어요. 바로 망둥이죠. 빌붙어 사는 대신 망둥이는 구멍 입구에서 망을 보다가 적이 다가오면 지느러미를 움직여서 구멍 속에 있는 딱총새우에게 알린다고 합니다. 멋진 콤비죠. 공생이라고 해야 하나……."

"잠깐만요, 그렇다면 가라사와 유키호 씨에게 그런 식으로 공생하는 남자가 있다는 말씀인가요?"

만일 그렇다면 엄청난 일이다. 하지만 이마에다는 믿을 수 없었다. 여태껏 조사한 바로는 그런 남자의 존재는 그림자도 없었다.

사사가키가 히죽 웃었다.

"내 상상입니다. 증거는 전혀 없어요."

"하지만 뭔가 근거가 있으니까 그런 상상을 하는 거 아닙니까."

"근거라고 할 만한 것은 없어요. 그저 늙은 형사의 감일 뿐이죠. 그러니까 당연히 빗나갈 가능성도 있고요. 신경 쓸 거 없습니다."

거짓말, 이라고 이마에다는 생각했다. 바위처럼 흔들리지 않는 근거가 있을 것이다. 그렇지 않다면 이렇게 혼자서 도쿄까지 오지 않았을 것이다.

사사가키가 다시 가방을 열더니 이번에는 사진 한 장을 꺼냈다.

"이 남자는 혹시 본 기억이 있습니까?"

그가 책상 위에 올려놓은 사진으로 이마에다는 손을 뻗었다. 정면을 향해 있는 남자의 얼굴이었다. 면허증 사진일까. 나이는 서른 전후. 턱이 뾰족하다.

어디선가 본 얼굴이다, 라는 생각이 맨 먼저 들었다. 그걸 표정에 드러내지 않도록 조심하면서 이마에다는 자신의 기억을 더듬었다. 사람 얼굴을 잘 기억하는 게 그의 특기다. 반드시 기억해 낼 자신이 있었다.

사진을 바라보던 중 갑자기 안개가 걷혔다. 사진 속의 남자를 어디서 봤는지 선명하게 기억이 떠올랐다. 성과 이름, 직업, 사는 곳……, 그 모든 것이 순식간에 출력됐다. 그와 동시에 그는 하마터면 소리를 지를 뻔했다. 너무도 뜻밖의 인물이었기 때문이다. 그 놀라움을 표현하고 싶었지만 그는 그런 욕망을 간신히 억눌렀다.

"이 사람이 가라사와 유키호 씨의 공생 상대인가요?"

목소리 톤이 흐트러지지 않도록 조심하면서 물었다.

"글쎄, 어떨지……. 본 기억이 있나요?"

"그런 것 같기도 하고, 아닌 것 같기도 하고……."

이마에다는 사진을 손에 든 채 중얼거렸다.

"잠깐 확인하고 싶은 게 있는데, 옆방에 좀 다녀와도 될까요? 자료와 대조해 보고 싶어서요."

"무슨 자료죠?"

"이리 가져오겠습니다. 잠시만 기다려 주세요."

이마에다는 사사가키의 대답을 기다리지 않고 얼른 일어나 옆방으로 가서 문을 잠갔다.

원래는 침실이지만 전에는 암실로 사용한 적도 있었다. 흑백 사진 현상 정도는 여기서도 할 수 있다. 그는 선반 위에 가지런히 놓아둔 사진 관련 도구 중 접사가 가능한 폴라로이드 카메라를 집어 들었다. 현상 후 네거티브와 포지티브 페이퍼를 떼어 내는 필 어파트 방식의 사진기다.

이마에다는 사사가키가 준 사진을 바닥에 놓고 카메라를 손에 들었다. 그리고 뷰파인더를 들여다보면서 거리를 조절해 초점을 맞췄다. 렌즈를 조정해 맞추자면 시간이 걸리기 때문이다.

충분히 초점이 맞았다 싶은 위치에서 셔터를 눌렀다. 스트로보가 반짝했다.

필름을 꺼내고 카메라를 제자리에 돌려놓았다. 필름을 가볍게 흔들면서 다른 손으로는 책꽂이에서 두꺼운 파일을 꺼냈다. 거기에는 가라사와 유키호를 조사하는 데 필요한 사진들이 정리돼 있었다. 그 내용물을 팔락팔락 넘기면서 사사가키에게 보여도 문제가 없을지 확인했다.

잠시 후 그는 필름에서 포지티브 페이퍼를 벗겨 냈다. 접사 사진이 제대로 나와 있었다. 오리지널 사진의 자잘한 얼룩까지 고스란히 복사되어 있다.

그 사진을 서랍에 넣은 후 오리지널 사진과 파일을 들고 이마에다는 방에서 나왔다.

"죄송합니다. 시간이 좀 걸렸습니다."

이마에다는 파일을 책상에 내려놓았다.

"본 적이 있나 했는데 착각이었나 봅니다. 아쉽게도 못 찾았어요."

"이 파일은 뭡니까?"

"가라사와 유키호 씨와 관련된 조사 자료입니다. 하지만 이 렇다 할 사진은 없어요."

"봐도 되겠습니까?"

"그러세요. 단 무슨 사진인지는 설명할 수 없으니 그렇게 아시고요."

사사가키는 파일에 정리된 사진을 한 장 한 장 들여다보았 다. 대부분이 가라사와 유키호의 친정집 주변을 촬영한 사진 들과 증권 회사 담당자를 몰래 찍은 사진들이었다.

파일을 끝까지 살펴본 형사가 얼굴을 들었다.

"재미있는 사진이 많군요."

"마음에 드시는 거라도 있습니까?"

"단순히 신붓감 후보를 조사하는 거라고 보기에는 참 묘하 다는 생각이 드는군요. 예를 들어, 어째서 가라사와 유키호 가 은행을 출입하는 사진까지 찍어야 하지요? 그건 이해하기 힘든데요."

"마음대로 상상하시죠."

실은 그 은행에 가라사와 유키호의 대여 금고가 있었다. 미 행하던 중 우연히 알아낸 사실이다. 은행에 들어가기 전과 은행에서 나온 후의 모습을 촬영한 것은 그녀의 차림새에 변 화가 있는지를 확인하기 위해서였다. 가령 들어갈 때에는 없

었던 목걸이가 나올 때 목에 걸려 있다면 그 목걸이는 대여
금고에 보관해 두었던 것이라는 얘기가 된다. 그녀의 재산을
체크하는 하나의 수단이 될 수 있었다.

"이마에다 씨, 약속 하나만 해 주실 수 있겠습니까?"

"무슨 약속이죠?"

"이마에다 씨가 앞으로 조사를 계속하다가 이 남자……,"

사사가키는 좀 전의 사진을 집어 들었다.

"이 사진 속의 남자로 보이는 사람을 만나면 꼭 알려 주었
으면 합니다. 그것도 아주 신속하게요."

이마에다는 사진과 사사가키의 주름 가득한 얼굴을 차례로
보았다.

"그럼 제게도 한 가지 가르쳐 주시죠."

"뭘 말입니까?"

"이름요, 이 남자의 이름 말입니다. 그리고 마지막까지 살
았던 곳의 주소도요."

이마에다의 요구에 사사가키는 처음으로 주저하는 표정을
보였다.

"만약 이 남자를 찾아 준다면 그때는 이 남자에 대한 정보
를 신물이 날 정도로 넘겨드리죠."

"저는 지금 이 남자의 이름과 주소를 알고 싶습니다."

사사가키는 이마에다의 얼굴을 몇 초 동안 바라보다가 하

는 수 없다는 듯 고개를 끄덕였다. 그리고 책상 위에 있던 메모지 한 장을 뜯어 볼펜으로 무언가를 적은 후 이마에다 앞에 놓았다.

'기리하라 료지, 오사카 시 주오 구 니혼바시 2-×-×, 무한.'

"기리하라 료지…… 무한은 뭡니까?"

"기리하라가 운영하던 컴퓨터 가게 이름입니다."

"아……."

사사가키가 또 한 장의 메모를 적어 이마에다 앞에 놓았다. 사사가키 준조라는 이름과, 전화번호로 보이는 숫자가 적혀 있었다. 그곳으로 연락하라는 뜻일 것이다.

"자, 그럼 이만 가겠습니다. 너무 오래 있었군요. 급한 일이 있다고 하셨는데 방해해서 죄송하군요."

"아닙니다."

급한 일이 없다는 건 이미 파악했으면서, 라고 이마에다는 생각했다.

"그런데 제가 가라사와 유키호 씨에 대해 조사하고 있다는 건 어떻게 아셨습니까?"

사사가키는 희미하게 웃었다.

"그런 건 돌아다니다 보면 알게 돼 있습니다."

"돌아다니다니요? 라디오를 들은 거 아닙니까?"

이마에다가 다이얼 돌리는 시늉을 했다. 도청 수신기라는 의미다.

"라디오라니, 무슨 소리인지……."

사사가키는 무슨 말인지 모르겠다는 표정을 지었다. 연기라고 보기에는 너무 직접적이고 단순한 반응이다. 시치미를 떼는 것 같지는 않다고 이마에다는 생각했다.

"아니, 아무것도 아닙니다."

그러자 사사가키는 우산을 지팡이마냥 짚고 일어나 문으로 향했다. 그런데 그 문을 열기 전에 다시 뒤를 돌아보았다.

"괜한 참견일지 모르겠지만, 당신한테 가라사와 유키호의 조사를 의뢰한 사람에게 한마디 하고 싶군요."

"뭐라고 말입니까?"

사사가키가 입술을 비틀며 말했다.

"그 여자는 멀리하는 게 좋아요. 보통 여우가 아니에요."

"네."

이마에다가 고개를 끄덕였다.

"알고 있습니다, 저도."

사사가키도 고개를 끄덕이며 문을 열고 나갔다.

4

문화 센터에서 방금 나왔을 법한 여자들 한 무리가 테이블 두 개를 점령하고 있었다. 장소를 바꾸고 싶었지만 만나기로 한 상대는 이미 사무실을 나왔을 것이다. 할 수 없이 이마에다는 여자들로부터 가장 멀리 떨어진 테이블에 앉았다. 여자들의 평균 나이는 마흔 살 전후. 테이블 위에는 음료가 담긴 용기 외에 샌드위치와 스파게티 접시가 놓여 있다. 시각은 오후 1시 반. 점심시간이 끝난 직후라 찻집도 한산할 거라고 생각했는데 완전 오산이었다. 그녀들은 문화 센터가 끝난 후 이 찻집에서 점심을 먹으며 늘어지게 수다 떠는 것을 인생 최대의 낙으로 삼는 게 분명했다.

이마에다가 커피를 두 모금 정도 마셨을 때 마스다 히토시가 찻집으로 들어왔다. 함께 일하던 시절보다 조금 야위어 보였다. 반소매 셔츠에 감색 넥타이 차림, 손에는 커다란 봉투를 들고 있다.

마스다는 금세 이마에다를 알아보고 다가왔다. 그리고 "오랜만이군."이라고 인사하며 맞은편에 앉더니 주문을 받으러 온 종업원에게 "나는 됐어요, 금방 나갈 거니까."라고 말했다.

"여전히 바쁜 모양이군."

이마에다가 말했다.

"그렇지, 뭐."

마스다의 대답이 퉁명스러웠다. 기분이 좋지 않은 듯했다. 그는 누런 서류 봉투를 테이블에 올려놓았다.

"이거면 돼?"

이마에다가 봉투를 집어 내용물을 살폈다. A4 사이즈 복사지가 스무 장 정도 들어 있다. 그 내용을 죽 훑어보면서 고개를 크게 끄덕거렸다. 기억에 있는 것들이었다. 그중에는 이마에다 자신이 작성한 서류의 복사본도 있었다.

"그래, 됐어. 미안하군."

"다시 한 번 말해 두는데, 두 번 다시 이런 일 부탁하지 마. 사무실 자료를 외부 사람에게 보여 주는 게 어떤 의미인지, 너도 탐정 노릇 한두 해 한 게 아니니까 잘 알 거 아니야."

"미안해. 정말로 이게 끝이야."

마스다가 자리에서 일어섰다. 그러나 그는 곧장 문으로 향하지 않고 이마에다를 내려다보며 물었다.

"이제 와서 그런 자료를 부탁하다니 대체 무슨 일이야? 미해결 사건의 꼬리라도 잡은 건가?"

"그런 거 아니야. 뭘 좀 확인하고 싶은 게 있어서 그래."

"흠…… 그래. 뭐, 됐다."

마스다가 자리를 떴다. 그가 이마에다의 말을 곧이곧대로 믿을 리 없었다. 그러나 자신의 일도 아닌데 굳이 끼어들고 싶지는 않을 것이다.

 마스다가 가게에서 나가는 것을 확인한 이마에다는 다시 서류로 눈을 돌렸다. 3년 전의 일들이 뇌리에 되살아났다. 도자이 전장 주식회사의 관계자라는 인물에게 의뢰받아 작성한 조사 보고서의 복사물이다.

 그 조사가 벽에 부딪친 최대의 원인은 메모릭스사 직원이었던 아키요시 유이치라는 인물의 정체를 끝내 밝히지 못했기 때문이었다. 본명도 경력도 출신도 도무지 알 수 없었다.

 그런데 바로 며칠 전, 전혀 생각지도 못한 곳에서 아키요시의 정체를 알게 됐다. 사사가키 형사가 보여 준 사진 속의 남자 기리하라 료지가 바로 전에 이마에다가 그토록 그 정체를 찾아 헤매던 아키요시 유이치임에 틀림없었다.

 컴퓨터 가게를 했다는 경력도 아키요시에게 어울리는 것이고, 그가 오사카에서 자취를 감췄다는 시기도 아키요시가 메모릭스사에 입사한 시기와 맞아떨어졌다.

 처음에 이마에다는 단순한 우연일 거라고 생각했다. 전에 추적했던 인물의 정체가 몇 년 후 전혀 별개의 조사를 하는 중에 뜻하지 않게 밝혀지는 것도 오래도록 이런 일을 하다 보면 일어날 수 있는 일이라고 해석했다.

 그러나 머릿속을 정리하는 동안 그는 그것이 당치 않은 착각이었다는 것을 깨닫게 되었다. 도자이 전장이 의뢰한 조사와 이번 조사가 실은 그 뿌리에서 연결돼 있는 것 아닐까 하는 생각이 든 것이다.

애당초 가라사와 유키호에 대한 조사를 시노즈카로부터 의뢰받게 된 계기는 골프 연습장에서 다카미야 마코토를 만난 것이었다. 그리고 그 골프장에 가게 된 이유는 3년 전에 아키요시를 미행하다가 따라간 적이 있기 때문이었다. 다카미야를 처음 알게 된 것도 그때였다. 다카미야는 아키요시가 감시하던 미사와 지즈루라는 여자와 가깝게 지내고 있었다. 그리고 다카미야 마코토의 당시 아내는 바로 가라사와 유키호였다.

사사가키 형사는 기리하라 료지라는 사람이 가라사와 유키호와 공생 관계에 있는 것처럼 말했다. 그 노형사가 그렇게 말하는 데는 틀림없이 어떤 근거가 있을 것이다. 그래서 이마에다는 기리하라 료지와 가라사와 유키호가 실제로 밀접한 관계에 있다는 가정하에 3년 전의 조사를 돌이켜 보기로 했다. 그렇다면 과연 어떤 결과가 나올 것인가.

대답은 금방 나왔다. 당시 유키호의 남편은 도자이 전장 특허 라이선스부에 근무하고 있었다. 사내 기술 정보를 관리하는 위치에 있는 사람이다. 그것은 기밀에 관여할 수 있다는 것을 의미한다. 그렇다면 컴퓨터에서 극비 정보를 불러내는 데 필요한 ID와 비밀 번호도 알고 있을 것이다. 물론 그것은 절대 타인에게 알려 줘서는 안 되는 것이다. 다카미야도 틀림없이 그 규칙을 지켰을 것이다. 그러나 아내에게도 그랬을까. 그의 아내라면 ID와 비밀 번호를 알아낼 수 있지 않았을까.

3년 전, 이마에다와 그의 동료들은 아키요시 유이치와 다카미야 마코토의 연결 고리를 찾으려고 애썼지만 끝내 찾아내지 못했다. 그럴 만도 한 것이, 그 표적은 다카미야 유키호였어야 했던 것이다.

그렇다면 이마에다로서는 또 한 가지 마음에 걸리는 것이 생긴다. 미사와 지즈루와 다카미야 마코토의 일이다. 아키요시, 즉 기리하라는 대체 무엇 때문에 지즈루를 감시하고 있었던 것일까.

유키호의 부탁으로 그녀 남편의 외도를 조사하고 있었다는 추리도 불가능한 건 아니다. 그러나 그렇게 생각하기에는 납득이 가지 않는 부분이 많았다. 우선 왜 그 조사를 기리하라에게 부탁했느냐 하는 점이다. 외도 조사라면 탐정을 고용하면 될 일이다. 게다가 만약 다카미야 마코토의 외도를 조사하는 것이라면 다카미야 쪽을 감시하는 것이 타당하지 않을까. 지즈루를 감시하고 있었다는 것은 이미 그녀가 다카미야의 애인이라는 사실을 확인했기 때문이었을 것이다. 그렇다면 더는 조사가 필요치 않았을 텐데.

그런 생각을 하며 이마에다는 마스다에게 받은 복사물을

읽고 있었다. 그러던 중 그는 기이한 사실 하나를 깨달았다.

미사와 지즈루를 미행하는 기리하라를 쫓아 처음 이글 골프 연습장에 간 것이 3년 전 4월 초의 일이다. 그때 골프 연습장에 다카미야 마코토는 나타나지 않았다. 그 2주일 후 기리하라는 다시 그 골프 연습장에 갔다. 그때 비로소 다카미야 마코토가 이마에다 앞에 모습을 드러냈다. 그는 미사와 지즈루와 친근하게 얘기를 나누고 있었다.

그 후 기리하라는 두 번 다시 골프장에 발걸음을 하지 않았다. 그런데도 이마에다와 동료들은 미사와 지즈루와 다카미야 마코토의 관계를 주시했다. 두 사람의 관계가 깊어져 가는 상황은 당시의 기록을 더듬어 보면 잘 알 수 있다. 조사가 마무리된 8월 초순 시점에 두 사람은 완전히 불륜 관계에 돌입했다.

기묘한 것은 바로 이 점이다. 두 사람의 관계가 깊어져 가는데 유키호는 뒷짐만 지고 있었단 말인가. 그녀가 아무것도 몰랐다고는 생각할 수 없다. 기리하라로부터 계속해서 정보가 들어갔을 것이다.

이마에다는 커피 잔을 입으로 가져갔다. 커피는 싸늘하게 식어 있었다. 이렇게 다 식은 커피를 바로 얼마 전에도 마셨던 기억이 났다. 시노즈카와 긴자의 찻집에서 만났을 때였다.

그 순간 이마에다의 머릿속에 불현듯 한 가지 생각이 떠올랐다. 전혀 다른 각도의 발상이었다.

유키호가 다카미야 마코토와 헤어지고 싶어 했다면…….

가능성이 없는 일은 아니다. 가와시마 에리코의 말에 따르면 다카미야는 처음부터 그녀가 가장 사랑하는 남자가 아니었다.

헤어지고 싶었던 남편이 때마침 다른 여자에게 마음을 쏟기 시작했다. 그렇다면 그 관계가 불륜으로 발전할 때까지 기다려 보자. 유키호는 그런 식으로 생각하지 않았을까.

아니지, 하고 이마에다는 마음속으로 고개를 저었다. 그 여자는 그렇게 일이 흘러가는 대로 내맡긴 채 사는 인간이 아니다.

미사와 지즈루와 다카미야의 만남이나 그 후의 전개가 모두 유키호의 계획하에 이루어진 일이라면…….

설마, 라고 생각했다. 하지만 동시에 어쩌면, 이라는 생각도 들었다. 그런 일은 있을 수 없다고 간단히 부정할 수 없는 무언가가 가라사와 유키호라는 여자에게는 있다.

그러나 인간의 마음이 그렇게 간단히 컨트롤할 수 있는 것일까 하는 의문은 남는다. 미사와 지즈루가 이 세상 최고의 미인이라 해도 누구나 그녀와 사랑에 빠질 것이라고 장담할 수는 없다.

다만, 그전부터 연정을 품고 있던 상대라면 얘기는 달라진다.

이마에다는 찻집에서 나와 공중전화 부스를 찾았다. 그리고 수첩을 보며 번호를 눌렀다. 그가 전화한 곳은 도자이 전장 도쿄 본사. 다카미야 마코토를 바꿔 달라고 부탁했다.

잠시 후 다카미야의 목소리가 들렸다.

"다카미야입니다."

"여보세요. 이마에다입니다. 업무 중에 죄송합니다."

아아, 하고 살짝 당황스러워하는 목소리가 들렸다. 탐정이라는 존재는 직장으로는 전화하지 않기를 바라는 상대인 것이다.

"지난번에는 실례가 많았습니다."

그는 우선 가라사와 유키호의 주식에 대해 물었을 때의 일을 사과했다.

"실은 한 가지 더 여쭤 보고 싶은 게 있어서요."

"뭡니까?"

"저, 만나서 얘기하고 싶습니다."

당신과 지금의 부인이 어떻게 가까워지게 됐는지에 대해서요, 라고는 차마 말할 수 없었다.

"오늘이나 내일 밤에 만날 수 있을까요?"

"내일이라면 괜찮습니다만."

"그럼 내일 다시 전화 드리겠습니다. 그래도 괜찮을까요?"

"괜찮습니다. 아 참, 이마에다 씨에게 말씀드릴 게 하나 있어요."

"뭐죠?"

"실은,"

그가 목소리를 낮췄다.

"며칠 전에 형사가 저를 찾아왔습니다. 오사카에서 왔다고 하던데, 나이가 꽤 들어 보였어요."

"그래서요?"

"최근에 누가 전처에 대해서 물어본 적이 없냐고 하기에 그만 이마에다 씨의 이름을 말했습니다."

"아……, 그랬군요."

"역시 얘기하지 말 걸 그랬나요?"

"아, 아니요, 그건 괜찮습니다. 그런데 저, 혹시 제 직업에 대해서도 얘기하셨습니까?"

네, 라고 다카미야는 대답했다.

"그렇군요. 그럼 그렇게 알고 있겠습니다."

실례가 많았습니다, 라고 덧붙이고 이마에다는 전화를 끊었다.

그렇게 해서 선이 닿은 거로군. 이마에다는 혀를 끌끌 차고 싶은 심정이었다. 사사가키는 아주 손쉽게 이마에다를 찾아낸 것이다.

그렇다면 그 도청기는 누가 설치한 것일까.

이마에다는 그날 밤 늦어서야 자신의 아파트로 돌아왔다. 다른 일로 여기저기 돌아다니다 오랜만에 스가와라 에리가 일하는 선술집에 들렀기 때문이다.

"그 후로는 집에 있을 때 반드시 체인을 걸고 있으니까."

자신이 느끼는 한 누가 몰래 들어온 흔적은 없었다고 에리는 말했다.

집으로 돌아오는데 아파트 앞에 낯선 밴 하나가 서 있었다. 그 차를 비키듯 걸어 이마에다는 건물 안으로 들어간 후 그대로 계단을 올라갔다. 몸이 무거워서 걸음을 옮기기조차 귀찮았다.

집 앞까지 와서 열쇠를 찾으려고 주머니를 뒤지는데 복도에 손수레와 접힌 종이 상자가 세워져 있는 것이 눈에 들어왔다. 누가 이런 걸 여기 놔뒀을까 하고 잠깐 생각했을 뿐 더는 신경 쓰지 않았다. 이 아파트 주민들은 매너가 좋지 않아서 복도에 쓰레기봉투를 내놓은 채 방치하는 일이 다반사였다. 이마에다만 해도 결코 매너 좋은 주민이라고는 할 수 없었다.

키홀더를 꺼내 열쇠를 구멍에 꽂았다. 오른쪽으로 돌리자 찰칵, 하며 자물쇠 풀리는 감촉이 전해졌다.

이때 문득 그는 모종의 위화감을 느꼈다. 자물쇠의 상태가 평소와 다른 듯한 느낌이 든 것이다. 1, 2초 생각하다가 그냥 문을 열었다. 기분 탓이겠지 하고 무시했다.

불을 켜고 실내를 돌아보았다. 딱히 변한 것은 없었다. 방은 늘 그렇듯이 살풍경하고, 늘 그렇듯이 먼지투성이다. 남자 냄새를 지우기 위해 방향제 향을 다소 강하게 해 놓은 것도 평소와 다름없었다.

그는 짐을 의자에 내려놓고 화장실로 향했다. 적당히 취해서 조금은 졸리고 조금은 나른했다.

화장실 전등 스위치를 켤 때 환풍기 스위치가 켜져 있다는 것을 알았다. 이상하네, 하고 생각했다. 이렇게 비경제적인 짓을 하다니.

문을 열었다. 양변기 뚜껑이 닫혀 있었다. 어, 이것도 이상하네, 하고 잠깐 의아해했다. 뚜껑을 닫는 습관은 없었다. 대개는 뚜껑도 변좌도 올려놓는다.

화장실 문을 닫고 변기 뚜껑을 열었다.

그 순간 온몸의 경보기가 요란하게 울리기 시작했다.

그는 엄청난 위험이 자신의 몸을 덮치고 있다는 사실을 느꼈다. 뚜껑을 닫으려고 했다. 한시 빨리 여기서 나가야 한다.

그런데 몸이 움직이질 않는다. 목소리도 나오지 않았다. 아니, 그러기 전에 숨을 쉴 수 없다. 폐가 자신의 것이 아닌 듯이 생각됐다.

눈앞이 빙그르 돌더니 몸이 어딘가에 부딪치는 느낌이 들었다. 그러나 아픔은 없었다. 모든 감각을 한순간에 빼앗겨

버리고 말았다. 있는 힘을 다해 손발을 움직이려 했다. 하지만 손가락 하나에도 자신의 의지가 전해지지 않았다.

누군가 옆에 서 있는 것 같았다. 아니, 그렇게 느꼈을 뿐인지도 모른다. 시야가 어둠에 휩싸였다.

12
장

1

9월의 비는 장맛비보다 끈질기다. 밤이 되면 비가 그칠 것
이라고 일기 예보는 말했지만 가루처럼 자잘한 물방울이 거
리 전체를 감싸고 있었다.

구리하라 노리코는 세이부 이케부쿠로 선 네리마 역 앞 상
점 거리로 나섰다. 상점 앞 보도는 지붕이 덮여 있다. 역에서
아파트까지는 걸어서 10분 거리다.

도중에 있는 전자 제품 대리점 앞을 지날 때 거리를 향해
놓인 텔레비전에서 차게&아스카의 'SAY YES'가 흘러나왔
다. 인기 드라마의 주제가로 CD도 대히트했다고 한다. 그러
고 보니 오늘이 마지막 회라고 동료들이 얘기하던 생각이 났
다. 그녀는 텔레비전 드라마를 거의 보지 않는다.

상점가가 끝나니 비를 막아 주는 것이 없어 노리코는 파란
색과 회색이 섞인 체크무늬 손수건을 꺼내 머리에 얹고 다시
걷기 시작했다. 조금 더 가자 편의점이 나왔다. 그녀는 편의
점으로 들어가 두부와 파를 샀다. 비닐우산도 사고 싶었지만

가격표를 보고 참기로 했다.

아파트는 세이부 이케부쿠로 선 철로 가까이 있었다. 방 둘에 월세 8만 엔. 혼자 사는 거라면 더 작아도 괜찮았겠지만 방을 찾아다닐 때 그녀는 어떤 남자와 함께 살 생각이었다. 실제로 그 남자는 몇 번인가 그녀의 집에 묵은 적이 있다. 그러나 그게 전부였다. 그 '몇 번인가'가 지나고 나자 그녀는 혼자가 되었다. 넓은 방이 필요 없었다. 하지만 다시 이사할 기력이 없어 그대로 눌러 살고 있다.

이사하지 않기를 잘했다고 지금의 그녀는 생각한다.

낡은 아파트 벽은 비에 젖어 진흙 같은 색으로 변해 있었다. 그 벽에 옷이 닿지 않도록 조심하면서 그녀는 바깥 계단을 올랐다. 건물 1층과 2층에 각각 네 세대씩 살고 있다. 노리코의 집은 2층 맨 끝이다.

열쇠를 돌리고 문을 열었다. 늘 그렇듯 실내는 어둡다. 들어가면 바로 있는 부엌에도, 그보다 안쪽에 있는 다다미방에도 불이 켜져 있지 않았다.

"나 왔어."

그렇게 외치며 그녀는 부엌 불을 켰다. 집에 사람이 있다는 것은 현관에 놓인 신발을 보면 알 수 있다. 제멋대로 나뒹구는 꾀죄죄한 스니커. '그'는 다른 신발은 갖고 있지 않다.

안쪽에는 다다미방 외에도 문이 달린 방이 하나 더 있다.

그녀는 문을 열었다. 그 방 역시 어두웠지만, 빛을 발하고 있는 물체가 있었다. 창가에 놓인 컴퓨터 모니터다. 그 앞에 '그'가 책상다리를 하고 앉아 있다.

"나 왔어."

노리코는 남자의 등을 향해 다시 한 번 말했다.

키보드를 두드리던 남자의 손이 움직임을 멈췄다. 그는 몸을 비틀어 책꽂이에 놓인 자명종을 보고 나서 그녀 쪽으로 얼굴을 돌렸다.

"늦었군."

"일이 좀 많았어. 배고프겠다, 금방 저녁 준비할게. 오늘도 데친 두부뿐인데 괜찮겠어?"

"아무거나 괜찮아."

"그럼 잠시만 기다려."

"노리코."

부엌으로 가려는 그녀를 남자가 불러 세웠다. 그녀가 돌아보았다. 남자가 일어나 다가왔다. 그리고 그녀의 목덜미에 손바닥을 댔다.

"비 맞았어?"

"조금. 괜찮아."

그녀의 목소리가 남자의 귀에는 들리지 않는 것 같았다. 그가 손을 그녀의 목덜미에서 어깨로 옮겨 갔다. 그의 억센 손아귀 힘이 니트를 통해 전해진다.

남자가 그녀를 꽉 껴안았다. 그리고 그녀의 귀 밑 부분을 빨기 시작했다. 그는 그녀의 성감대를 속속들이 알고 있다. 입술과 혀를 거칠게, 그리고 능란하게 놀린다. 노리코의 등에 찌르르 전류가 흘렀다. 서 있기가 힘들었다.

"서 있을 수가…… 없잖아."

신음하며 그녀가 말했다.

남자는 아무 대꾸가 없었다. 대신, 주저앉으려는 그녀를 그의 억센 힘이 받치고 있었다.

이윽고 남자는 팔에서 힘을 풀더니 그녀의 몸을 빙그르 돌려 뒤로 향하게 했다. 그 상태로 치마를 밀어 올리고 스타킹과 팬티를 끌어 내린다. 그것이 무릎까지 내려오자 오른발로 밟듯이 단숨에 끝까지 내렸다.

남자가 허리를 껴안고 있어 노리코는 주저앉을 수도 없었다. 그녀는 몸을 앞으로 구부린 채 문손잡이를 양손으로 잡았다. 손잡이의 금속이 삐걱거리는 소리를 냈다.

그가 그녀의 허리를 한 팔로 감싸 안은 채 가장 민감한 부분을 애무하기 시작했다. 쾌감의 전류가 노리코의 몸 중심을 관통한다. 그녀가 몸을 뒤로 바짝 젖혔다.

남자가 다급히 바지와 팬티를 내리는 기적이 났다. 다음 순간 딱딱하고 뜨거운 것이 엉덩이에 와 닿았다. 압력이 느껴지는 동시에 찢어질 듯한 통증이 번졌다. 그녀는 이를 악물고 견딘다. 남자가 이 자세로 하는 걸 즐긴다는 사실을 그녀는 잘 알고 있다.

남자의 물건이 완전히 삽입된 후에도 통증은 사라지지 않는다. 남자가 움직이기 시작하자 통증은 순식간에 증폭됐다. 그러나 거기가 고통의 정점이다. 노리코가 어금니를 악물자 쾌감이 밀려왔다. 통증은 거짓말처럼 사라지고 없었다.

남자가 그녀의 니트 스웨터를 밀어 올렸다. 브래지어를 가슴 위로 올리고 두 손으로 유방을 애무한다. 손가락 끝으로 젖꼭지를 비튼다. 그가 가쁘게 내뱉는 숨소리가 들렸다. 노리코는 그가 숨을 토할 때마다 목덜미가 뜨거워지는 기분을 느꼈다.

멀리서 천둥소리가 다가오듯, 마침내 절정의 예감이 밀려왔다. 노리코는 있는 힘을 다해 사지를 버텼다. 남자의 율동이 격렬함을 더해 간다. 그 움직임과 쾌감의 주기가 그녀의 몸 안에서 공명하기 시작한다. 드디어 벼락이 노리코의 중심을 관통했다. 그녀는 소리를 지르며 온몸을 부들부들 떨었다. 평형감각이 무너지고 눈앞이 빙그르 돌았다.

노리코는 문손잡이를 놓았다. 더는 서 있을 수가 없었다. 다리가 바들바들 떨린다.

남자가 그녀의 질에서 페니스를 뺐다. 노리코는 바닥으로 허물어졌다. 양손으로 바닥을 짚고 어깨를 들먹거리며 숨을 쉰다. 이명이 머릿속을 울렸다.

남자가 자신의 바지와 팬티를 함께 끌어 올렸다. 그의 페니스는 여전히 우뚝 서 있었지만 그는 개의치 않고 지퍼를 올렸다. 그리고 아무 일도 없었다는 듯 컴퓨터 앞으로 돌아갔다. 다시 책상다리를 하고 앉아 키보드를 두드리는 리듬에 한 치의 흔들림도 없다.

노리코는 꾸물꾸물 몸을 일으켰다. 브래지어와 니트를 끌어 내린 뒤 팬티와 스타킹을 집어 올렸다.

"저녁…… 준비할게."

벽에 의지하며 그녀는 가까스로 일어섰다.

남자의 이름은 아키요시 유이치라고 했다. 그것이 본명인지 아닌지는 노리코도 모른다. 본인이 그렇게 말했으니 그녀로서는 믿는 수밖에 없었다.

노리코가 아키요시를 만난 것은 올 5월 중순, 조금 쌀쌀한 날이었다. 집으로 돌아오는데 아파트 근처 길가에 웬 남자가 웅크리고 있었다. 서른 안팎으로 보이는 야윈 남자는 검은색 진 바지에 검은 가죽점퍼를 걸치고 있었다.

"왜 그러세요?"

그녀는 남자의 상태를 살피며 물었다. 남자는 얼굴이 일그러져 있고, 앞머리가 드리운 이마에는 진땀이 배어 있었다.

오른손으로 배를 누르고 있던 그는 나머지 한 손으로 괜찮다는 듯 손사래를 쳤다. 그러나 노리코의 눈에는 전혀 괜찮아 보이지 않았다.

배를 누르고 있는 손의 위치로 추측하건대 아무래도 위가 아픈 듯했다.

"구급차를 부를까요?"

남자는 또 손을 내저었다. 고개도 함께 흔든다.

"이런 일이 종종 있나요?"

그녀가 다시 물었다.

남자는 계속 고개를 저었다.

노리코는 잠시 망설이다가 "잠깐 기다려요."라고 말하고 아파트 계단을 헐레벌떡 뛰어 올라갔다. 그리고 자기 집에 들어가 포트에 담겨 있는 뜨거운 물을 큰 머그 컵에 따른 후 찬물을 조금 섞어 가지고 남자에게 돌아왔다.

"마셔요, 이거."

그녀는 머그 컵을 남자의 얼굴 앞으로 들이밀었다.

"일단 위 속을 깨끗이 하는 게 우선이니까요."

하지만 남자는 머그 컵에는 눈길도 주지 않았다. 대신 의외의 말을 했다.

"술…… 없을까?"

"뭐라고요?"

"술 말이야. 위스키면 더 좋고. 스트레이트로 마시면 통증이 가라앉을 것 같아. 전에도 한 번 그렇게 해서 나았거든."

"바보 같은 소리 말아요. 그럼 위가 놀라요. 일단 이 물부터 마셔요."

노리코는 다시 머그 컵을 내밀었다.

남자는 얼굴을 찡그린 채 머그 컵을 바라보다가 아무것도 하지 않는 것보다는 낫겠다고 생각했는지 마지못한 표정으로 머그 컵에 손을 뻗었다. 그리고 미지근한 물을 한 모금 마셨다.

"다 마셔요, 위 속을 씻어 내야 하니까."

노리코의 말에 남자는 짜증난다는 표정을 지으면서도 머그 컵의 물을 다 들이켰다.

"기분이 어때요, 토할 것 같아요?"

"조금."

"그럼 토하는 편이 좋아요. 할 수 있겠어요?"

남자가 고개를 끄덕이고서 천천히 일어나더니 배를 누르며 아파트 뒤쪽으로 가려고 했다.

"그냥 여기서 토해요. 전 그런 모습 보는 데 익숙하니까 괜찮아요."

노리코의 말을 들었을 텐데도 남자는 말없이 아파트 뒤로 사라졌다. 그리고 한동안 나오지 않았다. 간간이 신음 소리만 들렸다. 노리코는 그런 그를 두고 갈 수가 없어 그 자리에서 기다렸다.

이윽고 남자가 나왔다. 조금 전보다 한결 편안해진 표정의 그는 쓰레기통을 보더니 그 위에 걸터앉았다.

"어때요?"

"조금 나아졌어."

남자가 퉁명스러운 말투로 대답했다.

"그래요? 다행이네요."

남자는 여전히 얼굴을 찡그린 채 쓰레기통에 앉은 자세 그대로 다리를 꼬더니 점퍼 안주머니에 손을 넣었다. 그가 꺼낸 것은 담뱃갑이었다. 담배를 한 개비 뽑아 입에 물고 일회용 라이터를 켰다.

그런 그에게 노리코가 재빨리 다가가 담배를 빼앗았다. 남자는 라이터를 손에 쥔 채 어이없다는 표정으로 그녀를 보았다.

"자신의 몸이 소중하다고 생각한다면 담배는 피우지 않는 게 좋아요. 담배를 피우면 위액이 평상시의 열 배 이상 분비된다는 거 알아요? 배가 부를 때 담배를 피우고 싶어지는 것은 그 때문이에요. 하지만 위에 아무것도 없는 상태에서는 위벽에 손상을 입히게 되죠. 그 결과 위궤양이 되는 거고요."

노리코는 남자에게서 빼앗은 담배를 반으로 꺾은 뒤 버릴 만한 곳을 찾다가 그곳이 남자의 엉덩이 밑이라는 사실을 깨달았다.

"잠깐 일어나 봐요."

남자를 일으켜 세우고 그녀는 쓰레기통에 담배를 버렸다. 그리고 남자를 향해 오른손을 내밀었다.

"갑 내놔요."

"갑?"

"담뱃갑 말이에요."

남자가 피식 웃더니 안주머니에 손을 넣어 담뱃갑을 꺼냈다. 노리코는 그것을 받아 쓰레기통에 던져 넣고 뚜껑을 닫은 후 두 손을 탁탁 털었다.

"자, 이제 앉아도 돼요."

노리코의 말에 남자는 다시 쓰레기통에 걸터앉았다. 그녀에게 조금 관심이 생긴 듯한 눈빛이었다.

"당신, 의사야?"

그가 물었다.

"아니요."

그녀가 웃었다.

"의사는 아니지만 비슷한 거예요. 약사예요."

"그렇군."

남자가 고개를 끄덕였다.

"그래서 그런 거군."

"집이 근처인가요?"

"응."

"그럼 혼자 걸어갈 수 있겠어요?"

"응, 덕분에 이젠 아프지 않아."

그리고 그는 쓰레기통에서 일어났다.

"시간 있으면 병원에 가서 제대로 진료를 받아 보는 게 좋 겠어요. 급성 위염이란 게 의외로 무섭거든요."

"병원이 어디 있지?"

"이 근처에서는 히카리가오카 종합 병원이 좋을 거예요."

"아니, 당신이 근무하는 병원 말이야."

"아아."

노리코는 고개를 끄덕였다.

"데이토 대학 부속 병원이에요, 오기쿠보에 있는."

"알았어."

그리고 남자는 걸어가다가 도중에 다시 멈춰 서서 돌아보 았다.

"고마워."

"몸조심하세요."라고 노리코가 대답했다.

남자는 한 손을 들어 보이고 다시 걷기 시작했다. 이번에는 돌아보지 않고 그대로 밤거리로 사라져 갔다.

그 남자와 다시 만나게 되리라고는 기대하지 않았다. 그런 데도 노리코는 다음 날부터 어쩐지 그가 마음에 걸려 견딜 수 없었다. 병원에 있는 동안에도 마찬가지였다. 설마 진짜로 병원을 찾아오지는 않겠지, 그렇게 생각하면서도 수시로 내과 대기실을 기웃거렸다. 약국으로 전달되는 처방전이 남자 환자의 위장병에 관련된 것이면 조제하면서 이런저런 상상을 부풀리기도 했다.

그러나 남자는 끝내 병원에 나타나지 않았다.

그가 그녀 앞에 다시 모습을 보인 것은 남자를 만나고 정확히 일주일이 지난 후, 처음 만났던 장소에서였다.

그날 그녀가 일을 마치고 귀가한 시간은 밤 11시가 지날 무렵이었다. 노리코의 직장에는 주간 근무와 야간 근무의 두 종류가 있었다. 그날은 야간 근무였다.

남자는 지난번처럼 쓰레기통에 걸터앉아 있었다. 어두워서 처음에는 남자인 줄 모르고 그냥 지나치려고 했다.

"데이토 대학 부속 병원은 사람을 혹독하게 부려 먹는 모양이군."

남자는 그렇게 말을 건넸다.

"왜 또 이런 데 있는 거죠?"

"당신을 기다리고 있었지, 지난번 일에 대해 인사하려고."

"기다렸다니…… 언제부터요?"

"글쎄, 언제부터였나……."

남자가 손목시계를 보았다.

"여기 온 게 6시쯤인가……."

"6시요?"

노리코는 눈을 크게 떴다.

"그럼 다섯 시간이나 기다렸단 말이에요?"

"전에 만난 게 6시쯤이었으니까."

"지난주에는 주간 근무였거든요."

"주간 근무?"

"이번 주는 야간조예요."

노리코는 자신의 직장에 두 가지 근무 형태가 있다는 것을 설명했다.

"그렇군. 아무튼 이렇게 만났으니까 됐어."

남자가 엉덩이를 들었다.

"밥이라도 같이 먹지."

"이 근처에는 이 시간에 식사할 만한 곳이 없어요."

"택시로 20분이면 신주쿠에 갈 수 있어."

"피곤해서 멀리 가고 싶지는 않아요."

"그래? 그럼 할 수 없지."

남자가 두 손을 살짝 들어 보였다.

"다음에 하는 수밖에."

그럼, 하고 남자가 돌아서서 걷기 시작했다. 그 뒷모습을 보면서 노리코는 가벼운 초조감을 느꼈다.

"잠깐만요."

그녀가 남자를 불러 세웠다. 그리고 돌아보는 그에게 말했다.

"저기라면 아직 할 거예요."

그녀는 도로 건너편에 있는 건물을 가리켰다. '데니스'라는 간판이 걸려 있었다.

맥주를 마시면서 남자는 패밀리 레스토랑에 들어와 보는 것이 5년 만이라고 했다. 그는 소시지와 프라이드치킨을, 노리코는 일본식 세트 메뉴를 주문했다.

그의 이름이 아키요시 유이치라는 것은 그때 알았다. 그가 건넨 명함에 그렇게 쓰여 있었다. 그것이 가명일 수도 있다는 것을 노리코는 전혀 생각지 못했다.

명함에는 메모릭스라는 회사명도 들어 있었다. 컴퓨터 소프트웨어를 개발하는 회사라고 그가 설명했지만 노리코는 전혀 모르는 회사 이름이었다.

"요컨대 컴퓨터 전문 하청 업체라고 할 수 있지."

아키요시가 자신이 다니는 회사나 일의 내용에 대해 노리코에게 얘기해 준 것은 그게 다였다. 그 후로 그런 얘기는 단

한 번도 꺼낸 적이 없었다.

그런데 그는 노리코의 일에 대해서는 자세하게 알고 싶어 했다. 근무 형태나 급여, 수당, 하루 동안 하는 일의 내용 등. 그런 얘기는 따분해할 거라고 생각했는데, 노리코의 얘기를 듣고 있는 동안 그의 눈은 언제나 진지하게 빛났다.

노리코로서도 그때껏 남자와 교제한 경험이 없는 것은 아니었다. 하지만 다른 상대와 데이트를 할 때 그녀는 주로 얘기를 들어 주는 역할이었다. 무슨 얘기를 해야 상대가 좋아할지 알 수 없었고 또한 원래 말솜씨가 없기도 했다. 그런데 아키요시는 그녀가 얘기하는 것을 좋아했다. 그리고 무슨 얘기를 하든 깊은 관심을 보여 주었다. 적어도 그녀의 눈에는 그렇게 보였다.

"또 연락할게."

그날 헤어지면서 그는 그렇게 말했다. 그리고 실제로 사흘 후 전화가 걸려 왔다. 이번에는 신주쿠로 나갔다. 바에서 술을 마시면서 노리코는 그에게 여러 가지 얘기를 했다. 그가 계속 질문을 했기 때문이었다. 어디서 태어나 어떻게 자랐는지, 학창 시절은 어땠는지.

"아키요시 씨는 고향이 어디예요?"

이번에는 노리코 쪽에서 물어봤다.

그의 대답은 "그런 거 없어."였다. 조금 불편한 기색이었다.

그래서 그녀는 그 부분은 건드리지 말자고 생각했다. 다만 그가 간사이 출신이라는 것은 말투로 알 수 있었다.

바에서 나온 후 아키요시는 노리코를 집까지 데려다주었다. 자신의 아파트가 가까워 오자 노리코의 마음속에서는 망설임이 오락가락했다. 이대로 인사를 나누고 헤어질 것인가, 아니면 그를 집으로 데리고 들어갈 것인가.

그런데 아키요시가 결단의 계기를 제공했다. 아파트에 거의 다 왔을 때 그가 자동판매기 앞에서 걸음을 멈췄다.

"목말라요?"

그녀가 물었다.

"커피를 마시고 싶어서."

그는 동전을 기계에 넣었다. 그리고 진열돼 있는 음료들을 죽 훑어본 후 캔 커피 버튼을 누르려 했다.

"잠깐만요, 커피라면 내가 끓여 줄게요."

그의 손가락이 버튼 바로 앞에서 움직임을 멈췄다. 그는 별로 놀라는 기색도 없이 고개를 한 번 끄덕이더니 동전 반환 레버를 잡아당겼다. 데구루루, 동전 구르는 소리가 났다. 그는 말없이 반환구에서 동전을 꺼냈다.

집 안으로 들어가자 아키요시는 두리번두리번 실내를 둘러보았다. 커피를 끓이면서도 노리코의 신경은 온통 그한테 쏠려 있었다. 혹시 그가 '전' 남자의 흔적을 발견하기라도 하면 어쩌나 싶어서였다.

그는 노리코가 끓여 준 커피를 맛있게 마셨다. 그리고 집 안이 깔끔하게 정리돼 있다면서 그녀를 칭찬했다.

"요즘 들어서는 청소도 거의 못 했는걸요."

"그래? 그래서 재떨이에 먼지가 저렇게 쌓였나 보군."

그의 말에 노리코는 흠칫하며 책꽂이 선반에 놓인 재떨이를 보았다. 전 남자가 사용하던 것이었다. 그녀는 담배를 피우지 않는다.

"저건, 2년 전까지 사귀던 사람이 있어서……."

"그런 고백은 별로 듣고 싶지 않은데."

"아…… 미안해요."

아키요시가 의자에서 일어났다. 그가 이제 돌아가려나 싶어 노리코도 따라 일어났다. 그러자 그가 팔을 뻗어 왔다. 소리를 낼 틈도 없이 그녀는 그의 품에 안기고 말았다.

그녀는 저항하지 않았다. 그의 입술이 다가오자 몸에서 힘을 빼고 눈을 감았다.

2

오버헤드 프로젝터에서 나온 불빛이 발표자의 옆얼굴을 아래쪽에서 비스듬히 비추어 주었다. 발표자는 해외 영업부 소속 남자 사원이었다. 나이는 삼십 대 초반, 직함은 계장이다.

"……이렇게 해서 고지혈증 치료제 '메바론'이 미국 식품의약품국의 제조 인가를 받게 될 것이 확실해졌습니다. 따라서 지금 보시는 자료에 나와 있는 것처럼 미국 현지 판매를 추진하고자 합니다."

다소 딱딱한 말투로 설명을 마친 발표자는 등을 펴고 회의실 안을 둘러보았다. 그가 입술을 축이는 것을 시노즈카 가즈나리는 놓치지 않았다.

시노즈카 약품 도쿄 본사 201호 회의실에서는 신약의 해외진출에 관한 회의가 열리고 있었다. 참석자는 17명. 대부분이 영업 본부 사람들이지만 개발 부장과 생산 기술 부장의 모습도 보였다. 그중 지위가 가장 높은 사람은 상무인 시노즈카 야스하루다. 마흔다섯 살인 상무이사는 디근자형으로 놓인 회의용 책상의 가운데에 앉아 쏘아보는 듯한 시선으로 발표자를 바라보고 있었다. 얼굴에 단 한 마디라도 놓치지 않겠다는 열의가 가득했다. 너무 힘이 들어가 있다는 생각은 가즈나리도 들었지만, 어쩔 수 없는 일인지도 몰랐다. 부모의 후광으로 상무 자리를 꿰찼다느니 어쨌다느니 하며 뒤에서 사람들이 수군거린다는 것을 본인이 모를 리 없었고, 또 이런 자리에서 하품이라도 한번 잘못했다가는 무슨 소리를 들을지 알 수 없기 때문일 것이다.

그런 야스하루가 천천히 입을 열었다.

"슬로터마이어 사와의 라이선스 계약 일정이 지난번 회의에서 보고된 날짜보다 2주일 넘게 늦어졌군요. 이게 어떻게 된 일입니까?"

그는 자료에서 눈을 떼고 발표자를 보았다. 금속 테 안경의 렌즈가 번쩍 빛났다.

"수출 형태에 관해 확인하는 데에 시간이 좀 걸리는 부분이 있어서 그렇습니다."

대답한 사람은 발표자가 아니라 앞쪽에 앉아 있는 왜소한 남자였다. 목소리가 다소 높고 흥분돼 있었다.

"분말 형태로 수출하는 거 아닙니까, 유럽에 수출했던 것처럼?"

"네, 그렇습니다. 그 분말의 취급에 관해 서로 엇갈리는 점이 있었습니다."

"처음 듣는 얘기군요. 그 문제에 관한 보고서가 저한테도 전달됐었나요?"

야스하루가 자신의 파일을 펼쳤다. 이렇게 자신의 파일을 지참하고 회의에 참석하는 임원은 거의 없었다. 아니, 가즈나리가 아는 한 야스하루가 유일했다.

왜소한 남자는 당황한 기색으로 옆에 앉은 남자와 발표자와 셋이서 뭐라고 소곤소곤 얘기를 나눈 뒤 상무 쪽을 향했다.

"곧바로 관련 자료를 올리겠습니다."

"그러세요, 지금 당장."

야스하루는 다시 자신의 파일에 시선을 주었다.

"'메바론'에 대해서는 알겠고, 항생 물질과 당뇨병 치료제 쪽은 어떻게 됐습니까? 미국 내의 판매 신청이 끝난 걸로 알고 있는데요."

이번에는 발표자가 대답했다.

"항생 물질 '와난'과 당뇨병 치료제 '겔코스', 둘 다 현재 시험 사용 단계에 있습니다. 다음 달 초까지 보고서를 보내 주기로 돼 있습니다."

"그렇군요. 이 건도 최대한 서두르는 편이 좋겠습니다. 타사에서도 신약을 개발해 해외로부터의 공업 소유권 수입을 늘리려는 움직임이 활발한 것 같으니까요."

네, 하고 발표자를 포함해 몇 명이 고개를 끄덕였다.

회의는 한 시간 반 정도로 끝났다. 가즈나리가 자신의 소지품을 정리하고 있는데 야스하루가 다가와 귀에 대고 말했다.

"이따가 내 방으로 좀 와 줘. 할 얘기가 있어."

"네, 그러죠."

가즈나리가 조그만 소리로 대답하자 야스하루는 곧바로 자리를 떴다. 사촌지간이기는 하지만, 그럴수록 사내에서는 사적인 대화를 삼가라고 각자의 아버지로부터 단단히 주의를 받은 터였다.

가즈나리는 일단 기획 관리실 자기 자리로 돌아갔다. 그의 직함은 부실장이다. 원래 이 회사에 부실장이라는 자리는 없었다. 다시 말해 그를 위해 만든 직함이다. 가즈나리는 작년까지 영업 본부와 경리부, 인사부를 두루 거쳤다. 다양한 부서를 경험한 후 기획 관리실로 들어가는 것은 시노즈카 집안 남자들의 표준 코스였다. 가즈나리로서는 각 부서를 종합적으로 감독하는 현재의 직책보다는 다른 젊은 사원들처럼 실무적인 일을 하고 싶었다. 실제로 아버지와 큰아버지에게 그런 바람을 내비친 적도 있었다. 그러나 시노즈카 가문의 피를 이어받은 이상 그러기는 어렵다는 것을 입사한 지 1년이 지날 무렵 이해하게 되었다. 복잡한 시스템이 원활하게 기능하려면 상사가 부리기에 껄끄러운 부하직원이 존재해서는 안 되는 것이다.

가즈나리는 책상 바로 옆에 놓인 칠판식 행선지 표시판 내용을 201호 회의실에서 상무실로 고쳐 적고 다시 방을 나왔다.

상무실 문을 노크하자 "네." 하는 낮은 목소리가 들려왔다. 문을 여니 야스하루는 책상에 앉아 책을 읽고 있었다.

"아, 오라고 해서 미안."

야스하루가 고개를 들고 말했다.

"아닙니다."라고 말하면서 가즈나리는 실내를 둘러보았다. 혹시라도 누가 있지 않은지 확인하려는 것이다. 그래 봐야 책상과 캐비닛, 간단한 응접세트가 놓여 있을 뿐인 그리 넓지 않은 방이다.

야스하루가 빙그레 웃으며 말했다.

"아까 말이야, 해외 영업부 사람들이 몹시 당황하더군. 내가 라이선스 계약 일정까지 기억하고 있을 줄은 꿈에도 몰랐겠지."

"그렇겠죠."

"책임자인 내게 그렇게 중요한 건을 보고하지 않다니, 놈들도 참 뻔뻔스러워."

"상무가 젊다고 얕보면 안 된다는 걸 차제에 깨닫지 않았겠어요?"

"그랬으면 좋겠는데. 그나마 가즈나리 덕분이야. 고마워."

"아니에요, 무슨 말씀을."

가즈나리는 피식 웃으면서 손을 저었다.

야스하루의 말대로 라이선스 계약 일정 변경 사실을 그에게 알린 사람은 가즈나리였다. 그는 해외 영업부에 있는 동기생에게 그 사실을 알아냈다. 이처럼 각 부서에 관한 세세한 정보를 야스하루에게 전하는 것도 그의 임무 중 하나였다. 그다지 유쾌한 일은 아니지만 사장, 즉 야스하루 아버지로부터 젊은 상무의 수족이 되어 달라는 부탁을 받았던 것이다.

"그건 그렇고, 할 얘기라는 게 뭐죠?"

가즈나리의 물음에 야스하루는 얼굴을 찡그리며 말했다.

"우리끼리 있을 때는 그렇게 격식 차릴 필요 없다고 했잖아. 그리고 할 얘기라는 것도 업무에 관한 게 아니라 개인적인 일이야."

왠지 꺼림칙한 예감이 들어서 가즈나리는 저도 모르게 오른손을 꽉 쥐었다.

"일단 거기 좀 앉아."

야스하루가 책상에서 일어나면서 가즈나리에게 소파에 앉으라고 권했다.

가즈나리는 야스하루가 소파에 앉을 때까지 기다렸다가 앉았다.

"실은 지금 이걸 읽고 있었어."

야스하루가 책 한 권을 테이블에 놓았다. 표지에 '관혼상제입문'이라는 제목이 인쇄되어 있었다.

"축하할 일이라도 있는 겁니까?"

"그랬으면 좋겠지만 그 반대야."

"그럼 나쁜 쪽이겠군요. 누가 돌아가시기라도 했나요?"

"아니, 아직 돌아가시지는 않았어. 그럴 우려가 있다는 거지."

"누군데요? 말해 주셔도 괜찮다면……."

"입만 다물어 준다면 안 될 거야 없지. 그녀의 어머니야."

"그녀라면……."

물을 것도 없다고 생각했지만 가즈나리는 일단 확인하는 차원에서 물어보았다.

"유키호 씨."

야스하루는 다소 겸연쩍은 듯이, 그러나 단호한 어조로 대답했다.

역시, 하고 가즈나리는 생각했다. 예상대로였다.

"유키호 씨 어머니가 편찮으신가요?"

"어제 그녀에게서 연락이 왔어. 어머니가 오사카 집에서 쓰러지셨다고."

"쓰러지셨다고요?"

"응, 지주막하 출혈이래. 그녀에게는 어제 아침에 연락이 왔던 모양이야. 다도를 배우는 제자가 전화를 했다는군. 차 모임에 대해 의논하러 집으로 찾아갔다가 유키호 씨 어머니가 마당에 쓰러져 있는 걸 발견했나 봐."

가라사와 유키호의 어머니가 오사카에서 혼자 살고 있다는 사실은 가즈나리도 알고 있었다.

"그럼 지금 병원에 계신가요?"

"응, 곧바로 병원에 실려 가신 모양이야. 유키호 씨가 병원에서 전화했더라고."

"그렇군요. 그래서, 지금 상태는요?"

그렇게 물어는 보았지만, 실은 무의미한 질문이었다. 순조롭게 회복되고 있다면 야스하루가 『관혼상제 입문』 따위를 읽고 있을 리 없었다.

예상대로 야스하루는 고개를 절레절레 흔들었다.

"조금 전에도 연락을 해 봤는데, 여전히 의식이 돌아오지 않았대. 의사도 그다지 희망적으로 얘기하지 않는 모양이야. 그녀답지 않게 기운 없는 목소리로 어려울지도 모르겠다고 했어."

"연세가 어떻게 되시는데요?"

"음…… 일흔이 좀 넘으셨다고 들은 것 같은데. 유키호 씨가 친딸이 아니잖아. 그래서 나이 차가 많은 거지."

가즈나리는 고개를 끄덕였다. 그 점이라면 그도 이미 알고 있었다.

"그런데 상무님이 왜 이런 책을 읽고 계신 거죠?"

테이블에 놓인 『관혼상제 입문』을 내려다보며 가즈나리가 물었다.

"상무님 소리 좀 그만하라니까. 하다못해 이런 얘기를 할 때만이라도 말이지."

야스하루는 넌더리가 난다는 표정을 지었다.

"형님이 그녀의 어머니 장례식까지 걱정할 필요는 없지 않을까요?"

"그 말은, 아직 돌아가시지도 않았는데 장례식을 걱정하는 건 이른 감이 있다, 그런 뜻인가?"

가즈나리는 고개를 저었다.

"형님이 관여할 일이 아니라는 뜻이죠."

"어째서?"

"형님이 그녀에게 프러포즈했다는 건 알고 있어요. 하지만 그녀 쪽에서는 아직 대답을 하지 않았잖아요. 다시 말해 현시점에서는 뭐랄까……."

가즈나리는 말을 고르려다가 그냥 단도직입적으로 말했다.

"그녀가 아직은 완전한 남이라는 거죠. 그런 사람의 어머니가 돌아가셨다고 해서 천하의 시노즈카 약품 상무이사가 이리 뛰고 저리 뛰고 할 문제가 아니라고 생각해요."

'완전한 남'이라는 말을 들은 순간 야스하루는 몸을 크게 뒤로 젖히고 천장을 올려다보며 소리 없이 웃었다. 그리고 다시 가즈나리를 바라보았다.

"완전한 남이라니 놀랍군. 물론 그녀가 아직 예스라는 대답은 하지 않았어. 하지만 노라는 대답도 하지 않았어. 생각이 전혀 없다면 벌써 거절하지 않았겠어?"

"생각이 있다면 벌써 대답했을 겁니다, 예스라고요."

그러자 야스하루는 고개와 손바닥을 동시에 살랑살랑 흔들었다.

"가즈나리는 아직 젊은 데다 결혼 경험이 없어서 그렇게 생각하는 거야. 나도 그렇지만 그녀 역시 이미 결혼 경험이 있어. 그런 사람들의 경우, 또다시 가정을 꾸리는 데에 아무래도 신중해질 수밖에 없거든. 특히 그녀는 전남편과 사별한 것도 아니잖아."

"그거야 저도 알죠."

"그리고 무엇보다."

야스하루가 집게손가락을 세웠다.

"자기 어머니가 위독하다는 걸 완전한 남에게 알릴까? 힘들 때 그녀가 내게 의지했다는 것 자체가 하나의 답이라고 나는 생각하는데."

그래서 아까부터 기분이 좋았던 거군. 가즈나리는 그제야 납득했다.

"그리고, 지인이 곤경에 처했을 때 손을 내밀어 주는 건 당연한 일이잖아. 사회인으로서뿐만 아니라 인간으로서도 말이야."

"그녀가 곤경에 처했다는 건가요? 곤경에 처해서 형님에게 전화한 거냐고요."

"물론 그녀는 다부진 사람이니까 우는소리를 하지는 않았어. 내게 도움을 청하지도 않았고. 그녀는 그저 상황을 보고 했을 뿐이야. 하지만 곤경에 처했다는 건 쉽게 상상할 수 있 잖아. 생각해 보라고. 고향이라고는 하지만 오사카에는 의지 할 사람이 하나도 없어. 만약 어머니가 이대로 돌아가시기라 도 하면 그 슬픈 와중에 장례식 준비하랴 뭐 하랴……. 그녀 가 아무리 강건한 사람이라도 혼란에 빠질지 모른단 말이 야."

"장례식이란 건 말이죠."

가즈나리는 사촌 형의 얼굴을 똑바로 보면서 말했다.

"원래 그 준비 단계를 포함해서, 유족이 슬퍼하거나 한탄할 틈이 없게끔 절차가 짜여 있습니다. 그리고 사실 그녀는 장 의사에 전화 한 통만 하면 되는 거예요. 나머지는 전부 전문 가들이 알아서 해 주죠. 전문가들이 하라는 대로 서류에 사 인하고 돈을 준비하는 게 다란 말입니다. 그러고 나서 조금 틈이 나면 영정을 향해 우는 걸로 족해요. 이렇다 할 게 없어 요."

야스하루는 이해할 수 없다는 듯 미간을 찌푸렸다.

"그런 말을 어쩌면 그렇게 쉽게 하지? 유키호 씨는 네 대학 후배이기도 하잖아."

"대학 후배가 아닙니다. 댄스부에서 합동 훈련을 했을 뿐이 지요."

"세세한 사정이야 어찌 됐든, 내게 그녀를 만나도록 해 준 사람은 바로 너야."

야스하루는 가즈나리를 뚫어질 듯 노려보았다.

'그래서 그 점을 후회하고 있어요.'라고 말하고 싶은 것을 간신히 참고 가즈나리는 아무 대꾸도 하지 않았다.

"아무튼,"

야스하루는 다리를 꼬며 소파 등받이에 몸을 기댔다.

"이런 일에 너무 재빠르게 준비하는 것도 좋지는 않겠지만, 나로서는 그녀의 어머니에게 만에 하나 무슨 일이 벌어졌을 경우를 염두에 두고 싶어. 그러나 좀 전에 너도 말했다시피 내 입장이라는 게 있으니, 그녀의 어머니가 돌아가셨다고 해서 당장 오사카로 날아가는 건 좀 그럴지도 몰라. 그래서 말인데,"

그는 잠시 말을 멈추고 손가락으로 가즈나리의 얼굴을 가리켰다.

"경우에 따라서는 네가 오사카에 가 줬으면 해. 너는 오사카를 잘 알고 유키호 씨와도 잘 아는 사이니까 그렇게 해 주면 나로서는 안심이지."

얘기가 끝나기도 전에 가즈나리는 그만 얼굴을 찡그리고 말았다.

"형님, 그건 좀 그래요."

"뭐가?"

"그건 공사를 혼동하는 일이에요. 그러잖아도 시노즈카 가즈나리는 상무의 개인 비서라느니 어쩌느니 말이 많은데."

"임원을 보좌하는 것도 기획 관리실 업무 중 하나일 텐데."

"이건 회사와는 관계없는 일이잖아요."

"관계가 있는지 없는지는 나중에 생각해도 돼. 네가 생각해야 하는 건 누구의 명령을 받고 있느냐 하는 것뿐이야."

그러고서 야스하루는 히죽 웃으며 가즈나리의 얼굴을 가까이서 들여다보았다.

"내 말이 틀렸나?"

가즈나리는 한숨을 쉬었다. 단둘이 있을 때는 상무라고 부르지 말라고 한 사람이 누구죠, 라고 말하고 싶은 심정이었다.

자기 자리로 돌아온 가즈나리는 수화기를 들었다. 다른 손으로는 책상 서랍을 열고 시스템 수첩을 꺼냈다. 그리고 주소록 맨 첫 페이지를 펼쳐 눈으로 훑으며 '이마에다'라는 이름을 찾았다.

전화번호를 확인해 가며 숫자 버튼을 누른 후 수화기를 귀에 대고 기다렸다. 벨이 한 번, 두 번 울린다. 오른손 손가락으로는 책상 위를 톡톡 두드리고 있었다.

벨이 여섯 번이나 울렸을 때 전화를 받는 소리가 들렸다.

하지만 가즈나리는 '안 받는군.' 하고 생각했다. 이마에다의 사무실 전화는 벨이 여섯 번 울리고 나면 자동 응답기가 작동하도록 설정되어 있기 때문이다.

예상대로, 수화기에서 들려오는 소리는 이마에다 특유의 낮은 음성이 아니라 컴퓨터로 합성된 코맹맹이 여자 목소리였다. 지금 외출 중입니다. 용건이 있으신 분은 삐 소리가 난 후에 이름과 전화번호, 용건을 말씀해 주세요. 가즈나리는 삐 소리가 나기 전에 수화기를 내려놓았다. 그리고 저도 모르게 혀를 찼다. 그 소리가 너무 컸는지 바로 앞자리에 앉은 여사원이 머리를 움찔했다.

어떻게 된 일이지.

이마에다 나오미를 마지막으로 만난 것은 지난 8월 중순이었다. 그때로부터 한 달 이상 지났지만 그에게선 아무런 연락이 없었다. 가즈나리 쪽에서 몇 번인가 전화를 걸어 보았지만 언제나 자동 응답기가 받았다. 가즈나리는 연락해 달라는 메시지를 두 번 정도 남겼지만 이마에다가 전화를 한 적은 한 번도 없었다.

여행이라도 떠난 건가, 하고 가즈나리는 생각했다. 그렇다면 일을 대단히 소홀히 여기는 탐정이다. 처음 일을 의뢰할 때부터 자주 연락해 달라고 부탁했었다.

혹시, 하고 가즈나리는 생각했다. 혹시 가라사와 유키호를 쫓아 오사카로 간 것일까. 그럴 가능성도 없지 않았지만, 그렇다 해도 의뢰인에게 연락 한번 하지 않는 것은 납득하기 어려운 일이었다.

책상 구석에 놓인 서류 한 장이 눈에 들어왔다. 그는 그것을 집어 들었다. 이틀 전에 있었던 회의의 의사록이 전달된 것이었다. 물질의 화학 구조를 자동으로 결정하는 컴퓨터 시스템 개발에 관한 회의였다. 관심 있는 연구여서 가즈나리도 회의에 참석했지만 지금은 그저 기계적으로 훑고 있을 뿐이다. 사실 그는 전혀 다른 생각을 하고 있었다. 야스하루의 일에 관해서다. 그리고 가라사와 유키호.

가즈나리는 그녀의 가게로 야스하루를 데려간 것을 뼈저리게 후회하고 있었다. 다카미야 마코토가 부탁하기에 한번 들러 보자는 가벼운 마음으로 야스하루에게도 권했던 것이다. 그것이 실수였다.

야스하루가 유키호를 처음 만났을 때의 일을 가즈나리는 선명하게 기억한다. 그때 야스하루의 태도는 전혀 사랑에 빠진 것으로 보이지 않았다. 그러기는커녕 오히려 언짢아하는 것처럼 보일 정도였다. 유키호가 말을 걸어도 그저 무뚝뚝하게 대답할 뿐이었다. 그런데 나중에 생각해 보니 그것이야말로 마음이 심하게 흔들릴 때 야스하루가 보이는 반응이었다.

물론 그에게 좋아하는 여성이 생기는 것 자체는 반가운 일이다. 이제 겨우 마흔다섯 살인데 자식 둘을 데리고 평생을 혼자 지내야 할 이유는 눈곱만큼도 없었다. 적당한 상대가 있으면 재혼하는 것이 마땅하다고 가즈나리도 생각하고 있다.

그러나 상대가 마음에 들지 않았다.

가라사와 유키호의 어떤 부분이 그토록 마음에 들지 않는지 실은 가즈나리 자신도 잘 몰랐다. 물론 이마에다에게 얘기한 것처럼, 그녀의 주위에서 정체 모를 돈이 움직이고 있다는 것도 탐탁지 않은 건 사실이다. 그러나 잘 생각해 보면 그것도 다 억지로 갖다 붙인 이유인 것만 같다. 역시 대학 댄스부 연습실에서 처음 그녀를 봤을 때의 인상이 그대로 남아 있는 것이라고밖에 할 수 없었다.

가즈나리는 야스하루가 그녀와 결혼하는 것만은 재고해 주기를 바라고 있다. 그러나 야스하루를 설득하려면 나름의 이유가 필요하다. 그 여자는 위험하니까 결혼하지 말라고 말해 봐야 그는 받아들이지 않을 것이다. 아니, 화를 낼 게 뻔하다.

그렇기 때문에 가즈나리는 이마에다의 조사에 기대를 걸고 있었다. 이마에다가 가라사와 유키호의 정체를 폭로해 주기만을 바라고 있다고 해도 과언이 아니었다.

조금 전에 야스하루가 부탁한 일이 머리에 떠올랐다. 유사시에 가즈나리는 오사카에 가야 한다. 그것도 가라사와 유키호를 돕기 위해서.

말도 안 되는 일이지. 그는 마음속으로 그렇게 중얼거렸다. 그러는 한편으로는 언젠가 이마에다에게 들었던 말이 생각났다.

그녀가 정말로 좋아하는 사람은 시노즈카 씨의 사촌 형이 아니라 시노즈카 씨가 아닐까 싶습니다.

"말도 안 되는 소리."

이번에는 조그맣게 소리 내어 말했다.

3

"이삼 일 집을 비울 거야."

아키요시가 느닷없이 그렇게 말했다. 노리코가 욕실에서 나와 화장대 앞에 앉았을 때였다.

"어디 가는데?"

"취재."

"어디로 가는지 정도는 가르쳐 줘도 되잖아."

아키요시는 잠시 망설이다가 귀찮다는 듯이 내뱉었다.

"오사카."

"오사카?"

"내일 떠날 거야."

"아니, 잠깐."

노리코는 화장대에서 몸을 일으켜 그와 마주 앉았다.

"나도 갈래."

"출근은 안 하고?"

"휴가 내면 돼. 나, 작년부터 하루도 안 쉬었어."

"놀러 가는 거 아니야."

"알아. 방해하지 않을게. 당신이 일하는 동안에는 나 혼자 오사카 구경하고 있을게."

아키요시는 미간을 찡그리고 잠시 생각에 잠겼다. 곤란해하는 기색이 역력했다. 평소의 노리코라면 그렇게 강경한 태도를 보이지 않았을 것이다. 하지만 오사카라는 소리를 듣는 순간 어떻게든 가야 한다는 생각이 들었다. 그 이유 중에는 물론 그의 고향에 가 보고 싶다는 마음도 있었다. 고향에 대해서 그는 아무것도 말해 주지 않았지만, 지금까지의 대화 내용으로 미루어 아무래도 오사카 출신인 것 같다고 노리코는 짐작하고 있었다.

하지만 노리코에게는 그보다 더 중요한 이유가 있었다. 그곳에는 그에 대해 알 수 있는 무언가가 반드시 있을 것이라는 예감이 들었던 것이다.

"확실한 계획이 있는 것도 아니고, 일정이 어떻게 바뀔지도 몰라. 심지어 언제 돌아올지도 정해지지 않았어."

그래도 괜찮아, 라고 노리코는 대답했다.

"흠…… 알았어. 그럼 좋을 대로 해."

그가 성가시다는 듯이 내뱉었다.

컴퓨터를 향해 앉은 그의 등을 바라보면서 노리코는 숨을 쉬기 힘들 정도로 가슴이 두근거리는 것을 느꼈다. 돌이킬 수 없는 일이 벌어지는 것 아닐까 싶기도 했다. 그러나 어떻게든 같이 가야 한다는 마음이 더 강했다. 이대로 지내다가는 결국 둘 사이가 끝나고 말 것이다. 동거를 시작한 지 이제 두 달밖에 지나지 않았는데도 노리코는 그런 강박 관념에 시달리고 있었다.

두 사람이 같이 살게 된 계기는 아키요시가 회사를 그만둔 것이었다.

그는 확실한 이유를 말하지 않았다. 그냥 좀 쉬고 싶어졌을 뿐이야, 라고만 말했다.

"저금해 둔 돈이 있으니까 당분간은 먹고살 수 있어. 뒷일은 나중에 생각하겠어."

이 남자가 누구에게도 의지하지 않고 살아왔으리라는 건 지금까지 겪어 본 바로 짐작하고도 남음이 있었다. 아무리 그렇다고 해도 나한테조차 아무런 의논도 하지 않다니, 하고 노리코는 그때 서운함을 느꼈다. 그래서 더욱더 앞으로는 그에게 힘이 될 수 있었으면 좋겠다고 생각했다. 그에게 필요한 존재이고 싶었다.

동거를 먼저 제안한 쪽은 노리코였다. 아키요시는 처음에는 별로 내키지 않는 눈치였다. 그러나 결국 일주일 후에 이사를 왔다. 컴퓨터 관련 장비 일습과 종이 상자 여섯 개가 짐의 전부였다.

사랑하는 남자와 같이 산다는 건 노리코가 늘 꿈꾸던 일이었다. 바로 그런 생활이 시작된 것이다. 아침에 일어나면 그가 옆에 있다는 걸 확인하며 이 행복이 언제까지나 계속됐으면 하고 바랐다.

결혼이라는 것에는 연연하지 않았다. 물론 바라지 않는다고 하면 거짓말이다. 하지만 얘기를 꺼냈다가 둘 사이가 잘못되기라도 할까 봐 두려웠다.

그런데 얼마 지나지 않아 불길한 바람이 불어왔다.

늘 그러듯 얇은 이불 위에서 섹스를 했을 때의 일이다. 노리코는 두 번 절정을 만끽했다. 그런 후에야 아키요시가 절정에 오르는 것이 그들의 섹스 패턴이었다.

아키요시는 첫 섹스 때부터 콘돔을 사용하지 않았다. 격렬하게 움직인 후 그녀의 질에서 페니스를 빼고 화장지에 사정하는 것이 그의 방식이었다. 그것에 대해 그녀가 뭐라고 한적은 한 번도 없었다.

그날, 어쩌다 그걸 알아차렸는지 그녀로서도 설명하기 어렵다. 단지 직감이라고밖에는. 굳이 말하자면 그의 표정을 보고 알아차렸다고나 할까.

섹스를 끝낸 후 그는 그녀의 옆에 벌렁 드러누웠다. 노리코가 그런 그의 사타구니로 손을 뻗었다. 페니스를 만지려고 했던 것이다.

"하지 마."

그러면서 그가 몸을 비틀었다. 그리고 그녀를 등지고 누웠다.

"유이치, 당신……."

노리코는 윗몸을 일으켜 그의 옆얼굴을 들여다보았다.

"사정 안 한 거 아니야?"

그는 대답하지 않았다. 표정에도 변화가 없었다. 그저 눈을 감고 있을 뿐이었다.

노리코는 이불에서 나와 쓰레기통으로 손을 뻗었다. 그가 버린 화장지 뭉치를 찾으려는 것이었다.

"하지 말라니까."

성난 목소리가 들렸다. 노리코가 돌아보자 그도 몸을 그녀 쪽으로 향했다.

"쓸데없는 짓 하지 마."

"왜?"

그는 말없이 자신의 뺨을 긁적거렸다. 심통 난 표정이었다.

"언제부터야?"

그 질문에도 그는 대답하지 않았다.

노리코는 문득 깨달아지는 게 있었다.

"처음부터…… 지금까지 내내……, 그랬던 거야?"

"무슨 상관이야."

"상관이 왜 없어."

그녀는 알몸인 채 그의 앞에 앉았다.

"왜, 나는 안 된다는 거야? 나 같은 여자와 해 봤자 하나도 좋지 않다는 거야?"

"그런 거 아니야."

"그럼 뭔데? 설명해 봐."

노리코는 참을 수 없이 화가 났다. 바보 취급을 당한 기분이었다. 비참하기도 하고 슬프기도 했다. 동시에 더없이 수치스러웠다. 지금까지 그와 나눈 섹스를 떠올리자 숨어 버리고 싶은 심정이었다. 목소리가 신경질적으로 나온 것은 그러한 수치스러움을 드러내고 싶지 않다는 의도 때문일 것이다.

아키요시가 후, 숨을 내쉬었다. 그리고 희미하게 고개를 저었다.

"노리코한테만 그런 게 아니야."

"뭐라고?"

"지금까지 여자 몸 안에서 사정한 적이 한 번도 없었어. 그러려고 해도 그래지지가 않아."

"지루……인가?"

"그중에서도 아주 심한 경우겠지."

"지금 농담하는 거 아니지? 병원에는 가 봤어?"

"아니."

"왜?"

"이대로도 괜찮다고 생각하니까."

"괜찮을 리가 없잖아."

"거참, 시끄럽게 구네. 내가 괜찮다잖아. 신경 쓰지 마."

그리고 그는 다시 등을 돌렸다.

어쩌면 더는 섹스를 하는 일이 없을지도 모르겠다고 생각했는데, 그 일이 있고 나서 사흘 후 그가 먼저 요구했다. 그녀는 그가 하는 대로 내버려 두었다. 그가 사정하지 못한다면 자신도 느끼지 않겠다고 결심했지만 몸을 속일 수는 없었다. 수치심과 슬픔이 그녀를 에워쌌다.

"난 이걸로 충분해."

웬일인지 그가 부드러운 목소리로 말하면서 그녀의 머리를 쓰다듬었다.

딱 한 번이지만 그가 입과 손으로 해 주지 않겠느냐고 물은 적이 있었다. 그녀는 그가 원하는 대로 했다. 혀로 페니스를 휘감고 손가락을 꿈틀거렸다. 그러나 그의 페니스는 발기는 돼도 사정할 기미는 전혀 보이지 않았다.

"이제 됐어. 그만해. 미안."

그가 말했다.

"미안해."

"노리코 탓이 아니야."

"왜 안 되는 걸까……."

아키요시는 대답하지 않은 채 그의 페니스를 쥐고 있던 그녀의 손을 바라보았다.

그러다 그가 툭 내뱉었다.

"작네."

"뭐가?"

"손 말이야. 노리코 손이 참 작아."

그녀는 자신의 손을 보았다. 동시에 퍼뜩 깨달았다.

누군가와 비교하고 있는 게 아닐까. 이렇게 그의 페니스를 애무하는 여자가 있었고, 그 여자의 손과 자신의 손을 비교하는 게 아닐까.

그리고.

그 여자의 손과 입이라면 그도 사정하는 것 아닐까…….

그의 페니스는 노리코의 손바닥 안에서 완전히 쪼그라들고 말았다.

그런 일이 있었기에 노리코의 마음속에 불안과 의혹이 소용돌이치기 시작할 무렵, 아키요시가 생각도 못했던 말을 꺼냈다.

청산가리를 손에 넣을 수 없겠느냐는 것이었다.

소설을 쓰기 위해서, 라고 그는 말했다.

"미스터리 소설을 쓰려고. 이렇게 빈둥거리고 있을 수만은 없잖아. 소설 속에 청산가리를 등장시키려고 하는데, 내 눈으로 본 적도 없고 그 성질도 잘 모르니까 실제로 한번 볼 수 없을까 하고. 노리코가 다니는 병원에는 있지 않을까?"

뜻밖이었다. 그가 소설을 쓰리라고는 상상도 못했다.

"그건…… 알아본 적이 없어서 나도 잘 모르겠어."

일단은 그렇게 대답했지만 실은 특수 보관고에 있다는 것을 노리코는 알고 있었다. 치료에 사용하기 위해서가 아니라 연구용 샘플을 보관하고 있는 것이었다. 그 보관고에 접근할 수 있는 사람은 병원 내에서도 아주 한정된 인원뿐이었다.

"보기만 하면 되는 거지?"

"잠깐만 빌려주면 돼."

"빌려주다니……."

"아직 어떻게 할지 구체적으로 결정하지 못했거든. 일단 실물을 본 다음에 정하려고. 어떻게든 손에 넣을 수 있으면 좋겠는데. 물론 노리코가 싫다고 하면 무리하게 강요하지 않겠어. 그럴 경우 다른 루트를 찾아볼게."

"다른 루트가 있어?"

"전에 하던 일이 성격상 여러 회사와 관련이 있었거든. 그 때의 인맥을 활용하면 안 될 것도 없어."

다른 루트라는 말을 듣지 않았더라면 노리코도 거절했을지 모른다. 하지만 그런 위험한 물건을 다른 사람과 거래하도록 내버려 둘 수 없다는 생각이 들어서 결국은 승낙하고 말았다.

약국에서 빼낸 청산가리 병을 그에게 건넨 것은 8월 중순의 일이었다.

"정말 다른 데 사용하려는 건 아니지? 잠깐 보기만 할 거지?"

그녀는 몇 번이나 그렇게 확인했다.

"그래, 걱정할 거 없어."

그러면서 아키요시는 그 병을 받아 들었다.

"뚜껑은 절대 열지 마. 보기만 하는 거라면 그대로도 가능하잖아."

그녀의 말에 그는 대답하지 않았다. 그저 병 속에 담긴 흰색 분말을 물끄러미 바라볼 뿐이었다.

"치사량은 어느 정도지?"

잠시 후 그가 물었다.

"150밀리그램에서 200밀리그램이라고 하던데."

"그게 얼마만큼인지 잘 모르겠는걸."

"귀이개로 하나나 둘, 아마 그 정도일 거야."

"맹독성이군. 물에는 녹겠지?"

"녹기는 하지만, 예를 들어 주스에 타 먹이는 방법을 생각한다면 귀이개로 하나나 둘 정도로는 안 될 거야."

"왜 그렇지?"

"한 모금만 마셔도 이상하다고 생각할 거야. 혀를 자극하니까. 물론 먹어 본 적은 없지만 말이야."

"그 한 모금에 목숨이 끊어질 정도로 충분히 넣어야 한다는 말이군. 하지만 그러면 맛이 더 이상해질 테니 피해자가 삼키지 않고 뱉지 않을까?"

"그럴 수도 있어. 게다가 독특한 냄새가 있어서 후각이 예민한 사람은 마시기 전에 눈치챌 수도 있고."

"아몬드 냄새라던가?"

"그렇게들 얘기하지만 실은 우리가 생각하는 아몬드 향은 아니야. 아몬드 열매의 냄새지. 아몬드 향은 그 씨앗을 사용하는 거고."

"청산가리 액을 우표 뒷면에 발라서 살해하는 수법을 어떤 소설에선가 본 것 같은데."

아키요시의 말에 노리코는 고개를 저으며 피식 웃었다.

"비현실적이야. 그 정도 분량은 치사량에 한참 못 미치는걸."

"립스틱에 섞는 수법도 있었어."

"그 경우 역시 치사량은 되지 못해. 청산가리가 강한 알칼리성이라 너무 진하면 입술이 바로 부르트거든. 그리고 무엇보다, 청산가리는 위까지 도달하지 못하면 독성을 발휘하지 못해."

"왜지?"

"청산가리 자체는 안정된 물질이야. 그게 위에 들어가 위산과 반응해서 청산 가스를 발생시키는 거지. 그래야 중독 증상이 일어나는 거고."

"그럼 직접 마시지 않아도 청산 가스를 들이마시면 되는 거군."

"그야 그렇지만, 현실적으로는 방법을 찾기 어려워. 범인 자신이 죽을 우려가 있거든. 청산 가스는 피부 호흡에 의해서도 흡수되니까 숨을 멈추고 있어도 위험할 수 있어."

"그렇군."

그렇다면 조금 더 생각해 봐야겠는데, 라고 아키요시는 말했다.

실제로 그날부터 이틀 정도 그는 컴퓨터 앞에 앉아 생각에 골몰했다.

"화장실 양변기를 이용하면 어떨까?"

저녁을 먹던 도중에 그가 불쑥 말을 꺼냈다.

"살해하려는 상대가 귀가하기 직전에 집에 숨어들어 변기에 청산가리와 유산을 투입하고 뚜껑을 덮는 거야. 그리고 곧장 나오면 범인이 중독되는 일은 없지 않을까."

"그렇게 하면 괜찮겠지."

"그리고 살해하려는 상대가 귀가한다, 화장실에 들어간다, 변기 속에서는 화학 반응이 일어나 대량의 청산 가스가 발생해 있었다, 상대는 그런 줄도 모르고 변기 뚜껑을 연다, 고여 있던 청산 가스가 일시에 방출되고 상대는 그것을 마시고 만다…… 어때?"

잠시 생각해 보던 노리코가 "나쁘지 않을 것 같아."라고 대답했다.

"기본적으로는 괜찮은 생각이야. 어차피 소설이니까 그 정도면 될 것 같아. 세세히 따지고 들자면 한이 없겠지만."

그 말이 아키요시의 마음에 들지 않는 눈치였다. 그는 젓가락을 내려놓더니 방에 가서 메모지와 볼펜을 들고 왔다.

"나는 적당히 쓰고 싶지 않아. 문제가 있다면 확실하게 지적해 줘. 그래서 노리코와 의논하는 거잖아."

노리코는 따귀라도 얻어맞은 기분이었다. 그녀는 자세를 고쳐 앉았다.

"문제가 있다는 건 아니야. 당신이 말한 방법으로 잘될지도 몰라. 하지만 자칫하면 상대가 죽지 않을 가능성도 있어."

"왜지?"

"청산 가스가 새어 나갈 수도 있으니까. 변기가 뚜껑을 닫는다고 완전히 밀봉되는 건 아니잖아. 새어 나온 청산 가스는 화장실 전체에 가득 찬 다음 점차 화장실 밖으로 빠져나갈 거야. 그렇게 되면 상대가 화장실에 들어가기도 전에 이상을 알아차릴지 몰라. 아니, 알아차린다는 건 적절한 표현이 아니지. 얼마 안 되는 청산 가스를 마시고 중독 증상을 일으킬 수도 있어. 그걸로 죽어 주면 다행이겠지만."

"그런데 청산 가스가 미량이라서 죽지 않을 가능성도 있다는 얘기로군."

"응, 어디까지나 추론이지만."

"그럴지도 모르겠네."

아키요시는 팔짱을 끼었다.

"변기 뚜껑을 밀폐할 수 있는 연구가 필요하겠군."

"환풍기를 돌리면 좋을지도 몰라."

"환풍기?"

"화장실 환풍기 말이야. 그렇게 하면 새어 나온 청산 가스가 밖으로 배출되니까 문밖으로 샐 염려는 없지 않을까?"

아키요시는 말없이 생각에 잠겼다. 그리고 잠시 후 노리코의 얼굴을 보며 고개를 끄덕였다.

"좋아, 그걸로 가지. 노리코에게 의논하길 잘했군."

"좋은 소설이 써졌으면 좋겠네."

일말의 불안감을 안고서 병원에서 청산가리를 들고 나왔지만 이때는 그런 불안감도 말끔히 사라지고 없었다. 그에게 도움이 됐다는 생각에 보람과 순수한 기쁨을 느꼈다.

　그런데 그로부터 일주일이 지난 어느 날, 노리코가 병원에서 돌아와 보니 아키요시가 보이지 않았다. 한잔하러 나갔나 보다고 생각했는데 밤늦게까지 돌아오지도 않고 연락도 없었다. 걱정스러운 마음에 찾아 나서려고 했지만 그가 갈 만한 곳은 단 한 군데도 짚이는 데가 없다는 사실을 깨달았다. 아키요시의 지인이라고는 한 사람도 알지 못했고, 그가 들를 만한 장소도 아는 곳이 없었다. 그녀가 아는 아키요시라는 남자는 늘 방 안에서 컴퓨터만 마주하고 있을 뿐이었다.

　새벽녘이 되어서야 그는 돌아왔다. 그때까지 노리코는 잠자리에 들지 않았다. 화장도 지우지 않은 채였고 밥도 먹지 않았다.

　"지금까지 어디 있다 온 거야?"

　노리코는 현관에서 신발을 벗는 그에게 물었다.

　"소설 때문에 취재하러 다녔어. 공교롭게도 공중전화가 없는 데여서 연락할 수 없었어."

　"내가 얼마나 걱정한 줄 알아?"

　아키요시는 티셔츠에 청바지 차림이었다. 흰 티셔츠가 몹시 더러워져 있었다. 그는 들고 있던 스포츠 가방을 컴퓨터 옆에 내려놓고 티셔츠를 벗었다. 몸이 땀으로 번들거렸다.

"좀 씻고 싶군."

"잠깐 기다려, 목욕물 데울게."

"샤워면 돼."

그는 벗어놓은 티셔츠를 들고 욕실로 향했다.

그가 벗은 스니커를 정돈하려고 보니 스니커 역시 몹시 더러웠다. 신은 지 얼마 되지 않았을 텐데 가장자리에 흙이 잔뜩 묻어 있었다. 마치 산속을 헤매고 다니기라도 한 것처럼.

그는 대체 어디에 갔던 것일까.

노리코는 아키요시가 지난밤의 행선지에 대해 얘기해 주지 않을 거라는 생각이 들었다. 캐묻지 못하게 하는 분위기가 그에게서 감돌기도 했다. 소설을 위한 취재라는 건 분명 거짓말일 것이다.

그 순간 그가 들고 갔다 온 가방이 생각났다. 그 가방을 뒤져 보면 어디 갔다 왔는지 알 수 있지 않을까.

욕실에서 샤워하는 소리가 들렸다. 꾸물거릴 시간이 없었다. 그녀는 안쪽 방으로 들어가 그가 조금 전 내려놓은 스포츠 가방을 열었다.

맨 먼저 눈에 들어온 것은 여러 권의 파일이었다. 노리코는 그중 가장 두꺼운 것을 꺼냈다. 그런데 파일이 텅 비어 있었다. 다른 파일도 들춰 보았지만 모두 마찬가지였다. 딱 한 권

에만 다음과 같이 적힌 스티커가 붙어 있었다.

'이마에다 탐정 사무실'

뭐지, 하면서 노리코는 고개를 갸웃했다. 왜 탐정 사무실의 파일을 아키요시가 갖고 있는 것일까. 그것도 내용물이 없는 파일을. 혹시 다른 이유가 있어서 내용물을 처분한 것인가.

가방을 좀 더 뒤져 보던 노리코는 맨 밑에 들어 있는 것을 보고 일순 숨을 삼켰다. 예의 청산가리 병이었다.

주저주저하며 병을 꺼냈다. 하얀 분말이 들어 있는 병. 그런데 그 하얀 분말의 양이 전에 봤을 때의 절반 정도로 줄어 있었다. 심장이 미친 듯이 고동쳤다.

그때 샤워 소리가 멈췄다. 그녀는 황급히 병과 파일을 원래대로 해 놓고 가방을 닫았다.

예상했던 대로 아키요시는 전날 밤의 행선지에 대해 노리코에게 아무 얘기도 하지 않았다. 욕실에서 나온 후에는 창가에 앉아 하염없이 바깥만 바라보았다. 그의 옆얼굴에는 그때껏 노리코가 본 적 없는 암울함과 험악함이 어려 있었다.

노리코 역시 아무것도 물어볼 수 없었다. 물어보면 그는 분명 무슨 대답이든 할 것이다. 하지만 그것이 빤히 눈에 보이는 거짓말일까 봐 그녀는 두려웠다. 그는 청산가리를 어디에 사용했을까. 상상하는 것만으로도 다리가 오그라드는 듯한 공포가 밀려왔다.

292

잠시 후 아키요시는 느닷없이 노리코의 몸을 요구했다. 전에 없이 움직임이 거칠었다. 무언가를 깨끗이 잊고 싶기라도 한 것처럼.

물론 그는 사정하지 않았다. 두 사람의 섹스는 노리코가 절정에 오르지 않는 한 끝나지 않는다.

그날 처음으로 노리코는 쾌감에 몸을 비트는 연기를 했다.

4

그 남자로부터 전화가 걸려 온 것은 유키호 어머니의 일로 야스하루가 의논해 온 뒤 사흘이 지나서였다. 가즈나리가 영업 회의에서 돌아와 자리에 앉자마자 전화벨이 울렸다. 전화기에 붙어 있는 여러 개의 조그만 램프 중 하나가 외부에서 걸려 온 전화라는 걸 표시했다.

남자는 자신을 사사가키라고 밝혔다. 들어 본 적 없는 이름이었다. 목소리로 보아 나이가 좀 있는 사람인 듯했다. 억양은 분명 간사이 지방의 것이었다.

가즈나리를 한층 당황케 한 것은 그 남자가 오사카 부경 형사라는 점이었다.

"시노즈카 씨 이름은 다카미야 씨에게 들었습니다. 그래서 이렇게 전화를 드리게 됐습니다. 업무 중에 죄송하지만."

남자의 말투에 끈끈함이 배어 있었다.

"용건이 뭡니까?"

목소리가 약간 딱딱하게 나왔다.

"수사 중인 어떤 사건에 대해 듣고 싶은 얘기가 있어서요. 30분이면 되는데, 시간을 내 주실 수 있겠습니까?"

"어떤 사건이라니……."

"그건 만나 뵙고 말씀드리죠."

낮게 웃는 소리가 들린 듯했다. 오사카 출신의 자못 교활한 중년 남자 이미지가 가즈나리의 머릿속에 떠올랐다.

어떤 사건에 관계된 일인지 궁금했다. 오사카에서 형사가 일부러 찾아오다니, 예사 사건은 아닐 것이다.

그런 그의 속내를 꿰뚫어 본 것처럼 남자는 말했다.

"실은 이마에다 씨와 관련된 일도 있습니다. 이마에다 나오미 씨 아시죠?"

가즈나리는 수화기를 쥔 손에 힘을 주었다. 긴장감이 발밑에서부터 차올랐다. 가슴에 불안감이 스멀스멀 피어올랐다.

이 남자가 어떻게 이마에다를 알고 있을까. 아니, 어떻게 이마에다와 자신의 관계를 알고 있을까. 그런 직업에 종사하는 사람이, 설령 경찰이 캐묻는다고 하더라도 의뢰인의 이름을 섣불리 밝힐 리 없다.

다만 한 가지, 짐작되는 것이 있었다.

"이마에다 씨에게 무슨 일이 생겼습니까?"

"아, 그게 말이죠……."

남자가 약간 뜸을 들였다.

"그 일도 포함해서 드릴 말씀이 있어요. 그러니 꼭 만나 주셨으면 합니다."

남자의 목소리에서 약간의 위압감이 느껴졌다.

"지금 어디시죠?"

"선생님 회사 바로 근처입니다. 하얀 건물이 보이는군요. 7층 정도 되나요."

"안내 데스크에서 기획 관리실의 시노즈카 가즈나리를 만나러 왔다고 하세요. 미리 얘기해 놓겠습니다."

"기획 관리실……, 알겠습니다. 곧 찾아뵙겠습니다."

"네, 기다리고 있겠습니다."

일단 전화를 끊은 후 가즈나리는 다시 수화기를 들었다. 이번에는 내선이다. 현관 안내 데스크로 전화를 걸어 사사가키라는 사람이 찾아오면 7번 내빈실로 안내하라고 지시했다. 그곳은 간부 사원들이 주로 사적인 용건으로 사용하는 방이다.

연락을 받고 7번 내빈실에 가 보니 나이에 비해 체격이 좋은 남자가 가즈나리를 기다리고 있었다. 머리를 짧게 잘랐지만, 흰머리가 섞여 있다는 것은 멀리서 봐도 알 수 있었다. 가즈나리가 문을 열기 전에 노크를 했기 때문인지 남자는 일어서 있었다. 여전히 후덥지근한 날씨가 계속되고 있는데도 갈색 양복에 넥타이 차림이다. 전화 통화만 했을 때는 간사이 사투리가 섞인 말투 때문에 뻔뻔하고 무신경한 사람일 거라는 인상을 받았는데, 막상 만나고 보니 그 생각을 조금 수정할 필요가 있을지 모르겠다 싶었다.

"바쁘신데 죄송합니다."

남자가 명함을 내밀었다.

가즈나리도 자신의 명함을 꺼내어 남자와 맞바꾸었다. 그런데 남자에게서 받은 명함을 보고 그는 살짝 당황했다. 거기에는 경찰서 이름이나 소속, 직함 같은 것이 전혀 적혀 있지 않았다. 다만 사사가키 준조라는 이름과 주소, 전화번호가 인쇄되어 있을 뿐이었다. 주소는 오사카 부 야오 시로 되어 있었다.

"어지간한 일에는 경찰서 이름이 나온 명함을 사용하지 않습니다."

사사가키는 그렇게 말하고 살짝 웃었다. 그러자 얼굴의 주름이 한층 깊어졌다.

"예전에 그런 명함을 건넸다가 악용된 적이 있어서요. 그 후로는 가급적이면 개인적인 명함을 사용하고 있습니다."

가즈나리는 잠자코 고개를 끄덕였다. 빈틈을 보이는 것이

허용되지 않는 세계에 살고 있다는 뜻일 것이다.

사사가키가 양복 안주머니에 손을 넣어 수첩을 꺼냈다. 사진이 붙어 있는 신분증명서 페이지를 펼쳐 가즈나리에게 보였다.

"확인해 보시죠."

가즈나리는 힐끗 보고 나서 "자, 앉으세요."라며 소파 쪽을 손바닥으로 가리켰다.

그럼, 하며 형사가 소파에 앉았다. 무릎을 구부리는 순간 그가 얼굴을 살짝 찡그렸다. 나이가 초로에 접어들었음을 확인시켜 주는 순간이었다.

두 사람이 마주 앉은 직후 문 두드리는 소리가 났다. 여사원이 쟁반에 찻잔 두 개를 얹어 가지고 들어왔다. 찻잔을 테이블에 내려놓은 후 여사원은 목례를 하고 나갔다.

"멋진 회사로군요."

사사가키는 그렇게 말하며 찻잔으로 손을 가져갔다.

"멋진 회사는 내빈실도 멋지네요."

"감사합니다."

대답은 그렇게 했지만 사실 이 내빈실은 그렇게 멋질 것도 없다고 가즈나리는 생각했다. 말이 간부 사원 전용이지 소파나 테이블이나 모두 다른 내빈실과 똑같았다. 이 방을 간부 사원 전용으로 사용하고 있는 이유는 방음 장치가 되어 있기 때문이다.

그래서, 하고 가즈나리는 형사의 얼굴을 보았다.

"하실 말씀이라는 게 뭡니까?"

아 네, 하고 고개를 끄덕거리면서 사사가키는 찻잔을 테이블에 내려놓았다.

"이마에다 씨에게 일을 맡긴 적이 있으시죠?"

가즈나리는 어금니를 살짝 깨물었다. 이 남자가 어떻게 알고 있을까.

"경계하시는 것도 무리는 아니라고 생각합니다만, 솔직하게 대답해 주셨으면 합니다. 이마에다 씨에게 당신 얘기를 들은 건 아니에요. 실은 이마에다 씨, 현재 행방불명입니다."

"네에?"

자신도 모르게 비명 같은 소리가 튀어나오고 말았다.

"정말입니까?"

"그렇습니다."

"언제부터죠?"

"글쎄요, 그게……."

사사가키가 희끗희끗한 머리를 긁적거렸다.

"분명치 않아요. 다만, 지난달 20일에 다카미야 씨에게 전화해서 '오늘이나 내일 만나고 싶다'고 했답니다. 다카미야 씨는 '내일이 좋겠다'고 대답했고요. 그랬더니 이마에다 씨가 '내일 다시 전화하겠다'고 한 모양이에요. 그러고는 결국 전화가 오지 않았다는 겁니다."

"그러니까 20일이나 21일 이후의 행방을 알 수 없다는 겁니까?"

"현재로서는 그렇습니다."

"음……."

가즈나리는 팔짱을 끼었다. 입에서 신음 같은 소리가 절로 흘러나왔다.

"실은 제가 행방불명되기 얼마 전에 그 사람을 만났습니다."

사사가키가 말했다.

"어떤 사건을 수사하다가 확인하고 싶은 일이 생겨서요. 그후 다시 연락을 취하려고 했지만 아무리 전화를 해도 받지 않았습니다. 그래서 이상하다 싶어 어제 도쿄로 올라와 이마에다 씨의 사무실을 찾아가 봤는데 말이죠."

"아무도 없었다는 겁니까?"

가즈나리의 질문에 사사가키가 턱을 끌어당겼다.

"우편함을 들여다보니 우편물이 상당히 많이 쌓여 있었어요. 아무래도 이상해서 관리 사무실 사람에게 부탁해서 문을 열었죠."

"사무실 안은 어떻던가요?"

가즈나리가 몸을 바짝 기울이며 물었다.

"별 이상은 없었습니다. 사고 같은 게 일어났을 법한 흔적도 없었고요. 일단 지역 경찰에 신고를 하기는 했는데, 현재의 정황으로는 적극적으로 이마에다 씨를 찾을 것 같지가 않습니다."

"그가 스스로 모습을 감췄다는 겁니까?"

"그럴지도 모르죠. 하지만,"

사사가키가 잠시 말을 멈추고 자신의 턱을 쓰다듬었다.

"그럴 가능성은 희박하다고 저는 봅니다."

"그렇다면……."

"이마에다 씨의 신변에 무슨 일이 일어났다고 보는 게 타당하겠죠."

가즈나리는 침을 삼키려 했으나 입안이 바짝 말라 있었다. 대신 찻잔을 들어 차를 한 모금 마셨다.

"그 사람이 무슨 위험한 일이라도 벌이고 있었나요?"

"문제는 바로 거기에 있습니다."

사사가키가 다시 안주머니에 손을 넣었다.

"저…… 담배를 좀 피워도 괜찮겠습니까?"

"아, 그러시죠."

가즈나리는 테이블 끄트머리에 놓여 있던 스테인리스 재떨이를 사사가키 앞에 놓아 주었다.

사사가키가 꺼낸 담배는 하이라이트였다. 흰 바탕에 파란

색 문양이 인쇄된 담뱃갑을 보면서 가즈나리는 요즘 보기 드문 건데, 하고 생각했다.

형사는 담배를 손가락 사이에 끼워 한 모금 빤 뒤 짙은 우윳빛 연기를 내뿜었다.

"제가 지난번에 이마에다 씨를 만났을 때 받은 느낌으로는 최근의 주된 일거리가 어떤 여성에 관해 조사하는 것 같더군요. 그 여성이 누군지 시노즈카 씨는 물론 아시겠지요."

조금 전까지 사람 좋아 보이기까지 하던 사사가키의 눈이 갑자기 파충류를 연상시키리만치 어두운 빛을 내뿜기 시작했다. 그 시선이 가즈나리의 몸을 끈끈하게 휘감아 오는 느낌이었다.

가즈나리는 여기서 시치미를 떼 봐야 무의미하다는 걸 깨달았다. 그리고 그렇게 느끼도록 하는 것이야말로 형사 특유의 박력일 것이라고 해석했다.

그는 천천히 고개를 끄덕였다.

"네, 압니다."

좋아요, 라고 하듯이 고개를 끄덕이고 사사가키는 스테인리스 재떨이에 담뱃재를 떨었다.

"가라사와 유키호 씨……에 관한 조사를 의뢰한 사람이 시노즈카 씨죠?"

그 질문에 답하지 않은 채 가즈나리는 자기 쪽에서도 질문을 해 보기로 했다.

"제 이름을 다카미야에게 들었다고 하셨죠? 어떻게 그렇게 연결이 될 수 있었는지 저로서는 도무지 짐작이 안 됩니다만."

"아, 그야 뭐, 어려운 일이 아닙니다. 신경 쓰실 필요 없어요."

"하지만 그 점을 분명히 하지 않으시면……,"

"질문에 대답하기 곤란하다?"

네, 하면서 가즈나리는 고개를 끄덕였다. 그리고 형사의 얼굴을 똑바로 보았다. 산전수전 다 겪었을 형사를 그렇게 노려봐야 별 소용 없다는 것을 알면서도.

사사가키는 입가에 미소를 띠며 담배를 빨았다.

"저도 나름 사정이 있어서 가라사와 유키호라는 여성에게 관심이 많습니다. 그런데 최근 들어 그녀에 대해 조사하고 다니는 사람이 있다는 것을 알았어요. 당연히 누가 그러는지 궁금해질 수밖에요. 그래서 가라사와 유키호 씨의 전남편인 다카미야 씨를 만나 봤습니다. 그분께 이마에다 씨의 이름을 들었어요. 가라사와 유키호 씨에게 혼담이 들어왔는데, 상대편 가족이 이마에다 씨에게 그녀에 관한 조사를 의뢰한 것 같다, 다카미야 씨가 그렇게 말했어요."

가즈나리는 다카미야에게 사실대로 말했다고 했던 이마에

다의 말을 떠올렸다.

"그래서요?"

그는 다음 말을 재촉했다.

사사가키는 옆에 놓아두었던 낡은 가방을 무릎 위에 올려놓고 지퍼를 열었다. 안에서 나온 것은 조그만 녹음기였다. 그는 의미심장한 미소를 지으며 그것을 테이블 위에 올려놓더니 재생 버튼을 눌렀다.

삐− 하는 발신음이 잡음과 섞여 흘러나오다가 사람 목소리로 이어졌다.

"……에 또, 시노즈카입니다. 가라사와 유키호에 대한 조사 건은 그 후로 어떻게 됐는지요. 연락 기다리겠습니다."

사사가키가 정지 버튼을 누른 후 녹음기를 가방에 도로 넣었다.

"어제 이마에다 씨 전화기에서 꺼내 온 겁니다. 목소리의 주인공이 시노즈카 씨, 맞죠?"

"흠…… 맞습니다. 이달 초에 그런 메시지를 자동 응답기에 남겼습니다."

가즈나리가 한숨 섞인 목소리로 대답했다. 여기서 프라이버시를 운운해 봐야 소용없다는 생각이 들었다.

"이걸 듣고 다시 다카미야 씨에게 연락한 겁니다. 혹시 시노즈카라는 사람에 대해 아는 게 있느냐고요."

"그래서 그가 저에 대해 얘기해 줬군요."

"그렇습니다."

사사가키는 고개를 끄덕였다.

"아까 말씀드린 대로입니다. 복잡한 내막 같은 건 전혀 없었습니다."

"그렇군요. 말씀하신 대로 어렵지 않았겠네요."

"그럼 다시 묻겠는데, 가라사와 유키호 씨에 대한 조사를 의뢰하신 게 맞죠?"

네, 하고 가즈나리는 고개를 위아래로 흔들었다.

"그녀와 결혼하려는 분은……."

"제 친척입니다. 하지만 결혼이 결정된 건 아니에요. 본인이 그렇게 바라고 있을 뿐이죠."

"그분의 이름을 가르쳐 주실 수 있습니까?"

사사가키는 수첩을 펼치고 볼펜을 손에 쥐었다.

"그것까지 아실 필요가 있나요?"

"그야 모르는 일이죠. 경찰에 몸담고 있는 인간들은 무엇이 됐든 일단 알아 두자는 주의거든요. 만약 가르쳐 주실 수 없다면 저는 이 사람 저 사람 찾아다니며 묻는 수밖에 없습니다. 가라사와 유키호 씨와 결혼하고 싶어 하는 사람이 누구냐고 말이죠."

가즈나리는 입술을 한쪽으로 일그러뜨렸다. 그런 상황을 겪는 건 곤란했다.

"제 사촌 형입니다. 이름은 시노즈카 야스하루고요."

사사가키는 수첩에 메모를 하고 나서 "역시 이 회사에서 일 하시겠죠?"라고 물었다.

상무이사라고 대답하자 초로의 형사는 눈을 크게 뜨고 고개 를 절레절레 흔들었다. 그리고 그 내용도 수첩에 기록했다.

"몇 가지 이해가 안 가는 점이 있는데, 질문해도 괜찮을까 요?"

이번에는 가즈나리가 물었다.

"그러시죠. 대답을 할 수 있을지는 모르겠지만 말입니다."

"조금 전에, 나름의 사정이 있어 가라사와 유키호 씨에게 관심이 있다고 말씀하셨는데, 그 사정이란 게 뭡니까?"

그러자 사사가키는 쓴웃음을 지으며 자신의 목덜미를 손으 로 툭툭 두드렸다.

"죄송하지만 지금 여기서 설명해 드릴 수는 없습니다."

"수사상의 비밀……이라는 뜻인가요?"

"그렇게 해석하셔도 무방하지만, 무엇보다 큰 이유는 불확 실한 부분이 너무 많아서 아직은 설명할 단계가 아니기 때문 입니다. 무려 18년 가까이 된 사건에 관한 얘기니까요."

"18년……."

그렇게 중얼거리고 나서 가즈나리는 그 말이 뜻하는 시간의 길이를 머릿속으로 헤아려 보았다. 그토록 아득히 먼 옛날에 대체 무슨 일이 있었던 것일까.

"그 18년 전 사건이란 게 어떤 종류의 사건이었나요? 그것도 가르쳐 주실 수 없나요?"

그러자 그토록 노련해 보이는 형사의 얼굴에 주저하는 기색이 어렸다. 몇 초 후 형사는 눈을 크게 한 번 깜박이고는 입을 열었다.

"살인입니다."

순간 가즈나리는 등을 쭉 폈다. 그리고 잠시 후 숨을 길게 내쉬었다.

"살해당한 사람은요?"

"죄송합니다, 거기까지는……."

"그럼 그 사건에 그녀, 그러니까 가라사와 유키호 씨가 관련돼 있다는 겁니까?"

"중대한 열쇠를 쥐고 있을 가능성이 있다, 그 정도로만 말씀드리죠."

"하지만……."

가즈나리의 머릿속에 한 가지 중요한 사실이 떠올랐다.

"18년이라면 살인 사건의 공소 시효는 지났잖습니까."

"그렇죠."

"그런데도 아직 그 사건을 추적하고 있다는 건가요?"

형사는 하이라이트 갑을 집어 들고 손가락을 쑤셔 넣더니 두 개비째 담배를 꺼냈다. 그리고 일회용 라이터로 불을 붙였다. 첫 번째 담배에 불을 붙일 때보다 동작이 한층 여유로웠다. 의식적으로 그러는 것이리라.

"대하소설 같은 얘기죠, 18년 전에 시작된. 그런데 소설은 아직도 끝나지 않았어요. 매듭을 지으려면 처음으로 돌아가야만 합니다. ……뭐, 그렇다는 겁니다."

"소설 전체를 얘기해 주실 수는 없습니까?"

"그건 무리죠."

사사가키가 웃으며 대답했다. 입에서 연기가 흘러나왔다.

"시간이 아무리 많다 해도 지금 이 자리에서 지난 18년간의 얘기를 전부 할 수는 없습니다."

"그럼 언젠가 얘기해 주실 수 있을까요? 시간이 넉넉할 때 말입니다."

"글쎄요."

형사는 가즈나리의 시선을 똑바로 받아 내며 담배를 문 채고개를 끄덕였다. 표정이 진지해졌다.

"언젠가는 얘기해 드리죠, 천천히."

가즈나리는 차를 한 모금 마시려고 했지만 찻잔이 비어 있었다. 건너다보니 사사가키의 잔 역시 비어 있었다.

"차를 더 가져오라고 할까요?"

"아니, 저는 괜찮습니다. 그보다, 제가 질문을 좀 해도 될까요?"

"어떤 질문입니까?"

"당신이 이마에다 씨에게 가라사와 유키호 씨에 대해 조사해 달라고 한 진짜 이유를 알고 싶습니다."

"그건 이미 말씀드렸잖습니까. 거짓이 아닙니다. 결혼을 고려하고 있는 상대에 대해 주위 사람이 나서서 조사하는 건 흔히 있는 일 아닙니까."

"물론 그렇긴 하죠. 특히 댁들처럼 전통 있는 가문을 이어야 하는 입장에 있는 사람이 결혼할 때는 말입니다. 하지만 부모가 조사를 의뢰했다면 몰라도, 사촌 동생이 나서서 탐정까지 고용하는 경우는 들어 본 적이 없어서 말이죠."

"하지만 안 될 것도 없잖습니까?"

"부자연스러운 점이 또 있습니다. 애당초 시노즈카 씨가 가라사와 유키호에 대해 조사하려 했다는 것 자체가 이상해요. 시노즈카 씨와 다카미야 씨는 오래전부터 친구였고, 그녀는 그 친구의 아내였습니다. 더 옛날로 거슬러 올라가면 대학 댄스부에서 함께 연습한 사이였고요. 요컨대, 이제 와서 새삼스럽게 조사하지 않아도 가라사와 유키호에 대해 잘 아실 텐데 군이 탐정까지 고용하신 이유가 뭡니까?"

사사가키의 목소리가 어느 틈엔가 살짝 높아져 있었다. 방음 장치가 돼 있는 방이라 다행이라고 가즈나리는 내심 생각했다.

"지금 저는 그 여성에게 존칭을 붙이지 않고 말했습니다. 가라사와 유키호, 라고 말이죠."

사사가키는 가즈나리의 반응을 확인하듯 천천히 말했다.

"그런데 말이죠, 시노즈카 씨는 그다지 부자연스럽게 느끼는 것 같지 않았어요. 아닌가요? 별 위화감이 없으셨던 것 같은데……."

"글쎄요, 뭐라고 지칭하셨는지 신경을 쓰지 않아서……."

"그녀를 그렇게 지칭하는 데 대해 당신은 별 저항감이 없을 겁니다. 왜냐하면 시노즈카 씨 자신이 그렇게 지칭하기 때문이죠."

그리고 사사가키는 자신의 가방을 톡톡 두드렸다.

"아까 그 녹음테이프, 다시 한 번 들을까요? 당신은 이렇게 말했어요. 가라사와 유키호에 대한 조사 건은 그 후로 어떻게 됐는지요. 연락 기다리겠습니다."

그녀가 과거 댄스부 후배라 그때의 버릇이 나온 것이다, 가즈나리는 그렇게 설명하려 했지만 그가 말을 꺼내기 전에 사사가키가 먼저 입을 열었다.

"가라사와 유키호, 라고 존칭 없이 그녀를 지칭하는 시노즈카 씨의 말투에는 뭐라 표현하기 힘든 경계심 같은 것이 깔려 있었어요. 사실은 말이죠, 그 말투를 들었을 때 감이 딱 왔습니다. 형사의 직감이라는 거죠. 이 시노즈카라는 사람에게 얘기를 들어 볼 필요가 있겠다고요."

형사는 두 번째 담배를 재떨이에 비벼 껐다. 그리고 몸을 앞으로 내밀며 양손으로 테이블을 짚었다.

"사실대로 말씀해 주시면 안 되겠습니까? 이마에다 씨에게 조사를 의뢰한 시노즈카 씨의 진의가 무엇인지 말입니다."

사사가키의 눈빛에는 여전히 힘이 들어가 있었지만 위압적인 느낌은 없었다. 오히려 포용력마저 느껴졌다. 취조실에서 용의자와 마주할 때 이런 분위기를 이용하는지도 모르겠다고 가즈나리는 생각했다. 그리고 결국 이 형사는 이 말을 묻고 싶어서 찾아온 것이라고 이해했다. 가라사와 유키호와 결혼하고 싶어 하는 사람이 누구든, 그건 별로 상관없을 것이다.

"사사가키 씨, 당신이 한 말의 절반은 맞았습니다. 하지만 나머지 절반은 빗나갔어요."

오호, 하며 사사가키가 입술을 오므렸다.

"우선 빗나간 부분부터 듣고 싶은데요."

"그건, 제가 이마에다 씨에게 그녀에 대한 조사를 의뢰한 것은 순수하게 사촌 형을 위해서였다는 겁니다. 만약 사촌 형이 그녀와의 결혼을 원하지 않았다면 그녀가 어떤 여자이든 어떤 인생을 살든 저는 눈곱만큼도 관심이 없었을 겁니다."

"그렇군요. 그럼 맞았다는 절반은?"

"제가 그녀를 매우 경계하고 있다는 사실입니다."

"아하."

사사가키는 소파에 기대면서 가즈나리의 얼굴을 바라보았다.

"경계하는 이유가 뭐죠?"

"극히 주관적이고 막연한 이유라도 괜찮을까요?"

"그럼요. 제가 그런 모호한 얘기를 워낙 좋아해서 말이죠."

그러고서 사사가키는 히죽 웃었다.

가즈나리는 이마에다에게 일을 의뢰하면서 했던 말과 거의 비슷한 내용을 사사가키에게 설명했다. 금전적인 문제를 비롯해서, 가라사와 유키호의 뒤에 무언가 보이지 않는 힘이 존재한다고 느낀다는 것, 그녀와 관련된 사람들은 어떤 형태로든 불행해진다는 인상을 받았다는 것 등등. 그야말로 주관적이고도 막연한 내용이라고 가즈나리 자신도 생각했지만 사사가키는 세 개비째 담배를 피우면서 진지한 표정으로 듣고 있었다.

"잘 알겠습니다. 얘기해 주셔서 감사합니다."

사사가키가 담배를 끄면서 꾸벅, 머리를 숙였다.

"쓸데없는 망상이라고 생각하지는 않으시는지요."

"전혀 그렇지 않습니다."

사사가키는 얼굴 앞에서 손을 내저었다.

"솔직히 말씀드리면, 시노즈카 씨가 상황을 너무 정확하게 파악하고 계셔서 좀 놀라고 있는 중입니다. 젊은 분이 대단하군요."

"정확……하다고 생각하십니까?"

"네, 그렇게 생각합니다. 가라사와 유키호라는 여자의 본질을 아주 잘 파악하셨습니다. 사람들은 대부분 그 정도의 눈을 갖고 있지 못하거든요. 이렇게 말하는 저도 아주 오랫동안 아무것도 보지 못한 거나 다름없었습니다."

"제 직감이 틀리지 않았다는 말씀입니까?"

"그렇습니다. 그 여자와 관련된 사람은 잘되는 법이 없어요. 그건 18년 동안 그녀를 뒤쫓았던 제 결론이기도 합니다."

"사촌 형과 사사가키 씨를 만나게 해 드렸으면 좋겠군요."

"저도 꼭 만나 뵙고 조언해 드리고 싶습니다. 하지만 뭐, 상대도 해 주지 않겠죠. 솔직히 말씀드리자면 이렇게 다 터놓고 얘기할 수 있는 상대는 시노즈카 씨가 처음이었습니다."

"어떻게든 결정적인 사실을 알아내고 싶었습니다. 그래서 이마에다 씨의 조사에 기대를 걸었는데……."

"이마에다 씨에게서는 보고를 어디까지 들으셨습니까?"

"그게…… 조사를 시작한 지 얼마 되지 않았거든요. 그녀의 주식 거래 실적 정도는 보고를 받았지만……."

'가라사와 유키호가 정말로 좋아한 사람은 당신'이라는 말을 들었다는 사실에 대해서는 일단 입을 다물기로 했다.

"이건 제 상상입니다만."

사사가키가 목소리를 조금 낮추었다.

"어쩌면 이마에다 씨가 무언가를 알아냈을지도 모르겠습니다."

"그렇게 생각하시는 근거라도 있습니까?"

그게 말이죠, 라며 형사가 고개를 끄덕거렸다.

"어제 이마에다 씨의 사무실을 대충 훑어봤는데, 가라사와 유키호에 관한 자료들이 깨끗이 사라지고 없었어요. 사진 한 장 남아 있지 않더군요."

"네에?"

가즈나리가 눈을 둥그렇게 떴다.

"그렇다면……."

"이런 상황에서 이마에다 씨가 시노즈카 씨에게 한마디 말도 없이 행방을 감출 리 없죠. 그렇게 본다면 생각할 수 있는 가장 타당한 해답은 이렇습니다. 이마에다 씨의 실종은 다른 누군가에 의해 고의적으로 저질러진 것이다. 덧붙여, 그 누군가는 이마에다 씨의 조사를 두려워했다."

사사가키의 말이 의미하는 바를 가즈나리는 이해했다. 그리고 그것이 터무니없는 비약만은 아니라는 것도 인정했다. 그러나 비현실적이라는 느낌은 여전히 남아 있었다.

"설마."

가즈나리가 중얼거렸다.

"설마 그렇게까지……."

"그 정도의 악녀는 아니라고 생각하시는 건가요?"

"실종이 물론 우연은 아니겠죠. 어떤 사고에 휘말렸다든지……."

"아니요. 사고일 가능성은 없습니다."

사사가키는 딱 잘라 말했다.

"이마에다 씨는 신문을 두 종류 구독하고 있는데, 판매 대리점에 확인해 본 결과 지난달 21일에, 한동안 여행을 떠나니 배달을 중지해 달라는 연락이 왔다고 하더군요. 전화를 건 사람은 남자였고요."

"남자라면 이마에다 씨가 직접 전화를 걸었을 가능성도 있지 않겠습니까?"

"물론입니다. 하지만 저는 그렇지 않다고 생각합니다."

사사가키가 고개를 저었다.

"가능하면 일이 시끄럽게 확대되지 않도록 이마에다 씨의 실종을 계획한 인물이 손을 쓴 거죠. 배달된 신문이 우편함

314

앞에 산더미처럼 쌓여 있으면 이웃 주민들이나 관리인이 이상하게 생각할 테니까요."

"하지만 만일 사사가키 씨의 말이 사실이라면 그 인물은 엄청난 범죄를 저지른 셈이군요. 이마에다 씨가 살아 있지 않을 가능성도 있으니까 말입니다."

가즈나리의 말에 사사가키의 얼굴이 마치 표정 없는 가면처럼 변했다. 그리고 그 감정이 실리지 않은 얼굴로 그는 이렇게 말했다.

"살아 있을 가능성이 낮다, 저는 그렇게 생각합니다."

후, 하고 길게 숨을 토한 후 가즈나리는 잠시 고개를 옆으로 돌렸다. 신경이 엄청나게 소모되는 대화였다. 심장의 고동은 벌써부터 빨라져 있었다.

"하지만 전화를 건 사람이 남자였다면 가라사와 유키호와 관계가 없을지도 모르잖아요."

그렇게 말하는 가즈나리 자신도 참 아이러니하다고 생각했다. 그녀가 단순히 강하기만 한 여자가 아니라는 것을 얘기하고 싶었는데, 이마에다의 생사에 관한 문제로까지 번지자 거꾸로 그녀를 변호하는 듯한 말만 하고 있는 것이다.

사사가키가 다시 양복 안주머니에 손을 넣었다. 그러나 이번에는 지금까지와는 반대쪽 주머니였다. 그는 사진 한 장을 꺼냈다.

"이 남자를 본 적이 있습니까?"

가즈나리가 사진을 받아 들었다.

갸름한 얼굴의 젊은 남자였다. 어깨가 넓고, 그래서 그런지 검은색 상의가 잘 어울렸다. 어딘가 모르게 냉철한 인상을 풍겼다.

전혀 모르는 남자라고 가즈나리는 대답했다.

"그래요? 거참, 아쉽군요."

"누군데 그러시죠?"

"오래전부터 추적해 온 남자입니다. 제가 아까 드린 명함 좀 잠깐 주시겠어요?"

가즈나리가 명함을 건네자 그는 그 뒷면에 볼펜으로 무언가를 적은 후 돌려주었다. 보니, '기리하라 료지'라는 글자가 쓰여 있었다.

"기리하라 료지……, 이게 누굽니까?"

"유령 같은 인물이죠."

"유령이라고요?"

"아무쪼록 그 사진의 얼굴과 명함에 적어 드린 이름을 잘 기억해 두세요. 그리고 만일 어디선가 마주치는 일이 있으면 즉시 제게 연락해 주시기 바랍니다."

"대체 이 남자가 어디 있는데요? 그걸 모르면 단순한 지명 수배자나 다를 바 없잖습니까."

"물론 현재는 어디에 있는지 전혀 알 수 없습니다. 하지만 이 남자가 확실하게 나타나는 곳은 있죠."

"그게 어딥니까?"

"어디냐면,"

사사가키는 잠시 말을 멈추고 입술을 핥았다.

"가라사와 유키호의 주변입니다. 망둥이는 새우 옆에 있게 마련이니까요."

초로의 형사가 한 말의 의미를 가즈나리가 이해하기까지는 약간의 시간이 걸렸다.

5

창밖으로 전원 풍경이 흘러가고 있다. 간혹 기업 이름이나 상품명이 적힌 간판이 논밭에 서 있기도 했다. 단조롭고 따분한 풍경이다. 사람 사는 거리가 보고 싶은데, 신칸센이 그런 곳을 지날 때면 방음벽에 가려 아무것도 보이지 않았다.

창틀에 팔꿈치를 댄 자세로 노리코는 고개를 돌려 옆자리를 보았다. 아키요시 유이치는 눈을 꾹 감은 채 움직이지 않았다. 자고 있는 게 아니라 생각에 잠겨 있다는 것을 그녀는 안다.

노리코는 다시 창밖으로 시선을 돌렸다. 짓누르는 듯한 긴 장감이 줄곧 마음을 압박하고 있었다. 이 오사카행이 또다시 불길한 바람을 부르는 것은 아닐까 하는 의구심이 머리에서 떠나지 않았다.

그러나 이것이 아키요시 유이치라는 남자를 알 수 있는 마지막 기회가 아닐까 하는 생각이 들기도 했다. 돌이켜 보면 노리코는 그에 대해 거의 아무것도 모르는 채 여기까지 왔다. 그의 과거에 대해 관심이 없었던 건 아니다. 하지만 그런 것이야 어찌 됐건 중요한 건 현재라고 생각했다. 아주 짧은 기간에 그는 그녀에게 무엇과도 바꿀 수 없는 존재가 되고 말았다.

창밖 풍경이 약간 바뀌었다. 아이치 현에 들어선 모양이다. 자동차 관련 회사의 간판이 늘었다. 노리코는 고향 집을 떠올렸다. 그녀는 니가타 출신이다. 그녀의 집 옆에도 자동차 부품을 만드는 소규모 공장이 있었다.

구리하라 노리코가 도쿄로 올라온 것은 열여덟 살 때였다. 딱히 약사가 되고 싶었던 것은 아니다. 자신의 실력에 맞는 몇 군데 대학에 원서를 넣었고, 그 결과 모 대학 약학부에 합격해서 들어갔을 뿐이다.

대학을 졸업하자마자 지인의 소개로 지금 다니는 병원에 취직되었다. 대학 시절과 병원에서 근무한 5년 동안이 자신이 가장 빛나던 시기가 아니었을까 하고 노리코는 생각한다.

병원에 근무한 지 6년째 되던 해에 연인이 생겼다. 같은 병원에 사무직으로 근무하던 서른다섯 살의 남자였다. 그 남자와는 결혼까지 진지하게 생각했다. 그런데 걸림돌이 있었다. 그에게 아내와 자식이 있었다. 헤어질 작정이라고 그는 말했고 노리코는 그 말을 믿었다. 그래서 지금 사는 집을 빌렸다. 이혼하면 그는 갈 곳이 없었다. 그가 집을 나오면 바로 몸을 의탁할 수 있는 곳을 마련하고 싶었다.

그런데 대개의 불륜이 그렇듯, 여자가 각오를 다지자 남자는 엉거주춤한 태도를 보였다. 그는 만날 때마다 갖가지 변명을 늘어놓았다. 아이가 마음에 걸린다는 둥, 지금 이대로 헤어지면 막대한 위자료를 지불해야 한다는 둥, 시간을 두고 느긋하게 공략하는 것이 현명하다는 둥. 그런 얘기가 듣고 싶어 당신을 만나는 게 아니라고 몇 번이나 말했는지 모른다.

그러나 이별은 전혀 예상치 못한 형태로 찾아왔다. 어느 날 아침 병원에 출근해 보니 그의 모습이 보이지 않았다. 다른 직원에게 물어보니 그만두었을 것이라는 대답이 돌아왔다.

"그 사람 말이야, 환자가 지불한 돈을 착복했다나 봐."

여사무원이 목소리를 낮추어 말했다. 가십을 재미있어하는 표정이었다. 물론 그녀는 그 남자와 노리코의 관계를 모르고 있었다.

"착복이라니······."

"환자가 내는 치료비나 입원비의 계산이라든가 입금 결과는 전부 컴퓨터로 관리하고 있잖아. 그런데 그 사람이 오타인 것처럼 조작해서 입금 기록을 삭제하고 그만큼의 돈을 자기 주머니에 집어넣었대. 분명히 치료비를 냈는데 독촉장이 날아왔다고 항의하는 환자가 여러 명 나오는 바람에 발각됐대."

"언제부터 그런 짓을······."

"정확한 건 잘 모르겠지만 최소한 1년 이상은 됐나 봐. 그무렵부터 환자의 입금이 지연되곤 했다는 거야. 조금만 더지연됐으면 독촉장을 보낼 뻔한 아슬아슬한 케이스가 여러건 있었대. 범행이 들통나지 않도록 환자가 지불한 돈을 차례차례 돌려 막으면서 구멍 난 입금 기록을 메웠나 봐. 물론그 대신 새로운 구멍이 생겨났지만. 그 새로운 구멍이 부지기수로 불어나다 보니 결국은 메울 수 없는 지경에 이르러서발각된 거지."

신이 나서 얘기하는 여사무원의 빨간 입술을 노리코는 멍하니 보고 있었다. 악몽을 꾸는 듯한 기분이었다. 도무지 현실감이 느껴지지 않았다.

"착복한 돈이 어느 정도야?"

필사적으로 평정을 가장하면서 노리코가 물었다.

"2백만 엔 정도라던데."

"그런 돈을 어디에 썼을까?"

"아파트 융자금을 갚았대. 그 사람, 하필이면 거품이 최고
조일 때 집을 샀나 봐."

여사무원이 눈을 반짝거리며 대답했다.

병원 측도 경찰을 끌어들일 생각은 없는 것 같더라고 그녀
는 덧붙였다. 돈만 돌려받으면 원만하게 처리할 생각인 것
같았다. 매스컴에서 떠들어 대서 병원의 신용에 상처를 입힐
것이 두려운 모양이었다.

그로부터 며칠간 그에게서는 아무런 연락이 없었다. 그녀
는 일이 도통 손에 잡히지 않았다. 멍하니 있을 때가 많아서
같이 일하는 동료들로부터 왜 그러느냐는 소리를 여러 번 들
었다. 그의 집으로 전화해 볼까 하는 생각도 했지만 다른 사
람이 받을 경우를 상상하자 주저하게 되었다.

그러던 어느 날, 한밤중에 전화벨이 울렸다. 벨소리를 들
으며 그가 틀림없다고 노리코는 생각했다. 아니나 다를까,
수화기 저쪽에서 들려온 것은 꺼져 들어갈 듯한 그의 목소리
였다.

잘 지냈어? 라고 그가 먼저 물었다. 별로, 라고 그녀는 대답
했다. 그렇겠지, 라고 말하는 그의 목소리에 그녀는 자조적
인 그의 웃음을 떠올렸다.

"얘기를 들었겠지만, 이제 병원에 다닐 수 없게 됐어."

"돈은 어떻게 하고?"

"갚을 거야, 분할이지만. 그렇게 하기로 얘기가 됐어."

"갚을 수 있어?"

"글쎄…… 갚아야지. 여차하면 집이라도 팔아야지, 뭐."

"2백만, 이라면서?"

"응, 2백4십만 정도."

"그 돈 내가 어떻게 해 볼까?"

"뭐라고?"

"나, 저금해 둔 돈이 좀 있어. 2백만 정도라면 어떻게 해 볼 수 있을 것 같아."

"그렇군."

"그러니까 그 돈 갚고, 부인이랑……."

이혼하라고 하려는데 그가 말을 가로챘다.

"아니야, 됐어."

"뭐라고?"

이번에는 그녀의 입에서 그런 소리가 나왔다.

"됐다니, 무슨 뜻이야?"

"당신에게 신세 질 마음 없다고. 어떻게든 내 힘으로 해결할 거야."

"그렇지만……."

"장인에게 돈을 빌렸어, 아파트 살 때."

"얼마나?"

"천만 엔."

쿵, 가슴이 내려앉았다. 겨드랑이에 식은땀이 주르륵 흘렀다.

"이혼하려면 그 돈을 정리해야 해."

"당신, 지금까지 그런 말은 한마디도 안 했잖아."

"당신에게 말해 봐야 무슨 소용이 있어."

"부인은 이번 일에 대해서 뭐라고 하는데?"

"그건 들어서 뭐하려고?"

남자의 목소리에 불쾌감이 묻어 있었다.

"걱정되니까 그렇지. 부인이 화 안 냈어?"

이번 사건으로 화가 난 그의 아내가 혹시 이혼 얘기를 꺼내지 않았을까 하는 기대가 노리코의 마음속에 있었다. 그런데 그의 대답은 전혀 뜻밖이었다.

"아내가 내게 사과하더군."

"사과를 해?"

"아파트를 사고 싶다고 한 사람은 아내였으니까. 나는 그럴 마음이 별로 없었어. 상환 계획에도 다소 무리가 있었고. 그게 이번 일의 원인이라고 여기는 거겠지."

"그렇구나."

"돈을 갚을 때까지 자기도 파트타임으로 일하겠다고 하더 군."

좋은 부인이네, 라는 말이 목구멍까지 올라왔다. 그걸 간신 히 참자 입안에 쓴 물이 고이는 듯했다.

"그럼 당분간은 아무런 진전도 바랄 수 없겠네, 우리 관계 말이야."

그러자 남자는 한동안 말이 없었다. 그리고 잠시 뒤, 한숨 소리가 들려왔다.

"그만해, 그렇게 말하는 거."

"그렇게 말하는 거라니?"

"빈정거리듯이 말하는 거 말이야. 어차피 당신도 다 알고 있었잖아."

"뭘?"

"내가 이혼하지 않으리라는 거 말이야. 당신도 그저 불륜 놀이나 하자는 거 아니었어?"

남자의 말에 노리코는 할 말을 잃었다. 나는 진심이었어, 라 고 소리라도 지르고 싶은 심정이었지만 그 말을 입에 담는 순 간 말할 수 없는 참담함이 엄습하리라는 것을 그녀는 알고 있 었다. 그래서 침묵할 수밖에 없었다. 물론 그는 자존심 강한 그녀가 어떻게 나올지 알고 그런 말을 내뱉었을 것이다.

이 밤중에 누구랑 통화하는 거야, 라고 그의 뒤에서 말하는 소리가 들렸다. 그의 아내일 터였다. 친구야. 걱정돼서 전화했대, 라고 그는 대답했다.

잠시 틈을 두었다가 그는 아까보다 한층 작은 목소리로 "아무튼, 그렇게 됐으니까."라고 했다.

뭐가 그렇게 됐다는 거냐고 다그치고 싶었다. 그러나 가슴 가득 퍼진 허망함에 그녀는 소리조차 낼 수가 없었다. 남자는 그걸로 목적을 달성했다고 생각했는지 그녀의 대답을 기다리지 않고 전화를 끊었다.

말할 필요도 없이 그것이 그와 나눈 마지막 대화였다. 그 후로 그는 두 번 다시 그녀 앞에 나타나지 않았다.

노리코는 집 안에 있는 그의 일용품들을 모두 처분했다. 칫솔, 면도기, 면도 크림, 그리고 콘돔.

그런데 재떨이만은 깜박 잊고 버리지 못했다. 그래서 책꽂이 위에 남겨져 있었던 것이다. 그 재떨이에 먼지가 쌓여 가는 모습은 마치 노리코의 마음의 상처가 아물어 가는 정도를 표시하는 것 같았다.

그 이후 노리코는 누구와도 사귀지 않았다. 하지만 혼자 살아가기로 결심한 것은 아니었다. 오히려 결혼하고 싶다는 마음은 강해졌다. 적당한 상대와 결혼해서 아이를 낳고 평범한 가정을 꾸릴 수 있기를 절실히 바랐다.

사무원과 헤어진 지 딱 1년이 지났을 때 그녀는 결혼 정보 회사를 찾았다. 알맞은 상대를 컴퓨터로 결정하는 시스템에 이끌렸던 것이다. 그녀는 연애 감정과는 무관하게 인생의 반려자를 찾고 싶었다. 연애라면 이제 지긋지긋했다.

붙임성이 무척 좋아 보이는 중년 여자가 몇 가지 질문을 하고 그에 대한 노리코의 대답을 컴퓨터에 입력했다. 도중에 몇 번이나 "걱정 말아요, 반드시 좋은 상대를 찾을 수 있을 테니까."라고 말했다. 그리고 실제로 노리코에게 어울릴 듯한 상대를 연거푸 추천해 주었다. 노리코는 그중에서 여섯 명의 남자를 만나 보았다. 그러나 그중 다섯은 한 번 만나고 끝이었다. 만나자마자 환멸이 느껴졌다. 사진과 영 딴판인 사람도 있었다. 정보 회사에는 결혼 경험이 없다고 등록되어 있지만 실은 아이가 하나 있다고 고백한 남자도 있었다.

다만 한 남자만은 데이트를 세 번이나 했다. 직업은 회사원으로 나이가 마흔이 좀 넘었지만 성실해 보여서 노리코도 결혼을 진지하게 고민해 볼 생각이었다. 그런데 세 번째 데이트를 하던 날 그가 노인성 치매를 앓고 있는 어머니와 단둘이 살고 있다는 사실을 알게 되었다.

당신이라면 우리에게 힘이 돼 줄 수 있을 것 같아서. 남자는 그렇게 말했다. 그러니까 그가 찾는 것은 그의 어머니를 보살펴 줄 여성이었던 것이다. 알고 보니 그는 정보 회사에 '의료 관련 직업에 종사하는 여성'을 희망했다고 한다.

"아무쪼록 잘 보살펴 드리세요."라는 말을 남기고 노리코는 그 남자와 헤어졌다. 물론 두 번 다시 만나지 않았다. 나를 바보로 여기는 거지, 라고 생각했다. 노리코 자신뿐만 아니라 여자 전체를.

여섯 명의 남자와 만나 본 후 그녀는 그 결혼 정보 회사와의 계약을 해지했다. 괜히 시간만 낭비했다는 생각이 들었다.

아키요시 유이치를 만난 건 그로부터 약 반년 후였다.

오사카에 도착한 것은 저녁 무렵이었다. 호텔에 체크인 한 후 아키요시는 오사카 시내를 안내해 주었다. 같이 오겠다고 했을 때는 곤란해하더니 막상 같이 오고 보니 웬일인지 무척 친절했다. 고향에 돌아온 덕분인지도 모르겠다고 노리코는 생각했다.

둘이서 신사이바시를 걷고, 도톤보리 다리를 건너가서 다코야키를 먹었다. 함께 여행 비슷한 것이라도 하는 것은 처음이었다. 앞으로 무슨 일이 벌어질지 불안한 마음도 한편으로 있었지만 오사카가 처음인 노리코는 나름 마음이 설렜다.

"당신이 태어난 집은 여기서 멀어?"

도톤보리가 내려다보이는 비어홀에서 맥주를 마시면서 노리코가 물어보았다.

"전철로 다섯 정거장 정도?"

"가깝네."

"오사카는 좁으니까."

아키요시는 창밖을 보고 있었다. 거대한 '글리코' 간판이 반짝였다.

"있잖아."

잠시 망설이던 노리코가 급기야 말을 꺼냈다.

"지금 거기 데려가 주면 안 될까?"

아키요시가 그녀에게 시선을 돌렸다. 미간에 주름이 잡혀 있었다.

"나, 당신이 살던 동네에 가 보고 싶어."

"놀러 다니는 건 여기까지야."

"그래도……."

"난 따로 일정이 있어."

아키요시는 시선을 돌려 버렸다. 불쾌한 기색이 역력했다.

"……미안해요."

노리코가 고개를 떨어뜨렸다.

그때부터 둘은 말없이 맥주만 마셨다. 노리코는 도톤보리를 건너가는 사람들의 흐름을 바라보았다. 시각이 8시를 넘어서고 있었다. 오사카의 밤은 이제야 본격적으로 시작되는 분위기였다.

"별 볼일 없는 동네야."

아키요시가 불쑥 말을 꺼냈다. 노리코는 시선을 창밖으로 향한 채 움직이지 않았다.

"생기도 없고 더럽고 꾀죄죄한 동네. 보잘것없는 사람들이 벌레마냥 꿈틀거리고 있지. 그런 주제에 눈만은 다들 반짝거려. 틈을 보여서는 안 되는 곳이야."

그는 맥주를 들이켰다.

"그런 데를 가 보고 싶다는 거야?"

"응."

그러자 아키요시는 입을 다물고 잠시 뭔가를 생각하더니 바지 주머니에 손을 넣어 만 엔짜리 지폐를 꺼냈다.

"가서 이걸로 계산하고 와."

노리코는 돈을 받아 들고 계산대로 향했다.

비어홀을 나오자 아키요시는 택시를 잡았다. 그가 운전사에게 알려 준 행선지는 노리코가 전혀 모르는 지명이었다. 하지만 그보다 더 흥미로운 건 그가 오사카 사투리로 얘기한다는 점이었다. 그것 또한 노리코로서는 첫 경험이었다.

택시 안에서도 아키요시는 말없이 창밖만 바라보았다. 노리코는 그가 후회하고 있는 게 아닐까 싶어 걱정스러웠다.

택시가 좁고 어두운 길로 들어섰다. 그때부터는 아키요시가 일일이 길을 알려 주었다. 물론 오사카 사투리였다.

마침내 택시가 멈춰 섰다. 공원 옆이었다.

차에서 내리자 아키요시는 공원 안으로 들어갔다. 노리코가 뒤따라가 보니 공원은 야구 시합이라도 할 수 있을 만큼 넓었다. 그네, 정글짐, 모래 놀이터……. 옛 모습을 간직한 곳이었다. 분수는 없었지만.

"어렸을 때 여기서 자주 놀았어."

"야구 하고?"

"야구도 했지. 피구도 했고. 축구도 가끔."

"그때 사진 없어?"

"없어."

"그래? 아쉽네."

"이 근처에는 이곳 말고는 놀 만한 넓은 장소가 없어서 이 공원이 아주 소중했어. 하지만, 이 공원만큼이나 소중한 게 또 있었어. 바로 여기."

아키요시가 뒤를 돌아보았다.

노리코도 그를 따라 돌아보았다. 바로 뒤에 낡은 건물이 서 있었다.

"이 건물?"

"응, 여기도 우리 놀이터였어."

"이런 데서 놀았어?"

"응, 타임 터널이지."

"뭐라고?"

"내가 어렸을 때 이 건물은 미완성 상태였어. 짓다가 중단 됐던 것 같아. 여기 드나드는 건 시궁쥐랑 우리들 동네 꼬맹이뿐이었지."

"위험하지 않았어?"

"위험하지 않으면 애들이 안 모이지."

아키요시가 피식 웃었다. 그러나 이내 다시 진지한 표정으로 돌아와 한숨을 한 번 쉬더니 새삼 빌딩을 올려다보았다.

"그런데 어느 날 꼬맹이 하나가 시체를 발견했어. 남자 시체를."

살해당한 거였지, 라고 그는 덧붙였다. 그 말을 듣는 순간 노리코는 가슴에 묵직한 통증을 느꼈다.

"아는 사람이었어?"

"조금. 돈밖에 모르는 남자였어. 그래서 다들 싫어했어. 나도 그랬고. 아마 잘 죽었다고들 생각했을 거야. 그래서 경찰은 이 동네 주민들을 모두 의심했어."

그리고 그는 빌딩의 한 지점을 가리켰다.

"벽에 뭔가 그려져 있는 거 보이지?"

노리코는 눈을 가늘게 떴다. 색이 바래서 잘 보이지는 않았지만 회색 벽에 분명 무언가 그려져 있었다. 벌거벗은 남녀가 뒤엉켜 서로를 애무하는 일러스트 같았다. 예술적인 벽화라고는 볼 수 없었다.

"살인 사건이 발생한 후 이 건물은 출입이 완전히 금지됐어. 그런데 그렇게 꺼림칙한 건물인데도 임차하겠다는 사람이 나타났는지 얼마 지나지 않아 1층 한쪽에서부터 공사가 시작됐어. 동시에 건물 외벽에도 비닐 시트가 덮였고. 공사가 끝나고 그 비닐 시트를 벗겨 보니 외벽에 저렇게 외설스러운 그림이 그려져 있었어."

아키요시는 웃옷 안주머니에 손을 넣어 담배 한 개비를 꺼내 입에 물고는 아까 맥줏집에서 받은 라이터로 불을 붙였다.

"그러고 나서 수상쩍은 남자들이 드나들기 시작했어. 그들은 보는 사람이 없는지 힐끔힐끔 살피면서 건물 안으로 들어가곤 했지. 그 건물에 뭐가 생긴 건지 처음에는 잘 몰랐어. 아이들에게 물어봐도 아무도 모르더군. 어른들도 가르쳐 주지 않고 말이야. 그러다가 한 아이가 정보를 가져왔어. 여자들이 몸을 파는 가게인 것 같다는 얘기였어. 만 엔만 내면 여자에게 무슨 짓이든, 건물 벽에 있는 그림과 같은 짓도 할 수 있다는 거야. 나는 믿을 수가 없었어. 당시 만 엔이면 큰돈이긴 했지만, 아무리 그래도 그런 장사를 하는 여자가 있다는 건 상상할 수조차 없었지."

입에서 연기를 내뿜으며 아키요시는 낮은 소리로 웃었다.

"순수했다고 해야 하나. 하기야 나는 그때 초등학생이었으니까."

"초등학생이었다면 나도 충격을 받았을 거야."

"난 충격 따위는 별로 받지 않았어. 다만 배웠을 뿐이지, 이 세상에서 가장 중요한 게 무언지를 말이야."

그는 별로 타들어 가지 않은 담배를 땅에 던지고 발로 짓뭉갰다.

"쓸데없는 얘기를 했군."

"그래서, 범인은 잡혔어?"

"범인?"

"살인 사건의 범인 말이야."

"아아."

아키요시는 고개를 저었다.

"글쎄, 잘 모르겠는데."

"흐음……."

"자, 가자."

아키요시가 돌아서 걸음을 옮겼다.

"어디 가는데?"

"지하철역이 요 앞이야."

좁고 어두운 길을 노리코는 그와 나란히 걸었다. 낡고 작은 집들이 길가에 다닥다닥 붙어 있었다. 이 동네는 소위 다세대 주택이라는 것이 많은 듯했다. 집집마다 현관문이 도로에 면해 있었다. 이 지역에는 건폐율이라는 게 없나 하는 생각마저 들었다.

몇 분을 그렇게 걷다가 아키요시가 문득 걸음을 멈추고 길 건너편에 있는 집을 바라보았다. 이 일대에서는 큰 편에 속하는 2층짜리 전통 가옥이었다. 가게를 하던 곳인지 앞쪽 일부에 셔터가 내려져 있었다.

노리코는 무심코 그 집 2층을 올려다보았다. 낡은 간판에 '전당포 기리하라'라는 빛바랜 글자가 희미하게 쓰여 있었다.

"아는 집이야?"

"조금, 아주 조금."

그는 그렇게만 대답하고 다시 걷기 시작했다.

그렇게 10미터쯤 더 걸어갔을 때였다. 앞쪽에 있는 집에서 쉰 살 전후로 보이는 뚱뚱한 여자가 나왔다. 그 집 앞에 조그만 화분이 열 개 정도 놓여 있었는데 그중 절반 이상은 도로까지 점령하고 있었다. 여자는 화분들에 물을 줄 작정인지 손에 물뿌리개를 들고 있었다.

낡은 티셔츠를 걸친 여자는 자기 집 쪽으로 다가오는 커플에게 관심이 생긴 듯 힐끔거리며 바라봤다. 상대방의 불쾌감 따위는 개의치 않는 눈초리였다.

그 뱀 같은 눈이 아키요시의 얼굴로 향하는 순간 여자가 의외의 반응을 보였다. 화분에 물을 주려고 앞으로 약간 구부렸던 몸을 벌떡 일으켜 세우더니 아키요시의 얼굴에서 눈을 떼지 않은 채 "료 짱?"이라고 말을 붙인 것이다.

그러나 아키요시는 들은 척도 하지 않았다. 걷는 속도를 조금도 늦추지 않고, 앞만 보며 똑바로 걸어갔다. 노리코는 그를 뒤쫓아 갈 수밖에 없었다. 이윽고 둘은 그 여자 앞을 통과했다. 그때까지도 여자는 아키요시의 얼굴에서 눈을 떼지 않았다.

"뭐야, 다른 사람인가?"

그들이 여자 앞을 지나가고 나자 뒤에서 그런 소리가 들렸다. 그래도 아키요시는 전혀 반응하지 않았다.

그런데 '료 짱'이라고 한 여자의 목소리가 노리코의 귀에서 떠나지 않았다. 아니, 떠나기는커녕 마치 공명하듯 그녀의 머릿속에서 점점 크게 울려 퍼졌다.

오사카에서 맞은 두 번째 날을 노리코는 혼자 지내야 했다. 아침을 먹고 나자 아키요시는 오늘 여러 가지로 취재할 일이 많아서 밤늦게까지 돌아오지 못할 거라고 말하고 나갔다.

호텔에 있어 봐야 할 일도 없고 해서 노리코는 어제 아키요시가 안내해 준 신사이바시 등을 한 번 더 다녀오기로 했다. 긴자에 있는 고급 부티크들의 지점이 그곳에도 있었다. 긴자와 다른 점이 있다면 그런 가게들과 파친코와 게임 센터가 나란히 있다는 것이다. 오사카에서 장사를 하려면 폼만 잡는

걸로는 안 된다는 뜻일지도 몰랐다.

쇼핑을 하고 나서도 시간이 많이 남았다. 그녀는 어젯밤 그 동네에 다시 한 번 가 보고 싶어졌다. 그 공원과 그 전당포.

난바 역에서 지하철을 타기로 했다. 내릴 역은 기억하고 있었다. 역에서 그곳까지 가는 길도 알 것 같았다.

지하철 티켓을 산 뒤 문득 떠오르는 생각이 있어 매점에 들러 일회용 카메라를 하나 샀다.

목적지 역에서 내린 그녀는 어제 아키요시를 뒤쫓아 걸었던 길을 되짚어 걸었다. 동네는 밤과 낮의 모습이 크게 달랐다. 문이 열려 있는 가게가 많았고, 길에도 행인이 꽤 있었다. 또 상점 주인들과 행인들의 눈에 생기가 돌았다. 물론 단순히 활력이 있다는 뜻만은 아니었다. 누구라도 틈만 보였다 하면 곧장 파고들어 앞지르겠다는 결의가 그 눈빛에는 어려 있었다. 아키요시의 말이 옳다는 것을 재확인하는 느낌이었다.

천천히 길을 걷다가 기분이 내키면 카메라 셔터를 눌렀다. 아키요시가 태어나 자란 동네를 그녀 나름으로 기록해 두고 싶었다. 하지만 그에게는 말하지 않겠다고 그녀는 생각하고 있었다.

예의 전당포가 나왔다. 그런데 가게 문이 여전히 닫혀 있었다. 이미 오래전부터 영업을 하지 않았는지도 몰랐다. 어제는 밤이라 잘 알지 못했는데 낮에 보니 어딘가 폐허 같은 분위기가 있었다.

그녀는 그 퇴락한 집도 카메라에 담았다.

그리고 그 건물이 나타났다. 공원에서는 아이들이 축구를 하고 있었다. 그 소리를 들으면서 노리코는 사진을 찍었다. 그 천박한 벽화도 빠뜨리지 않고 찍었다. 그런 다음, 건물 정면으로 돌아가 보았다. 지금은 그 수상쩍은 장사를 하지 않는 것 같았다. 거품 붕괴 후 여기저기에 나타난 용도 불명의 건물들과 별 차이가 없었다. 다른 점이 있다면 몹시 낡았다는 것뿐이다.

큰길로 나온 노리코는 택시를 잡아타고 호텔로 돌아왔다.

아키요시는 밤 10시가 지나서야 돌아왔다. 기분이 매우 안 좋아 보이고 지친 기색이 역력했다.

"일은 잘 끝났어?"

그녀가 조심스럽게 물었다.

그는 침대에 몸을 휙 던지더니 크게 한숨을 쉬었다.

"끝났어. 이제 다 끝났어."

그래, 잘됐네. 노리코는 그렇게 대답하려고 했다. 하지만 왜 그런지 말이 나오지 않았다.

그날은 결국 대화를 거의 나누지 않은 채 둘은 따로따로 침대에 들었다.

6

잠 못 이루는 밤이 계속됐다. 오늘 밤도 시노즈카 가즈나리는 잠이 오지 않아 몸을 뒤척이고 있었다. 며칠 전 사사가키와 나눈 대화가 뇌리에서 떠나지 않았다. 자신이 얼토당토않은 상황에 놓여 있는지도 모르겠다는 생각이 현실감을 지니고 가슴을 압박해 왔다.

확실하게 말한 건 아니지만 그 노형사는 이마에다가 살해되었을 가능성을 비쳤다. 행방을 알 수 없는 것도 그렇고, 사무실의 상태로도 그 추측은 타당한 듯했다. 하지만 시노즈카는 텔레비전 드라마나 소설 줄거리를 듣는 기분으로 사사가키의 말에 맞장구를 치곤 했다. 자신의 주변에서 벌어진 일이라는 걸 머리로는 인식해도 현실감은 없었다. 그래서 헤어질 때 사사가키가 '시노즈카 씨도 주의할 필요가 있습니다.'라고 하는데도 마치 남의 일이라는 듯 받아들였다.

그런데 밤이 되어 불을 끄고 혼자 침대에 누워 눈을 감으면 초조감이 밀려오면서 온몸에서 식은땀이 솟았다.

가라사와 유키호가 보통 여자가 아니라는 것은 알고 있었다. 그래서 야스하루와의 결혼도 찬성할 수 없었던 것이다. 그러나 자신이 조사를 의뢰한 이마에다의 신변에 위험이 닥칠 줄은 꿈에도 몰랐다.

그 여자의 정체는 과연 무엇인가.

그리고 기리하라 료지라는 남자.

그가 어떤 사람인지 사사가키는 확실하게 말해 주지 않았다. 그저 망둥이와 새우라는 표현을 썼을 뿐이다. 망둥이와 새우처럼 가라사와 유키호와 기리하라는 공생하고 있다고 했다.

"그런데 그 둥지가 어디에 있는지를 모르겠단 말입니다. 제가 20년 가까이나 추적하고 있는데도 말이죠."

그렇게 말했을 때 형사 얼굴에는 자조적인 미소가 들러붙어 있었다.

가즈나리는 도무지 이해할 수 없었다. 18년 전에 오사카에서 무슨 사건이 있었든, 왜 그 일이 자신에게까지 영향을 미치는 것인지.

그는 어둠 속에서 눈을 힘주어 뜨고 사이드 테이블에 놓인 에어컨용 리모컨을 찾아 손에 쥐었다. 스위치를 누르고 잠시 기다리자 시원한 바람이 실내에 가득 찼다.

그때 전화벨이 울렸다. 그는 깜짝 놀라 스탠드 불을 켰다. 자명종 시곗바늘이 새벽 1시 근처에 있었다. 순간 집에 무슨 일이 생겼나 하고 생각했다. 현재 가즈나리는 작년에 구입한 미타의 방 두 개짜리 아파트에 살고 있다.

가볍게 헛기침을 하고 수화기를 들었다.

"여보세요."

"가즈나리, 이런 시간에 미안해."

목소리만 들어도 누군지 알 수 있었다. 동시에 불길한 예감이 밀려왔다. 예감이라기보다는 확신에 가까웠다.

"아, 형님, 무슨 일이 생겼나요?"

"응, 지난번에 얘기한 그 일이야. 조금 전 그녀에게 연락이 왔어."

야스하루의 목소리가 짓눌려 있는 듯한 것은 한밤중이기 때문만은 아닐 것이다. 가즈나리의 확신이 한층 깊어졌다.

"그녀의 어머니께서요?"

"그래, 돌아가셨대. 결국 의식이 돌아오지 않은 모양이야."

"그렇군요……."

안타까운 일이네요, 라고 가즈나리는 덧붙였다. 마음에서 우러나온 말이 아니라 조건 반사 같은 것이었다.

"아침에, 괜찮겠지?"

야스하루가 물었다. 부정의 여지를 주지 않는 말투였다.

그런데도 가즈나리는 이렇게 물었다.

"오사카로 가라는 뜻인가요?"

"나는 도저히 움직일 수가 없어. 슬로터마이어 사에서 사람이 오기로 돼 있거든. 꼭 만나야 하는 사람이야."

"그건 알고 있습니다. '메바론' 건이잖아요. 저도 출석하기로 돼 있거든요."

"그 일정은 취소하지. 회사에는 나오지 않아도 돼. 아침에 최대한 빨리 신칸센을 타고 오사카에 가 줘. 알겠지? 나는 접대가 있어서 오늘 밤은 힘들겠고 내일 오전 중으로는 갈 수 있을 거야."

"사장님께는 이 일을……."

"내가 내일 말씀드릴게. 이런 시간에 불쑥 전화를 걸어 연로한 분을 깨우는 건 좋지 않으니."

사장인 시노즈카 소스케의 자택은 야스하루의 집과 마찬가지로 세타가야의 주택가에 있다. 야스하루는 초혼 때 분가한 이래 따로 살고 있었다.

"가라사와 유키호 씨를 사장님께 소개한 적이 있어요?"

좀 주제넘다고 생각하면서도 가즈나리는 그렇게 물어보았다.

"아니, 그건 아직. 하지만 결혼을 고려하고 있는 상대가 있다는 얘기는 했어. 아버지는 성격이 성격인 만큼 별로 큰 관심을 보이지 않으셨고. 하기야 마흔다섯 살이나 된 자식의 결혼에 참견할 만큼 한가하지도 않겠지."

시노즈카 소스케는 호방한 인물이라고 세간에 알려져 있었다. 실제로 야스하루나 가즈나리는 개인적인 일에 시시콜콜 잔소리를 들은 적이 없다. 하지만 시노즈카 소스케의 그런

호방함은 비즈니스 외의 일에는 무관심한 극단적인 회사형 인간의 성격에 불과하다는 것을 가즈나리는 이미 오래전에 눈치채고 있었다.

시노즈카 가문의 이름에 먹칠할 정도의 여자만 아니라면 자식의 결혼 상대가 누구든 상관없다. 아마도 시노즈카 소스케는 그렇게 생각할 것이라고 그는 짐작했다.

"내일, 가 주는 거지?"

야스하루가 최종 확인을 했다.

사실 거절하고 싶은 심정이었다. 사사가키의 얘기를 들은 직후이기도 하거니와, 가라사와 유키호와 얽히게 되는 일은 되도록이면 피하고 싶었다. 하지만 거절할 만한 핑계를 찾을 수가 없었다. 결혼할 여자의 어머니가 돌아가셨으니 자기 대신 가서 장례식 등의 절차를 도와 달라, 야스하루가 그렇게 부탁하는 것은 어떤 의미에서는 상식적인 일이었다.

"오사카 어디로 가면 되나요?"

"오전 중에는 장례식장에서 절차를 의논할 거라고 했어. 오후에는 일단 어머니 집으로 돌아가 있겠다고 했고. 양쪽의 주소와 전화번호를 팩스로 받아 두었으니까 지금 너희 집 팩스로 보내 줄게. 팩스 번호가 이 전화번호랑 같지?"

"네."

"그럼 일단 전화를 끊고, 팩스가 도착한 후 다시 내게 전화해 줘."

"알았어요."

"그럼 잘 부탁해."

야스하루가 전화를 끊었다.

가즈나리는 침대에서 일어났다. 그리고 장식장에서 레미 마르탱 병과 브랜디 잔을 꺼내 1센티미터 조금 넘게 따른 다음 선 채로 잔을 기울였다. 브랜디를 입에 머금고 그것을 혀로 굴려 그 향과 맛과 자극을 충분히 음미하면서 마셨다. 몸속의 피가 깨어나는 듯했다. 신경이 예민해지고 있다는 게 느껴졌다.

야스하루가 가라사와 유키호에 대한 마음을 자신에게 고백한 이래 가즈나리는 여러 차례 자신의 아버지 시게유키와 의논하자고 마음먹었다. 그러나 장차 시노즈카 가문의 최고 권력자가 될 야스하루의 결혼에 대해 이러쿵저러쿵하기에는 자신이 가진 정보가 너무도 애매하고 구체적이지 못했다. 수상한 여자라는 정도의 얘기만으로는 시게유키도 난감하기 짝이 없을 터였다. 아니, 남의 일에 신경 쓰지 말고 네 일이나 잘하라고 핀잔을 들을 가능성이 컸다. 게다가 아버지 자신도 시노즈카 약품의 계열사인 시노즈카 케미컬 사장으로 취임한 지 얼마 안 된 터라 조카의 재혼에 신경을 쓸 여유 따위는 없을 것이다.

브랜디를 두 모금째 목으로 넘겼을 때 전화벨이 울렸다. 가즈나리는 수화기를 들지 않고 그대로 서 있었다. 잠시 후 팩스기가 하얀 종이를 토해 내기 시작했다.

신오사카에 도착한 것은 정오가 되기 조금 전이었다. 플랫폼에 내려서는 순간 습도와 온도가 도쿄와는 확연히 다르다는 것을 실감했다. 9월도 절반 이상 지났는데 끈끈하게 땀이 배어 나온다. 맞아, 오사카는 늦더위가 심했지, 하고 가즈나리는 예전 기억을 떠올렸다.

플랫폼에서 계단을 내려와 출찰구를 빠져나왔다. 바로 앞에 건물 밖으로 향하는 출입구가 보이고 그 앞에 택시 승차장이 있었다. 그는 그곳을 향해 걸어갔다. 일단은 장례식장으로 가 보자고 생각했다.

그때였다. 어디선가 시노즈카 씨, 하고 부르는 소리가 들렸다. 여자 목소리였다. 그는 걸음을 멈추고 주위를 둘러보았다. 앞에서 이십 대 중반 정도로 보이는 아가씨가 총총거리며 다가오고 있었다. 짙은 감색 투피스에 티셔츠를 받쳐 입고 긴 머리는 포니테일로 묶었다.

"먼 길 오시느라 고생하셨어요."

시노즈카 앞에 선 그녀가 공손하게 머리를 숙였다. 하나로 묶은 머리가 그야말로 말의 꼬리처럼 찰랑거린다.

본 적 있는 여자였다. 미나미아오야마 부티크에 있는 직원이다.

"아…… 그쪽은?"

"하마모토입니다."

그녀가 다시 한 번 머리를 숙이며 명함을 내밀었다. 하마모토 나쓰미라고 쓰여 있었다.

"나를 마중하러 나온 건가요?"

"네."

"내가 온다는 걸 용케 알았군요."

"가라사와 사장님이 나가 보라고 하셔서요. 정오 전에 도착하실 거라고 했는데 길이 막혀서 늦었어요. 죄송합니다."

"아니, 그건 상관없는데…… 가라사와 씨는 지금 어디에 계시죠?"

"사장님은 댁에서 장의사와 장례 절차를 의논하고 계세요. 시노즈카 씨를 그쪽으로 모셔 오라고 했어요."

"그래요……."

하마모토 나쓰미는 택시 승차장으로 향했다. 가즈나리도 그 뒤를 따라갔다.

자신이 신칸센에 타고 있는 동안 야스하루가 유키호에게 전화했을 것이라고 가즈나리는 추측했다. 가즈나리를 보낼 테니 무슨 일이든지 시켜요, 정도로 말해 두었을지도 모를 일이다.

덴노지 쪽으로 가 주세요, 라고 하마모토 나쓰미가 택시 기사에게 말했다. 가라사와 레이코의 집 주소가 덴노지 구 신코인 초라는 것은 어젯밤 야스하루가 보낸 팩스를 보아서 알고 있었다. 다만 그곳이 오사카의 어디쯤인지는 전혀 파악할 수 없었다.

"갑자기 이런 일이 생겨 경황이 없겠어요."

택시가 출발한 후 가즈나리가 말했다.

네, 하고 그녀는 고개를 끄덕였다.

"돌아가실지도 모른다고 해서 저는 어제부터 내려와 있었어요. 하지만 설마 이렇게 빨리 돌아가실 줄은 정말 몰랐어요."

"운명하신 게 몇 시쯤이죠?"

"병원에서 연락이 온 게 어젯밤 9시쯤이었어요. 그때는 아직 돌아가신 건 아니고 상태가 갑자기 악화되었다고만 했어요. 그런데 허둥지둥 달려가 보니 이미 숨을 거두신 후더라고요."

하마모토 나쓰미는 담담하게 말했다.

"그녀…… 아, 가라사와 씨는 상태가 어떤가요?"

"그거야, 뭐."

하마모토 나쓰미는 미간을 찡그리며 고개를 저었다.

"보고 있기가 괴로울 정도죠. 성격이 워낙 그래서 큰 소리로

울거나 하지는 않았지만, 어머니 침대에 얼굴을 묻은 채 한참 동안 꼼짝도 안 하셨어요. 그렇게라도 슬픔을 견디려고 하셨던 거겠죠. 어깨를 다독이기조차 조심스러웠어요."

"그럼 어젯밤에는 거의 잠을 자지 못했겠네요."

"거의 뜬눈으로 새우셨을 거예요. 전 어제 사장님 댁 2층에 묵었는데, 밤중에 1층에 내려가 보니 방에서 불빛이 새어 나오더라고요. 희미하게 목소리가 들리던데 아마 울고 계셨을 거예요."

"그렇군요."

가라사와 유키호가 어떤 과거, 어떤 비밀을 숨기고 있든 어머니의 죽음을 슬퍼하지 않을 수는 없을 것이라고 가즈나리는 짐작했다. 이마에다의 조사에 따르면 유키호는 가라사와 레이코의 양녀가 된 덕분에 어려움 없는 생활을 하며 갖가지 교육을 받을 수 있었다.

집이 가까워졌는지 하마모토 나쓰미가 택시 기사에게 길을 안내하기 시작했다. 말하는 억양으로 미루어 그녀 또한 오사카 출신인 듯했다. 가라사와 유키호가 여러 명의 직원 중 특별히 그녀를 부른 이유를 이해할 수 있었다.

오래된 절 옆을 지나 조용한 주택가로 접어들자마자 택시가 멈춰 섰다. 가즈나리가 요금을 내려고 했지만 하마모토 나쓰미가 정색하며 만류했다.

"사장님이 절대 못 내시게 하라고 그러셨어요."

그녀가 부드럽게 웃으면서도 똑 부러지게 말했다.

가라사와 유키호의 본가는 나무 울타리에 둘러싸인 고풍스러운 전통 가옥이었다. 울타리 중간에 작지만 격식 있는 대문이 붙어 있었다. 학창 시절 유키호는 매일 이 문으로 드나들었을 것이다. 문을 들어서면서 양어머니에게 "다녀왔어요." 라고 외쳤을지도 모른다. 가즈나리는 그 광경을 상상해 보았다. 그것은 머릿속에 새겨 두고 싶을 만치 아름다운 그림이었다.

하마모토 나쓰미가 문에 달린 버튼을 눌렀다. 잠시 후 "네." 하는 소리가 스피커에서 들렸다. 틀림없이 유키호의 목소리였다.

"시노즈카 씨를 모셔 왔어요."

"아, 바로 안으로 모셔요, 현관문은 열려 있으니까."

네, 하고 대답하고 나서 하마모토 나쓰미는 가즈나리를 올려다보았다.

"들어가시죠."

그녀를 따라 문 안으로 들어섰다. 현관문은 미닫이로 돼 있었다. 이런 옛날 집을 최근에 본 게 언제였더라, 하고 생각해 봤으나 가즈나리는 기억이 떠오르지 않았다.

하마모토 나쓰미의 안내에 따라 집 안으로 들어가 복도를 걸었다. 나무 바닥으로 된 복도가 잘 닦여 반짝반짝 빛났다. 왁스칠을 해 놓아 그런 것이 아니라 오랜 세월 일일이 손으로 닦고 또 닦아 얻어진 광택이었다. 나무 기둥 하나하나도 마찬가지였다. 가라사와 레이코라는 여성의 심성을 들여다 보는 듯한 느낌이 들었다. 동시에 가즈나리는 생각했다. 유키호는 그런 여성에 의해 길러졌건만, 이라고.

어디선가 말소리가 들렸다. 동시에 하마모토 나쓰미가 걸음을 멈추고 바로 옆에 있는 장지문을 향해 섰다.

"사장님, 들어가도 될까요?"

그래요, 하고 대답하는 소리가 들렸다.

하마모토 나쓰미가 장지문을 30센티미터 정도 열었다.

"시노즈카 씨를 모셔 왔는데요."

"들어오시라고 해요."

들어가세요, 라는 하마모토 나쓰미의 말에 가즈나리는 방문턱을 넘었다. 바닥은 다다미로 되어 있지만 전체적으로는 서양풍으로 꾸며진 방이었다. 바닥에 면제품으로 보이는 카펫이 깔려 있고 그 위에 등나무로 만든 응접세트가 놓여 있었다. 긴 소파 쪽에 남녀 두 명이 앉고 그 맞은편에 유키호가 일어서 있었다. 가즈나리를 맞이하기 위해 일어섰을 것이다.

"어서 오세요. 멀리까지 일부러 와 주셔서 감사합니다."

그녀가 고개를 숙였다. 짙은 회색 원피스 차림의 유키호는 전에 만났을 때보다 상당히 야위어 보였다. 이번 일 때문인지도 몰랐다. 그러나 피곤한 기색이 역력하고 화장기 하나 없었음에도 그녀의 얼굴은 여전히 나름의 매력이 있었다.

"큰일을 당했군."

가즈나리의 말에 네, 하고 그녀의 입술이 열리는 듯했지만 목소리는 가즈나리의 귀에까지 전해지지 않았다.

그녀의 맞은편 소파에 앉아 있던 남녀가 어떤 태도를 취해야 할지 몰라 어정쩡한 표정을 짓고 있었다. 그걸 알아차린 듯 유키호는 가즈나리에게 "장의사 분들이세요."라고 두 사람을 소개했다. 이어 그들에게도 가즈나리를 소개했다.

"일 관계로 신세를 지고 있는 분입니다."

잘 부탁드리겠습니다, 라고 가즈나리도 그들에게 인사했다.

"마침 잘됐네요. 그러잖아도 저 혼자서는 결정하기 어려운 일이 많아 난감해하던 참이었어요."

유키호가 자리에 앉으며 말했다.

"나도 상을 치러 본 경험이 없는걸."

"아니에요, 의논할 사람이 옆에 있다는 것만으로도 마음이 든든한걸요."

"힘이 될 수 있었으면 좋겠군."

장의사 사람들과 세세한 합의까지 끝냈을 때는 2시가 다 돼 있었다. 얘기를 나누던 중 가즈나리는 빈소 준비가 이미 시작됐다는 것을 알게 됐다. 집에서 차로 10분 거리에 있는 장례식장에서 조문을 받고 장례식도 치를 모양이었다.

얘기를 마치고 장의사 사람들은 하마모토 나쓰미와 함께 먼저 장례식장으로 향했다. 가라사와 유키호는 도쿄에서 짐이 오는 것을 기다려야 한다고 했다.

"무슨 짐이 오는 거지?"

가즈나리가 물었다.

"상복요. 가게 여직원에게 가져오라고 했어요. 거의 도착할 시간이 됐어요."

벽시계를 보면서 그녀가 말했다.

유키호가 오사카에 온 시점에는 장례까지 치르게 될 줄은 몰랐을 것이다. 설사 양어머니의 상태가 호전될 기미를 보이지 않는다 해도 미리부터 상복을 보내 달라고 하기는 어려웠을 것이다.

"학창 시절 친구들에게는 알리지 않아도 될까?"

"아, 친구들요……, 그럴 필요 없어요. 지금은 거의 교류도 없는걸요."

"댄스부 동기들도?"

가즈나리의 물음에 유키호는 순간적으로 눈을 크게 떴다. 마음속 어두운 부분을 찔린 듯한 표정이었다. 그러나 그녀는 이내 본래의 표정으로 돌아와 살며시 고개를 저었다.

"굳이 알릴 필요는 없겠죠."

"그렇군."

가즈나리는 신칸센을 타고 오면서 시스템 다이어리에 메모했던 장례 준비 사항 중 '학창 시절 친구와 지인에게 연락' 항목에 줄을 그어 지웠다.

"어머나, 내 정신 좀 봐. 차도 안 내왔네."

유키호가 당황한 표정으로 일어섰다.

"커피 괜찮으세요? 아니면 시원한 걸로 드릴까요?"

"신경 쓰지 않아도 돼."

"죄송해요, 넋을 놓고 있었네요. 맥주도 있어요."

"그럼 차로 하지. 시원한 게 있는지 모르겠네."

"우롱차가 있어요."

그렇게 말하고 그녀는 방에서 나갔다.

혼자 남은 가즈나리는 소파에서 일어나 실내를 둘러보았다. 서양풍으로 꾸며져 있기는 하지만 방 한구석에는 일본 전통 장식장이 놓여 있었다. 그것이 오히려 방 분위기를 조화롭게 만들어 주었다.

만듦새가 사뭇 견고해 보이는 목제 책꽂이에는 다도와 꽃꽂이 관련 서적들이 줄줄이 꽂혀 있었다. 그리고 그것들에 섞여 중학생용 참고서와 피아노 초급 교본 같은 것도 몇 권 꽂혀 있었다. 유키호가 사용하던 것인 듯했다. 이 거실에서 공부한 적도 있었겠군, 하고 가즈나리는 짐작해 보았다. 피아노는 다른 방에 있는 것 같았다.

들어왔던 장지문과 반대쪽에 미닫이문이 하나 있었다. 그 문을 여니 조그만 툇마루가 나왔다. 구석에는 낡은 잡지가 쌓여 있었다.

가즈나리는 툇마루 밖 정원을 내다보았다. 그리 넓지는 않지만 정원수와 아담한 석등이 소박한 일본풍 정원의 분위기를 빚어내고 있었다. 원래는 잔디가 깔려 있었을지 모르겠으나 지금은 안타깝게도 잡초로 뒤덮여 있다.

툇마루 바로 앞에는 조그만 화분이 여러 개 놓여 있었다. 대부분 선인장이다. 동그란 모양을 한 것이 많았다.

"정원이 형편없죠? 전혀 손을 못 대고 있어서요."

뒤에서 목소리가 들려 돌아보니 유키호가 잔이 담긴 쟁반을 들고 서 있었다.

"조금만 손질하면 예전의 모습을 되찾겠는걸, 뭐. 저 석등 같은 것들도 꽤 운치가 있네."

"하지만 이젠 찾아오는 사람도 없는걸요."

유키호가 우롱차가 든 잔을 테이블에 놓았다.

"이 집은 앞으로 어떻게 할 작정이지?"

"글쎄요, 거기까지는 아직 생각을 못 했어요."

그녀의 얼굴에 미소와 눈물이 번갈아 어렸다.

"그렇군."

"하지만 남에게 넘기고 싶지는 않아요. 허물어 버리고 싶지
도 않고……."

그녀는 장지문에 손을 얹더니 그곳에 난 조그만 생채기를
사랑스럽다는 듯 쓰다듬었다. 그러다가 문득 생각났다는 듯
이 가즈나리를 올려다보았다.

"시노즈카 씨, 정말 고마워요. 전, 오시지 않을 줄 알았어요."

"왜지?"

"왜냐면,"

유키호는 고개를 숙이며 눈을 살짝 내리깔았다가 다시 얼
굴을 들었다. 빨갛게 충혈된 눈에 눈물이 고여 있었다.

"시노즈카 씨는 저를 싫어하잖아요."

순간 가즈나리는 움찔했다. 애써 동요를 감춘 그가 다시 물
었다.

"내가 유키호를 싫어할 이유가 뭐가 있지?"

"그건 저도 모르겠어요. 마코토 씨와 이혼해서 화가 났을지
도 모르고, 또 다른 이유가 있는지도 모르고요. 하지만 분명
히 느낄 수 있어요. 저를 피하고 싫어한다는 걸요."

"유키호 혼자 그렇게 느끼는 거야. 난 그런 거 없어."

가즈나리가 고개를 저었다.

"정말인가요? 믿어도 되나요?"

그녀가 가즈나리 쪽으로 한 걸음 다가왔다. 두 사람 사이의 거리가 매우 가까워졌다.

"내가 유키호를 싫어할 이유는 없어."

"그렇다면 다행이에요."

유키호가 눈을 감으며 적이 안심했다는 듯이 숨을 길게 내쉬었다. 순간 달콤한 향기가 가즈나리의 신경을 마비시켰다.

그녀가 눈을 떴다. 그 눈은 이제 충혈되어 있지 않았다. 뭐라 말할 수 없이 깊은 색을 띤 홍채가 가즈나리의 마음에 파고들 것만 같았다.

그는 그녀의 시선을 피하면서 그녀로부터 약간 떨어졌다. 그대로 곁에 있다가는 보이지 않는 힘에 포박당하고 말 듯한 느낌이 들었다.

"어머니가,"

그가 정원으로 눈길을 돌리며 말했다.

"선인장을 좋아하셨나 보군."

"이 정원에는 잘 어울리지 않죠? 그래도 옛날부터 좋아하셔서 많이 가꾸고 사람들에게 나눠 주고 그러셨어요."

"이 선인장은 앞으로 어떻게 해야 하나……."

"어떻게 하면 좋을까요? 손이 많이 가지는 않지만, 그래도 이대로 놔둘 수는 없는데."

"누군가 가져가는 수밖에 없겠지."

"시노즈카 씨가 가져가실래요?"

"아니, 난 사양하겠어."

"그렇군요."

그녀가 희미하게 미소를 지었다. 그리고 정원 쪽을 향해 쪼그려 앉았다.

"가엾네, 이 아이들. 주인을 잃어서."

그 직후였다. 그녀의 어깨가 파르르 떨리기 시작했다. 그 떨림은 이윽고 그녀의 몸 전체가 흔들릴 정도로 커졌다. 동시에 그녀의 입에서 오열이 새어 나왔다.

"외톨이가 된 건 이 아이들만이 아니야. 나도 이젠 아무도 없으니까……."

쥐어짜는 듯한 목소리에 가즈나리의 마음이 심하게 동요했다. 유키호의 등 뒤에 서 있던 그는 그녀의 흔들리는 어깨에 손을 올렸다.

그 손에 그녀가 자신의 하얀 손을 겹쳤다. 차가운 손이었다. 그녀의 떨림이 서서히 잦아드는 것이 느껴졌다.

갑자기 자신도 뭐라 설명할 수 없는 감정이 솟아올랐다. 마치 마음속 깊이 묻혀 있던 그 무언가가 해방되는 것 같았다. 자신에게 이런 감정이 있었다는 것조차 그는 처음 알았다. 그 감정은 차츰 충동으로 변해 갔다. 그의 눈길이 유키호의 하얀 목덜미에 닿았다.

마음의 벽이 무너져 내리려고 하는 순간 전화벨이 울렸다. 가즈나리는 퍼뜩 정신을 차리고 그녀의 어깨에 올려놓았던 손을 거두었다.

유키호는 무언가를 망설이는 듯이 몇 초간 그대로 있다가 마침내 벌떡 일어섰다. 그리고 전화를 받았다.

"여보세요? 아아, 준 짱. 도착했어? ……그래, 수고했어. 그럼 미안하지만 지금부터 내가 말하는 곳으로 와 줘. 우선 택시를 타고……."

또박또박 얘기하는 그녀의 목소리를 가즈나리는 멍하니 듣고 서 있었다.

7

7층짜리 건물의 5층에 영안실이 있었다. 엘리베이터에서 내리자 스튜디오 같은 공간이 있고 그 안쪽에 빈소가 차려져 있다. 종업원들이 철제 의자를 배열하고 있었다.

히로다 준코라는 젊은 여성은 이미 도착해 있었다. 유키호와 하마모토 나쓰미의 상복을 들고 도쿄에서 이곳까지 내려온 것이다. 하마모토 나쓰미는 이미 상복 차림이었다.

"그럼 난 옷을 좀 갈아입고 올게요."

유키호가 상복을 받아 들고 대기실 쪽으로 사라졌다.

가즈나리는 철제 의자에 앉아 제단을 바라보았다.

"비용은 얼마가 들어도 상관없으니 어머니가 섭섭하시지 않도록 제일 좋은 걸로 해 주세요."

유키호는 그렇게 주문했었다. 하지만 가즈나리는 지금 눈앞에 있는 제단이 보통의 것과 어떻게 다른지 구분할 수 없다.

가라사와 레이코의 집에서 있었던 일을 돌이켜 생각하자 식은땀이 솟으려 했다. 그 순간 전화벨이 울리지 않았다면 틀림없이 유키호를 뒤에서 껴안았을 것이다. 왜 그런 충동이 일었는지는 가즈나리 자신도 모른다. 경계해야 할 상대라고 스스로에게 그토록 다짐해 왔는데, 한순간에 마음의 갑옷이 완전히 벗어지고 말았다.

조심해. 그녀의 마력에 휘둘려서는 안 돼. 가즈나리는 스스로에게 그렇게 타일렀다. 그러나 한편으로 그는 어쩌면 자신이 터무니없는 오해를 하고 있었는지도 모르겠다는 생각이 들기도 했다. 그녀의 눈물, 그녀의 떨림이 가짜라고는 여겨지지 않았다. 선인장을 보며 오열하던 그녀의 모습은 여태껏 가즈나리가 품어 온 그녀에 대한 이미지와 명백히 달랐다.

본질은.

가즈나리는 생각했다. 어쩌면 본질은 아까 보았던 그녀의 모습에 있는 것 아닐까. 자신이 그것을 여태껏 보지 못한 탓에 왜곡된 허상을 멋대로 만들어 냈던 것 아닐까. 그렇다면 다카미야 마코토나 야스하루는 처음부터 그녀의 진짜 모습을 알고 있었다는 것인가.

시선 끝에서 무언가가 움직였다. 가즈나리는 그쪽으로 고개를 돌렸다. 상복으로 갈아입은 유키호가 천천히 걸어오고 있었다.

검은 장미다, 라고 그는 생각했다. 그토록 화사하고 강렬한 빛을 지닌 여자는 본 적이 없었다. 검은색 옷을 걸치자 유키호의 매력이 한층 두드러지는 듯했다.

그녀가 가즈나리의 시선을 알아채고 보일 듯 말 듯 미소를 지었다. 그러나 눈은 여전히 젖어 있었다. 검은 꽃잎에 맺힌 이슬이다.

유키호는 영안실 뒤쪽에 설치된 접수대를 향해 천천히 걸어갔다. 접수대에서는 하마모토 나쓰미와 히로다 준코가 뭔가 의논을 하고 있었다. 그녀가 그들에게 다가가 차분한 목소리로 몇 가지 지시를 내렸다. 그 모습을 가즈나리는 멍한 표정으로 바라보았다.

이윽고 조문객들이 하나둘씩 찾아오기 시작했다. 대부분 중년 여성이다. 가라사와 레이코는 생전에 집에서 다도와 꽃꽂이를 가르쳤으니 그 제자들이 아닐까 싶었다. 그들은 제단에 놓인 영정 앞에서 두 손을 마주 잡고 거의 예외 없이 눈물을 흘렸다.

유키호와 안면이 있는 듯한 한 여성은 그녀의 손을 꼭 잡은 채 가라사와 레이코와의 추억을 구구절절 얘기했다. 그리고 그 내용에 스스로 가슴이 벅차오르는지 눈물을 흘리며 말을 잇지 못하는 일이 몇 번이나 반복됐다. 그런 성가신 조문객에 대해서도 유키호는 적당히 응대해 보내거나 하지 않고 상대가 성이 찰 때까지 얘기를 들어 주었다. 옆에서 볼 때는 어느 쪽이 위로를 하고 어느 쪽이 위로를 받는지 모를 지경이었다.

하마모토 나쓰미 등과 장례 절차에 관해 의논을 끝낸 가즈나리는 별로 할 일이 없었다. 별실에 간단한 음식과 술이 마련돼 있지만 그런 곳에 자리를 차지하고 앉아 있을 수도 없는 노릇이었다.

별다른 목적 없이 장례식장 주변을 어슬렁거리고 있는데 계단 옆으로 커피 자동판매기가 보였다. 딱히 마시고 싶지는 않았지만 그는 주머니에 손을 넣어 동전 지갑을 꺼냈다.

커피를 뽑고 있는데 여자들이 얘기하는 소리가 들렸다. 유키호가 운영하는 부티크 직원들인 듯했다. 위쪽 계단에서 티타임을 갖고 있는 모양이다.

"그래도 다행이지 뭐야, 돌아가신 건 안됐지만."

하마모토 나쓰미의 목소리였다.

"그러게 말이야. 의식이 없는 상태가 계속될 수도 있었잖아. 그러면 얼마나 힘들었겠어?"

히로다 준코가 맞장구를 쳤다.

"지유가오카 3호점 오픈이 얼마 안 남았잖아. 그걸 늦출 수도 없는 일이고 말이지."

"만약 사장님 어머니가 돌아가시지 않았으면 우리 사장님, 어떻게 할 생각이었을까?"

"글쎄, 오픈하는 날만 잠깐 얼굴을 비치고 다시 오사카로 내려올 작정이었을지도 모르지. 사실 난 그렇게 될까 봐 조마조마했어. 단골들이 왔다가 사장님이 안 계시면 뭐라고 하겠어."

"아슬아슬했지."

"꼭 가게 때문이 아니라도 빨리 돌아가신 게 다행이지 뭐. 의식이 없더라도 살아 계시면 계속 돌봐야 하잖아. 그렇게 되면 이만저만 비극이 아니야."

"그렇겠다."

"일흔이 넘으셨잖아. 나는 말이지, 안락사 같은 건 못 시키나, 그런 생각까지 했다니까."

"뭐? 그건 좀 심했다."

"우리끼리니까 하는 말이지."

"그야 알지, 물론."

커피가 든 종이컵을 손에 들고 가즈나리는 그 자리를 떴다. 영안실로 돌아와 접수대에 컵을 내려놓는데 하마모토 나쓰미의 말이 귓가에 맴돌았다. 안락사…….

설마, 그는 마음속으로 중얼거렸다. 있을 수 없는 일이라고 생각했다. 그러면서도 그 불길한 가능성에 대해 머릿속으로 검토하기 시작했다.

몇 가지 사실이 떠올랐다. 우선 하마모토 나쓰미가 오사카로 불려 온 직후에 가라사와 레이코가 숨을 거뒀다는 것. 게다가 밤에 둘이 함께 있을 때 병원에서 연락이 왔다는 것.

유키호에게는 알리바이가 있다, 그렇게 말할 수도 있다. 그러나 동시에, 하마모토 나쓰미를 부른 것은 알리바이를 확보하기 위해서가 아니었을까 의심해 볼 수도 있다. 자신은 완벽한 알리바이를 확보하고, 그동안 누군가 병원에 숨어들어 가라사와 레이코의 생명 유지 장치를 건드리는 것이다.

억측일 수도 있다. 그것도 아주 악의적인 억측. 그러나 그 가능성을 버릴 수 없는 것은 사사가키 형사에게 들었던 이름이 뇌리에 남아 있기 때문이다.

기리하라 료지.

한밤중 유키호의 방에서 목소리가 들렸다고 하마모토 나쓰미는 말했다. 그녀는 유키호가 울고 있었을 것이라고 했지만 과연 그랬을까. '실행범'과 연락을 주고받은 것은 아닐까.

가즈나리는 다시 종이컵을 집어 들고 유키호를 보았다. 그녀는 초로의 부부를 상대하고 있었다. 노부부가 뭐라고 말할 때마다 그녀는 감격한 표정으로 고개를 끄덕거린다.

밤 10시를 지날 무렵에는 문상객들의 발길이 끊겼다. 지인들 중 다수가 내일 있을 장례식에 참석할 요량일 것이다.

유키호가 부하 직원 둘에게 오늘 밤은 호텔로 돌아가라고 지시했다.

"사장님은 어떻게 하실 건데요?"

하마모토 나쓰미가 물었다.

"난 오늘 밤 여기서 잘 거야. 빈소를 지켜야지."

영안실 바로 옆에 상주가 묵을 수 있는 방이 있었다.

"혼자서 괜찮으시겠어요?"

"걱정 마. 오늘 수고 많았어."

그럼 저희는 가 볼게요, 라며 유키호의 부하 직원들이 돌아갔다.

단둘이 있게 되자 공기의 농도가 짙어진 듯한 기분이 들었다. 가즈나리는 손목시계를 보았다. 그리고 나도 이만, 이라고 말을 꺼내려 할 때였다.

"차라도 드실래요? 조금 더 계셔도 괜찮죠?"

유키호가 한발 앞질러 말했다.

"아, 뭐…… 안 될 거야 없지."

그럼, 하고 그녀가 먼저 옆방으로 들어갔다.

그녀를 따라 들어가 보니 그곳은 다다미방이었다. 느낌이
마치 여관방 같았다. 앉은뱅이 상 위에는 커피포트와 찻잔
세트가 마련되어 있었다. 유키호가 차를 따랐다.

"왠지 신기하네요, 시노즈카 씨와 이렇게 있다는 게."

"나도 그래."

"합숙하던 일이 떠올라요, 대회 전에요."

"응, 듣고 보니 그런 일도 있었군."

조금이라도 좋은 성적을 거두기 위해 대회 직전에는 합숙
을 하곤 했다.

"그럴 때면 다들 하는 말이 있었어요. 에이메이 대학 학생
들이 밤중에 쳐들어오면 어떻게 하지……. 물론 농담이었지
만요."

가즈나리가 차를 후루룩 마시며 웃었다.

"아닌 게 아니라 그런 속내를 내비치는 놈들도 있었어. 실
행에 옮겼다는 얘기는 듣지 못했지만. 물론,"

그는 유키호의 얼굴을 보았다.

"유키호를 노린다는 계획은 들은 적이 없어. 하긴 그때 이
미 유키호는 다카미야와 사귀고 있었으니까."

유키호가 미소를 지으며 시선을 아래로 떨어뜨렸다.

"저에 대해 마코토 씨에게 얘기 많이 들으셨죠?"

"아니, 뭐, 별로⋯⋯."

"괜찮아요. 다 알아요. 저한테도 문제가 많았다고 생각해요. 그러니까 마코토 씨도 다른 여자에게 마음을 빼앗긴 거겠죠."

"그 친구는 자기가 일방적으로 잘못했다고 하던걸."

"그래요?"

"응, 분명 그렇게 말했어. 물론 두 사람 일은 두 사람밖에 모르는 거지만."

가즈나리는 두 손으로 감싸 쥔 찻잔으로 시선을 떨어뜨렸다.

유키호가 길게 한숨을 내쉬었다.

"저는 잘 모르겠어요."

가즈나리가 다시 고개를 들었다.

"뭘 말이야?"

"사람을 사랑하는 방법 말이에요."

유키호가 그의 눈을 지그시 바라보았다.

"남자를 어떻게 사랑해야 좋을지 잘 모르겠어요."

"사랑에 정해진 방법이 어디 있어."

가즈나리는 그녀의 시선을 외면하며 찻잔을 입으로 가져갔다. 하지만 차는 거의 남아 있지 않았다.

잠시 두 사람 다 말이 없었다. 공기가 한층 무겁게 느껴졌다. 가즈나리는 숨쉬기가 갑갑했다.

"나는 이만 갈게."

그가 갑자기 자리에서 일어났다.

"아…… 붙잡아서 미안해요."

가즈나리는 구두를 신고 나서 다시 그녀 쪽을 돌아보았다.

"그럼 내일 다시 오지."

"네, 고마워요."

그가 문손잡이를 잡았다. 그리고 그것을 돌리려는 순간 등에 무언가 닿는 감촉이 느껴졌다. 물론 그것이 유키호의 가녀린 손이라는 사실은 돌아보지 않아도 알 수 있었다.

"무서워요, 사실은."

그녀가 말했다.

"혼자 되는 게 너무 무서워요."

마음이 또다시 격렬하게 요동쳤다. 이대로 그녀를 향해 돌아서고 싶은 충동이 파도처럼 몰려왔다. 그러나 경고등이 노랑에서 빨강으로 바뀌었다는 사실도 자각하고 있었다. 지금 그녀의 눈을 보면 그 마력에 굴복하고 말 것이다.

가즈나리는 문을 열었다. 그리고 앞쪽을 향한 채 말했다.

"잘 자요."

그 말이 저주를 푸는 주문이기라도 하듯이 그녀의 기척이 홀연 사라졌다. 이어서 그녀의 냉정한 목소리가 들려왔다.

"안녕히 주무세요."

가즈나리는 그대로 걸음을 뗐다. 방에서 나오자 등 뒤에서 문 닫히는 소리가 났다. 그제야 겨우 그는 뒤를 돌아보았다.

찰칵, 열쇠를 잠그는 소리가 들렸다.

완전히 닫힌 문을 바라보며 가즈나리는 마음속으로 중얼거렸다.

유키호, 당신은 정말 '혼자'인가.

그는 다시 돌아서서 걷기 시작했다. 밤의 복도에 구둣발 소리가 울렸다.

13
장

1

 버스에서 내리자 코트 자락이 펄럭거렸다. 어제까지는 날씨가 비교적 따뜻했는데 오늘 갑자기 찬 기운이 돌았다. 아니, 역시 도쿄는 오사카에 비해 기온이 낮은 것일까, 하고 사사가키는 생각해 보았다.

 이제는 완전히 눈에 익은 길을 걸어 목적지인 빌딩 앞에 도착했다. 시각은 오후 4시. 거의 예정대로다. 신주쿠에서 백화점에 들르는 바람에 다소 늦어졌지만, 사 달라는 선물을 들고가지 않으면 실망할 것이다.

 계단으로 2층까지 올라갔다. 오른쪽 무릎에 약간의 통증이 느껴졌다. 무릎 통증으로 계절을 느끼게 된 건 이미 몇 년 전부터다.

 2층 어느 방 앞에서 걸음을 멈췄다. 문에 '이마에다 탐정사무실'이라고 적힌 팻말이 붙어 있다. 말끔히 닦여 있어서 모르는 사람이 보면 지금도 업무를 계속하는 줄 알 것이다.

 사사가키는 벨을 눌렀다. 안에서 사람 움직이는 기척이 났

다. 문을 향해 서서 도어스코프를 들여다보고 있을 게 분명
하다.

이윽고 잠금장치가 풀리며 문이 열렸다. 스가와라 에리가
빙긋 웃는다.

"어서 오세요. 좀 늦으셨네요."

"이걸 사느라고 시간이 걸렸어."

사사가키가 케이크 상자를 내밀었다.

"와, 고마워요. 감동!"

에리는 기쁜 표정을 지으며 상자를 두 손으로 받아 들고 그
즉시 뚜껑을 열어 내용물을 확인했다.

"부탁드린 대로 체리파이네요."

"가게를 찾느라고 고생했어. 그런데 이것과 똑같은 케이크
를 사는 여자가 있더라고. 별로 맛있어 보이지도 않는데 말
이야."

"올해는 체리파이가 붐이거든요. '트윈 픽스'의 영향으로
요."

"그걸 잘 모르겠단 말이야. 어떻게 케이크 같은 게 붐을 일
으킬 수 있는지. 얼마 전에는 티라미스인가 뭔가 하는 게 유
행이더니만. 여자들 생각을 도통 모르겠어."

"아저씨는 그런 거 모르셔도 돼요. 아아, 빨리 먹어야지. 아
저씨도 드실래요, 커피 끓일 건데?"

"나는 케이크는 됐어. 커피만 부탁해."

오케이, 라고 기운차게 대답하고 에리는 부엌으로 갔다.

사사가키는 코트를 벗고 의자에 앉았다. 실내 풍경은 이마에다 나오미가 탐정 사무실을 운영하던 시절과 거의 변한 것이 없었다. 철제 책꽂이도 캐비닛도 그때 그대로다. 달라진 거라면 텔레비전이 생긴 것과 군데군데 소녀 취향의 장식품이 놓여 있다는 것 정도랄까. 모두 다 에리가 들여놓은 것이다.

"이번에는 며칠 정도 여기 머무실 거예요?"

에리가 커피 메이커에 물을 부으며 물었다.

"확실치는 않지만, 삼사 일 정도? 집을 너무 오래 비울 수는 없으니까."

"부인 걱정도 되시겠죠."

"그런 건 아무 상관 없어."

"말씀이 심하세요. 사나흘 정도야 별일 없겠죠."

"뭐, 그렇겠지."

사사가키는 세븐스타 한 개비를 꺼내 성냥으로 불을 붙였다. 그리고 불 꺼진 성냥을 이마에다의 책상 위에 놓인 유리 재떨이에 던졌다. 철제 책상의 표면이 깨끗하게 닦여 있었다. 이마에다가 돌아온다면 당장이라도 일을 시작할 수 있을 것이다. 다만 탁상 달력은 작년 8월에서 멈춰 있다. 그 무렵 이마에다가 사라졌다. 그로부터 1년 하고도 석 달이 지났다.

사사가키는 청바지 차림으로 자신의 콧노래에 발로 박자를
맞추며 체리파이를 자르고 있는 에리의 모습을 바라보았다.
겉보기에는 발랄하고 낙천적인 것 같지만 그녀의 마음속에
있을 슬픔과 불안을 생각하면 그는 가슴이 뜨끔거렸다. 그녀
역시 이마에다의 죽음을 각오하고 있을 터였다.

사사가키가 스가와라 에리를 처음 만난 것은 작년 이맘때
였다. 이마에다의 주변에서 뭔가 달라진 것은 없을까 하고
이 사무실에 와 보니 처음 보는 젊은 여자가 있었다. 그녀가
에리였다.

그녀는 처음에는 몹시 경계하더니, 사사가키가 형사라는
사실과 이마에다가 행방불명되기 직전에 그와 만났다는 것
을 알자 서서히 마음을 열었다.

본인 입으로 분명하게 말하지는 않았지만, 에리는 아무래
도 이마에다와 연인 관계였던 것 같다. 적어도 그녀 쪽에서
는 그를 연애 상대로 생각했던 모양이었다. 그런 만큼 그녀
도 나름 필사적으로 이마에다의 행방을 찾고 있었다. 자신의
아파트를 정리하고 이 사무실로 이사한 것도 이곳이 정리돼
버리면 그를 찾을 수 있는 실마리가 완전히 없어지고 만다고
생각했기 때문이었다. 여기 있으면 이마에다에게 온 우편물
도 체크할 수 있고, 때로는 그를 찾아온 사람도 만날 수 있었
다. 다행히 집주인도 그녀가 여기 사는 것에 대해 별 이의가

없었던 모양이다. 안 그래도 살던 사람이 행방불명된 채 집이 방치될까 봐 걱정하던 차에 잘됐다 싶었을지도 모를 일이다.

에리를 알게 된 후로 사사가키는 도쿄에 올라올 때면 반드시 이곳에 들르게 됐다. 도쿄 지리나 최근의 유행 같은 것을 알려 주기도 하는 그녀가 그로서는 고마운 존재였다. 무엇보다 그녀와 나누는 대화가 즐거웠다.

에리가 쟁반에 머그 컵 두 개와 작은 접시를 담아 가지고 왔다. 작은 접시에는 사사가키가 사 온 체리파이가 놓여 있었다. 그녀는 쟁반을 이마에다의 철제 책상에 내려놓았다.

"드세요."

"응, 고마워."

사사가키는 머그 컵을 들고 일단 한 모금 후루룩 마셨다. 차가워진 몸에 따뜻한 기운이 반가웠다.

그녀는 이마에다의 의자에 앉아 "잘 먹겠습니다."라고 인사한 후 체리파이를 한 입 베어 물었다. 그리고 입을 오물거리면서 사사가키를 향해 오케이 사인을 보냈다.

"그 후로는 어땠어, 별일 없었어?"

사사가키가 다소 조심스럽게 물었다. 그러자 밝았던 에리의 얼굴에 희미하게 그늘이 드리웠다. 그녀는 먹던 체리파이를 접시에 내려놓고 커피를 한 모금 마셨다.

"아저씨에게 보고할 만한 일은 없었어요. 요즘은 그 사람

앞으로 오는 우편물도 거의 없고, 전화도 일을 의뢰하고 싶다는 것뿐이에요."

이마에다의 전화도 아직은 그대로 살아 있다. 물론 에리가 요금을 지불하고 있었다. 전화번호부에 '이마에다 탐정 사무실'이라고 기재되어 있으니만큼 일을 의뢰하려는 전화도 당연히 걸려 올 것이다.

"이리로 직접 찾아오는 손님은 이제 없어?"

"네. 올 초까지만 해도 꽤 많았는데……."

그렇게 말하고 나서 에리는 책상 서랍을 열어 노트 한 권을 꺼냈다. 그 노트에 그녀 나름으로 기록을 하고 있다는 건 사사가키도 알고 있었다.

"여름에 한 사람, 9월 들어 또 한 사람이 찾아왔네요. 둘 다 여자. 여름에 온 사람은 두 번째 찾아온 사람이었어요."

"두 번째?"

"전에도 이마에다 씨에게 일을 의뢰한 적이 있었다는 뜻이에요. 가와카미라는 여자인데, 이마에다 씨는 입원 중이고 당분간 복귀할 가능성이 없다고 했더니 실망하면서 돌아갔어요. 나중에 알아보니까 2년 전쯤에 남편의 외도를 조사해 달라고 의뢰한 적이 있었어요. 그런데 당시에는 결정적인 증거를 잡지 못했나 봐요. 그러니까 다시 의뢰하려고 온 거 아니겠어요? 한동안 잠잠했던 남편의 바람기가 다시 들썩거리기 시작한 거예요, 분명."

에리는 흥미진진하다는 듯이 말했다. 원래부터 남의 비밀 캐기를 좋아해서 이마에다의 조수 노릇을 한 적도 있다고 들었다.

"9월에 왔다는 여자는? 역시 전에 일을 의뢰한 적이 있는 사람인가?"

"아뇨. 그 여자는 아니에요. 자기가 아는 사람이 여기에 일을 의뢰한 적이 있는지 알아보러 왔대요."

"그건 또 무슨 소리야?"

"그러니까 말이죠."

노트에서 고개를 들고 에리는 사사가키를 보았다.

"1년 전쯤에 아키요시라는 사람이 조사를 의뢰하러 오지 않았는지, 그걸 알려 달라는 거였어요."

"흠."

아키요시라는 이름을 어디선가 들어본 것 같았다. 그러나 아무리 생각해 봐도 기억나지 않았다.

"이상한 부탁이군."

"그게, 그다지 이상할 것도 없어요."

에리가 설핏 웃었다.

"전에 이마에다 씨한테 들은 건데요, 바람을 피우는 사람 중에는 배우자가 탐정을 고용해서 자신을 조사하지 않을까 싶어 조마조마해하는 사람이 꽤 있대요. 그때 온 여자도 그런 거 아닐까 싶어요. 남편이 1년 전에 탐정을 고용했던 흔적을 발견하고 확인하러 온 거죠. 틀림없어요."

"자신감이 대단하군."

"이런 일에는 감이 빠르거든요. 게다가 그 사람, 제가 당장은 알 수 없으니 조사해서 연락하겠다고 했더니 집이 아니라 직장으로 연락을 달라는 거예요. 이상하지 않나요? 그 말은 남편이 전화를 받을까 봐 꺼려하는 거예요."

"그렇겠군. 그럼 그 여자의 성도……, 뭐라 그랬더라?"

"아키요시겠죠. 그런데 제게는 구리하라라고 하더라고요. 아마 결혼하기 전의 성인가 본데 직장에서는 그걸 사용하나 봐요. 일하는 여자들 중에는 그런 사람이 많거든요."

사사가키는 앞에 앉은 젊은 아가씨의 얼굴을 멀뚱멀뚱 바라보며 고개를 저었다.

"대단하군. 에리는 형사를 해도 되겠어."

에리는 그 말이 싫지 않다는 표정으로 에헤헤 웃었다.

"그럼 추리 하나 더 해 볼까요? 그 구리하라라는 여자, 데이토 대학 병원의 약사라던데, 그럼 불륜 상대는 그 병원의 의사, 게다가 처자식이 있는 몸, 전 그렇게 봐요. 요즘은 쌍방 불륜 시대니까요."

"에이, 거기까지 가면 추리를 넘어서 공상이지."

사사가키가 얼굴을 찡그리면서 웃었다.

                              2

  이마에다의 사무실에서 나온 사사가키는 신주쿠 외곽에 있
는 비즈니스호텔로 향했다. 현관을 들어서면서 보니 어느새
7시가 돼 가고 있었다.

  전체적으로 어둑어둑한 느낌이 드는 살풍경한 호텔이었다.
번듯한 로비도 없고, 프런트라고는 옆으로 길쭉한 책상이 놓
인 게 전부였다. 손님을 상대하는 게 적성에 맞지 않을 듯한
중년 남자 하나가 무뚝뚝한 표정으로 프런트에 서 있었다.
그러나 며칠을 도쿄에서 지내려면 이 정도 호텔로 만족하는
수밖에 없다. 사실은 여기도 사사가키의 주머니 사정으로는
녹록지 않았다. 그래도 요즘 유행하는 캡슐 호텔은 가기 싫
었다. 두 번 정도 이용한 적이 있는데, 늙은 몸으로 지내기에
는 너무 불편했다. 초라해도 좋으니 편히 쉴 수 있는 조용한
방이 필요했다.

  체크인을 끝내자 무뚝뚝한 프런트 직원이 "사사가키 씨 앞
으로 메시지가 와 있습니다."라며 열쇠와 함께 흰 봉투를 내
밀었다.

"메시지라고요?"

"네."

그렇게만 대답하고 프런트 직원은 돌아서 다른 일을 시작했다.

사사가키는 흰 봉투를 열어 안에 든 종이를 꺼냈다. 메모지에 '방에 들어가면 308호로 전화해 주세요.'라고 적혀 있었다.

뭐지 이건, 하고 그는 고개를 갸우뚱했다. 짚이는 사람이 전혀 없었다. 프런트 직원이 무뚝뚝하기만 한 게 아니라 멍청해 보이기도 하던데 혹시 다른 사람에게 갈 메시지를 잘못 전한 게 아닐까 하는 의심이 들었다.

사사가키의 방은 321호였다. 즉, 메시지를 남긴 사람과 같은 층이다. 엘리베이터를 타고 올라가 자신의 방으로 가는 도중에 308호가 있었다. 잠시 망설이던 그는 마음을 굳히고 방문을 노크했다.

슬리퍼 끄는 소리가 들리고 문이 열렸다. 안에 있는 사람의 얼굴을 본 사사가키는 어안이 벙벙해졌다. 뜻밖의 인물이었다.

"지금 도착하셨나요? 많이 늦으셨네요."

그렇게 말하면서 싱글거리고 있는 사람은 고가 히사시였다.

"아니, 자네……, 왜 이런 데 있는 거야?"

"뭐, 여러 가지로 사정이 있습니다. 선배를 기다리고 있었어요. 저녁은 드셨어요?"

"아니, 아직."

"그럼 밥 먹으러 가죠. 짐은 일단 여기 놔두시고요."

고가는 사사가키의 짐을 자신의 방에 들여놓은 후 벽장을 열어 양복저고리와 코트를 꺼냈다.

먹고 싶은 게 있느냐고 묻기에 사사가키는 양식만 아니면 뭐든지 좋다고 대답했다.

고가가 데려간 곳은 매우 서민적인 일품요리 집이었다. 조그만 테이블 네 개가 놓여 있고 안쪽으로는 방이 있었다. 두 사람은 테이블에 마주 앉았다. 고가는 자신이 도쿄에 올라올 때마다 자주 들르는 집이라며 생선회와 찜 요리가 맛있다고 설명했다.

일단 한잔하시죠, 라며 고가가 맥주병을 들었다. 사사가키는 잔을 기울여 고가가 따르는 맥주를 받았다. 사사가키도 고가에게 맥주를 따라 주려고 했지만 고가는 사양하며 스스로 자신의 잔을 채웠다.

건배사 없는 건배를 하고 한 모금 마신 후 사사가키가 물었다.

"대체 어떻게 된 일이야?"

"경찰청에서 모임이 있는데, 원래는 부장님이 가셔야 하거든요. 그런데 도저히 갈 상황이 안 된다면서 저더러 대신 참석하라고 하는 거예요. 참, 나."

"그만큼 출세했다는 뜻이잖아. 기뻐할 일인데, 뭘."

사사가키가 참치회를 젓가락으로 집었다. 고가의 말대로 꽤 맛이 있었다.

과거에 사사가키의 후배 형사였던 고가는 이제 오사카 부경 수사 1과장이다. 승진 시험에 번번이 합격하는 그를 두고 점수 벌레라느니 어쩌느니 험담을 하는 사람들이 있었다. 그러나 사사가키가 아는 한 고가는 시험을 핑계로 자신이 맡은 일을 게을리 한 적이 단 한 번도 없었다. 다른 사람들과 똑같이 일하면서 그 뚫기 어려운 승진 시험공부에 매달렸던 것이다. 누구나 쉽게 할 수 있는 일은 아니었다.

"그런데 이상하잖아."

사사가키가 다시 입을 열었다.

"그 바쁜 경시청 나리가 이런 데서 농땡이를 친다는 게. 그것도 그런 싸구려 호텔에 묵으면서 말이야."

고가가 쓸쓸하게 웃었다.

"그러게 말입니다. 선배도 좀 더 번듯한 호텔에 묵지 그러셨어요."

"나, 참. 내가 지금 놀러 온 줄 알아?"

"문제는 바로 그거예요."

고가가 다시 사사가키의 잔에 맥주를 따랐다.

"놀러 오신 거라면 말을 안 해요. 지난봄까지 소처럼 일하셨으니 이제는 신나게 노셔야 하는 거 아닌가요? 선배는 그럴 권리가 있다고요. 그런데 여기 오신 목적이 뭡니까? 그걸 생각하면 기가 차서 말이 안 나와요. 이모님도 얼마나 걱정하는 줄 아세요?"

"흥, 역시 교코가 자네에게 부탁한 거로군. 실없는 여편넬세, 부경 수사 1과장을 뭘로 보고……."

"이모님이 부탁해서 온 거 아닙니다. 얘기를 나누다 보니 선배가 걱정스러워서 온 거예요."

"그게 그거지 뭐야. 교코가 넋두리를 한 거겠지. 아니면 오리에가 그랬거나."

"다들 걱정하고 있는 건 사실이에요."

"흥, 쓸데없이……."

고가는 이제 사사가키의 인척이기도 하다. 아내인 교코의 조카 오리에가 고가의 아내가 되었기 때문이다. 중매가 아니라 연애결혼이라고 하는데, 두 사람이 어떻게 만나게 됐는지 자세한 것은 사사가키도 잘 모른다. 필시 교코가 멍석을 깔았을 텐데 끝까지 자신에게는 밝히지 않으니 20년이나 지난 지금도 사사가키는 배알이 꼴려 있다.

맥주 두 병이 모두 비자 고가는 정종을 주문했다.

종업원이 가져온 정종을 사사가키의 잔에 따르면서 고가가 느닷없는 질문을 했다.

"그 사건을 아직도 잊지 못하시는 겁니까?"

"내 인생의 오점이야."

"하지만 미궁에 빠진 건 그 사건만이 아니잖습니까. 미궁이라는 말 자체가 옳은지 어떤지도 모르겠지만요. 교통사고로 죽은 그 남자가 진짜 범인이었을 수도 있습니다. 수사본부에서도 그쪽에 무게를 두었을 텐데요."

"데라사키는 범인이 아니야."

사사가키는 잔을 들어 술을 한 모금 꿀꺽 삼켰다. 사건으로부터 약 19년이 지났지만 관계자들의 이름이 아직도 빠짐없이 머릿속에 들어 있다.

19년 전, 전당포 주인 살해 사건 얘기다.

"데라사키의 주변을 샅샅이 뒤져 봤지만 기리하라가 갖고 있던 백만 엔은 발견되지 않았어. 다른 데다 숨겼을 거라고 주장하는 사람도 있었지만 나는 그렇게 생각지 않아. 당시에 데라사키는 빚 때문에 곤란을 겪고 있었어. 만약 백만 엔이 손에 들어왔다면 어디론가 보냈을 거야. 그런데 그러지 않은 이유는 딱 하나밖에 생각할 수 없어. 그럴 돈이 없었다, 즉 기리하라를 살해하지 않았다는 뜻이야."

"그 의견에는 기본적으로 찬성합니다. 그때도 그렇게 생각했기 때문에 데라사키가 죽은 후 선배와 함께 그러고 돌아다 닌 거고요. 하지만 그건 이미 20년 전 일입니다."

"시효야 지났지. 그건 나도 알아. 알지만, 그 사건만큼은 결 말을 못 지으면 죽어도 눈을 못 감아."

비어 있는 사사가키의 잔에 고가가 술을 따르려 하자 사사 가키가 그의 손에서 얼른 술병을 낚아채 먼저 고가의 술잔을 채운 뒤 자신의 잔에 술을 따랐다.

"물론 그 사건만 미궁에 빠진 건 아니지. 그것보다 더 크고 더 잔인한 사건인데도 범인의 꼬리조차 붙들지 못한 경우가 허다해. 어느 것 하나 분하지 않은 게 없지. 죽고 싶을 만치 나 자신이 한심하고. 그러나 내가 그 전당포 주인 살해 사건 에 유독 집착하는 데는 그럴 만한 이유가 있어. 우리가 그 사 건을 해결하는 데 실패함으로써 결과적으로 상관없는 사람 여럿을 불행에 빠뜨린 것 같은 생각이 들기 때문이야."

"그게 무슨 소리입니까?"

"그때 뽑아 버렸어야 하는 싹이 있었어. 그런데 그냥 내버려 둔 탓에 점점 자라서 꽃까지 피우고 말았어, 아주 나쁜 꽃을."

사사가키는 얼굴을 일그러뜨리며 입에 술을 부어 넣었다.

고가는 넥타이를 풀고 와이셔츠 맨 위 단추도 하나 풀었다.

"가라사와 유키호 말씀입니까?"

그러자 사사가키가 웃옷 안주머니에 손을 넣더니 접힌 종이를 꺼내 고가 앞에 놓았다.

"뭡니까?"

고가가 그렇게 물으며 종이를 집어 펼쳤다. 그의 짙은 눈썹 사이에 주름이 잡혔다.

"R&Y 오사카 점 오픈, 이건……."

"가라사와 유키호의 가게야. 참 대단하지? 드디어 오사카에도 진출하는 모양이야, 그것도 신사이바시에. 올 크리스마스이브에 오픈한다고 쓰여 있어."

"이게 나쁜 꽃이라는 겁니까?"

고가가 팸플릿을 다시 반듯하게 접어 사사가키 앞으로 밀어 놓았다.

"이건 꽃의 열매라고나 할까."

"언제였을까요, 선배가 처음 가라사와 유키호를 의심의 눈으로 보기 시작한 게? 아니지, 그 당시에는 니시모토 유키호였나요."

"아직 니시모토였던 시절이지. 기리하라 요스케가 살해된 이듬해에 니시모토 후미요가 죽었잖아. 그게 계기였어. 그 사건을 기점으로 그 여자를 보는 눈이 달라졌지."

"그 사건은 사고사로 처리됐죠, 아마. 선배는 끝까지 단순한 사고사가 아니라고 주장했고요."

"절대 사고사가 아니야. 보고서에 의하면 니시모토 후미요는 평소에 마시지 않던 술을 마셨고, 감기약도 통상의 다섯 배 이상 복용했어. 그런 사고사가 어딨겠어. 아쉽게도 우리 팀 담당이 아니어서 섣불리 끼어들 수 없었지만."

"자살 가능성에 대해서도 얘기가 나왔을 거예요. 그런데 그게 결국……."

고가가 팔짱을 끼고 기억을 더듬는 듯한 표정을 지었다.

"유키호의 증언이 있었지. 엄마가 감기에 걸렸다느니, 오한이 들 때는 술을 마시곤 했다느니 그랬어. 그 증언이 자살설을 불식시킨 거야."

"딸이 거짓 증언을 했을 거라고는 생각하기 힘드니까요."

"그런데 유키호 말고는 그 누구도 후미요가 감기에 걸렸다는 말을 하지 않았어. 유키호가 거짓말을 했을 가능성도 있는 거지."

"뭘 위해서 거짓말을 하는데요? 유키호로서는 자살이든 사고든 달라질 게 없잖아요. 혹시 후미요가 생명 보험에 가입한 지 1년이 채 안 되었다면 보험금을 노렸다고 할 수도 있을지 모르겠는데 그런 얘기도 없었어요. 그리고 모든 걸 떠나서, 당시 아직 초등학생이었던 유키호가 거기까지 생각했다고는 보기 어려울 텐데요."

거기까지 말하고 난 고가가 퍼뜩 뭔가 깨달은 표정을 지었다.

"설마 후미요를 죽인 사람도 유키호다, 그런 얘기는 아니죠?"

고가는 농담하듯 말했지만 사사가키는 웃지 않았다.

"그렇게까지 말하기는 힘들지만 일종의 작위가 있었는지도 몰라."

"작위라면……."

"예를 들어 엄마가 자살할 조짐을 느꼈으면서도 모른 척했다든지."

"유키호가 후미요의 죽음을 바랐다는 겁니까?"

"후미요가 죽고 얼마 안 있다가 유키호는 가라사와 레이코의 수양딸이 됐어. 어쩌면 그 훨씬 전부터 그런 얘기가 있었을지도 모르지. 후미요는 거부했지만 유키호 자신은 수양딸로 가고 싶어 했다. 그럴 가능성은 충분히 있어."

"하지만 아무리 그렇다고 친엄마를 죽이겠어요?"

"유키호는 그런 짓을 태연하게 할 여자야. 그리고 엄마가 자살했다는 걸 숨겨야 할 이유가 또 하나 있었지. 어쩌면 그녀에게는 그 이유가 더 컸을지도 몰라. 그건 바로 이미지 때문이야. 엄마가 사고로 죽었다고 하면 사람들의 동정을 끌 수 있지만 자살했다고 하면 뭔가 있는 게 아니냐며 색안경을 끼고 보잖아. 앞날을 생각하면 어느 쪽을 선택하는 게 좋을지 뻔하지 않겠어?"

"무슨 말씀인지는 알겠는데, 역시 받아들이기 힘든 얘기네요."

고가는 종업원을 불러 정종을 두 병 더 주문했다.

"나도 그 당시에 곧바로 생각이 거기까지 미친 건 아니야. 가라사와 유키호를 추적하다 보니 서서히 그런 생각이 굳어진 거지. 오호, 이거 맛있군. 뭐지, 이 튀김은?"

"뭘 거 같습니까?"

고가가 히죽 웃었다.

"모르니까 묻는 거 아니야. 뭐지? 먹어 본 적 없는 맛인데."

"그거, 낫토예요."

"낫토, 이게 그 썩은 콩이란 말이야?"

"네."

고가가 웃으면서 술잔을 입으로 가져갔다.

"낫토를 싫어하는 선배도 이거라면 드실 수 있겠다 싶어서요."

"흐음, 이게 그 끈적거리는 낫토란 말이지."

사사가키는 다시 낫토튀김을 젓가락으로 집어 냄새를 맡고 이리저리 살펴보다가 입에 넣었다. 고소한 향이 입안 전체로 퍼졌다.

"음, 맛있는걸."

"무슨 일에든 선입견을 가져서는 안 되는 거죠."

"그건 그래."

사사가키는 다시 술잔을 입으로 가져갔다. 등에 후끈하게
온기가 돌았다.

"그래, 선입견이야. 그 선입견 때문에 내가 큰 실수를 했어.
유키호라는 여자애가 보통 아이가 아니라는 생각이 들기 시
작했을 때 전당포 주인 살해 사건을 되돌아봤어. 그리고 정
말 중요한 사실을 놓쳤다는 걸 깨달았지."

"그게 뭡니까?"

고가가 진지한 눈빛으로 물었다.

그 눈을 마주 보며 사사가키가 대답했다.

"우선, 발자국."

"발자국이라니요?"

"사체가 발견된 현장에 남아 있던 발자국 말이야. 바닥이 먼
지투성이여서 발자국이 많이 남아 있었잖아. 그런데 우리는
그 발자국에 거의 관심을 보이지 않았어. 왠지 기억하나?"

"범인의 것으로 추정되는 발자국이 발견되지 않았기 때문
이죠."

사사가키가 고개를 끄덕였다.

"현장에 남아 있는 발자국은 피해자의 구두 자국을 빼고는
어린이 운동화 자국뿐이었어. 아이들이 그곳을 놀이터로 사
용하고 있었고 사체를 발견한 것도 오에 초등학교 학생이라

서 아이들 발자국이 있는 것을 당연하다고 여겼지. 그런데 바로 거기에 함정이 있었던 거야."

"범인도 어린이 운동화를 신고 있었다, 그런 말입니까?"

"그럴 가능성을 전혀 고려하지 않았으니 어리석었지 뭔가."

사사가키의 말에 고가가 입술을 일그러뜨렸다. 그리고 스스로 자기 잔을 채우더니 단숨에 들이마셨다.

"그 살인 사건은 어린아이가 저지르기는 무리가 아닐까요?"

"아이이기 때문에 가능했다고 볼 수도 있어. 피해자가 방심했을 테니까."

"아무리 그래도……."

"그리고 놓친 게 또 하나 있어."

사사가키가 젓가락을 놓고 집게손가락을 세웠다.

"알리바이."

"빠진 게 있었나요?"

"니시모토 후미요를 의심했을 때, 후미요의 알리바이가 확인되자 남자 공범이 있지 않을까 생각해 봤지. 그래서 데라사키라는 이름이 수사 선상에 떠오른 건데, 그러기 전에 주목해야 할 대상이 있었어."

"그때 유키호는 아마……."

고가가 턱을 쓰다듬으며 시선을 위로 향했다.

"도서관에 가 있었다고 했죠."

사사가키는 앞에 앉은 경시청 형사의 얼굴을 잠시 말없이 바라보았다.

"용케도 기억하는군."

그러자 고가가 피식 웃었다.

"선배도 저를 실무에는 약한 점수 벌레라고 치부하시는 겁니까?"

"아니야, 그런 건. 형사 중 누구 하나도 그날의 유키호에 대해 파악하지 못했다고 생각하기 때문이지. 자네 말대로 유키호는 도서관에 가 있었어. 그런데 좀 더 조사해 보니 그 도서관과 사건 현장이 엎어지면 코 닿을 거리더라고. 유키호의 입장에서 본다면 도서관에서 집에 돌아오는 길에 예의 빌딩이 있는 셈이지."

"선배가 무슨 말을 하고 싶은지는 알겠지만, 모든 걸 떠나서 그때 그녀는 초등학교 5학년이었잖아요. 5학년이면……."

"열두 살. 지혜라는 게 충분히 있을 법한 나이지."

사사가키는 세븐스타 갑을 꺼내 담배 한 개비를 뽑아 입에 물었다. 그리고 두리번거리자 고가가 라이터를 집어 들더니 재빨리 사사가키를 향해 손을 뻗었다.

"과연 그럴까요."

그렇게 말하면서 고가는 라이터로 불을 댕겼다. 고급 라이터라 그런지 불을 내뿜는 소리도 묵직하게 들렸다.

사사가키가 "고마워."라고 말한 뒤 그 불에 담배 끝부분을 갖다 댔다. 그리고 하얀 연기를 뿜으면서 고가의 손을 바라보았다.

"던힐?"

"아니요, 이건 카르티에인데요."

사사가키는 흥, 하고 콧방귀를 뀌면서 재떨이를 끌어당겼다.

"데라사키가 사고로 죽은 뒤 그의 차에서 던힐 라이터가 나왔지. 기억하나?"

"살해당한 전당포 주인의 라이터가 아니었을까 하는 얘기도 있었죠. 끝내 확실한 건 밝혀지지 않았지만요."

"그건 피해자의 라이터가 틀림없다는 게 내 생각일세. 단, 데라사키는 범인이 아니야. 데라사키에게 죄를 덮어씌우기 위해 누군가 몰래 그의 방에 놓아두었든지 아니면 그에게 줬든지 둘 중 하나일 걸세."

"그것도 유키호 짓이라는 겁니까?"

"그렇게 생각해야 자연스러워. 데라사키가 우연히 피해자와 똑같은 라이터를 갖고 있었다고 보는 것보다는 말이야."

고가가 한숨을 내쉬었다. 그리고 그 한숨이 마지막에는 신음으로 바뀌었다.

"유키호에게 눈을 돌리신 선배의 유연함에는 경의를 표합니다. 그녀가 어리다는 이유만으로 그녀에 대해 자세하게 조사하지 않은 것은 경솔한 처사였는지도 모릅니다. 하지만 선배, 그것도 하나의 가능성에 불과하지 않을까요? 유키호가 범인이라는 결정적인 근거라도 있습니까?"

"결정적인 근거는,"

사사가키가 담배 연기를 깊이 빨아들였다가 천천히 내뱉었다. 연기가 고가의 머리 위에서 잠시 뭉쳐졌다가 이내 사방으로 흩어졌다.

"결정적인 증거는 없다고 봐야겠지."

"그렇다면 처음부터 다시 생각해 보시는 게 어떨까요. 게다가 선배, 안타깝지만 그 사건은 이미 공소 시효가 지났어요. 설령 진범을 찾는다고 해도 이제는 어찌할 도리가 없단 말입니다."

"그건 나도 알아."

"그런데요?"

"글쎄, 더 들어 봐."

사사가키가 담배를 재떨이에 비벼 껐다. 그리고 엿듣는 사람이 없는지 주위를 살폈다.

"자네는 아주 중요한 부분을 오해하고 있어. 난 그 전당포 주인 살해 사건의 범인만을 쫓고 있는 게 아니야. 그렇다고 가라사와 유키호만을 쫓고 있는 것도 아니고."

"그럼 쫓고 계신 것이 따로 있다는 말씀입니까?"

고가의 눈에 날카로운 빛이 어렸다. 그의 얼굴은 어느새 수사 1과장의 표정으로 변해 있었다.

"있지."

사사가키가 히죽 웃었다.

"망둥이와 새우, 그 둘 다."

3

데이토 대학 부속 병원의 진료 개시 시각은 오전 9시다. 구리하라 노리코는 그 직전인 8시 50분에 출근했다. 진료가 시작돼도 약국으로 처방전이 오기까지는 시간이 꽤 걸리기 때문이다.

처방전이 전달되면 두 사람이 한 조가 되어 조제에 들어간다. 한 사람은 실제로 약을 조제하고 다른 한 사람은 처방전대로 틀림없이 조제됐는지 확인한 후 봉지에 넣는다. 확인자는 약봉지에 인감을 찍는다.

외래 환자에 대한 그 같은 업무 외에 입원 병동으로부터 주사약의 반입과 시급한 조제 등의 일거리도 들어온다.

이날 노리코와 동료 약사가 내내 그런 업무에 쫓기는 동안 약국 구석에는 남자 하나가 앉아 있었다. 의학부의 젊은 조교수인 그가 줄곧 노려보고 있는 것은 컴퓨터 화면이었다.

데이토 대학에서는 2년 전쯤부터 다른 연구 기관과 컴퓨터로 정보를 교환하는 움직임이 활발해졌다. 그로 인해 구체화된 것 중 하나가 모 제약 회사 중앙 연구소와 온라인으로 연결된 것이다. 그 결과 그 회사에서 취급하는 약품에 대해서는 필요한 데이터를 즉시 입수할 수 있게 됐다.

기본적으로는 병원 근무자라면 누구나 이용할 수 있는 시스템이었다. 다만 반드시 ID와 비밀 번호가 있어야 한다는 조건이 있었다. 노리코도 그 두 가지를 갖고는 있지만 한 번도 접속해 본 적은 없었다. 약에 대해 알고 싶은 것이 있을 때는 여전히 제약 회사에 직접 문의하는 방법을 쓰고 있다. 다른 약사들도 마찬가지인 듯했다.

지금 컴퓨터 앞에 앉아 있는 젊은 조교수가 모 제약 회사와 함께 공동으로 어떤 연구를 진행하고 있다는 것은 누구나 다 아는 사실이었다. 이런 사람에게는 참으로 편리한 시스템이겠다고 노리코는 생각했다. 하지만 컴퓨터라는 것도 완벽하지는 않은 듯했다. 요 며칠 전에도 기술자들이 와서 의사들과 무언가를 의논했다. 노리코로서는 무슨 내용인지 전혀 알아들을 수 없었지만 '해커가 침입했을 가능성이 있다.'는 말만은 귀에 들어왔다.

오후에는 늘 그렇듯 입원 환자를 대상으로 복약 지도를 하러 다니고, 의사나 간호사와 함께 각 환자에게 투약할 약에 대해 의논했다. 그리고 다시 조제. 그렇게 평소와 다름없는 일과를 마치고 났을 때는 어느새 5시가 돼 있었다.

퇴근할 준비를 하고 있는데 동료가 그녀에게 전화가 왔다고 전했다.

가슴이 술렁거렸다. 그 사람일지도 모른다.

"네, 전화 바꿨습니다."

대답하는 목소리가 약간 갈라져 나왔다.

"아, 구리하라 노리코 씨?"

남자 목소리였다. 하지만 노리코가 기대했던 목소리와는 전혀 달랐다. 선병질의 남자가 연상되는 가느다란 목소리. 어디선가 들은 적이 있었다.

"네, 그런데요."

"기억하실지 모르겠습니다. 저, 후지이입니다. 후지이 다모쓰입니다."

"후지이 씨……."

그렇게 말하는 것과 동시에 그가 누군지 떠올랐다. 후지이 다모쓰. 결혼 정보 회사를 통해 알게 된 남자였다. 유일하게 세 번 데이트한 상대다. 아아, 네, 하고 그녀는 대답했다.

"잘 지내셨어요?"

그녀가 물었다.

"네, 그럭저럭요. 구리하라 씨도 잘 지낸 것 같더군요."

"네?"

"실은 지금 병원 근처에 있습니다. 조금 전에 안에 들어가서 노리코 씨의 모습을 얼핏 봤거든요. 전보다 조금 여위어 보이던데요."

"그래요……."

대체 용건이 뭘까 싶었다.

"저, 지금 잠시 만날 수 있을까요? 차라도 한잔……."

그 말에 짜증이 솟구쳤다. 무슨 말을 하려나 했더니.

"죄송하지만 오늘은 약속이 있어요."

"잠깐이면 됩니다. 꼭 하고 싶은 얘기가 있어요. 30분만이라도 안 될까요?"

노리코는 상대에게 들리도록 한숨을 쉬었다.

"그만 좀 하세요. 여기로 전화하시는 것만으로도 실례라고요. 이만 끊을게요."

"잠깐만요! 그럼 제 질문에 대답해 주세요. 노리코 씨는 아직도 그 남자와 동거하고 있습니까?"

"뭐라고요?"

"만약 아직도 같이 살고 계시다면 꼭 해야 할 얘기가 있습니다."

노리코는 손바닥으로 수화기를 덮었다. 그리고 목소리를

낮춰 다시 물었다.

"도대체 무슨 말씀을 하시는 거예요?"

"그건 직접 만나서 말씀드리겠습니다."

그녀가 관심을 보였다고 느꼈는지 남자가 한층 단호한 어조로 말했다.

노리코는 잠시 망설였다. 하지만 얘기를 듣지 않을 수 없었다.

"알겠어요. 어디로 가면 되죠?"

후지이가 지정한 곳은 병원에서 걸어서 몇 분 안 걸리는 오기쿠보 역 근처 찻집이었다.

그곳에 들어서자 안쪽에 있는 테이블에서 남자가 손을 들었다. 사마귀마냥 깡마른 것은 전과 다름없었다. 회색 양복을 입고 있는데 웃옷이 마치 옷걸이에 걸려 있는 것처럼 보인다.

"오랜만이네요."

노리코는 후지이의 맞은편에 앉았다.

"불쑥 이상한 전화를 걸어서 미안합니다."

"대체 무슨 얘기길래……."

"그 전에 뭐 마실 거라도 시키세요."

"전 됐어요. 얘기 듣고 바로 가야 해요."

"그렇게 간단히 끝날 얘기가 아닙니다."

후지이가 종업원을 불러 로열 밀크티, 라고 주문했다. 그리고 노리코를 보면서 싱긋 웃었다.

"로열 밀크티, 좋아했죠?"

아닌 게 아니라 이 남자와 데이트할 때 그녀는 매번 로열 밀크티를 주문했다. 그걸 기억하고 있다는 것 자체가 왠지 불쾌했다.

"어머니는 건강하신가요?"

노리코가 물었다. 일종의 빈정거림이다.

"반년 전에 돌아가셨습니다."

"아……, 그랬군요. 상심이 크시겠어요. 병으로요?"

"아니요, 사고였습니다. 목이 막혀서요."

"떡 같은 걸 잘못 드셨나 보군요."

"아니요, 솜이었어요."

"솜요?"

"잠깐 눈을 뗀 사이에 이불솜을 드셨어요. 어떻게 그럴 수 있었는지는 도무지 모르겠지만. 꺼내 보니 소프트볼보다도 큰 솜뭉치가 나오더군요. 믿을 수 있나요?"

노리코는 고개를 저었다. 믿기지 않는 얘기다.

"슬프기도 하고 어처구니없기도 해서 한동안은 아무것도 손에 잡히지 않더군요. 그런데 말이죠, 그렇게 한탄하면서도 한구석으로는 안심하는 마음이 있더라고요. 아아, 이제 더는 어머니가 길을 잃을 걱정을 안 해도 되겠구나 하고요."

후지이가 크게 숨을 내쉬었다.

노리코도 그의 심정을 이해할 수 있었다. 자신의 직업상, 간병에 지친 가족들의 모습은 신물 날 정도로 봐 왔다.

하지만, 하고 그녀는 생각했다. 그렇다고 내게 하소연을 하는 건 곤란하다.

로열 밀크티가 나왔다. 그녀가 그것을 마시는 모습을 보며 후지이가 흐뭇한 표정을 지었다.

"노리코 씨가 그렇게 차를 마시는 모습, 오랜만에 보는군요."

노리코는 말없이 눈을 내리깔았다.

"실은 말이죠, 어머니가 돌아가셔서 안도하는 한편으로 한 가지 뻔뻔한 생각이 들더군요. 이제는 그녀도 나를 만나 주지 않을까 하고요. 그녀가 누군지는 말 안 해도 아시겠죠."

"그때로부터 시간이 많이 흘렀는데……."

"노리코 씨를 잊을 수가 없었어요. 그래서 노리코 씨가 사는 아파트로 찾아가 봤습니다. 어머니가 돌아가시고 한 달쯤 후에요. 그리고 노리코 씨가 이미 다른 남자와 살고 있다는 걸 알았습니다. 솔직히 충격이었죠. 그런데 충격도 충격이지만 그 남자를 보고 무척 놀랐습니다."

노리코가 후지이의 얼굴을 보았다.

"왜요?"

"본 적이 있는 사람이었어요."

"설마……"

"정말입니다. 이름은 모르지만, 얼굴은 똑똑히 기억하고 있습니다."

"어디서 봤다는 거죠?"

"노리코 씨 바로 옆에서요."

"네?"

"아마 작년 4월경이었을 거예요. 그래요, 다 털어놓죠. 그즈음 저는 틈만 나면 노리코 씨의 얼굴을 보려고 병원이나 노리코 씨가 사는 아파트 근처로 가곤 했어요. 눈치 못 채셨겠지만."

"전혀 몰랐어요."

노리코는 고개를 저었다. 후지이가 그러고 있을 줄은 꿈에도 몰랐다. 기분이 나쁘다 못해 소름이 끼쳤다.

"그런데 말이죠,"

후지이는 그녀의 불쾌감을 알아차리지 못한 듯 계속했다.

"노리코 씨를 관찰하는 사람이 저 말고도 또 있었어요. 어떤 남자가 줄곧 당신을 지켜보더군요. 병원에서도 아파트 근처에서도요. 왠지 예감이 좋지 않아서 노리코 씨에게 알려야겠다는 생각까지 했어요. 그런데 저도 일하랴 어머니 보살피랴 바빠서 전혀 시간을 낼 수 없었어요. 그 남자가 마음에 걸리긴 했지만 어쩔 수가 없었죠."

"그 남자라는 사람이……."

"네, 노리코 씨가 지금 같이 살고 있는 사람입니다."

"말도 안 돼."

그녀가 고개를 저었다. 뺨에서 경련이 이는 것을 스스로도 느꼈다.

"잘못 보셨을 거예요."

"아니요, 틀림없습니다. 이래 봬도 제가 사람 얼굴을 기억 하는 데 선수거든요. 그때 그 남자였어요."

후지이가 단언했다.

노리코는 찻잔을 손에 쥐었다. 그러나 차를 마실 기분은 아 니었다. 온갖 생각이 마음속에서 소용돌이쳤다.

"물론 그렇다고 해서 그 남자가 나쁜 사람이라고 단정하는 것은 아닙니다. 어쩌면 저와 마찬가지로 노리코 씨를 사모한 나머지 그랬는지도 모르죠. 다만 뭐랄까…… 아까도 말했듯 이 어딘가 모르게 느낌이 좋지 않았어요. 노리코 씨가 그 남자 와 같이 있다고 생각하면 불안해서 견딜 수가 없더군요. 그렇 지만 제가 이래라저래라 참견할 일이 아니라고 생각해서 오늘 까지 꾹 참고 지냈습니다. 그런데 며칠 전에 우연히 노리코 씨 를 보게 됐어요. 그 후로 또다시 노리코 씨 생각이 머리에서 떠나지 않았습니다. 그래서 오늘 가까스로 용기를 내어 이렇 게 말하기로 한 겁니다."

후지이가 하는 이야기의 뒷부분을 노리코는 거의 듣고 있지 않았다. 요컨대 현재 동거하고 있는 상대와 헤어지고 자신과 만나지 않겠느냐는 뜻인 듯한데, 제대로 상대할 기분조차 들지 않았다. 말도 안 되는 얘기여서가 아니라 그럴 만한 정신상태가 아니었기 때문이다.

뭐라고 하고 그 자리를 떴는지 노리코는 기억하지 못한다. 정신을 차렸을 때 그녀는 혼자 밤거리를 걷고 있었다.

4월……이라고 했다. 작년 4월이라고.

그럴 리 없었다. 노리코가 아키요시를 만난 것은 작년 5월이다. 게다가 그 만남은 우연……이었을 것이다.

아닌가. 우연이 아니었나.

그때의 일을 다시 떠올려 보았다. 복통으로 얼굴을 찡그리고 있던 아키요시. 그가 그러기 직전까지 노리코가 돌아오기를 기다리고 있었다는 말인가. 그가 보인 행동이 전부 노리코에게 접근하기 위한 연기였다는 말인가.

하지만 뭘 위해서?

아키요시가 뭔가 목적이 있어서 노리코에게 접근했다고 치자. 무슨 이유에서 그런 선택을 한 것일까. 노리코는 자부심으로 가득 찬 여자가 아니었다. 미모 때문에 선택한 게 아닌 것은 분명했다.

그렇다면 어떤 조건을 만족시켰기 때문일까. 약사? 골드미스? 독신녀? 데이토 대학?

퍼뜩 떠오르는 게 있었다. 결혼 정보 회사다. 그곳에 등록할 당시 노리코는 자신에 관한 많은 정보를 제공했다. 그 회사의 데이터를 뒤지면 원하는 조건을 만족시킬 만한 상대를 찾는 것은 어렵지 않을 것이다. 그리고 아키요시라면 그 회사 데이터에 접근할 수 있었을지도 모른다. 그는 메모릭스라는 컴퓨터 회사에 다니고 있었다. 그 회사가 그 결혼 정보 회사의 컴퓨터 시스템을 만들었던 건 아닐까.

어느새 아파트에 도착해 있었다. 노리코는 휘청거리는 걸음으로 계단을 올라 자신의 집 앞까지 갔다. 그리고 열쇠를 꽂아 문을 열었다.

노리코 씨가 그 남자와 같이 있다고 생각하면 불안해서 견딜 수가 없더군요, 그렇게 말한 후지이의 목소리가 귓가에 되살아났다.

"이 사실을 알면 불안이 사라지겠지."

캄캄한 어둠에 싸인 집 안을 바라보며 그녀는 중얼거렸다.

4

머릿속에서 누군가가 망치를 두드리고 있다. 탕, 탕, 탕, 탕.

그리고 어렴풋한 웃음소리. 그 소리를 듣고 눈을 떴다. 꽃무늬 벽지에 빛이 한 줄기. 차광 커튼 틈새로 아침 햇살이 새어 들고 있다.

시노즈카 미카는 고개를 비틀어 머리맡에 놓인 시계를 보았다. 야스하루가 런던에서 사다 준, 숫자판 위에 움직이는 인형 장치가 있는 시계다. 맞춰 놓은 시각이 되면 음악에 맞춰 소년 소녀가 춤을 춘다. 미카는 7시 반에 맞춰 놓았다. 시곗바늘이 이제 막 그 시각을 가리키려 하고 있다. 앞으로 1분만 기다리면 여느 아침처럼 경쾌한 멜로디가 울려 퍼질 것이다. 그런데 그녀는 손을 뻗어 알람을 해제했다.

미카는 침대에서 내려와 차광 커튼을 열었다. 커다란 창과 레이스 커튼을 통해 아침 햇살이 쏟아져 들어왔다. 어두컴컴하던 그녀의 방이 단박에 환해진다. 벽 앞에 놓인 화장대 거울 속에 쭈글쭈글한 네글리제를 입고 머리카락이 부스스한 여자가 불쾌함 덩어리 같은 얼굴로 서 있었다.

또 탕, 하는 소리가 났다. 그리고 사람 목소리. 무슨 얘긴지는 들리지 않는다. 하지만 어떤 대화일지는 상상이 갔다. 어차피 다 쓸데없는 내용이다.

미카는 창가로 다가가 아직도 푸른 기운이 충분히 남아 있는 잔디밭을 내려다보았다. 짐작대로 야스하루와 유키호가 골프 연습을 하고 있다. 아니, 야스하루가 유키호에게 골프를 가르치고 있었다.

유키호가 클럽을 잡고 자세를 취한다. 그러자 야스하루가 그녀의 등 뒤에 붙어 서서 클럽을 쥔 그녀의 손을 겹쳐 잡는다. 마치 둘이 옷 한 벌을 입은 꼴이다. 야스하루가 유키호에게 뭔가를 속삭이면서 그녀의 손과 함께 클럽을 움직인다. 천천히 올렸다가 천천히 내린다. 야스하루의 입술이 금방이라도 그녀의 목덜미에 닿을 듯하다. 때로는 일부러 닿게 하는 경우도 있을 게 분명하다.

그 동작을 한동안 반복한 후 마침내 야스하루가 그녀에게서 떨어진다. 그리고 그가 지켜보는 가운데 유키호가 실제로 공을 쳐 보인다. 탕—. 제대로 칠 때도 있지만 실패할 때도 많다. 유키호가 수줍은 미소를 지으면 야스하루가 뭐라고 조언을 한다. 그리고 다시 처음으로 돌아간다. 그 이상하기 짝이 없는 한 벌 입기로부터 다시 시작이다. 그것이 약 30분간 계속된다.

요 며칠 동안 매일같이 보아 온 광경이다. 유키호가 골프를 배우고 싶다고 했는지, 아니면 야스하루가 가르쳐 주겠다고 했는지 자세한 건 미카도 모르지만, 아마도 두 사람은 부부가 즐길 수 있는 공통의 취미를 만들려 하는 것 같다.

엄마가 골프를 배우겠다고 했을 때는 그토록 반대하더니.

미카는 창가에서 물러나 화장대 앞에 섰다. 이제 갓 열다섯

이 된 소녀의 몸이 거기 있었다. 아직 여자다운 굴곡이 별로 없는 깡마른 몸. 팔다리가 유독 가늘고 길며 어깨뼈가 뾰족하게 솟아 있다.

거기에 유키호의 몸이 겹쳐졌다. 미카는 그녀의 알몸을 딱 한 번 본 적이 있다. 그녀가 안에 있는 줄 모르고 욕실 문을 열었던 것이다. 유키호는 몸에 실오라기 하나 걸치지 않고 있었다.

그때 미카가 본 것은 완벽한 여자의 육체였다. 그 윤곽은 마치 컴퓨터로 계산해서 만든 것처럼 멋진 곡선으로 이루어져 있었다. 게다가 물레로 빚은 화병 같은 단순함도 있었다. 풍만한 가슴은 그 형태에 조금도 흐트러짐이 없었고 분홍색이 살짝 감도는 흰 피부에는 자잘한 물방울이 맺혀 있었다. 군살이 전혀 없는 것은 아니었으나 살짝 붙은 지방은 복잡한 신체 곡선을 매끄럽게 보이도록 하는 역할을 했다. 미카는 숨이 멎을 것만 같았다. 불과 몇 초 동안이었지만 그 조형미는 그녀의 눈에 깊이 새겨졌다.

그때 유키호가 보인 반응은 참으로 놀라운 것이었다. 그녀는 조금도 당황하지 않고 손톱만큼의 불쾌감도 보이지 않았다.

"어머, 미카. 목욕할 거야?"

유키호는 웃는 얼굴로 그렇게 말했다. 허둥지둥 알몸을 감추려 하지도 않았다.

당황한 것은 오히려 미카 쪽이었다. 그녀는 아무 말도 못하고 도망쳤다. 방으로 뛰어 들어가 침대에 몸을 묻었다. 심장이 계속 벌렁거렸다.

그때 자신이 보인 추태를 떠올리며 미카는 얼굴을 찡그렸다. 거울 속의 그녀도 같은 표정을 지었다. 그녀는 브러시를 들고 헝클어진 머리를 빗었다. 머리카락이 뒤엉켜 브러시가 내려가지 않는다. 힘주어 빗으려 하자 머리카락 몇 가닥이 끊어졌다.

그때 노크하는 소리가 들렸다.

"미카 양, 일어났어요? 아침이에요."

대답을 하지 않자 세 번째 노크 후에 문이 열렸다. 가사이 다에코가 조심스럽게 얼굴을 들이밀었다.

"어, 일어나 있었어요?"

다에코는 방으로 들어와 미카가 방금 빠져나온 침대를 빠르게 정리하기 시작했다. 퉁퉁한 체구에 굵은 허리를 둘러싼 앞치마, 소매를 걷어 올린 스웨터, 머리 위에 경단을 얹은 듯한 헤어스타일. 그 모든 것이 오래전의 서양 영화에 나오는 가정부 그 자체라고 미카는 전부터 줄곧 생각하고 있었다.

"더 자고 싶었는데 눈이 떠졌어, 바깥이 시끄러워서."

"바깥요?"

다에코가 의아해하는 표정을 짓다가 "아아," 하면서 고개를 끄덕였다.

"요즘은 상무님도 굉장히 일찍 일어나시니까요."

"어이가 없다니까, 이렇게 아침 일찍부터."

"두 분 다 바쁘시잖아요. 아침이 아니면 시간이 없으니까요. 좋은 일이잖아요, 운동하는 건."

"엄마가 살아 있을 때는 그런 거 절대 안 했단 말이야."

"사람이란 나이를 먹으면 변하는 법이에요."

"그래서 젊은 여자랑 결혼한 거야, 엄마보다 열 살이나 어린 사람하고?"

"미카 양, 아버님은 아직 젊으세요. 평생 혼자 사실 수는 없지 않겠어요? 미카 양도 언젠가는 시집을 갈 거고 도련님도 언젠가는 이 집을 나갈 테니까요."

"아줌마, 왜 그렇게 횡설수설해? 나이를 먹으면 변하는 법이라고 했다가 아직 젊다고 했다가."

미카의 그 말에 오랜 세월 그녀를 귀여워했던 다에코도 기분이 좀 상했는지 입을 꾹 다물고 문 쪽으로 걸어갔다.

"아침밥 준비돼 있으니까 어서 내려오세요. 앞으로는 지각하는 일이 있어도 차로 데려다주지 않겠다고 아버님이 말씀하셨어요."

흥, 하고 미카가 콧방귀를 뀌었다.

"그것도 그 여자가 시켰을 게 뻔해."

다에코는 아무 대꾸도 하지 않고 방을 나가려 했다. "잠깐만요." 하며 미카가 그녀를 불러 세웠다. 다에코는 문을 닫으려던 손을 멈췄다.

"아줌마는 내 편이지?"

미카가 물었다. 다에코는 잠깐 당황한 표정을 보이더니 이내 후후 웃었다.

"저는 누구의 적도 아니에요."

그리고 덩치 큰 가정부는 문을 닫았다.

미카가 학교 갈 준비를 마치고 1층으로 내려가 보니 나머지 세 사람은 이미 테이블에 앉아 아침을 먹고 있었다. 벽을 등지고 야스하루와 유키호가 나란히 앉고, 그 맞은편에 미카의 남동생 마사히로가 앉아 있다. 마사히로는 초등학교 5학년이다.

"아직은 자신이 없어요. 최소한 드라이버만이라도 제대로 칠 수 있어야 다른 분들에게 폐가 되지 않을 텐데 말이죠."

"뭐든지 막상 부딪쳐 보면 생각보다 쉬운 법이야. 그리고 당신은 '최소한 드라이버'라고 하는데 사실은 그게 제일 어려운 거야. 드라이버를 제대로 칠 수 있으면 프로게? 어쨌든 일단 라운드를 해 보자고. 그게 첫걸음이야."

"아무리 그래도 불안해요."

유키호가 고개를 갸우뚱하더니 미카 쪽으로 눈을 돌렸다.

"아, 안녕."

미카는 대꾸도 않은 채 자리에 앉았다. 그러자 이번에는 야
스하루가 "잘 잤니?"라고 묻는다. 비난하는 눈빛이었다. 미카
는 하는 수 없이 입속에서 웅얼거리듯이 "네." 하고 대답했다.

테이블 위에는 햄에그와 샐러드, 크루아상이 담긴 접시가
각자의 앞에 놓여 있었다.

"미카 양, 잠깐만 기다려요. 수프, 금방 가져갈 테니까요."

부엌 쪽에서 다에코의 목소리가 들렸다. 다른 일을 하고 있
는 모양이었다.

유키호가 포크를 내려놓고 일어섰다.

"괜찮아요, 다에코 씨. 내가 할게요."

"됐어, 수프 안 먹을 거야."

미카는 크루아상을 집어 한 입 베어 물었다. 그리고 마사히
로 앞에 놓여 있던 우유 잔을 들더니 꿀꺽 마셨다.

"어, 누나, 내 거 왜 마셔!"

"마시면 좀 어때서? 쩨쩨하게."

미카는 포크를 들고 햄에그를 먹기 시작했다. 그때 눈앞에
수프 접시가 놓였다. 유키호가 가져온 것이다.

"안 먹겠다고 했잖아요."

미카가 고개를 숙인 채 말했다.

"생각해서 가져왔는데 그렇게 말하는 거 아니야."

야스하루가 나무라자 유키호가 조그만 소리로 "괜찮아요."라고 남편을 보며 말했다. 식탁 위로 어색한 침묵이 흘렀다.

맛이 하나도 없네, 하고 미카는 생각했다. 다에코가 만든 햄에그를 그토록 좋아했는데, 지금은 맛이 느껴지지 않았다. 밥을 먹는 것이 하나도 즐겁지 않다. 배 윗부분에 살짝 통증까지 느껴졌다.

"참, 당신, 오늘 저녁에 무슨 스케줄 있나?"

야스하루가 커피를 마시면서 유키호에게 물었다.

"오늘 저녁에요? 별일 없는데요."

"그럼 우리 넷이서 외식이나 할까? 실은 아는 사람이 요쓰야에 이탤리언 레스토랑을 냈는데 꼭 한번 오라고 해서 말이야."

"어머, 이탤리언요? 좋죠."

"미카랑 마사히로도 괜찮지? 보고 싶은 텔레비전 프로그램 있으면 미리 녹화 예약해 둬."

"아싸! 그럼 과자도 조금만 먹어야겠다."

마사히로가 신이 나서 말한다. 그런 동생을 힐끔 바라보고 나서 미카는 "난 안 가."라고 말했다. 부부의 시선이 동시에 미카에게 쏠렸다.

"왜, 무슨 볼일이라도 있는 거야? 오늘은 피아노 레슨도 없고 과외 선생님이 오시는 날도 아니잖아."

야스하루가 물었다.

"가고 싶지 않으니까 그렇지. 별 상관도 없잖아, 내가 안 가도."

"왜 가고 싶지 않다는 거야?"

"상관하지 말라니까."

"뭐야? 할 말이 있으면 똑바로 말해."

"여보."

유키호가 야스하루를 가로막고 나섰다.

"다음에 가요, 우리. 생각해 보니까 나도 스케줄이 전혀 없는 건 아니에요."

야스하루는 할 말을 잃은 표정으로 딸을 노려보았다. 유키호가 미카 편을 들고 있다는 건 명백했다. 그게 미카는 더 짜증이 났다.

포크를 식탁에 거칠게 놓고 미카는 자리에서 일어섰다.

"나 학교 갈게."

"미카!"

야스하루가 부르는데도 무시하고 미카는 가방과 겉옷을 들고 복도로 나갔다. 현관에서 신발을 신고 있는데 유키호와 다에코가 쫓아 나왔다.

"차 조심해. 너무 서두르지 말고."

유키호가 바닥에 놓인 겉옷을 들어 미카에게 건넸다. 미카는 그것을 말없이 낚아챘다. 소매에 팔을 집어넣고 있는데 유키호가 미소를 지으면서 말했다.

"예쁘구나, 그 감색 스웨터."

그녀는 "그렇죠?" 하고 다에코에게 동의를 구했다.

다에코도 "그러네요."라고 말하고 웃으며 고개를 끄덕였다.

"요즘 교복은 여러 가지로 멋을 부릴 수 있어서 좋아. 우리 때는 한 가지 패턴밖에 없었는데 말이야."

유키호의 말에 미카는 알 수 없는 분노가 끓어올랐다. 미카는 겉옷을 벗었다. 그리고 유키호와 다에코가 아연한 표정으로 보고 있는 가운데 랄프 로렌 스웨터를 벗어 던졌다.

"미카 양, 왜 그래요."

다에코가 당황하며 말했다.

"됐어. 이거, 이제 입고 싶지 않아."

"하지만 추울 텐데요."

"됐다고 하잖아."

시끄러운 소리를 들었는지 야스하루가 나왔다.

"또 뭐가 불만이야?"

"아무것도 아니야. 다녀오겠습니다."

"아니, 미카 양, 아가씨!"

그렇게 부르는 다에코의 목소리를 덮듯 "내버려 둬!"라는 야스하루의 고함 소리가 들렸다. 그 소리들을 뒤로하고 미카는 대문을 향해 뛰어갔다. 현관에서 대문 사이의, 꽃과 나무로 둘러싸인 긴 길을 그녀는 좋아했었다. 계절의 변화를 느끼기 위해서 일부러 느릿느릿 걸을 때도 있었다. 그러나 지금은 그 길이가 고통스러웠다.

대체 뭐가 그렇게 싫은 건지 미카 자신도 알 수 없었다. 마음속 또 하나의 그녀가 냉정한 말투로 묻는다. 너, 어떻게 된 거 아니야? 라고. 그 물음에 그녀가 대답한다. 모르겠어. 모르겠는데, 그냥 화가 나서 견딜 수가 없어.

유키호를 처음 본 건 올봄이었다. 마사히로와 함께 야스하루를 따라 미나미아오야마에 있는 부티크에 갔을 때였다. 깜짝 놀랄 만큼 예쁜 여자가 인사를 했다. 그 여자가 유키호였다. 야스하루는 그녀더러 아이들한테 새 옷을 사 주고 싶다고 말했다. 그러자 그녀는 점원에게 지시해 안에서 옷을 몇 번이고 가져오게 했다. 그제야 알아차렸지만 그때 그 부티크에 다른 손님은 아무도 없었다. 완전히 전세 낸 상태라고 할까.

미카와 마사히로는 마치 패션모델이라도 된 양 거울 앞에서 이것저것 옷을 갈아입었다. 도중에 마사히로가 "아, 이제 힘들어."라며 울상을 지을 정도였다.

물론 한창 외모에 신경 쓸 나이인 미카로서는 엄선된 최고급품을 몸에 걸쳐 보는 것이 즐겁지 않을 이유가 없었다. 다만 한 가지 줄곧 마음에 걸리는 것이 있다면 대체 이 여자가 누구일까 하는 것이었다. 아울러 미카는 감을 잡고 있었다. 틀림없이 아빠와 특별한 관계에 있는 사람일 거라고.

어쩌면 이 여자가 자신과 마사히로에게 특별한 존재가 되는 게 아닐까 하고 생각하게 된 것은 미카의 파티 드레스를 고를 때였다.

"가족이 함께 파티에 초대받는 일도 있을 거예요. 그럴 때 미카 양이 이 드레스를 입고 있으면 틀림없이 다른 가족을 압도할 거예요. 부모로서 으쓱해지지 않겠어요?"

유키호가 야스하루에게 그렇게 말했다.

굉장히 친한 듯이 구는 말투도 마음에 걸렸다. 그러나 그 이상으로 미카의 신경을 자극한 것은 그 말투에 담긴 두 가지 뉘앙스였다. 하나는 그 파티에 유키호 자신도 당연히 참석한다는 것, 또 하나는 미카를 자신들의 부속품 정도로 보고 있다는 것이었다.

옷을 한 차례 훑어본 후 선택할 때가 됐다. 어떤 걸로 하겠느냐고 야스하루가 물었다. 미카는 잠시 망설였다. 옷이 하나같이 마음에 들어서 고르기가 어려웠다.

"아빠가 결정해. 나는 다 좋아."

미카의 말에 야스하루는 "어렵네."라고 하면서 몇 벌을 골랐다. 미카는 아빠가 고른 옷을 보고 참 아빠답다고 생각했다. 요조숙녀풍이 대부분이었다. 노출이 적고 치마 길이도 긴 스타일이다. 그것은 돌아가신 미카 엄마의 취향과도 통했다. 엄마는 소녀취미의 여성으로, 미카를 인형처럼 꾸미는 것도 좋아했다. 미카는 아빠가 엄마의 영향을 많이 받은 것 같아서 조금은 기뻤다.

그런데 마지막에 야스하루가 유키호에게 묻는 것이었다. 이렇게 골랐는데 어떨까, 라고.

유키호는 팔짱을 끼고 야스하루가 고른 옷을 바라보다가 이렇게 말했다.

"저는 미카 양이 좀 더 화사하고 발랄한 분위기의 옷을 입으면 좋을 것 같은데요."

"그래? 유키호 같으면 어떤 걸 선택하겠어?"

나라면, 하고 말하더니 유키호가 몇 벌을 골랐다. 어른스러우면서도 어딘가 모르게 장난기 어린 옷이 많았다. 소녀 취향의 옷은 단 한 벌도 없었다.

"아직 중학생인데 좀 어른스럽지 않을까?"

"시노즈카 씨가 생각하는 것 이상으로 어른이에요."

"그런가……."

야스하루는 머리를 긁적이고는 "어떻게 할래?"라고 미카에게 물었다.

미카는 아빠에게 맡기겠다고 대답했다. 그 말을 들은 야스하루는 유키호에게 고개를 끄덕여 보였다.

"좋아, 그럼 유키호가 고른 걸로 하지. 어울리지 않으면 책임져야 해."

"걱정 말아요."

그리고 유키호는 미카에게 미소를 지어 보이며 "이제 인형 아가씨는 졸업하자."라고 말했다.

그 순간 미카는 마음속에 있는 무언가가 구둣발로 마구 짓밟힌 듯한 기분이 들었다. 그녀에게 인형 놀이 하듯 옷을 갈아입히며 즐거워하던 엄마가 모욕당한 느낌이었다. 돌이켜보면 그때가 유키호에 대한 악감정이 싹튼 순간이었는지도 모른다.

그날 이후로 미카와 마사히로는 종종 야스하루의 손에 이끌려 유키호와 함께 식사도 하고 드라이브도 했다. 유키호와 있을 때면 야스하루는 늘 의아할 정도로 신이 나서 떠들었다. 미카 엄마가 살아 있을 때는 어쩌다 야외에 나가도 뚱하고 있을 때가 많았는데 유키호 앞에서는 영 딴판이었다. 그리고 뭘 하든 유키호의 의견을 구하고 그녀의 말대로 했다. 그럴 때의 아빠는 미카가 보기에 허수아비나 다름없었다.

7월에 들어선 어느 날, 마침내 야스하루로부터 중대한 통보를 들었다. 그것은 의논도 아니고 의견을 묻는 것도 아니며 단지 통보일 뿐이었다. 가라사와 유키호 씨와 결혼할 생각이다, 라고 했다.

마사히로는 멍하니 별 반응이 없었다. 별로 기쁜 것 같지도 않았지만, 그렇다고 유키호가 새엄마가 된다는 데 대해 거부감도 없어 보였다. 저 아이에게는 아직 자기 생각이라는 것이 없는 모양이라고 미카는 생각했다. 게다가 엄마가 돌아가셨을 때 마사히로는 겨우 네 살이었다.

미카는 솔직하게 말했다. 나는 달갑지 않다고. 자신에게는 7년 전에 돌아가신 엄마가 유일한 엄마라고.

"그건 인정하마. 죽은 네 엄마를 잊으라는 게 아니야. 이 집에 새로운 사람이 온다는 거지. 가족이 한 사람 늘어나는 것뿐이야."

미카는 아무 대꾸도 하지 않았다. 그저 고개 숙인 채 마음속으로 외쳤다. 그 사람은 가족이 아니야, 라고.

그러나 이미 구르기 시작한 돌을 멈추게 할 수는 없었다. 모든 일은 미카가 원하지 않는 방향으로 흐르기 시작했다. 야스하루는 새 아내를 맞는다는 기쁨에 들떠 있었다. 그런 아빠를 미카는 마음속으로 경멸했다. 아빠를 이렇게 평범한 남자로 전락시켰다고 생각하면 더더욱 유키호를 받아들일 수 없었다.

유키호의 무엇이 그토록 마음에 안 드냐고 물으면 미카는 할 말이 없다. 직감이라는 말 외에는 달리 표현할 길이 없다.

유키호가 아름답다는 건 인정한다. 머리가 좋다는 것도. 그 젊은 나이에 가게를 몇 개나 운영하고 있으니 재능도 풍부할 것이다. 그러나 유키호와 함께 있으면 몸이 굳어지는 느낌이었다. 빈틈을 보여서는 안 된다고 마음속의 무언가가 계속 경고를 보냈다. 유키호라는 여자가 내뿜는 아우라에는 지금까지 미카가 살았던 세계에는 존재하지 않았던 이질적인 빛이 있었다. 그리고 그 이질적인 빛은 미카의 가족을 결코 행복으로 인도할 것 같지 않았다.

하지만 어쩌면 그런 생각은 미카 스스로 하게 된 것이 아닐지도 몰랐다. 누군가의 영향을 받았을 가능성이 적어도 몇 퍼센트는 분명히 있었다.

그 누군가란 다름 아닌 시노즈카 가즈나리였다.

야스하루가 유키호와 결혼하겠다고 집안에 선언한 후로 가즈나리는 빈번히 미카네 집을 드나들었다. 그는 여러 친척들 중 유일하게 그 결혼을 반대한다고 선언했다. 응접실에서 두 사람이 나누는 얘기를 미카는 몇 번인가 엿들은 적이 있다.

"형님은 그녀의 진짜 모습을 몰라요. 그녀는 가정에 안주해서 가족의 행복을 최우선으로 할 타입이 절대 아닙니다. 제발 부탁이니 이 결혼, 다시 생각해 봐 주세요."

가즈나리의 어조는 간곡했다.

그러나 야스하루는 사촌 동생의 그런 말을 진지하게 들으려고 하지 않았다. 그리고 차츰 가즈나리를 성가신 존재로 여기게 됐다. 집에 없는 척하며 돌려보내는 것을 미카는 몇 번이나 목격했다.

그로부터 석 달 후, 야스하루는 끝내 유키호와 결혼했다. 그다지 호화로운 결혼식도 아니었고 피로연도 소박했지만 신랑 신부는 행복해 보였다. 하객들 역시 즐거워했다.

오로지 미카 한 사람만 암울한 기분이었다. 돌이킬 수 없는 무언가로 빠져드는 것처럼 느껴졌다. 아니, 미카 혼자만 그런 것은 아니었는지도 모른다. 시노즈카 가즈나리도 하객으로 참석했으니까.

집에 새엄마가 있는 생활이 시작됐다. 겉으로 보기에는 시노즈카 집안에 큰 변화가 없는 것 같았다. 하지만 많은 것이 변해 가고 있다는 걸 미카는 확실히 느끼고 있었다. 돌아가신 엄마의 추억 어린 물건이 하나둘 사라지고 생활 패턴도 바뀌었다. 아빠의 인간성마저 변해 갔다.

돌아가신 엄마는 생화를 좋아했다. 현관, 복도, 방 한구석이 늘 계절 꽃으로 장식돼 있었다. 지금 그 장소들을 차지하고 있는 것은 훨씬 호화롭고 아름다운 꽃들이다. 하나같이 눈이 번쩍 뜨일 정도로 보기 좋은 것들이다. 하지만 그것은 생화가 아니다. 모두 정교하게 만들어진 조화다.

우리 집이 통째로 조화가 되고 마는 건 아닐까. 미카는 그렇게 생각할 때도 있다.

5

에이단 지하철 도자이 선을 타고 가다가 우라야스 역에서 내려 가사이바시 길을 따라 도쿄 방향으로 조금 되돌아 걸어 갔다. 잠시 후 구에도가와란 곳에서 왼쪽으로 꺾었다. 좁은 도로변에 거의 정사각형으로 보이는 하얀 빌딩이 서 있었다. 'SH유지'라는 회사명이 쓰여 있는 문기둥이 보인다.

사사가키는 트럭이 줄지어 서 있는 주차장을 가로질러 빌 딩으로 들어섰다. 바로 오른쪽에 조그만 안내 데스크가 있 고, 마흔 살 내외로 보이는 여자가 거기서 무언가를 적고 있 었다. 그녀가 고개를 들고 사사가키를 보더니 수상쩍다는 듯 눈썹을 찡그렸다.

사사가키는 명함을 건네며 시노즈카 가즈나리 씨를 만나고 싶다고 말했다. 여자의 표정은 명함을 보고도 누그러지지 않 았다. 직함도 없는 명함으로는 경계를 풀 수 없다는 투였다.

"전무님과 만나기로 약속하셨나요?"

그녀가 물었다.

"전무님요?"

"네, 시노즈카 가즈나리 씨는 저희 회사 전무님인데요."

"아하······. 네, 오기 전에 미리 전화를 드렸습니다."

"잠깐 기다리세요."

여자가 데스크에 놓인 수화기를 들었다. 두세 마디 얘기를 나눈 후 그녀는 수화기를 내려놓으며 사사가키를 보았다.

"방으로 직접 오시랍니다."

"아, 그래요. 에 또, 방이 어디 있죠?"

"3층에요."

그러고서 여자는 또 무언가를 적기 시작했다. 가만 보니 연하장에 받는 사람의 이름과 주소를 적고 있었다. 그녀 자신의 것인 듯한 수첩이 옆에 펼쳐져 있는 것으로 보아 회사 일은 아닌 듯했다.

"저, 3층 어느 쪽이죠?"

사사가키가 다시 묻자 그녀가 이번에는 노골적으로 성가시다는 표정을 짓더니 손에 쥔 사인펜으로 그의 뒤쪽을 가리켰다.

"저 엘리베이터를 타고 3층으로 가세요. 복도를 걷다 보면 문에 전무실이라고 쓰인 팻말이 보일 거예요."

"아, 고맙습니다."

사사가키는 고개를 숙였지만 그녀는 이미 자신이 하던 일로 돌아가 있었다.

여자가 일러 준 대로 3층으로 올라가니 왜 그녀가 그토록 성가셔했는지 알 것 같았다. ㅁ자형 복도 가장자리에 방이 나란히 붙어 있었다. 사사가키는 문에 붙은 팻말을 보며 복도를 걸었다. 첫 번째 모퉁이를 돌자마자 전무실이라고 쓰인 팻말이 보였다. 사사가키는 문을 노크했다.

들어오세요, 라는 소리가 들렸다. 사사가키는 문을 열고 안으로 들어섰다.

창문을 등지고 놓인 책상에서 시노즈카 가즈나리가 일어나는 참이었다. 갈색 더블 슈트를 입고 있었다.

"이거 오랜만입니다. 어서 오세요."

가즈나리가 반갑게 웃으며 사사가키를 맞았다.

"그동안 격조했습니다. 잘 지내셨습니까?"

"뭐, 그럭저럭 살고 있습니다."

가즈나리는 전무실 중앙에 놓인 응접세트 중 2인용 소파를 가리키며 사사가키에게 앉으라고 권했다. 자신은 1인용 팔걸이의자에 앉았다.

"이게 얼마 만이죠?"

가즈나리가 물었다.

"작년 9월에 시노즈카 약품의 내빈실에서 뵌 이후 처음이죠."

"그렇군요."

가즈나리가 고개를 끄덕였다.

"그게 벌써 1년도 더 됐군요. 세월 참 빠릅니다."

그사이 두 사람은 전화로는 몇 번 얘기를 나눈 적이 있다.

"시노즈카 약품으로 연락했더니 이쪽으로 옮기셨다고 하더군요."

"네, 뭐…… 올 9월부터 여기서 일하고 있습니다."

그리고 가즈나리는 눈을 살짝 내리깔았다. 뭔가 하고 싶은 말이 있는 표정이다.

"전무님이라고요. 놀랐습니다. 굉장한 출세 아닙니까, 젊은 나이에. 참 대단해요."

사사가키가 감탄스럽다는 투로 말했다.

가즈나리가 고개를 들었다. 그의 표정에 자조적인 미소가 살짝 어려 있었다.

"그렇게 생각하십니까?"

"그럼요. 아닌가요?"

가즈나리가 아무 대꾸도 없이 일어서더니 업무용 책상에 놓인 수화기를 들었다.

"커피 두 잔 부탁해요. 응, 지금."

그는 수화기를 내려놓고 그 자리에서 사사가키를 보며 말했다.

"전에 전화로 말씀드린 것 같은데, 사촌 형 야스하루가 드디어 결혼을 했습니다."

"10월 10일, 체육의 날이었던가요."

사사가키가 고개를 끄덕였다.

"결혼식이 매우 호화로웠겠군요."

"아닙니다, 수수했어요. 교회에서 식을 올린 후 근처 레스토랑에서 친척들끼리만 피로연을 했습니다. 양쪽 다 재혼이라 남들 눈에 뜨이고 싶지 않았던 모양입니다. 게다가 형 쪽으로는 아이들도 있으니까요."

"시노즈카 씨도 참석하셨겠죠?"

"네, 사촌지간이니까요. 하지만,"

그가 다시 소파로 와서 앉았다. 그리고 한숨을 쉰 후 말을 이었다.

"그 두 사람으로서는 별로 초대하고 싶지 않은 하객이었을지도 모르죠."

"결혼식 직전까지 반대하셨다고요."

네, 하고 고개를 끄덕이며 가즈나리는 사사가키를 보았다. 그 눈에 진지하고 절실한 마음이 담겨 있었다.

사사가키는 올봄까지 시노즈카 가즈나리와 꽤 긴밀히 연락을 주고받았다. 가즈나리 쪽은 가라사와 유키호의 본성을 파헤칠 실마리를 찾고 있었고, 사사가키는 기리하라 료지의 흔적을 감지할 만한 자료가 있는지 알고 싶어 했다. 하지만 어느 쪽도 결정적인 정보를 얻지 못했다. 그러는 와중에 시노즈카 야스하루가 가라사와 유키호와 약혼을 하고 말았다.

"우여곡절 끝에 사사가키 씨와도 알게 됐는데 끝내 그녀의 본모습은 파악하지 못했군요. 사촌 형이 그녀를 제대로 바라보도록 하는 데는 실패했어요."

"그러는 게 당연합니다. 지금까지 여러 남자가 그런 식으로 속아 왔을 거예요. 저도 그중 한 사람이고요."

"19년……이라고 했던가요?"

"맞아요, 19년이죠."

사사가키가 담배를 꺼냈다.

"피워도 될까요?"

"아, 네."

가즈나리가 크리스털 재떨이를 사사가키 앞에 놓아 주었다.

"그래서 말씀인데요, 전부터 여러 번 전화로 부탁드렸습니다만, 오늘은 모두 다 말씀해 주셨으면 합니다. 그 19년 동안의 긴 이야기를요."

"네, 그러죠. 오늘은 그러기 위해서 온 것이나 다름없습니다."

사사가키는 담배에 불을 붙였다. 그때 문을 노크하는 소리가 났다.

"커피가 왔나 봅니다."

가즈나리가 소파에서 일어났다.

두툼한 잔에 담긴 커피를 마시면서 사사가키는 이야기를 시작했다. 짓다 만 폐건물에서 사체가 발견된 데서부터였다. 용의자가 여러 번 바뀌었고, 결국 수사진이 마지막으로 의심한 데라사키 다다오의 사고사로 인해 수사가 사실상 종결되고 만 사건의 전말을 때로는 아주 상세하게, 때로는 간략하게 설명했다. 시노즈카 가즈나리는 처음에는 커피 잔을 손에 들고 있더니 도중에 그것을 테이블에 놓고 팔짱을 낀 자세로 진지하게 들었다. 니시모토 유키호의 이름이 나왔을 때는 다리를 바꿔 꼬고 심호흡을 했다.

"……여기까지가 전당포 주인 살해 사건의 개요입니다."

사사가키가 남은 커피를 마셨다. 커피는 싸늘하게 식어 있었다.

"그럼 사건이 그대로 미궁에 빠진 겁니까?"

"뭐, 금방 그렇게 된 건 아니고, 새로운 증언이나 정보가 점점 줄어드니까 미궁에 빠지는 건 시간문제라는 분위기가 됐던 거죠."

"그런데도 사사가키 씨는 포기하지 않았군요?"

"아니, 솔직히 말하면 절반은 포기했었습니다."

커피 잔을 내려놓고 사사가키는 다음 얘기를 이었다.

사사가키가 그 진술에 주목한 것은 데라사키 다다오가 사고로 죽은 지 한 달쯤 지났을 무렵이었다. 데라사키가 범인이라는 물증도 나오지 않고 달리 유력한 용의자도 없는 상태가 계속되자 수사본부 내에서는 권태감이 감돌았다. 수사본부 자체가 해산될 것이라는 소문까지 있었다. 오일 쇼크로 인해 사회가 전반적으로 분위기가 살벌했고, 강도, 방화, 유괴 같은 흉악 범죄가 꼬리를 물었다. 해결의 기미조차 보이지 않는 살인 사건 하나에 언제까지고 그 많은 인원을 투입할 수 없다는 것이 오사카 부경 상층부의 솔직한 심정이었을 것이다. 게다가 범인은 이미 죽었을지도 모르는 일이었다.

사사가키 역시 여기까지가 한계인지도 모른다는 생각을 품기 시작했다. 그는 그때까지 사건이 미궁에 빠지는 것을 세 번 정도 경험했다. 그런 사건에는 특유의 분위기가 있었다. 온통 혼란스러워서 어디서부터 손을 대야 할지 알 수 없는 경우보다, 일견 쉽게 범인이 드러날 것 같은 사건이 그런 결과로 끝맺을 우려가 많았다. 당시 전당포 주인 살해 사건에도 그런 불길한 조짐이 있었다.

그러니까 그때 사사가키가 조서를 처음부터 다시 읽어 본 것도 솔직하게 말하면 단순한 변덕에 지나지 않았던 것이다. 그 정도로 돌파구가 없는 상황이었다.

거의 속독에 가까운 방식으로 그는 그 방대한 분량의 조서를 다시 훑었다. 분량이 많다고 단서가 많은 것은 아니다. 오히려 초점이 맞지 않는 수사가 계속되다 보니 의미 없는 보고서만 늘었다고도 할 수 있었다.

페이지를 넘기던 사사가키의 손이 움직임을 멈춘 것은 사체를 발견한 소년의 진술을 기록한 진술 조서를 봤을 때였다. 소년의 이름은 기쿠치 미치히로. 나이는 아홉 살. 소년은 먼저 초등학교 5학년인 형에게 알렸다. 그 형이 사체를 확인한 후 다시 엄마에게 알렸다. 실제로 경찰에 신고한 사람은 형제의 엄마인 도모코였기 때문에 그 조서는 기쿠치 모자의 진술을 정리한 형태로 되어 있었다.

거기에 기록된 사체 발견 경위는 사사가키도 이미 잘 알고 있는 것이었다. 빌딩 배기관 내를 이동하는 '타임 터널 놀이'라는 것을 하던 중에 친구들과 떨어지게 된 미치히로가 일행을 찾으려고 이리저리 돌아다니다가 어느 방엔가 도달했는데 거기에 남자가 쓰러져 있었던 것이다. 그때 이미 미치히로는 그 남자가 죽었다는 느낌을 받았다고 했다. 누군가에게 알려야겠다 싶어 급히 그 방에서 나오려고 했다.

문제는 그다음 진술이었다. 이렇게 기록돼 있었다.

'무서워서 얼른 나가려고 했는데 벽돌이랑 잡동사니들이 가로막고 있어서 문이 잘 열리지 않았어요. 겨우 문을 열고 나가서 친구들을 찾았지만 아무도 없어서 서둘러 집에 왔어요.'

이 진술을 읽었을 때 사사가키는 이상하다는 생각이 들었다. '벽돌이랑 잡동사니들이 가로막고 있어서'라는 대목 때문에 그랬다.

그는 사건 현장에 있었던 문을 떠올렸다. 안쪽으로 당겨서 여는 문이었다. 기쿠치 소년이 "문이 잘 열리지 않았어요."라고 했으니 문을 여는 데 방해되는 위치에 '벽돌이랑 잡동사니들'이 놓여 있었다는 뜻이다.

그렇다면 그것은 범인이 의도적으로 한 짓일까. 사체가 가능하면 늦게 발견되도록 문 안쪽에 그런 것들을 놓아둔 것일까.

하지만 그건 있을 수 없는 일이다. 문을 열고 밖으로 나간 후 문 안쪽에 무언가를 놓아두는 건 불가능하다. 그렇다면 이 소년의 진술을 어떻게 해석해야 할까.

즉시 확인해 보기로 했다. 진술 조서의 취조 담당관 난에는 서후세 경찰서 고사카 경부보라는 이름이 적혀 있었다.

고사카 경부보는 그 부분에 대해서 분명하게 기억하고 있었다. 다만 설명은 그리 명료하지 않았다.

"아아, 그거요. 그게 좀…… 애매한데요."

고사카 경부보는 얼굴을 찡그렸다.

"본인이 제대로 기억을 하지 못했습니다. 문을 열려고 했더니 발치에 잡동사니들이 있어서 잘 열리지 않았다고 했는데, 문을 전혀 열 수 없는 정도였는지 아니면 사람이 드나들 수 있을 정도로는 열렸는지 모르겠다고 했어요. 놀라서 정신이 달아났을 테니 그럴 만도 하죠."

범인이 빠져나갔으니 그만큼은 문이 열리지 않았겠느냐고 고사카 경부보는 덧붙였다.

사사가키는 그 부분에 관한 감식 보고서도 훑어보았다. 그러나 안타깝게도 문과 '벽돌이랑 잡동사니들'의 위치 관계에 대해서는 상세한 기록이 없었다. 기쿠치 소년이 그것들을 움직인 탓에 확인할 수 없었던 것이다.

결국 사사가키는 이 부분에 관한 조사를 그만두고 말았다. 고사카 경부보와 마찬가지로 그도 범인이 그 문을 빠져나갔을 거라는 생각이 들었기 때문이다. 그리고 그 점에 연연하는 수사관은 아무도 없었다.

이 사소한 의문을 사사가키가 다시 떠올린 것은 거의 1년이 지나서였다. 니시모토 후미요의 죽음을 계기로 유키호에게 의심의 눈을 돌리기 시작할 무렵이었다. 그는 이렇게 생각했던 것이다. 만약 문제의 문 안쪽에 방해물이 놓여 있었다면 어느 정도까지 문이 열렸느냐에 따라 통과할 수 있는 사람이 한정된다. 즉 용의자의 범위가 좁혀지는 것이다. 물론 이때 그가 염두에 두고 있던 사람은 유키호였다. 그녀라면 상당히 좁은 틈새도 통과할 수 있지 않을까 생각한 것이다.

1년 전의 일을 얼마나 기억하고 있을지 의심스러웠지만 사사가키는 일단 기쿠치 미치히로라는 소년을 만나 보기로 했다. 소년은 그때 초등학교 4학년이 되어 있었다. 그리고 그 소년으로부터 사사가키는 놀라운 증언을 듣게 됐다.

기쿠치 소년은 1년 전의 그 일을 잊지 않고 있었다. 그때보다 더 분명하게 설명할 수 있다고까지 말했다. 과연 그럴지도 모르겠다고 사사가키는 생각했다. 사체를 발견하고 혼란에 빠진 아홉 살 소년에게 상황을 자세히 진술하라는 것은 가혹한 일이 아닐 수 없다. 그러나 지난 1년 동안 소년도 성장했다.

사사가키는 문에 관해 기억하느냐고 소년에게 물었다. 소년은 천천히 고개를 끄덕였다.

될 수 있는 대로 자세하게 당시의 상황을 설명해 달라고 했다. 잠시 생각에 빠졌던 소년이 마침내 이렇게 대답했다.

"문이…… 전혀 열리지 않았던 것 같아요."

"뭐라고?"

사사가키가 되물었다.

"전혀?"

"네. 빨리 누군가에게 알려야겠다고 생각하고 문을 열려고 했는데 문이 꼼짝도 안 했어요. 그래서 아래를 봤더니 벽돌이 놓여 있었어요."

소년의 말에 사사가키는 충격을 받았다.

"그게 정말이야?"

소년은 고개를 끄덕였다.

"그때는 왜 그렇게 말하지 않았어? 이제야 기억이 떠오른 거야?"

"그때도 처음에는 그렇게 말했어요. 그런데 경찰 아저씨가 그건 이상하다고 하더라고요. 그래서 점점 자신이 없어졌어요. 뭐가 뭔지 알 수 없게 돼 버린 거예요. 그런데 그 후에 천천히 기억을 떠올려 보니 역시 문이 전혀 열리지 않았다는 생각이 들었어요."

사사가키는 이가 갈리는 심정이었다. 1년 전에 이미 중요한 증언이 존재했던 것이다. 그런데 취조관의 오산으로 왜곡되고 말았다.

그는 당장 그 사실을 상사에게 보고했다. 그러나 상사의 반응은 냉담했다. 어린아이의 기억 따위를 믿을 수 없다는 것이었다. 1년도 더 지나 수정된 증언을 믿는 사람이 오히려 이상하다고까지 말했다.

이때 사사가키의 상사는 사건 발생 당시에 반장이었던 나카쓰카가 아니었다. 나카쓰카는 그 얼마 전에 다른 곳으로 이동한 상태였다. 그가 있던 자리로 온 사람은 극도로 공명심이 강한 인물이었다. 전당포 주인 살해 사건이라는 대수롭지 않은 사건, 그것도 반은 미궁에 빠진 사건을 추적하기보다는 좀 더 화려한 사건을 해결해서 이름을 날리고 싶어 하는 사람이었다.

사사가키는 여전히 전당포 주인 살해 사건 담당 수사팀에 포함돼 있기는 했지만 어디까지나 겸임이었다. 그의 상사는 부하가 큰 실적을 올리지도 못할 사건에 매달리는 것에 난색을 표했다.

하는 수 없이 사사가키는 독자적으로 수사를 계속하기로 했다. 그때 그는 자신이 나아가야 할 방향이 어렴풋이 보였다.

기쿠치 소년의 증언에 따르면 기리하라 요스케를 살해한 범인이 문을 열고 나갔을 가능성은 없었다. 또 현장의 창문은 전부 안으로 잠겨 있었다. 깨어진 유리창도, 벽면에 구멍도 없었다. 그렇다면 생각할 수 있는 가능성은 하나였다.

범인은 기쿠치 소년과 반대로 배기관을 통해 탈출한 것이다. 범인이 어른이었다면 그런 아이디어를 떠올렸을 리 없다. 배기관을 기어 다니며 놀아 본 경험이 있는 아이만이 착안할 수 있는 아이디어임에 틀림없었다.

이렇게 해서 사사가키의 타깃은 유키호 하나로 좁혀졌다.

그러나 그의 수사는 생각만큼 진전을 보이지 못했다. 그는 우선 유키호가 배기관 속을 기어 다니며 노는 이른바 '타임 터널 놀이'를 한 적이 있다는 확증을 잡으려 했지만 거기서 바로 벽에 부딪치고 말았다. 유키호와 친한 아이들에게 물어

봤지만 그녀가 그 놀이를 한 적이 있다는 아이는 한 명도 없었다. 또 문제의 건물에서 자주 놀았다는 아이들에게도 물어봤지만 여자아이와 그 놀이를 했다는 대답은 없었다. 그중한 아이는 이렇게까지 말했다.

"그렇게 더러운 건물에서 노는 여자아이가 어디 있겠어요. 죽은 쥐도 있고 이상한 벌레도 많고, 그리고 배기관 속을 기어 다니면 옷이 엉망진창이 된단 말이에요."

그 의견에는 사사가키도 일단 수긍하지 않을 수 없었다. 또수십 번도 더 배기관 속에서 놀아 봤다는 남자아이는 애당초여자아이에게는 무리라는 의견을 내놓았다. 배기관 중간에는급경사도 있고 몇 미터씩 기어 올라가야 하는 부분도 있어서체력과 운동 신경에 어지간히 자신이 있지 않고서는 그곳을돌아다니기가 불가능하다는 것이다.

사사가키는 그 소년을 현장으로 데려가서 사체가 발견된 방에서 배기관을 통해 탈출할 수 있는지 실험해 보았다. 소년은15분쯤 걸려 건물의 현관 반대쪽에 있는 환기구로 나왔다.

"힘들어서 혼났어요."라고 소년은 소감을 말했다.

"도중에 한참 올라가야 하는 곳이 있더라고요. 팔에 힘이없으면 올라가기 힘들어요. 여자아이에게는 무리일 거예요."

사사가키는 이 소년의 의견을 무시할 수 없었다. 물론 초등학교 여학생 중에는 체력적으로나 운동 신경 면에서 남자아이에게 뒤지지 않는 아이도 있다. 그러나 니시모토 유키호라는 소녀를 떠올리자 그녀가 배기관 속을 원숭이마냥 기어 다녔으리라는 생각을 하기 힘들었다. 자신이 아는 한 니시모토 유키호가 특별히 운동 능력이 뛰어난 소녀 같지는 않았다.

역시 열한 살짜리 소녀를 살인범으로 지목한 건 자신의 망상에 지나지 않는 것일까. 기쿠치 소년의 증언도 어린아이의 착각에 불과한 것일까. 사사가키는 그렇게 생각이 바뀌기 시작했다.

"그 배기관이 어떻게 생겼는지 모르겠지만 저 역시 여자아이가 그런 놀이를 했을 거라고 생각하기는 어렵군요. 그 아이가 가라사와 유키호라면 더더군다나요."

시노즈카 가즈나리는 생각에 잠긴 표정으로 말했다. 유키호의 성을 가라사와라고 부른 것은 단순히 옛날 버릇 때문인지 아니면 그녀가 자신과 같은 성이 됐다는 것을 인정하고 싶지 않아서인지 사사가키는 알 수 없었다.

"그래서 완전히 벽에 부딪치고 말았죠."

"하지만 결국 해답을 찾으신 거죠?"

"해답이라고 할 수 있을지 어떨지는 잘 모르겠습니다만."

사사가키는 두 개비째 담배에 불을 붙였다.

"일단 초심으로 돌아가 봤습니다. 선입견을 전부 배제했죠.

그러자 지금까지 전혀 보이지 않던 것이 보이기 시작했습니다."

"그게 뭐죠?"

"간단합니다. 여자아이가 배기관 속을 통과하는 건 무리다, 즉 현장에서 배기관을 통해 탈출한 건 남자아이다, 라는 거죠."

"남자아이……."

그 말의 의미를 음미하듯이 잠시 말이 없던 시노즈카 가즈나리가 물었다.

"기리하라 료지가 자기 아버지를 살해했다는 겁니까?"

"그렇습니다."

사사가키는 고개를 끄덕였다.

"그런 얘깁니다."

6

물론 그런 엉뚱한 생각이 그냥 떠오른 것은 아니었다. 사소한 일을 계기로 사사가키는 기리하라 료지라는 소년에게 다시금 눈을 돌리게 됐다.

오랜만에 전당포 '기리하라'에 갔을 때였다.

사사가키는 전당포 직원 마쓰우라와 그저 잡담이나 하는 척하면서 생전의 기리하라 요스케에 관해 이모저모 알아보려고 했다. 하지만 마쓰우라는 노골적으로 진절머리 난다는 태도를 보이며 사사가키의 질문에 성실히 대답하려 하지 않았다. 1년 넘게 이런 방문을 받았으니 마냥 웃으며 응대할 수도 없었을 것이다.

"형사님, 여기 더 와 봐야 나올 게 없어요."

마쓰우라는 얼굴을 찡그리면서 말했다.

그때 카운터 구석에 놓여 있는 책 한 권이 사사가키의 눈에 들어왔다. 그는 책을 집어 들고 물었다.

"이 책은 뭐죠?"

"아아 그거, 료 짱 책입니다. 아까 거기서 뭘 하다가 깜박 놓고 갔나 봅니다."

"료지 군이 책을 많이 읽나요?"

"꽤 많이 읽는 편이죠. 그 책은 산 것인가 본데, 전에는 도서관에도 자주 다녔어요."

"자주 다녔다고요, 도서관에?"

네, 라며 마쓰우라가 고개를 끄덕였다. 그게 뭐 어때서, 라는 표정이었다.

흠, 하고 고개를 끄덕이며 사사가키는 책을 제자리에 돌려 놓았다. 가슴이 쿵쿵거리기 시작했다.

책은 『바람과 함께 사라지다』였다. 사사가키 일행이 니시모토 후미요를 만나러 갔을 때 유키호가 읽고 있던 책이다.

연관성이 있다고 할 수 있을지 사사가키는 얼른 판단하기가 어려웠다. 책을 좋아하는 초등학생 둘이 어쩌다 같은 책을 읽는 경우는 흔히 볼 수 있다. 게다가 유키호와 료지가 같은 시기에 『바람과 함께 사라지다』를 읽은 것도 아니다. 유키호가 1년이나 먼저 읽었다.

그러나 무시하기에는 마음 한구석이 찜찜한 우연이었다. 사사가키는 그 도서관에 가 보기로 했다. 기리하라 요스케의 사체가 발견된 건물에서 북쪽으로 2백 미터쯤 떨어진 곳에 있는 조그만 회색 건물이 바로 도서관이었다.

과거에 문학소녀였겠다 싶은 안경 낀 사서에게 사사가키는 니시모토 유키호의 사진을 보여 주었다. 그녀는 사진을 보자마자 고개를 크게 끄덕거렸다.

"네, 이 여학생, 예전에 자주 왔어요. 늘 책을 잔뜩 빌려 가서 분명하게 기억하고 있어요."

"혼자서 왔습니까?"

"네."

그렇게 대답하고 난 사서가 살짝 고개를 갸웃했다.

"아, 그런데 가끔 친구랑 같이 올 때도 있었어요. 남자아이랑요."

"남자아이라고요?"

"네, 같은 학년인 것 같던데."

사사가키는 얼른 다른 사진 한 장을 꺼냈다. 그것은 기리하라 부부와 료지가 나온 사진이었다. 료지의 얼굴을 가리키며 그가 물었다.

"혹시 이 아이입니까?"

사서는 안경 속 눈을 가늘게 뜨고 사진을 보았다.

"아아, 그래요. 이런 인상이었어요. 단언할 수는 없지만."

"둘이 늘 같이였나요?"

"늘은 아니고 가끔요. 함께 책을 찾곤 했어요. 아, 그리고 종이를 오리면서 놀기도 했어요."

"종이를요?"

"남자아이가 종이를 솜씨 좋게 오려서 여자아이에게 보여 줬어요. 종잇조각을 바닥에 흘리지 말라고 주의를 줬던 기억이 나요. 하지만 그 아이가 이 사진 속 아이라고 단언할 수는 없어요. 이런 인상의 남자아이였다는 거죠."

자신의 의견이 어떤 결정에 영향을 미칠 것이 두려운지 사서의 말투가 무척 신중했다. 그러나 사사가키는 확신에 가까운 느낌을 갖게 됐다. 료지의 방에서 보았던, 멋지게 오려진 종이 그림이 머리에 떠오른 것이다. 유키호와 료지는 이 도서관에서 만났다. 사건이 발생했을 때 두 사람은 이미 아는 사이였다.

사사가키에게 이것은 세상이 뒤집힐 만한 얘기였다. 사건에 대한 시각이 180도 달라졌다.

그는 범인이 배기관을 통해 탈출했을 것이라는 추리에 다시금 눈을 돌리게 됐다.

기리하라 료지라면 배기관 속을 돌아다녔을 가능성이 있었다. 실제로 료지와 오에 초등학교 3, 4학년 때 같은 반이었다는 아이가 그와 터널 놀이를 자주 했다고 증언했다. 그에 의하면 료지는 배기관이 빌딩의 어디를 어떻게 통과하는지 잘 알고 있었던 것 같았다.

그렇다면 남은 건 알리바이였다. 기리하라 요스케가 사망한 것으로 추정되는 시각에 료지는 엄마 야에코와 직원 마쓰우라와 함께 집에 있었던 것으로 돼 있다. 그러나 그들이 료지를 싸고돌 가능성은 충분히 있었다.

하지만.

어린 아들이 아버지를 살해한다는 것이 가능한 일일까.

물론 범죄의 긴긴 역사 가운데에는 그런 사건도 여러 건 존재했다. 그러나 그런 일이 발생하려면 그럴 만한 동기나 배경, 또는 조건이 갖춰져야 한다. 기리하라 부자 사이에 그중의 한 가지라도 있었느냐고 묻는다면 사사가키로서는 아니라고 대답할 수밖에 없었다. 그가 조사한 바로는 두 사람 사이에 갈등이랄 만한 것이 없었기 때문이다. 아니, 오히려 기리하라 요스케는 외아들을 맹목적이라고 할 정도로 사랑했고, 료지는 그런 아버지를 무척 따랐다는 증언이 대부분이었다.

탐문 수사를 계속해 나가던 사사가키는 자신의 추리가 역시 단순한 상상에 불과한 것 아닐까 하는 의문을 품게 됐다. 어둠 속 미로에 들어섰다는 초조함이 낳은 망상에 지나지 않을지도 모른다고 말이다.

"얘기해 봐야 참 기상천외한 공상도 다 한다는 소리나 듣겠구나, 그런 생각이 들었습니다. 그래서 료지 범인설을 동료 형사나 상사에게는 입 밖에도 내지 않았어요. 아마 그 얘기를 꺼냈다면 머리가 이상해진 것 아니냐며 그 즉시 일선에서 쫓아냈을지도 몰라요."

사사가키가 씁쓸하게 웃으면서 말했다. 농담 반 진담 반이었다.

"그래서요, 동기를 찾은 겁니까? 그럴 만한 무엇이 있었나요?"

가즈나리가 물었다.

사사가키는 고개를 저었다.

"그 시점에는 발견되지 않았다고 해야겠죠. 료지가 백만 엔이 탐나서 아버지를 죽였을 리도 없고요."

"그 시점에는 발견되지 않았다……그럼 지금은 동기가 있다는 얘기군요."

몸을 들이밀면서 다가앉는 가즈나리를 "아아, 잠깐, 잠깐." 이라며 사사가키가 손을 내밀어 제지했다.

"순서대로 얘기합시다. 그렇게 해서 저의 단독 수사는 결국 좌절되고 말았지만, 저는 그 후에도 줄곧 두 사람을 추적했습니다. 때때로 주위를 탐문 수사하면서, 어떻게 자라고 있는지, 어느 학교로 진학했는지 대충 파악하고 있었습니다. 그 두 사람이 언젠가는 반드시 접촉할 거라고 생각했으니까요."

"그래서, 어떻게 됐나요?"

가즈나리의 질문에 사사가키는 일부러 들으라는 듯이 깊은 한숨을 내쉬었다.

"두 사람의 접점을 찾아낼 수 없었습니다. 전후좌우 어디로 보나 아무 상관 없는 남남이었어요. 만약 그런 상태가 계속됐다면 저 역시 결국은 포기했을 겁니다."

"그런데요, 무슨 일이 있었나요?"

"있었어요, 그들이 중학교 3학년 때요."

사사가키는 담뱃갑에 손가락을 넣었다. 그러나 좀 전에 피운 한 개비가 마지막 담배였다. 그걸 본 가즈나리가 테이블 위에 있는 크리스털 케이스 뚜껑을 열었다. KENT가 빼곡히 들어차 있었다. 고맙습니다, 라며 사사가키가 한 개비를 집었다.

"중학교 3학년 때라면……, 가라사와 유키호의 동급생이 폭행을 당한 사건과 관련이 있는 겁니까?"

사사가키가 가즈나리의 얼굴을 물끄러미 보았다.

"그 사건을 알고 계셨군요."

"이마에다 씨에게 들었습니다."

중학교 때 강간 소동이 있었다는 것과 그 피해자를 처음 발견한 사람이 유키호였다는 얘기를 이마에다에게 들었다고 가즈나리는 말했다. 거기에 가즈나리 자신이 학창 시절에 경험한 유사한 사건에 대해서도 얘기하자 이마에다는 유키호를 두 사건의 공통분모로 꼽았다고 설명했다.

"과연 탐정은 탐정이군요. 거기까지 조사했다니. 제가 지금 말하려는 것도 바로 그 폭행 사건에 관해섭니다."

"역시 그렇군요."

"다만 저는 이마에다 씨와는 조금 다른 각도에서 보고 있어요. 그 폭행 사건은 범인이 끝내 잡히지 않았지만, 용의자는 한 명 있었습니다. 다른 중학교의 3학년생이었죠. 그런데 알리바이가 증명돼서 혐의를 벗었어요. 문제는 그 용의자와 알리바이를 증언한 인물입니다."

사사가키는 자신에게는 사치스러운 담배의 고급스러운 연기를 내뿜으면서 말을 이었다.

"용의자의 이름은 기쿠치 후미히코. 사체를 발견한 소년의 형입니다. 그리고 알리바이를 증언한 인물은 기리하라 료지 였습니다."

아니, 라고 하면서 가즈나리가 깜짝 놀란 듯 허리를 곧추세 웠다. 그의 그런 반응에 사사가키는 만족한 듯 미소 지었다.

"기묘한 얘기죠, 절대 우연으로 치부할 수 없는."

"왜 그렇죠?"

"제가 그 강간 사건에 대해 들은 것은 사건으로부터 1년도 더 지나서였어요. 기쿠치 후미히코 본인에게 들었습니다."

"본인에게요?"

"예의 사체 발견 사건과 관련해서 기쿠치 형제와는 서로 잘 아는 사이였거든. 오랜만에 우연히 만났는데, 1년 전에 어 처구니없는 일이 있었다고 하면서 그 강간 사건 얘기를 해 주더군요. 그리고 자신이 혐의를 받았다는 사실도요."

사사가키가 기쿠치 후미히코와 마주친 곳은 오에 초등학교 근처에 있는 신사 앞이었다. 그때 기쿠치 후미히코는 고등학 생이 돼 있었다. 잠시 학교 얘기 등을 나눈 후 그가 불쑥 강간 사건 얘기를 꺼낸 것이다.

"간추려 얘기하면 이런 내용입니다. 강간 사건이 발생했을 때 기쿠치는 영화를 보고 있었답니다. 그런데 그걸 증명할 방법이 없어 곤란해하던 차에 기리하라 료지가 나선 겁니다. 영화관 건너편에 조그만 서점이 있는데 기리하라가 그날 초등학교 때 친구들과 그 서점에 있었다고 했대요. 거기서 우연히 기쿠치가 영화관에 들어가는 모습을 봤다는 거죠. 경찰이 기리하라와 같이 있었다는 친구들에게 확인해 본 결과, 증언이 사실로 판명됐고요."

"그걸로 무혐의 처리됐겠군요."

"그렇죠. 기쿠치 군은 행운이 따랐다고 생각했답니다. 그런데 얼마 지나지 않아서 기리하라로부터 연락이 왔답니다. 자신에게 은혜를 입었다고 생각한다면 이상한 짓은 하지 말라고 말이죠."

"이상한 짓이라니요?"

"기쿠치 군 말로는 그 무렵 자신이 친구로부터 사진 한 장을 입수했다고 합니다. 기리하라의 어머니와 전당포 점원의 밀회 장면이 찍혀 있었나 본데, 기쿠치 군이 그 사진을 기리하라에게도 보여 준 적이 있었답니다."

"밀회 장면이라…… 그렇다면 두 사람은 역시 그런 사이였군요."

"네. 하지만 그 얘기는 나중으로 미루죠."

사사가키는 고개를 끄덕이며 재떨이에 담뱃재를 떨었다.

"기리하라는 기쿠치 군에게, 그 사진을 자신에게 넘기고, 앞으로 두 번 다시 전당포 주인 살해 사건을 들쑤시고 다니지 않겠다고 맹세하라고 했답니다."

"기브앤드테이크라 이거군요."

"그렇죠. 그런데 기쿠치 군이 나중에 일련의 사건을 곰곰이 돌이켜 보니 그렇게 단순한 얘기가 아닐지도 모르겠다는 생각이 든 겁니다. 그래서 제게도 털어놓고 싶었을 테고요."

얘기하는 도중 사사가키는 기쿠치 후미히코의 여드름투성이 얼굴을 떠올렸다.

"단순하지 않다는 건 무슨 뜻입니까?"

"모두 다 사전에 계획된 일이 아닐까 하는 거죠."

사사가키의 손가락 사이에 끼워진 담배가 거의 다 타들어 가고 있었다. 그런데도 그는 한 모금을 더 빨았다.

"애당초 기쿠치 군이 의심을 받았던 건 사건 현장에 그의 키홀더가 떨어져 있었기 때문이었습니다. 그런데 기쿠치 군은 그런 곳에 간 적도 없고 키홀더도 그렇게 쉽게 떨어질 물건이 아니었다고 합니다."

"그럼 기리하라 료지가 키홀더를 훔쳐서 몰래 현장에 떨어뜨렸다는 건가요?"

"기쿠치 군은 그렇게 의심하고 있는 것 같아요. 그리고 강간 사건의 진범도 기리하라 본인이라는 거예요. 영화관 앞에서 친구들과 함께 기쿠치 군의 모습을 확인한 후 곧장 현장으로 달려가 점찍어 둔 여학생을 덮치고는 기쿠치 군이 혐의를 받도록 증거를 남겼다고요."

"기쿠치 군이 그 영화관에 간다는 사실을 기리하라가 어떻게 알았을까요?"

가즈나리가 당연한 의문을 제기했다.

"문제는 바로 거기에 있습니다."

사사가키가 집게손가락을 세웠다.

"기쿠치 군은 그런 얘기를 기리하라에게 한 기억이 없다는 겁니다."

"그럼 기리하라가 그런 일을 꾸미기는 어려웠을 텐데요."

"맞습니다. 그래서 기쿠치 군의 추리도 거기서 더는 진전을 보지 못한 거죠."

'그래도 역시 그 녀석이 꾸민 짓이라는 생각이 들어요.'

분하다는 듯이 그렇게 말하던 기쿠치 후미히코의 표정을 사사가키는 지금도 선명하게 떠올릴 수 있었다.

"그리고 저도 기쿠치 군의 얘기를 들은 후에 아무래도 마음에 걸려서 그 강간 사건에 관한 기록을 살펴봤습니다. 그 결과, 놀랄 만한 걸 찾았죠."

"가라사와 유키호로군요."

"그렇습니다."

사사가키는 깊이 고개를 끄덕였다.

"피해자는 후지무라 미야코라는 여학생이었지만 피해자를 발견한 사람이 가라사와 유키호였어요. 이건 틀림없이 뭔가 있는 거라고 생각했습니다. 그래서 다시 한 번 기쿠치 군을 만나 자세한 사항을 확인해 봤죠."

"자세한 사항이라면?"

"그날 기쿠치 군이 영화를 보러 가게 된 경위에 관해서 말입니다. 그런데 아주 흥미로운 사실을 알게 됐어요."

사사가키는 목이 마른지 차갑게 식은 커피를 들이켰다.

"당시 시장 과자 가게에서 일하던 기쿠치 군의 어머니가 어느 날 손님에게서 영화 VIP 초대권을 받아 왔답니다. 그것도 기쿠치 군이 그렇게 보고 싶어 했던 '로키'의 초대권을요. 그런데 유효 기간이 그날까지였대요. 그러니 그로서는 그날 보러 갈 수밖에 없었겠죠."

여기까지 들은 가즈나리는 사사가키가 하려는 말이 무엇인지 깨달은 듯했다.

"그 초대권을 준 손님이……."

"기쿠치 군은 당시 어머니가 했던 말을 기억하고 있었어요. 중 3이나 고등학생쯤으로 보이는 귀티 나는 여학생이었다고 했답니다."

"가라사와 유키호가……."

"그렇게 생각해도 엉뚱하다고 할 수는 없겠죠. 기쿠치 군의 입을 막기 위해 가라사와 유키호와 기리하라 료지가 강간 사건을 계획했다고 생각하면 앞뒤가 맞아떨어지거든요. 아무

관계 없는 여학생을 희생양으로 삼은 건 참으로 냉혹하다고
밖에 말할 수 없지만 말입니다."

"아니죠, 그 후지무라라는 여학생도 전혀 무관하지는 않았
을 겁니다."

그 말에 사사가키는 가즈나리의 얼굴을 빤히 바라보았다.

"무슨 뜻이죠?"

"그 여학생을 선택한 나름의 이유가 있을 거라는 말이죠.
이마에다 씨에게 들은 얘기가 있습니다."

가즈나리는 폭행을 당한 여학생이 유키호에게 적대감을 품
고 유키호의 과거에 대해 떠들고 다녔는데 그 사건을 경계로
유키호에게 완전히 순종적이 된 듯하다는 얘기를 했다. 사사
가키는 전혀 몰랐던 사실이었다.

"그건 금시초문입니다. 그렇다면 그 사건은 가라사와와 기
리하라가 동시에 목적을 달성할 수 있는 일석이조의 계획이
었던 거군요."

사사가키는 음, 하고 신음 같은 소리를 냈다. 그리고 다시 가
즈나리를 보았다.

"이런 말씀 드리기는 좀 뭣하지만, 조금 전에 시노즈카 씨
가 학창 시절에 겪었다고 하신 사건, 정말 우연히 발생한 걸
까요?"

"가라사와 유키호가 꾸민 짓이라는 뜻인가요?"

"그럴지도 모른다는 생각이 들어서 말이죠."

"이마에다 씨도 그렇게 추리하더군요."

"그래요? 역시……."

"만약 그랬다면, 도대체 이유가 뭘까요?"

"상대방의 혼을 손쉽게 빼앗는 방법이라고 믿었기 때문이 겠죠."

"혼을 빼앗는다고요?"

"네. 그리고 그 두 사람이 그렇게 믿는 근원에 분명 전당포 주인 살인 사건의 동기가 있을 겁니다."

가즈나리의 눈이 휘둥그레지는 것과 동시에 책상 위의 전화가 울렸다.

7

시노즈카 가즈나리가 혀를 차며 "잠깐 실례하겠습니다."라고 말하고 자리에서 일어섰다.

수화기를 든 그는 낮은 목소리로 몇 마디 소곤거리더니 자리로 돌아와 미안하다고 말했다.

"시간은 괜찮습니까?"

"네, 괜찮습니다. 지금 온 전화는 회사 일이 아니라 제가 개인적으로 조사하고 있는 건이에요."

"조사요?"

"네."

가즈나리는 고개를 끄덕이고 나서 잠깐 망설이는 기색을 보이다가 입을 열었다.

"아까 사사가키 씨가 제게 출세했다고 말씀하셨죠?"

네, 라고 사사가키는 대답했다. 그리고 잘못 말했나 속으로 생각했다.

"실은 말이죠, 이건 일종의 좌천입니다."

"에이, 설마……. 시노즈카 가문의 자제가요?"

사사가키가 웃었다. 그러나 가즈나리는 웃지 않았다.

"혹시 유닉스 제약이라는 회사를 아십니까?"

"네, 압니다."

"작년부터 올해에 걸쳐서 아주 기묘한 일이 계속됐어요. 우리 회사와 유닉스는 여러 분야에서 경쟁하고 있는데, 시노즈카 약품의 사내 정보 몇 가지가 그쪽으로 흘러간 정황이 포착됐어요."

"네에? 어떻게 그런 일이……."

"그것도 유닉스의 내부 고발로 드러난 거예요. 물론 유닉스 측에서는 인정하지 않고 있지만요."

"연구 업무에 종사하다 보면 여러 가지로 복잡한 일들이 일어나겠죠. 하지만 왜 시노즈카 씨가 좌천을 당한 거죠?"

"유닉스의 내부 고발에 따르면 그 정보 제공자가 저랍니다."

가즈나리의 말에 사사가키는 눈을 크게 떴다.

"네에? 거짓말이겠죠?"

"거짓말이죠, 물론."

가즈나리는 천천히 고개를 끄덕였다.

"뭐가 어떻게 된 건지, 도무지 영문을 모르겠습니다. 그 내부 고발자의 정체에 대해서도 확실한 건 알 수 없고요. 전화와 우편으로만 접촉을 했거든요. 다만 시노즈카 약품의 내부 정보가 유출된 것만은 틀림없는 것 같습니다. 고발자가 보내온 자료를 보고 연구 개발 부서 사람들의 얼굴이 새파래졌으니까요."

"시노즈카 씨가 그런 일을 할 리 없잖습니까."

"덫에 걸린 거죠."

"혹시 짚이는 사람이라도 있습니까?"

"없어요."

가즈나리가 대답했다.

"그런 일이 있었군요. 그렇다고 그걸 빌미로 좌천이라니, 도대체……."

사사가키가 고개를 갸웃했다.

"다행히 간부 사원들도 그럴 리 없다고 생각하는 모양입니다. 하지만 이런 문제가 발생하면 회사로서는 뭔가 조처를 취할 수밖에 없습니다. 그리고 덫에 걸린 것 자체가 당사자에게 나름의 원인이 있기 때문일 것이라는 의견도 있었습니다."

"흠……."

"그리고 또 한 가지."

가즈나리가 손가락 하나를 세웠다.

"간부 사원 중에 저를 멀리 내치고 싶어 하는 사람이 있었어요."

"그게……."

"사촌 형 야스하루입니다."

"아아."

그렇게 된 일이군, 하고 사사가키는 그제야 납득했다.

"자신의 약혼자에 대해 이러쿵저러쿵하는 방해꾼을 내쫓기에 더없이 좋은 기회라고 생각한 거죠. 물론 저한테는 이것이 일시적인 이동이고 곧 다시 부르겠다고 했지만, 그게 언제가 될지는 알 수 없죠."

"그렇다면 개인적인 조사라는 건 뭐죠?"

사사가키의 물음에 가즈나리는 심각한 표정으로 돌아왔다.

"내부 정보가 어떻게 흘러 나갔는지 조사하고 있습니다."

"그래서, 밝혀진 게 있나요?"

"어느 정도는요. 범인이 컴퓨터에 침입한 것 같습니다."

"컴퓨터에요?"

"시노즈카 약품은 전산화가 상당히 진전되어서 사내의 모든 것이 네트워크로 연결돼 있을 뿐 아니라 사외 몇몇 연구 시설과도 상시로 온라인을 통해 데이터를 주고받을 수 있도록 돼 있습니다. 그 네트워크에 누군가 침입한 모양입니다. 소위 해킹이라고 하는 것이죠."

사사가키는 뭐라고 대꾸해야 할지 몰라 침묵했다. 그는 그 분야에 취약했다.

가즈나리가 그런 형사의 속내를 눈치챘는지 입가에 미소를 머금으며 말했다.

"어렵게 생각하실 것 없습니다. 요컨대 전화 회선을 통해 시노즈카 약품의 컴퓨터에 나쁜 짓을 했다고 보면 됩니다. 지금까지의 조사를 통해 어디로 침입했는지는 대략 밝혀졌습니다. 데이토 대학 약학부의 컴퓨터가 중계점이더군요. 그러니까 범인은 일단 데이토 대학의 시스템에 침입한 후 거기서 다시 시노즈카 약품의 컴퓨터로 들어온 겁니다. 다만 범인이 어디서 데이토 대학의 시스템으로 들어왔는지 알아내기가 여간 어렵지 않습니다."

"데이토 대학……이라고요."

어디선가 들어본 듯한 기분이 들었다. 잠시 생각하던 끝에 스가와라 에리와 주고받은 이야기가 떠올랐다. 에리는 이마에다를 찾아왔던 여자 손님이 데이토 대학 부속 병원의 약사라고 했다.

"약학부라고 하셨죠? 부속 병원의 약사도 그 컴퓨터를 사용할까요?"

"네, 사용하는 체제일 겁니다. 다만 시노즈카 약품의 컴퓨터가 사외 연구 시설과 연결돼 있다고 해서 모든 정보를 공개하고 있는 건 아닙니다. 시스템 곳곳에 방어벽이 설치돼 있어서 기밀 사항은 사외에 유출되지 않도록 돼 있을 겁니다. 따라서 범인은 컴퓨터에 대해 상당한 지식을 가진 사람이 틀림없습니다. 분명 전문가일 거예요."

"컴퓨터 전문가라는 말씀인가요?"

사사가키의 머릿속에 무언가가 걸려들었다. 컴퓨터 전문가라면 짚이는 인물이 한 사람 있었다. 이마에다의 사무실에 찾아왔다는 데이토 대학 부속 병원의 약사, 그리고 시노즈카 가즈나리를 함정에 빠뜨린 수수께끼의 해커……, 단순한 우연일까.

"왜 그러십니까?"

"아니, 아무것도 아닙니다."

사사가키가 손을 내저었다.

"괜한 전화 때문에 얘기가 끊겼군요."

가즈나리는 앉은 자세로 등을 쭉 폈다.

"괜찮으시다면 얘기를 계속하시죠."

"아, 제가 어디까지 얘기했죠?"

"동기요, 그것이 그 두 사람의 믿음의 근원이라고……."

"그랬군요."

사사가키가 자세를 고쳐 앉았다.

8

그것은 마치 에어 포켓과 같은 시간이었다.

토요일 오후. 미카는 자신의 방에서 음악을 들으며 잡지를 읽고 있었다. 평소와 다를 건 없었다. 침대 옆 사이드 테이블에는 빈 찻잔과 먹다 남은 쿠키가 담긴 접시가 놓여 있었다. 20분쯤 전에 다에코가 가져다준 것이다.

그걸 갖다 주면서 다에코가 말했다.

"미카 양, 잠시 밖에 나갔다 올 건데 집 좀 부탁해요."

"문은 잠그고 갈 거지?"

"그야 물론이죠."

"그럼 됐어. 누가 와도 난 나가 보지 않을 테니까."

침대에 드러누워 잡지를 읽으며 미카는 대답했다.

다에코가 나가고 나자 넓은 저택에 미카 혼자 남았다. 야스하루는 골프를 치러 나갔고, 유키호는 일 때문에 집에 없었다. 동생 마사히로는 할아버지 댁에 놀러 가서 오늘 밤은 자고 온다고 했다.

별반 드문 일은 아니었다. 친엄마가 돌아가신 후로 이렇게 집에 혼자 있는 일이 잦았다. 처음에는 외로웠지만, 지금은 혼자 있는 편이 오히려 마음 편하다. 최소한 유키호와 둘이 있는 것보다는 훨씬 좋았다.

CD를 바꿔 넣으려고 침대에서 일어났을 때였다. 복도에서 전화벨 소리가 울렸다. 미카는 얼굴을 찡그렸다. 친구 전화라면 좋겠지만 아마 그렇지 않을 것이다. 이 집에는 전화 회선이 세 개 있었다. 하나는 야스하루 전용, 하나는 유키호 전용, 그리고 나머지 하나는 시노즈카 가족 전체의 것이다. 미카도 진즉부터 전용 전화를 놓아 달라고 조르고 있지만 야스하루는 좀처럼 들어 주지 않았다.

미카는 방에서 나와 복도 벽에 걸려 있는 무선 전화기의 수화기를 들었다.

"여보세요."

"아, 여보세요. 뻐꾸기 택배인데요. 시노즈카 미카 씨 계십니까?"

남자 목소리였다.

전데요, 라고 그녀는 대답했다.

"아, 히시카와 도모코 씨가 보낸 물건을 배달하려고 하는데 댁에 계십니까?"

히시카와 도모코는 중학교 2학년 때 같은 반 친구였다. 금년 봄에 그녀는 아버지 일 때문에 나고야로 이사했다.

네, 있어요, 라고 그녀는 대답했다. 그럼 곧 가겠습니다, 라고 상대가 말했다.

전화를 끊고 몇 분 후 현관 벨소리가 났다. 거실에서 기다리던 미카는 인터폰 수화기를 들었다. 모니터 화면에 택배 회사 유니폼을 입은 남자의 모습이 비쳤다. 그는 귤 상자만 한 크기의 물건을 양팔로 감싸 안고 있었다.

"네."

"안녕하세요. 뻐꾸기 택배입니다."

"들어오세요."

미카는 열림 버튼을 눌렀다. 이렇게 하면 대문 옆의 작은 출입구가 열린다.

그녀는 도장을 들고 현관으로 나갔다. 잠시 후 두 번째 벨이 울리자 미카는 현관문을 열었다. 상자를 든 남자가 바로 앞에 서 있었다.

"어디다 둘까요, 꽤 무거운데?"

"그럼 여기 놓아 주세요."

미카가 현관 안쪽 마루를 가리키며 말했다.

남자가 들어와 상자를 내려놓았다. 그는 안경을 끼고 모자를 푹 눌러쓰고 있었다.

"도장 좀 찍어 주세요."

그렇게 말하며 남자가 전표를 꺼냈다.

"어디다 찍으면 되죠?"

미카가 남자 쪽으로 한 걸음 다가섰다.

"여기입니다."

남자도 그녀에게 다가섰다.

그리고 미카가 도장을 찍으려는 순간, 갑자기 눈앞에서 전표가 사라졌다.

어, 하고 소리를 내려는 찰나 무언가가 그녀의 입을 막았다. 헝겊 같은 것이었다. 그녀는 놀란 나머지 숨을 들이쉬었다. 그와 동시에 의식이 멀어졌다.

시간 감각이 이상했다. 귀에서 윙윙거리는 소리가 크게 울렸다. 하지만 그것도 의식이 있을 때뿐이다. 수신이 잘 안 되는 라디오처럼 의식이 자꾸만 끊겼다. 몸도 전혀 움직일 수 없었다. 손발이 자기 것이 아닌 것 같았다.

꿈인지 현실인지 분간이 안 되는 가운데 격심한 통증만은 자각할 수 있었다. 그 통증이 자신의 몸 중심에서 일어나고 있다는 것을 미카는 깨닫지 못했지만. 너무 아파서 온몸이 저릿저릿할 뿐이다.

남자의 얼굴이 코앞에 있었다. 어떻게 생겼는지는 잘 보이지 않는다. 입김이 닿았다. 뜨거운 입김이다.

강간당하고 있다.

그것은 사실 미카 자신의 인식이었다. 자신의 몸이 능욕당하고 있다는 사실은 이해하겠는데, 그걸 멀리서 바라보는 기분이었다. 그리고 그런 자신을 한 단계 더 높은 의식이 관찰하면서 '내가 왜 이렇게 멍하니 있는 거지.'라고 생각한다.

그런 한편으로 지금까지 체험한 적 없는 거대한 공포가 그녀를 뒤덮고 있었다. 바닥에 무엇이 있을지 모르는 깊은 구멍으로 떨어지는 듯한 공포였다. 이 지옥이 언제까지 계속되는 걸까 싶은 공포.

폭풍이 언제 사라졌는지 알 수 없었다. 그때는 의식이 없었는지도 모른다.

우선 시력이 천천히 정상으로 회복됐다. 죽 늘어선 화분이 보였다. 선인장 화분이다. 유키호가 오사카 친정에서 가져온 것이라고 했다.

다음으로 청각이 돌아왔다. 어디에선가 자동차 소리가 났다. 바람 소리도 들린다.

문득 여기가 바깥이라는 것을 인식했다. 정원이다. 미카는 잔디밭 위에 누워 있었다. 그물이 보인다. 야스하루가 골프 연습을 할 때 사용하는 것이다.

미카는 윗몸을 일으켰다. 온몸이 쑤셨다. 찰과상의 아픔과 타박상의 아픔이 있었다. 그리고 그 어느 쪽도 아닌, 내장을 도려낸 것과 같은 둔중한 아픔이 몸의 중심에 있었다.

공기가 차갑게 느껴졌다. 자신이 거의 알몸에 가까운 상태라는 것을 인식했다. 몸에 무언가 걸치고는 있지만 그것들은 이미 누더기에 가까웠다. 이 셔츠, 내가 마음에 들어 하던 건데. 또다시 별개의 의식이 냉철한 감상을 품는다.

치마는 입고 있지만 팬티가 벗겨져 있다는 것을 보지 않아도 알 수 있었다. 미카는 멍하니 먼 곳을 바라봤다. 하늘이 붉게 물들어 가고 있다.

"미카!"

갑자기 누군가의 목소리가 들렸다.

미카는 소리가 난 쪽으로 고개를 돌렸다. 유키호가 달려오고 있었다. 그 광경 역시 현실감 없는 느낌으로 그저 바라볼 뿐이었다.

9

편의점 비닐봉지 끈이 손가락을 파고들었다. 생수병과 쌀

봉지가 무거워서다. 봉지를 그대로 든 채 간신히 현관문을 열었다.

나 왔어, 라는 말이 습관적으로 나오려 한다. 하지만 소리를 내지 않는다. 이제는 그 소리를 들어 줄 사람이 안에 없다는 것을 알고 있다.

구리하라 노리코는 사 들고 온 것을 일단 냉장고 앞에 내려놓고 안쪽 방문을 열었다. 방 안은 어둡고 공기는 차갑다. 엷은 어둠 속에 하얀 컴퓨터 기기가 오롯이 떠 있다. 전에는 늘 모니터가 빛을 내뿜었고 본체에서는 팬 돌아가는 소리가 흘러나왔었다. 지금은 그 어느 쪽도 없다.

노리코는 부엌으로 돌아가 사 온 것을 정리했다. 날것과 냉동식품은 냉장고에, 건식품은 옆에 있는 선반에. 냉장고 문을 닫기 전에 350cc짜리 캔 맥주 하나를 꺼냈다.

다다미방으로 가서 텔레비전과 전기 스토브를 켠다. 방이 따뜻해지기를 기다리는 동안, 둘둘 말아 구석에 놓아둔 담요를 무릎에 덮었다. 텔레비전에서는 개그맨들이 게임에 도전하고 있다. 가장 성적이 나쁜 개그맨이 벌칙으로 번지 점프를 해야 한다. 이전의 그녀라면 저속한 프로그램이라며 절대로 보지 않았을 것이다. 그러나 지금은 그런 바보스러움이 오히려 고마웠다. 이렇게 어둡고 추운 방에 홀로 앉아서 기분이 심각해지는 프로그램 따위를 보고 싶지는 않다.

맥주 캔을 따 한 모금 꿀꺽 마신다. 차가운 액체가 목구멍에서 위로 흘러 내려간다. 온몸에 소름이 좍 끼치며 푸르르 떨린다. 그러나 그것은 쾌감이기도 하다. 그래서 겨울이 됐는데도 냉장고에서 맥주가 떨어지지 않도록 했다. 작년 겨울에도 그랬다. 그는 추울수록 맥주를 마시고 싶어 했다. 감각이 명료해진다고 말하곤 했다.

노리코는 무릎을 껴안았다. 저녁을 먹어야 하는데, 하고 생각한다. 특별히 조리를 할 필요는 없었다. 편의점에서 사 온 것을 전자레인지에 데우기만 하면 된다. 그러나 겨우 그 정도 일도 몹시 귀찮았다. 기력이 생기질 않는다. 아니, 그보다도 식욕이 전혀 없었다.

텔레비전의 볼륨을 올렸다. 방에 소리가 없으면 추위가 더한 느낌이 든다. 전기 스토브 앞으로 좀 더 다가간다.

원인은 알고 있다. 자신은 외로운 것이다. 고요한 방에 꼼짝 않고 있다 보면 고독감에 짓뭉개져 버릴 것만 같다.

전에는 그렇지 않았다. 혼자 있는 게 편안하고 쾌적했다. 그랬기에 결혼 정보 회사와 맺은 계약도 해지했다.

그런데 아키요시 유이치와의 생활이 노리코의 생각을 완전히 바꿔 놓았다. 사랑하는 사람과 함께 있는 기쁨을 알아 버린 것이다.

노리코는 계속 맥주를 마셨다. 그를 생각하지 않으려 했다.

하지만 그럴수록 머릿속에서는 컴퓨터와 마주하고 있는 그의 뒷모습이 떠올랐다. 당연한 일이다. 지난 1년 동안 그 사람만을 생각하고 그 사람만을 보며 살아왔다.

맥주 캔이 금세 비었다. 그녀는 빈 맥주 캔을 두 손으로 찌그러뜨려 테이블 위에 놓았다. 그곳에는 그렇게 찌그러진 캔이 벌써 두 개나 놓여 있었다. 어제 마신 것과 그제 마신 것이다. 요즘은 집 안 청소도 잘 하지 않는다.

일단 편의점에서 사 온 도시락을 먹자. 그렇게 생각하며 무거운 엉덩이를 들었을 때였다. 현관 벨이 울렸다.

문을 열자 낡은 코트를 걸친 초로의 남자가 서 있었다. 다부진 체격에 눈초리가 매섭다. 노리코는 직감적으로 남자의 직업을 간파했다. 불길한 예감이 들었다.

"구리하라 노리코 씨죠?"

남자가 물었다. 간사이 지방 억양이다.

"그런데요, 누구시죠?"

"사사가키라고 합니다. 오사카에서 왔어요."

남자가 명함을 내밀었다. 사사가키 준조라는 이름이 인쇄돼 있을 뿐 아무런 직함이 없다. 그 모자람을 보충하듯 그가 덧붙였다.

"올봄까지 형사로 일했습니다."

역시 그렇군, 하고 노리코는 자신의 직감이 옳았다는 것을 확인했다.

　"묻고 싶은 게 있는데 잠시 시간 좀 내 주실 수 있습니까?"

　"지금요?"

　"네. 요 앞에 찻집이 있더군요. 거기서라도……."

　어떻게 할까, 하고 노리코는 생각했다. 낯선 남자를 집 안에 들이자니 꺼림칙하고, 그렇다고 밖에 나가자니 성가시다.

　"무슨 얘긴데 그러시죠?"

　"그게…… 여러 가지입니다. 특히 이마에다 탐정 사무실에 가셨던 일에 대해서……."

　"아아."

　그녀는 자신도 모르게 그렇게 내뱉고 말았다.

　"가셨던 것 맞죠, 신주쿠의 이마에다 씨 사무실에요? 우선 그 일에 대해 좀 묻고 싶은데요."

　자칭 전직 형사가 곰살맞게 웃었다.

　불안감이 그녀의 가슴을 파고들었다. 이 남자가 뭘 물으러 온 것일까. 하지만 한편으로는 기대감도 없잖아 있었다. 그에 관해 뭔가 실마리를 얻을 수 있지 않을까 하는.

　잠시 주저하던 그녀는 결국 문을 활짝 열었다.

　"들어오세요."

　"괜찮으시겠습니까?"

　"네, 지저분하지만요."

그럼 실례하겠습니다, 라며 남자가 들어왔다. 늙은 남자 냄새가 났다.

노리코가 이마에다 탐정 사무실을 찾은 것은 지난 9월이었다. 그로부터 약 2주 전에 아키요시 유이치가 모습을 감췄다. 조짐이라고는 전혀 없었다. 그저 갑자기 사라졌다. 사고가 아니라는 것은 금세 알았다. 우편함에 집 열쇠가 담긴 봉투가 들어 있었기 때문이다. 그의 짐은 거의 그대로 남아 있었지만 애당초 많지도 않았고 귀중품이랄 만한 것도 없었다.

아키요시가 이 집에 살았었다는 걸 증명해 주는 유일한 물건은 컴퓨터였다. 그러나 노리코는 컴퓨터를 다룰 줄 몰랐다. 고민 끝에 그녀는 컴퓨터를 잘 아는 친구를 집으로 불러, 수상하게 여길 걸 알면서도 그의 컴퓨터 안에 무슨 내용이 들어 있는지 조사해 달라고 부탁했다. 프리 라이터로 일하는 친구는 컴퓨터 본체뿐 아니라 방치돼 있던 플로피 디스크들까지 살펴본 뒤 "안 되겠어, 노리코. 아무것도 남아 있지 않아."라고 결론을 내렸다. 그녀의 말에 따르면 시스템 자체가 완전히 백지상태고 플로피 디스크 역시 텅 비어 있다는 것이었다.

아키요시를 찾아낼 방법이 없을까 궁리하던 노리코는 언젠가 그가 들고 온 빈 파일을 생각해 냈다. 그 파일 겉장에는 '이마에다 탐정 사무실'이라는 글자가 쓰여 있었다.

주소와 전화번호는 어렵지 않게 찾을 수 있었다. 뭔가 알수 있을지도 모른다고 생각하자 한시도 가만히 있을 수가 없었다. 노리코는 다음 날 바로 신주쿠로 향했다.

그러나 안타깝게도 단 한 조각의 정보도 얻을 수 없었다. 아키요시라는 인물에 관한 기록은 의뢰인으로서도 조사 대상으로서도 남아 있지 않다는 게 젊은 여사무원의 대답이었다.

더는 그를 찾을 방법이 없다. 노리코는 그렇게 생각하고 있었다. 그런 만큼 사사가키가 탐정 사무실을 통해 자신을 만나러 왔다는 것은 뜻밖이었다.

사사가키의 질문은 그녀가 이마에다 탐정 사무실을 찾아간것과 관련된 사실을 확인하는 데서 시작됐다. 노리코는 잠시망설이다가 그곳에 가게 된 경위를 간략하게 설명했다. 동거하던 남자가 갑자기 사라졌다는 말에 사사가키는 다소 놀라는 표정이었다.

"이마에다 탐정 사무실의 빈 파일을 갖고 있었다는 건 좀묘한 일이군요. 그럼 그를 찾을 만한 단서가 아무것도 없다는 겁니까? 그 남자의 친구나 가족에게는 연락해 보셨습니까?"

그녀는 고개를 저었다.

"연락처를 몰라요. 그 사람에 대해서 아무것도 몰라요."

"거참……."

사사가키는 당혹스러워했다.

"그런데 대체 뭘 조사하고 계신 거죠?"

노리코가 묻자 그는 약간 주저하는 기색을 보이다가 대답했다.

"실은, 이것 역시 이상한 얘기 같습니다만, 이마에다 씨 본인이 행방불명입니다."

"네에?"

"그래서 우여곡절 끝에 제가 그의 행방을 조사하게 됐는데, 실마리가 전혀 없어요. 지푸라기라도 잡는 심정으로 이렇게 구리하라 씨를 찾아온 겁니다. 죄송합니다."

"그렇군요. 이마에다 씨는 언제부터 행방불명인가요?"

"작년 여름입니다. 8월이죠."

"8월……."

노리코는 그 무렵의 일을 떠올리고는 숨을 헉 들이마셨다. 아키요시가 청산가리를 가지고 어딘가로 갔던 게 그 무렵이다. 그리고 돌아오면서 들고 온 파일에 이마에다 탐정 사무실이라는 글자가 적혀 있었다.

"왜 그러시죠?"

전직 형사가 재빠르게 노리코의 기색을 눈치채고 물었다.

"아, 아니요, 아무것도 아닙니다."

노리코는 얼른 손을 내저었다.

"그럼 혹시 이 남자를 본 적이 있나요?"

사사가키가 주머니에서 사진 한 장을 꺼냈다.

사진을 건네받아 거기에 찍힌 남자의 얼굴을 보는 순간 그녀는 하마터면 소리를 지를 뻔했다. 다소 젊은 느낌이지만 아키요시 유이치가 틀림없었다.

"어떻습니까?"

노리코는 가슴이 쿵쿵 뛰는 것을 억누르기가 힘들었다. 머릿속에서 갖가지 생각이 오갔다. 사실대로 얘기하는 것이 좋을까. 하지만 전직 형사가 사진을 들고 다닌다는 사실이 마음에 걸렸다. 혹시 아키요시가 어떤 사건의 용의자인 것일까. 설마 이마에다 살인의?

"아니요, 모르는 사람이에요."

그녀는 그렇게 대답하고 사진을 돌려주었다. 손끝이 떨렸다. 뺨이 달아오르는 것을 스스로도 느낄 수 있었다.

사사가키는 그런 노리코의 얼굴을 뚫어져라 바라보았다. 형사의 시선이었다. 그녀는 자신도 모르게 그 눈을 피했다.

"그래요? 그것참, 아쉽군요."

사사가키는 평온한 말투로 그렇게 말하고는 사진을 집어넣었다.

"그렇다면 이만 가 보겠습니다."

그리고 엉덩이를 들다가 문득 생각이 났다는 듯 말했다.

"혹시 그 사람의 소지품을 좀 보여 주실 수 있을까요? 참고가 될지 몰라서요."

"소지품을요?"

"왜요, 안 됩니까?"

"안 될 건 없지만……."

노리코가 마지못해 사사가키를 방으로 안내했다. 그는 곧장 컴퓨터로 다가갔다.

"아키요시 씨가 컴퓨터를 사용했었나 봅니다."

"네, 컴퓨터로 소설을 쓴다고 했어요."

"호오, 소설이라."

사사가키는 컴퓨터와 그 주변을 유심히 둘러보았다.

"에 또, 아키요시 씨가 찍힌 사진 같은 건 없습니까?"

"사진은…… 없어요."

"작아도 괜찮아요. 얼굴만 알아볼 수 있으면 됩니다."

"그게, 정말 한 장도 없어요. 사진을 찍은 적이 없거든요."

그건 거짓말이 아니었다. 몇 번인가 그와 사진을 찍으려고 했지만, 그럴 때마다 아키요시는 거부했다. 그래서 그가 사라진 지금, 그를 떠올리는 것밖에는 그의 모습을 되살릴 방법이 없다.

사사가키가 고개를 끄덕이긴 했지만 그의 눈에는 의심하는 기색이 역력했다. 그의 머릿속에 어떤 생각이 오갈지 상상하자 노리코는 몹시 불안해졌다.

"그럼 아키요시 씨가 어딘가에 글씨를 남긴 건 없을까요? 메모라든지, 일기라든지."

"그런 것도 없을 거예요, 적어도 이 집에는요."

"그렇군요."

사사가키는 다시 한 번 방을 둘러본 뒤 노리코를 보며 싱긋 웃었다.

"잘 알았습니다. 실례가 많았습니다."

도움이 못 돼서 죄송합니다, 라고 그녀도 인사했다.

사사가키가 현관에서 구두를 신는 동안 노리코의 마음속에는 망설임이 소용돌이치고 있었다. 이 사람은 아키요시에 대해서 무언가를 알고 있다. 그래서 묻고 싶지만, 사진 속 인물이 그라는 얘기를 했다가는 아키요시에게 돌이킬 수 없는 결과를 가져올 것만 같았다. 다시는 만날 수 없을 것이라고 각오하고 있지만 그는 여전히 그녀에게 이 세상에서 가장 소중한 사람이었다.

구두를 다 신은 사사가키가 그녀 쪽을 돌아보았다.

"피곤하실 텐데 실례가 많았습니다."

아니에요, 라고 노리코는 대꾸했다. 목멘 소리가 나왔다.

그때였다. 마지막으로 다시 한 번 살펴보겠다는 듯 실내를 둘러보던 사사가키의 눈이 어느 한 점에서 멈췄다.

"아니, 저건?"

그가 가리킨 곳은 냉장고 옆쪽이었다. 조그만 선반이 있고, 그 위에 전화기와 메모지 등이 놓여 있었다.

"저거, 앨범 아닌가요?"

아아, 하면서 노리코는 그가 말한 것에 손을 뻗었다. 사진관에서 받은 얇은 사진첩이었다.

"별것 아니에요. 작년에 오사카에 갔을 때 찍은 사진들이에요."

"오사카에요?"

사사가키의 눈이 번쩍 빛났다고 노리코는 느꼈다.

"보여 주실 수 있을까요?"

"네. 하지만 사람은 찍혀 있지 않아요."

그녀가 사진첩을 그에게 건넸다.

아키요시를 따라 오사카에 갔을 때 노리코 혼자 찍은 것이었다. 뭘 하는 곳인지 수상쩍은 건물들과 평범한 가정집이 찍혀 있을 뿐 별로 볼거리는 없는 사진들이다. 그저 장난삼아 찍었을 뿐이고 아키요시에게는 보여 준 적도 없었다.

그런데 사진을 보는 사사가키의 반응이 이상했다. 눈을 점차 휘둥그레 뜨더니 입을 반쯤 벌린 상태로 움직임을 멈췄다.

"저, 그 사진들이 무슨……."

그러나 사사가키는 대답 없이 한참이나 사진을 노려보더니 잠시 후 펼쳐진 사진첩을 그대로 그녀에게 내밀었다.

"이 전당포 앞에 갔었군요. 이 사진은 왜 찍었나요?"

"그건…… 별다른 의미는 없어요."

"이 건물도 신경이 쓰이는군요. 어디가 마음에 들어서 사진을 찍으셨습니까?"

"그게 뭐가 잘못됐나요?"

그렇게 말하는 목소리가 떨렸다. 사사가키는 안주머니에 손을 넣어 아까 보여 줬던 사진을 다시 꺼냈다. 아키요시 사진이었다.

"하나 가르쳐 드리죠. 노리코 씨가 찍으신 사진의 전당포 간판에 '기리하라'라고 적혀 있죠? 이 남자의 성이 기리하라 입니다. 기리하라 료지, 그게 그의 본명이죠."

10

손발 끝이 얼음처럼 차가웠다. 침대에 파고들어 한참 동안 있어 봤지만 조금도 따뜻해지지 않았다. 미카는 베개에 머리를 묻고 고양이처럼 몸을 웅크렸다.

어금니가 다닥다닥 부딪치고 온몸이 하염없이 떨렸다.

눈을 감고 잠을 자려 했지만 잠이 드는 것과 동시에 얼굴

없는 남자가 덮치는 꿈을 꾸었다. 너무 무서워서 눈을 뜨면 몸이 식은땀으로 흠뻑 젖어 있고 심장이 터질 듯 쿵쿵거린다. 그것의 반복이었다.

앞으로 몇 시간이나 더 이런 상태가 계속될까. 평온해지는 날이 올 것인가.

오늘 벌어진 일이 현실이라고 믿고 싶지 않았다. 어제, 그제와 하나도 다를 것이 없는 날이었다고 생각하고 싶었다. 그러나 그건 꿈이 아니었다. 아랫배에 남아 있는 묵직한 아픔이 그 증거였다.

"내게 맡겨. 미카는 아무 생각 안 해도 돼."

유키호의 목소리가 귓가에 되살아났다.

그때 그녀가 어디에서 나타났는지 미카는 알지 못한다. 그녀에게 그 일을 어떻게 설명했는지 분명치 않다. 아마 그때는 아무 얘기도 못했을 것이다. 그러나 유키호는 무슨 일이 일어났는지 대번에 알아차린 눈치였다. 정신을 차려 보니 미카는 옷을 입고 유키호의 BMW에 타고 있었다. 유키호는 차를 몰면서 어딘가로 전화를 걸었다. 그녀의 말이 빠르기도 했지만 무엇보다 미카 자신의 사고 능력이 떨어져 있어서 얘기의 내용을 이해할 수 없었다. 다만 "절대 비밀로."라고 유키호가 몇 번이나 다짐했다는 것만은 어렴풋이 기억한다.

유키호가 미카를 데려간 곳은 병원이었다. 그러나 정면 현

관이 아니라 뒷문 같은 곳을 통해 안으로 들어갔다. 왜 그리
로 들어가는 걸까 하는 의문이 그때는 들지 않았다. 미카의
혼이 그녀의 몸속에 있지 않았던 것 같다.

검사를 하는 건지 치료를 하는 건지 미카는 잘 알지 못했
다. 그저 누운 채 눈을 꼭 감고 있었을 뿐이다.

한 시간 후 병원에서 나왔다.

"이제 몸은 걱정하지 않아도 돼."

다시 차를 몰면서 유키호가 상냥하게 말했다. 뭐라고 대답
했는지는 기억나지 않는다. 아마도 입을 다문 채 아무 말도
하지 않았을 것이다.

유키호는 경찰에 신고하자느니 어쩌느니 하는 말은 단 한
마디도 꺼내지 않았다. 뿐만 아니라 자세한 사정을 캐물으려
하지도 않았다. 일련의 일이 그녀에게는 아주 사소한 일이라
는 듯 행동했다. 그래서 미카는 오히려 고마웠다. 도저히 말
을 할 수 있는 상태가 아니었고, 자신에게 일어난 일이 낯선
사람에게 알려지는 것도 두려웠다.

집에 돌아오니 야스하루의 차가 차고에 있었다. 그것을 보
는 순간 마음이 짓뭉개지는 듯했다. 아빠에겐 뭐라고 말해야
할까.

그런데 유키호가 미카에게 이렇게 말하는 것이었다.

"아빠에게는 감기 기운이 있어서 병원에 갔다 왔다고 할게.

저녁도 다에코 씨에게 방으로 갖다 달라고 하자."

이 정도 거짓말은 아무것도 아니라는 표정이었다. 그때 미카는 모든 게 둘만의 비밀이 되리라는 걸 깨달았다. 자신이 세상에서 제일 싫어하는 여자와 둘만의 비밀이.

야스하루 앞에서 유키호의 연기는 완벽했다. 그녀는 미카에게 말한 그대로 남편에게 설명했다.

야스하루는 잠깐 걱정하는 얼굴을 했다가 "괜찮아요. 병원에서 약 받아 왔으니까."라는 아내의 말에 이내 안심하는 듯했다. 그리고 보통 때와는 눈에 띄게 다른 미카의 모습에 대해서도 별다른 의문을 품지 않는 눈치였다. 오히려 미카가 평소에 그토록 싫어하던 유키호와 함께 병원에 다녀왔다는 사실을 다행스러워하는 듯했다.

그 후 미카는 내내 자기 방에 있었다. 유키호가 지시했는지 저녁은 다에코가 방으로 가져왔다. 그녀가 테이블에 접시를 늘어놓는 동안 미카는 침대에서 잠든 척했다.

식욕은 전혀 없었다. 다에코가 나간 후 미카는 수프와 그라탱을 조금씩 입에 넣어 보았지만 금방이라도 토할 것 같아 숟가락을 내려놓았다. 그 후로는 줄곧 침대 속에서 웅크리고 있었다.

밤이 깊어지면서 서서히 공포가 밀려왔다. 방의 불은 모두 끄고 있었다. 어둠 속에 혼자 있는 건 무섭지만, 불빛 속에 자신의 모습을 드러내는 건 더욱 불안했다. 누군가 자신을 지켜보고 있는 듯한 기분이 들었다. 바다에 사는 작은 물고기마냥 바위틈에 숨어 있고 싶었다.

지금이 대체 몇 시일까. 어둠이 물러갈 때까지 얼마나 고통을 겪어야 할까. 이런 밤이 앞으로 언제까지 계속될까. 불안에 짓눌려 버릴 것만 같아 그녀는 엄지손가락을 깨물었다.

그때였다. 찰칵, 문손잡이 돌아가는 소리가 났다.

흠칫 놀란 미카는 침대 속에서 눈만 내밀어 방문 쪽을 보았다. 문이 소리 없이 열리는 것이 어둠 속에서도 보였다. 누군가 들어온다. 은색 가운이 어렴풋이 보였다.

"누구야!"

미카가 낮게 소리쳤다. 쉰 소리가 나왔다.

"역시 안 자고 있었네."

유키호의 목소리가 들렸다.

미카는 눈길을 돌렸다. 끔찍한 비밀을 공유한 상대에게 어떤 태도를 취해야 할지 알 수 없었다.

유키호가 다가오는 기척이 느껴졌다. 미카는 곁눈으로 그녀를 보았다. 유키호가 침대 발치에 섰다.

"나가. 내버려 둬."

유키호는 아무 대꾸도 하지 않았다. 그녀는 말없이 자신이 입은 가운의 끈을 풀기 시작했다. 스르륵 가운이 흘러내리자 하얀 알몸이 어둠 속에 둥실 떠올랐다.

미카가 소리를 지를 틈도 없이 유키호가 이불 속으로 들어왔다. 미카는 도망치려 했지만 강한 힘이 그녀를 짓눌렀다. 생각보다 훨씬 강한 힘이었다.

침대 위에서 미카는 큰대자로 팔다리를 벌린 꼴이 되고 말았다. 그 위로 유키호가 몸을 덮쳐 왔다. 풍만한 젖가슴 두 개가 미카의 가슴 위에서 요동쳤다.

"비켜!"

"이렇게 당했어?"

유키호가 물었다.

"이렇게 꼼짝 못하게 한 거야?"

미카는 고개를 돌렸다. 하지만 유키호가 미카의 뺨을 잡고 고개를 제자리로 돌려놓았다.

"눈 돌리지 마. 이쪽을 봐. 내 얼굴을 보라고."

미카는 슬금슬금 유키호를 보았다. 약간 치켜 올라간 커다란 눈이 미카를 내려다보고 있었다. 숨이 와 닿을 만큼 가까이에 유키호의 얼굴이 있었다.

"잠들려고 하면 당했을 때 일이 떠오르지? 눈을 감기가 무섭고, 잠을 자도 꿈꾸는 게 무섭고. 그렇지?"

응, 하고 미카는 조그만 소리로 대답했다. 유키호가 고개를 끄덕였다.

"지금의 내 얼굴을 기억해 둬. 남자에게 당했을 때 일이 떠오르려 하면 나를 생각하는 거야. 내게 이렇게 당한 것을 말이야."

유키호가 미카의 양 어깨를 더욱 세게 눌렀다. 미카는 꼼짝도 할 수 없었다.

"내 얼굴을 떠올리는 것보다 너를 이렇게 만든 남자를 떠올리는 게 나아?"

미카는 고개를 가로저었다. 그 모습을 보고 유키호가 희미하게 미소 지었다.

"착하기도 하지. 그래, 괜찮아. 금방 다시 일어날 수 있어. 내가 지켜 줄 거니까."

유키호는 두 손으로 미카의 뺨을 감쌌다. 그리고 피부의 감촉을 즐기듯 손바닥을 움직였다.

"내게도 말이지, 너랑 똑같은 경험이 있어. 아니, 훨씬 더 무서운 경험이었어."

미카는 놀라서 무슨 말인가 하려 했다. 그 입술에 유키호가 집게손가락을 댔다.

"지금의 너보다 훨씬 어릴 때였어. 정말 어린아이였을 때. 하지만 어리다고 해서 악마가 덮치지 말란 법은 없잖아? 게다가 악마는 한 마리가 아니었어."

거짓말, 하고 미카는 중얼거렸다. 그러나 소리가 되어 나오지는 않았다.

"지금의 너는 그때의 나."

유키호가 자신의 몸으로 미카의 몸을 완전히 덮었다. 그리고 두 팔로 미카의 머리를 감싸 안았다.

"가엾어라."

그 순간, 미카는 속에서 무언가가 터지는 듯한 느낌을 받았다. 그리고 어딘가가 끊겨 있던 신경이 연결되는 듯한 감각이 느껴졌다. 그 신경을 통해 슬픈 감정이 홍수처럼 미카의 마음속으로 흘러들었다.

미카는 유키호에게 안긴 채 엉엉 소리 내어 울었다.

11

사사가키가 시노즈카 가즈나리와 함께 시노즈카 야스하루의 집을 찾아가기로 한 것은 12월 중순의 일요일이었다. 그러기 위해서 사사가키는 지난달에 이어 또다시 도쿄로 올라왔다.

"만나 줄까 모르겠네요."

차 안에서 사사가키가 말했다.

"문전 박대야 하겠습니까."

"집에 있기나 했으면 좋겠습니다."

"그 점은 걱정 마세요. 스파이에게 정보를 입수해 뒀으니까요."

"스파이요?"

"네, 가정부요. 후후."

가즈나리가 운전하는 벤츠는 오후 2시가 조금 지나 야스하루의 집 앞에 도착했다. 대문 바로 옆에 방문객용 주차 공간이 있었다. 가즈나리는 그곳에 주차했다.

"밖에서만 봐서는 얼마나 넓은지 모르겠군요."

대문에서 저택을 올려다보며 사사가키가 말했다. 대문과 높은 담장 너머로 나무밖에 보이지 않았다.

가즈나리가 문 옆에 있는 인터폰 버튼을 눌렀다. 금방 반응이 있었다.

"오랜만이네요, 가즈나리 씨."

중년 여자의 목소리였다. 안에서 카메라로 내다보고 있는 듯했다.

"안녕하세요, 다에코 씨. 형님은 집에 계신가요?"

"네, 계십니다. 잠시만 기다려 주세요."

인터폰이 일단 끊겼다. 1, 2분쯤 지나 다시 스피커에서 소리가 들렸다.

"정원으로 오시랍니다."

"알겠습니다."

가즈나리의 대답과 동시에 대문 옆의 조그만 출입구가 찰칵 하는 금속음과 함께 열렸다.

가즈나리를 따라 사사가키도 담장 안으로 발을 들여놓았다. 돌이 깔린 긴 진입로가 저택으로 이어져 있었다. 외국 영화의 한 장면 같군, 하고 사사가키는 생각했다.

현관 쪽에서 두 여자가 걸어오고 있었다. 가즈나리가 소개할 것도 없이 사사가키는 그들이 시노즈카 야스하루의 딸과 유키호라는 것을 알아차렸다. 딸의 이름이 미카라는 것도 이미 알고 있었다.

"어떻게 하죠?"

가즈나리가 나지막한 소리로 물었다.

"저에 대해서는 적당히 둘러대세요."

사사가키도 가즈나리의 귓가에 속삭이듯 말했다.

두 사람은 천천히 진입로를 걸었다. 유키호가 저만치서 미소 지으며 인사했다.

네 사람이 진입로 중간쯤에 마주 섰다.

"안녕하세요. 갑자기 찾아와서 죄송합니다."

가즈나리가 먼저 말문을 열었다.

"오랜만이네요. 잘 지내셨어요?"

"뭐, 그럭저럭요. 형수님도 좋아 보이시는데요."

"덕분에요."

"오사카 지점, 드디어 오픈이죠? 준비는 잘돼 가나요?"

"계획대로 되지 않는 게 많아서 골치가 아파요. 몸이 열 개라도 모자랄 지경이랍니다. 그러잖아도 지금 그 일로 나가는 길이에요."

"그렇군요. 고생이 많으시겠습니다."

그리고 가즈나리는 옆에 서 있는 소녀에게 눈길을 돌렸다.

"미카도 잘 지냈어?"

소녀가 미소 지으며 고개를 끄덕였다. 사사가키는 소녀가 어딘가 모르게 맥이 빠져 있다는 인상을 받았다. 그녀가 유키호를 받아들이지 않는 것 같다는 얘기를 가즈나리에게 들었는데 그런 분위기가 느껴지지 않는 것도 의외였다.

"나가는 김에 미카의 크리스마스 옷도 찾으려고요."

유키호가 말했다.

"그렇군요."

"그런데 이분은?"

유키호의 눈길이 사사가키 쪽을 향했다.

"아아, 우리 회사에 출입하는 업자입니다."

가즈나리가 천연덕스럽게 대답했다.

처음 뵙겠습니다, 라며 사사가키가 고개를 숙였다가 드는데 유키호와 눈이 마주쳤다.

19년 만이었다. 물론 사사가키는 어른이 된 그녀를 몇 번 봤지만 이렇게 서로 마주한 적은 없었다. 그는 오사카의 그 낡은 아파트에서 처음 유키호를 보았을 때를 떠올렸다. 그때의 소녀가 눈앞에 있다. 그때와 똑같은 눈을 하고서.

'기억합니까, 니시모토 유키호 씨.'

사사가키는 마음속으로 그녀를 불렀다. 나는 당신이라는 사람을 19년 동안 추적해 왔어요. 꿈에 보일 정도로요. 하지만 아마도 당신은 기억하지 못하겠지요, 나 같은 늙은이 따위. 보기 좋게 속아 넘어간 바보 같은 인간 중 하나에 불과할 테니까요.

그때 유키호가 방긋 웃었다.

"오사카 분이신가 봐요?"

갑자기 뒤통수를 얻어맞은 기분이었다. 말의 억양으로 알아차린 모양이다.

"아, 네."

사사가키가 약간 허둥대면서 대답했다.

"그렇군요, 역시. 이번에 신사이바시에 가게를 내게 됐어요. 꼭 한번 들러 주세요."

그녀는 핸드백에서 엽서 한 장을 꺼냈다. 오픈 안내장이었다.

"호오, 그렇군요. 친척들에게도 알려 줘야겠네요."

"그럽네요."

유키호가 그렇게 말하고 그의 얼굴을 물끄러미 바라보았다.

"떠올라요, 옛날 일들이."

그녀의 표정에는 웃음기가 없었다. 멀리 있는 무언가를 바라보는 눈길이다.

그러더니 다음 순간 그 입술이 활짝 벌어졌다.

"형님은 정원에 계세요. 어제 골프 성적이 마음에 안 드는지 맹연습 중이에요."

"그럼 방해가 안 되도록 얼른 끝내야겠군요."

"아니에요, 천천히 말씀 나누세요."

그리고 유키호는 미카에게 고개를 끄덕하더니 발걸음을 뗐다. 사사가키와 가즈나리는 두 사람에게 길을 비켜 주었다.

유키호의 뒷모습을 눈으로 좇던 사사가키는 '저 여자가 나를 기억할지도 모르겠군.' 하고 생각했다.

유키호의 말대로 야스하루는 남쪽으로 난 정원에서 골프 연습을 하고 있었다. 가즈나리가 다가가자 클럽을 내려놓고 웃는 얼굴로 맞았다. 그 얼굴에서 사촌 동생을 자회사로 쫓아낸 비정함은 느낄 수 없었다.

그러나 가즈나리가 사사가키를 소개하자 야스하루의 얼굴에 경계의 빛이 어렸다.

"오사카에서 온 전직 형사?"

야스하루가 사사가키의 얼굴을 빤히 들여다보았다.

"아무래도 형님이 들으셔야 할 것 같은 얘기가 있어서요."

가즈나리의 말에 야스하루는 웃음기가 싹 가신 표정으로 "그럼 안으로 들어가지."라며 집 쪽을 가리켰다.

"아닙니다. 날씨도 따뜻하고 하니 그냥 여기서 하죠. 얘기가 끝나면 바로 갈 겁니다."

"이런 곳에서 말이야?"

야스하루는 잠시 두 사람의 얼굴을 번갈아 보더니 고개를 끄덕였다.

"뭐, 좋을 대로. 다에코 씨에게 따뜻한 차라도 가져오라고 해야겠군."

정원에는 하얀 테이블과 의자 네 개가 놓여 있었다. 날씨가 좋은 날에는 가족끼리 영국풍의 티타임을 즐기는지도 몰랐다. 가정부가 가져온 밀크티를 마시면서 사사가키는 행복한 가족의 모습을 그렸다.

그러나 그 자리는 평화로운 티타임은 되지 못했다. 가즈나리가 얘기를 시작하자마자 야스하루의 얼굴이 험악해졌기 때문이다.

가즈나리의 얘기는 유키호와 관련된 에피소드들이었다. 사사가키와 가즈나리가 의논 끝에 정리한, 그녀의 본성을 암시하는 수많은 사건들. 당연히 기리하라 료지라는 이름도 몇 번인가 등장했다.

예상했던 대로 야스하루는 얘기 도중 격앙되어 테이블을 쾅 치며 일어섰다.

"말 같지도 않은 소리야. 무슨 얘기를 하려나 했더니만 ……."

"형님, 일단 끝까지 들어 보세요."

"들을 필요 없어. 그따위 허튼소리를 상대하고 있을 만큼 내가 한가한 줄 알아? 너도 그런 쓸데없는 소리 늘어놓을 시간이 있으면 지금 있는 회사를 일으켜 세울 궁리나 해."

"그것과 관련해서도 드릴 말씀이 있어요."

가즈나리도 일어나 야스하루의 등에 대고 말했다.

"저를 함정에 빠뜨린 범인을 알았어요."

야스하루가 휙 돌아보았다.

"설마 그것도 유키호 짓이라고 하지는 않겠지."

그가 입술을 일그러뜨리고 말했다.

"시노즈카 약품의 네트워크에 해커가 침입했다는 얘기는 들으셨죠? 그 해커는 데이토 대학 부속 병원의 컴퓨터를 경유했어요. 그 병원 약사가 최근까지 동거했던 남자가 바로 지금까지 몇 번이나 이름이 거론됐던 기리하라 료지였습니다."

가즈나리의 말에 야스하루가 눈을 부릅떴다. 그는 갑자기 말문이 막혔는지 입을 절반쯤 벌린 채 꼼짝하지 않았다.

"사실입니다."

사사가키가 옆에서 말했다.

"그 약사도 인정했어요. 기리하라 료지가 틀림없습니다."

야스하루가 무슨 말인가 한 것 같았다. 상관없어, 사사가키의 귀에는 그렇게 들렸다.

사사가키가 코트 주머니에서 사진 한 장을 꺼냈다.

"이걸 좀 보시죠."

"그건 또 뭡니까? 무슨 사진이에요?"

"좀 전에 가즈나리 씨가 설명했던, 20년 전 살인 사건이 있었던 건물입니다. 그러니까 오사카죠. 그 약사가 기리하라 료지와 오사카에 갔을 때 찍은 사진이라고 합니다."

"그게 어쨌다는 겁니까?"

"오사카에 갔던 날짜를 들었습니다. 작년 9월 18일에서 20일까지 사흘간입니다. 그즈음의 일을 당연히 기억하고 계시겠죠."

야스하루가 기억을 떠올릴 때까지 약간의 시간이 걸렸다. 그러나 그는 마침내 기억을 떠올렸다. 아, 하고 작은 소리가 그의 입에서 새어 나왔던 것이다.

"그렇습니다."

사사가키가 대답했다.

"9월 19일은 가라사와 레이코 씨가 운명하신 날입니다. 왜 갑자기 호흡이 멈췄는지 병원에서도 의아해했다더군요."

"말도 안 되는 소리예요!"

야스하루가 사진을 내던졌다.

"가즈나리, 이 머리가 이상한 노인네 데리고 당장 꺼져. 앞으로 또다시 이런 얘기를 꺼내면 두 번 다시 우리 회사로 돌아오지 못할 거야. 분명히 말하는데, 네 아버지도 이제는 우리 회사 임원이 아니야."

그는 발치에 굴러다니던 골프공을 주워 있는 힘껏 네트를 향해 던졌다. 공은 네트를 지탱하는 쇠기둥에 부딪쳐 탕 소리를 내며 힘차게 튕겨 나가더니 테라스에 늘어서 있는 화분에 부딪쳤다. 퍽, 하고 뭔가 깨어지는 소리가 났다. 그러나 야스하루는 그쪽은 아랑곳하지 않고 테라스를 통해 집으로 들어가 유리문을 탁 닫았다.

가즈나리는 한숨을 쉬다가 사사가키를 보며 피식 웃었다.

"거의 예상했던 대로군요."

"가라사와 유키호에게 완전히 빠져서 이성을 잃었어요. 그게 그 여자의 무기죠."

"형님도 지금은 흥분해서 저러지만, 좀 진정되면 우리 얘기를 되새겨 볼 겁니다. 그때를 기다리는 수밖에 없어요."

"그런 날이 온다면 좋겠습니다만."

두 사람이 돌아가려 하는데 가정부가 쫓아 나왔다.

"무슨 일이 있었나요? 큰 소리가 나던데요."

"형님이 던진 골프공이 어딘가에 부딪친 모양이에요."

"어머나, 다친 데는 없으세요?"

"다친 건 화분이에요. 사람은 괜찮아요."

가정부는 저런, 이라고 하더니 화분이 놓여 있는 쪽을 보았다.

"아이고, 큰일 났네. 사모님 선인장이……."

"형수님 거라고요, 선인장이?"

"오사카에서 가져오신 거예요. 이런, 완전히 깨져 버렸네."

가즈나리가 선인장이 있는 쪽으로 다가갔다.

"형수님이 선인장을 가꾸는 취미가 있나 봐요."

"아니에요, 돌아가신 어머니 취미였다고 들었어요."

"아아, 그러고 보니 얘기를 들은 것 같아요, 형수님 어머니 장례식 때."

그리고 가즈나리는 가정부에게 인사하고 발길을 돌리려고 했다. 그때였다.

"어, 이게 뭐지."

가정부가 말했다.

"왜 그러세요?"

가정부가 깨진 화분 속에서 무언가를 집어냈다.

"이런 게 들어 있네요."

가즈나리가 그녀의 손에 들린 것을 보았다.

"유리로군요. 선글라스 렌즈처럼 보이는걸요."

"그런 것 같네요. 원래부터 흙에 섞여 있었나 봐요."

가정부가 유리 조각을 깨진 화분 위에 도로 올려놓았다.

"무슨 일입니까?"

궁금해진 사사가키가 그들 쪽으로 다가갔다.

"아니, 별일 아닙니다. 화분 속에 유리 조각이 들어 있었어요."

가즈나리가 깨진 화분을 손가락으로 가리켰다.

사사가키가 그쪽을 보았다. 납작한 유리 조각이 눈에 들어왔다. 가즈나리가 말한 대로 선글라스 렌즈인 듯했다. 반 정도로 깨진 상태였다. 그는 그것을 조심스럽게 주워 들었다.

몇 초 후, 그는 온몸의 피가 소용돌이치는 것을 느꼈다. 몇 가지 기억이 되살아나 어지럽게 교차했다. 그 기억들은 곧 한 줄로 이어졌다.

"오사카에서 가져온 화분이라고 하셨죠?"

그가 감정을 억누른 목소리로 물었다.

"네, 사모님 어머니 댁에 있던 거래요."

"화분을 내내 정원에 두셨습니까?"

그 질문에 이번에는 가즈나리가 대답했다.

"네, 줄곧 정원에 있었어요. 왜 그러시죠?"

그도 전직 형사의 심상치 않은 태도에 신경이 쓰이는 듯했다.

"아니, 아직은 확실하지 않아서요."

사사가키는 손에 쥔 유리 조각을 햇빛에 비춰 보았다.

그것은 옅은 녹색을 띠고 있었다.

12

'R&Y' 오사카 1호점 오픈 준비는 밤 11시가 되도록 계속됐다. 하마모토 나쓰미는 꼼꼼하게 마지막 점검을 하는 시노즈카 유키호를 따라 가게 안을 돌았다. 점포 넓이로 보나 상품 구색으로 보나 도쿄 본점을 훨씬 능가했다. 홍보 활동도 더는 불가능하리만치 최선을 다했다. 이제는 결과를 기다릴 뿐이었다.

"99퍼센트까지는 도달한 것 같네."

점검을 마친 후 유키호가 말했다.

"99퍼센트라면, 아직 완벽하진 않은가요?"

나쓰미가 물었다.

"괜찮아. 1퍼센트의 부족함 때문에 내일의 목표를 세울 수 있으니까."

유키호는 그렇게 말하고 싱긋 웃었다.

"자, 이제는 몸을 쉬는 일만 남았어. 오늘 밤은 자기나 나나 알코올은 적당히 해야겠지?"

"축배는 내일 들고요."

"그래, 그러자."

두 사람이 빨간 재규어에 올라탔을 때는 밤 11시 반이 지나 있었다. 나쓰미가 핸들을 잡자 유키호는 조수석에서 심호흡을 한 번 했다.

"우리 열심히 하자. 걱정 마, 나쓰미라면 분명 잘할 거야."

"그럴까요? 그러면 좋겠는데."

나쓰미는 조금 겁이 나는 눈치다. 오사카점의 운영은 실질적으로 그녀의 손에 맡겨져 있었다.

"자신감을 가져. 자신이 최고라고 생각하는 거야. 알았지?"

유키호가 나쓰미의 어깨를 잡고 흔들었다.

네, 라고 대답하고 나서 나쓰미는 다시 유키호를 보았다.

"그래도 솔직히, 겁이 나요. 사장님처럼 할 수 있을지 정말 불안해요. 사장님은 두렵다고 생각하신 적 없었어요?"

그러자 유키호는 그 커다란 눈으로 나쓰미를 똑바로 보았다.

"있잖아, 나쓰미. 하루 중에는 태양이 떠 있을 때도 있고 질 때도 있잖아. 마찬가지로 인생에도 낮과 밤이 있어. 물론 실제 태양처럼 일출과 일몰이 규칙적으로 찾아오는 건 아니지. 사람에 따라서는 늘 태양이 비치는 사람도 있어. 내내 캄캄한 어둠 속에서 살아야 하는 사람도 있고. 그런데 사람은 뭘 무서워하는지 알아? 그때껏 떠 있던 태양이 져 버리는 거야. 자신을 비추고 있던 빛이 사라지는 걸 굉장히 두려워하지. 지금 나쓰미가 바로 그래."

유키호가 무슨 말을 하는지는 대충 이해가 갔다. 나쓰미는 고개를 끄덕였다.

"나는 있잖아,"

유키호가 말을 이었다.

"태양 아래서 산 적이 없어."

"설마요."

나쓰미가 웃었다.

"사장님이야말로 늘 태양이 가득하지 않아요?"

그러나 유키호는 고개를 저었다. 그 눈에 진지함이 어려 있어 나쓰미도 웃음을 거뒀다.

"내 위에 태양 따위는 없었어. 언제나 밤이었지. 하지만 어둡지는 않았어. 태양을 대신하는 존재가 있었으니까. 태양만큼 환하게 빛나지는 않았지만 내게는 충분했어. 난 그 빛 덕분에 밤을 낮이라 생각하며 살 수 있었고. 이해하겠어? 애당초 내게 태양 같은 건 없었어. 그래서 잃어버리면 어쩌나 하는 두려움도 없었지."

"태양을 대신하는 게 뭐였는데요?"

"글쎄……. 나쓰미도 언젠가는 알게 될 날이 올지도 모르지."

그렇게 말하고서 유키호는 앞을 향해 자세를 고쳐 앉았다.

"자, 그만 가자."

그 이상은 물을 수 없었다. 나쓰미는 시동을 걸었다.

유키호가 오늘 밤 묵을 장소는 요도야바시에 있는 호텔 스카이 오사카였다. 나쓰미는 이미 오사카에 지낼 곳을 구한 상태였다. 기타텐마에 있는 아파트다.

"본래 오사카의 밤은 지금부터가 본게임인데."

차창 밖을 바라보면서 유키호가 말했다.

"맞아요, 오사카는 놀 만한 데가 널려 있으니까요. 저도 옛날에는 많이 놀았어요."

나쓰미의 말에 옆에서 유키호가 훗, 웃는 기척이 느껴졌다.

"역시 이쪽에 오니까 오사카 사투리가 바로 나오네."

"아, 죄송해요. 저도 모르게 그만……."

"괜찮아, 여긴 오사카잖아. 나도 여기 있을 때는 오사카 사투리를 써 볼까?"

"아아, 그거 굉장히 좋은 생각인걸요."

"그래?"

유키호가 미소 지었다.

이윽고 두 사람은 호텔에 도착했다. 유키호가 입구에서 내렸다.

"그럼 사장님, 내일 뵐게요."

"응. 밤중에라도 급한 일이 생기면 휴대 전화로 연락하고."

"그럴게요."

"나쓰미."

유키호가 오른손을 내밀었다.

"승부는 지금부터야."

네, 라고 대답하며 나쓰미는 그 손을 잡았다.

13

시곗바늘이 12시를 지나는 것을 보고 이제 그만 문을 닫으려 하는 참에 낡은 나무 문이 삐걱거리며 열렸다. 짙은 회색 코트를 걸친 초로의 남자가 느릿느릿 들어왔다.

문이 열리는 것을 보고 살가운 미소를 지었던 기리하라 야에코의 얼굴이 손님을 보자마자 원래의 표정으로 돌아왔다. 그리고 조그맣게 한숨을 쉬었다.

"뭐야, 사사가키 씨잖아. 난 또 행운의 신인가 했지."

"무슨 소리야. 행운의 신 맞지."

사사가키는 목도리와 코트를 벗어 마음대로 벽에 걸더니, 열 명 정도 앉을 수 있는 L자형 카운터 자리의 가운데쯤에 걸 터앉았다. 코트 밑에는 후줄근한 갈색 양복을 입고 있었다. 형사 노릇을 그만둬도 이 사람의 스타일은 변하지 않는다.

야에코는 맥주잔을 그의 앞에 내놓고 맥주 한 병을 다 따랐 다. 그가 이 가게에서는 맥주밖에 마시지 않는다는 것을 그 녀는 알고 있었다.

사사가키는 맛있게 한 모금을 마신 후 야에코가 내놓은 간 단한 마른안주로 손을 뻗었다.

"경기가 어때, 슬슬 망년회 시즌인데?"

"보시다시피요. 이 장사도 거품이 꺼진 지 오래예요. 하긴 거품이란 게 있기나 했는지 모르겠지만."

야에코는 자신도 잔을 하나 꺼내 맥주를 따랐다. 그리고 건 배도 없이 단숨에 절반을 들이켰다.

"여전하군, 술 마시는 건."

사사가키가 손을 뻗어 그녀의 맥주병을 잡더니 남은 맥주 로 그녀의 잔을 채웠다.

고마워요, 라며 야에코가 고개를 꾸벅했다.

"낙이 이거밖에 없어요."

"야에코 씨가 여기에 가게를 낸 게 몇 년이나 됐지?"

"가만있자, 몇 년이나 됐나."

그녀가 손가락을 꼽았다.

"14년인가⋯⋯, 맞아요, 내년 2월이면 14년이에요."

"꽤 오래됐군. 역시 이 일이 제일 잘 맞는 건가."

하하하, 하고 그녀가 웃었다.

"그럴지도 모르죠. 그 전에 하던 찻집은 3년 만에 망했으니까요."

"전당포 일에는 전혀 관여하지 않지?"

"아휴, 그건 내가 제일 싫어하는 일이에요. 성격에 전혀 맞지 않아요."

그런데도 13년 가까이 전당포 주인의 아내로 살았다. 그것이 자기 인생 최대의 잘못이었다고 그녀는 이제 와서 생각한다. 기리하라와 결혼하지 않고 기타신치의 바에서 계속 일했더라면 지금쯤 번듯한 가게를 꾸려 가고 있을 것이다.

남편인 요스케가 살해당한 후 한동안은 마쓰우라가 가게를 돌봤다. 하지만 끝내는 친족 회의가 열렸고, 가게는 요스케의 사촌 동생 손에 넘어갔다. 원래 기리하라 가문은 대대로 전당포를 운영했었고, 친척 중에도 '기리하라'라는 간판을 내걸고 전당포를 하는 집이 몇 집인가 있었다. 그러니 요스케가 죽었다고 해서 야에코 마음대로 할 수 있는 일은 아니었다.

얼마 후 마쓰우라는 가게를 그만두었다. 새 주인이 된 사촌 동생에 따르면 마쓰우라가 가게 돈을 꽤 많이 가져다 쓴 흔적이 있다고 했다. 하지만 야에코는 숫자에 약했다. 그리고 솔직히 말해 그녀에게는 아무래도 상관없는 일이었다.

야에코는 집과 가게를 사촌 동생에게 넘기고 그에게 받은 돈으로 우에혼 마치에 찻집을 열었다. 그때 그녀가 미처 계산하지 못한 것이 있는데, 전당포 '기리하라'가 있는 땅이 요스케의 것이 아니라 요스케 형의 명의로 돼 있었다는 사실이었다. 즉 빌린 땅이었던 것이다. 그 사실을 야에코는 그때까지 모르고 있었다.

찻집은 개점 당시에는 그런대로 순조롭게 운영됐지만 반 년 정도 지나자 손님이 줄어들기 시작하더니 결국은 벽에 부딪치고 말았다. 이유를 알 수 없었다. 새로운 메뉴를 고안해 보기도 하고 실내 장식을 바꿔 보기도 했지만 특효약은 되지 못했다. 하는 수 없어 인건비를 줄이자 서비스의 질이 떨어지게 되고 끝내는 손님의 발길이 더 멀어지는 결과를 낳았다.

결국 3년을 채우지 못하고 가게를 접었다. 그즈음에 호스티스 시절 친구에게서 덴노지에 조그만 가게가 있는데 운영해 보지 않겠느냐는 제안을 받았다. 권리금이 없는 데다 시설을 모두 갖춘 상태에서 빌릴 수 있는 좋은 조건이었다. 그녀는 바로 달려들었다. 그것이 지금 이 가게다. 이후 14년 동안 가게는 야에코의 생활을 지탱해 주었다. 이 가게가 없었다면, 하고 생각하면 그녀는 지금도 식은땀이 흐른다. 물론 이 가게를 연 직후에 인베이더 게임이 유행하는 바람에 커피 때문이 아니라 게임을 하러 손님들이 찻집으로 몰려들게 됐을 때는 이를 북북 갈 정도로 후회했지만 말이다.

"아들은? 여전히 연락이 없나?"

사사가키가 물었다.

야에코는 씁쓸하게 웃으면서 고개를 저었다.

"체념한 지 오래예요."

"올해로 몇 살이지? 딱 서른인가?"

"글쎄요, 어떻게 됐나…… . 다 잊어버렸어요."

사사가키라는 이 남자는 야에코가 지금의 가게를 열고 4년이 될 무렵부터 가끔씩 찾아오곤 했다. 원래는 요스케 살해 사건을 담당했던 형사지만 그 얘기를 꺼내는 일은 거의 없었다. 대신 빼놓지 않고 묻는 것이 료지에 관한 일이었다.

야에코가 찻집을 열고 그곳에 거주하기 시작한 이후로도 료지는 중학교를 졸업할 때까지 '기리하라'에 살았다. 야에코로서는 찻집을 운영하는 데만도 머리가 터질 지경이어서 아들을 보살피지 않아도 되는 것이 오히려 다행이었다.

야에코가 지금의 가게를 시작할 때쯤 료지는 '기리하라'를 나와 야에코가 있는 곳으로 옮겼다. 그렇다고 모자의 단란한 생활이 시작된 것은 아니었다. 그녀는 밤늦게까지 취객을 상대해야 했고, 가게가 끝나면 잠을 자기에 바빴다. 해가 중천에 뜬 후에야 일어나 간단히 식사를 한 다음 목욕과 화장을 하고 영업 준비에 들어갔다. 그러다 보니 아들에게 아침을 차려 준 적이 한 번도 없었고, 저녁도 사 먹거나 시켜 먹는 것이 대부분이었다. 모자가 얼굴을 마주하는 것은 하루에 한 시간이 될까 말까 했다.

그러다 어느 날인가부터 료지의 외박이 잦아졌다. 어디서 자고 오냐고 물어봐도 애매한 대답밖에 들을 수 없었다. 그렇다고 학교나 경찰의 주의를 받은 적도 없고 해서 야에코는 별달리 신경을 쓰지 않았다. 무엇보다도 그녀는 하루하루를 살아가는 데 지쳐 있었다.

고등학교 졸업식 날 아침, 료지는 평소처럼 나갈 채비를 했다. 그날따라 잠이 깨어 있던 야에코는 이불 속에서 그를 배웅했다.

언제나 말없이 집을 나서던 그가 웬일인지 현관에 멈춰 서서 뒤돌아보며 말했다.

"그럼 나, 갈게."

"그래, 다녀와."

잠이 덜 깬 머리로 그녀는 대답했다.

결국 그것이 모자의 마지막 대화였다. 야에코가 화장대 위에서 메모지를 발견한 것은 그로부터 몇 시간 후였다. 거기에는 '이제 돌아오지 않아.'라고만 적혀 있었다. 그리고 그 선언대로 그는 돌아오지 않았다.

물론 찾을 방법이 없었던 건 아니다. 하지만 야에코는 적극적으로 그를 찾아 나서지 않았다. 섭섭한 한편으로, 료지가 그러는 것도 무리가 아니라는 생각이 들었다. 자신이 단 한 번도 엄마 노릇을 한 적이 없었다는 것을 그녀는 자각하고 있었다. 또 료지가 자신을 엄마로 인정하지 않는다는 것도 알고 있었다.

본래부터 자신에게는 모성이라는 것이 결여돼 있는지도 모르겠다고 야에코는 생각했다. 료지를 낳은 것도 아이를 원해서가 아니라 딱히 낙태할 이유가 없었기 때문이라고 하는 편이 사실에 가까웠다. 그녀가 요스케와 결혼한 이유는 일하지 않아도 살 수 있기 때문이었다. 그런데 아내나 엄마라는 위치는 당초 예상했던 것보다 훨씬 갑갑하고 따분한 것이었다. 그녀는 아내나 엄마가 아니라 언제까지나 여자이고 싶었다.

료지가 집을 나간 지 석 달쯤 됐을 때 한 남자와 깊은 관계에 빠졌다. 수입 잡화를 취급하는 남자였다. 그는 야에코의 외로운 마음을 달래 주었다. 여자이고 싶은 그녀의 마음을 채워 주었다.

그 남자와는 2년 정도 같이 살았다. 헤어지게 된 것은 남자가 자기 집으로 돌아가야 했기 때문이다. 그는 유부남이고 사카이 시에 집이 있었다.

그 후로도 몇몇 남자와 사귀었고 또 헤어졌다. 그리고 지금은 혼자다. 마음이 편하기는 하지만 외로워 견딜 수 없을 때도 있다. 그런 밤에는 료지를 떠올렸다. 하지만 만나고 싶다는 생각을 품는 것은 그녀 자신이 삼갔다. 그럴 자격이 없다는 것을 스스로 잘 알고 있었다.

사사가키가 세븐스타를 입에 물었다. 야에코는 얼른 일회용 라이터를 집어 담배 끄트머리에 불을 붙였다.

"저기 말이야, 몇 년이나 됐을 것 같아? 당신 남편이 살해당했을 때로부터 말이야."

담배를 한 모금 빨고 나서 사사가키가 물었다.

"20년…… 정도?"

"정확히 말해서 19년이야. 아주 옛날 일이 되고 말았군."

"그러게요. 사사가키 씨는 은퇴했고, 나는 할망구가 됐고."

"그만큼 시간이 흘렀으니 이제 슬슬 얘기를 해도 되지 않겠어?"

"뭘요?"

"그 당시에는 얘기할 수 없었지만 지금은 얘기할 수 있는 일 말이야."

야에코는 희미하게 웃더니 자신의 담배를 꺼내 불을 붙였다. 그리고 한 모금 깊게 빨아들인 뒤 얼룩진 천장을 향해 가느다란 회색 연기를 토해 냈다.

"이상한 소리를 하시네. 나는 숨긴 거 없어요."

"그런가? 나는 여러 가지로 납득이 안 되는 일이 있어서 말이지."

"아직도 그 사건에 집착하고 있는 거예요? 참 끈질기기도 하시네."

손가락 끝에 담배를 끼운 채 야에코는 뒤에 있는 선반에 가볍게 몸을 기댔다. 어디선가 유선 방송 음악이 들려왔다.

"사건 당일에 당신은 점원 마쓰우라와 아들 료지 군과 셋이서 집에 있었다고 했는데, 그거 사실인가?"

"사실이고말고요."

야에코가 재떨이를 집어 들고 담뱃재를 떨었다.

"거기에 관해서는 사사가키 씨도 그렇고 다들 집요하리만큼 조사하지 않았나요?"

"조사했지. 그런데 구체적으로 증명된 알리바이는 마쓰우라 것뿐이었어."

"그럼 내가 그 사람을 죽였다는 거예요?"

야에코는 코로 연기를 뿜었다.

"아니, 당신도 같이 있었잖아. 내가 의심하는 건 세 사람이 같이 있었다는 사실이야. 실제로는 당신과 마쓰우라, 단둘이 있었던 것 아닌가?"

"사사가키 씨, 무슨 말이 하고 싶은 거예요?"

"당신과 마쓰우라는 그렇고 그런 사이였지?"

사사가키는 잔에 남은 맥주를 들이켰다. 빈 잔을 채우려는 야에코를 제지하고 그는 스스로 자기 잔에 맥주를 따랐다.

"이젠 숨기지 않아도 되잖아, 옛날 얘기인데. 새삼스럽게 누가 뭐라 할 것도 아니고 말이야."

"이제 와서 옛날 얘기를 들어 봐야 뭘 어쩌려고요."

"뭘 어쩌겠다는 게 아니야. 그저 납득하고 싶을 뿐이지. 사건이 발생했을 시간에 전당포를 찾았던 손님 얘기로는 입구가 잠겨 있었다고 했어. 거기에 관해 마쓰우라는 금고에 들어가 있었다고 했고 당신은 아들과 텔레비전을 보고 있었다고 했지. 하지만 그건 사실이 아니야. 실은 당신과 마쓰우라는 방 안 이불 속에 있었어. 그렇지 않나?"

"글쎄요, 어쨌더라……."

"역시 그랬나 보군."

사사가키는 빙글거리며 잔을 입으로 가져갔다.

야에코는 대답 없이 연거푸 담배만 빨아 댔다. 그리고 떠다니는 연기를 바라보다가 문득 그때 일을 떠올렸다.

마쓰우라 이사무라는 자를 그다지 좋아했던 것은 아니다. 그저 하루하루가 따분했다. 이러다가는 여자로서 끝나는 게 아닐까 하는 초조함도 있었다. 그래서 마쓰우라가 다가왔을 때 두말 않고 받아들였다. 그 남자 역시 그녀의 그런 속내를 꿰뚫어 보았기 때문에 유혹해 왔을 것이다.

"아들은 2층에 있었나?"

사사가키가 물었다.

"네?"

"료지 군 말이야. 당신과 마쓰우라는 1층 방에 있었고 그 아이는 2층에 있었지? 그래서 당신들은 아들이 불쑥 들어오지 못하도록 계단 문에 자물쇠를 걸어 두었고."

"자물쇠를요?"

그렇게 말해 놓고 나서야 야에코는 고개를 크게 끄덕였다.

"아아, 맞아요. 그러고 보니 계단 문에 그런 자물쇠가 달려 있었어요. 과연 형사는 다르네. 용케 기억하고 계시네요."

"어쨌든 그때 료지 군은 2층에 있었지? 그런데 당신과 마쓰우라의 관계를 감추기 위해서 그 아이도 함께 있었다고 한 거야. 그렇지?"

"마음대로 생각하세요, 난 아무 말 하지 않을 테니까."

야에코는 짧아진 담배를 재떨이 안에 비벼 껐다.

"맥주 한 병 더 딸까요?"

"응, 그러지."

사사가키는 새로 딴 맥주를 마시며 땅콩을 우물거렸다. 야에코도 같이 마셨다. 두 사람은 술만 마실 뿐 한동안 말이 없었다.

야에코는 다시 그때를 떠올렸다. 사사가키의 말대로였다. 사건이 발생한 시각에 그녀는 마쓰우라와 정사에 빠져 있었다. 료지는 2층에 있었고 계단 문에는 자물쇠를 걸어 두었다.

경찰이 알리바이를 물으면 료지도 함께 있었던 것으로 하자고 제안한 사람은 마쓰우라였다. 그러는 편이 공연한 의심을 사지 않을 것이라고 했다. 의논 끝에 그 시간에 야에코와 료지는 남자아이들이 좋아하는 SF 드라마를 보고 있었다고 하기로 했다. 프로그램의 내용은 당시 료지가 구독했던 소년 잡지에 자세하게 소개돼 있었다. 야에코와 료지는 그것을 읽고 기억했다.

"미야자키는 어떻게 될까?"

사사가키가 뜬금없이 말했다.

"미야자키요?"

"미야자키 쓰토무 말이야."

"아아."

야에코는 긴 머리카락을 쓸어 올렸다. 손에 머리카락이 들러붙은 것 같아 들여다보니 흰머리가 가운뎃손가락에 감겨 있었다. 사사가키 모르게 얼른 바닥에 떨어뜨렸다.

"사형이겠죠, 그런 인간은."

"며칠 전 신문에 공판 내용이 실렸더군. 사건이 나기 3개월 전에 자신이 좋아했던 할아버지가 죽는 바람에 마음을 둘 곳을 잃었다나."

"말도 안 돼. 그런 일로 사람을 죽이면 남아날 사람이 있겠어요?"

야에코는 새 담배에 불을 붙였다.

1988년에서 1989년에 걸쳐 사이타마와 도쿄에서 어린 여자아이들을 살해한, 소위 '연쇄 유아 유괴 살인 사건'의 재판이 진행되고 있다는 것은 야에코도 뉴스를 통해 알고 있었다. 정신 감정 결과를 놓고 변호인 측이 반론을 제기하고 있는 듯하지만, 그녀는 어린 여자아이를 노렸다는 점에 대해서는 딱히 이상하다고 느끼지 않았다. 그렇게 왜곡된 본능을 지닌 남자가 결코 적지 않다는 것을 알기 때문이었다.

"그 얘기를 좀 더 빨리 들었더라면……."

사사가키가 중얼거렸다.

"그 얘기라니요?"

"당신 남편의 취향 말이야."

"아아……."

야에코는 미소를 지어 보이려 했지만 생각과 달리 두 뺨이 보기 흉하게 일그러졌을 뿐이다.

그 얘기를 하고 싶어서 미야자키 쓰토무 운운한 거군. 그제야 그녀는 납득했다.

"그게 무슨 도움이 되나요?"

"도움이 되는 정도가 아니지. 사건 직후에 들었더라면 수사 내용이 180도 바뀌었을 거야."

"저런, 그랬군요."

야에코가 연기를 뿜어냈다.

"아무리 그래도……"

"그때는 말할 수 없었겠지."

"그래요."

"그래, 그런 거군."

사사가키는 넓어진 이마에 손을 갖다 댔다.

"그 덕분에 19년이야."

무슨 뜻이냐고 묻고 싶은 것을 야에코는 꾹 참았다. 아마도 사사가키의 가슴속에 감춰진 무언가가 있는 것이리라. 그러나 지금 와서 새삼스럽게 그걸 알고 싶지는 않았다.

다시 침묵이 흘렀다. 두 병째 맥주가 삼분의 일쯤 남았을 때 사사가키가 일어섰다.

"이만 가 봐야겠군."

"추운데 들러 줘서 고마워요. 언제든지 내키면 또 오세요."

"그래, 또 오지."

사사가키는 계산을 치른 후 코트를 걸치고 갈색 목도리를 둘렀다.

"좀 이르지만, 새해 복 많이 받아."

"사사가키 씨도 새해 복 많이 받으세요."

야에코가 살갑게 웃었다.

사사가키는 낡은 문손잡이를 잡았다. 그런데 그것을 바로
잡아당기지 않고 그가 뒤를 돌아봤다.

"정말 2층에 있었나?"

"네에?"

"료지 군 말이야, 정말 2층에 내내 있었어?"

"무슨 얘긴지……."

"아니, 아무것도 아니야. 그럼 이만."

사사가키가 문을 열고 나갔다.

야에코는 잠시 문을 바라보다가 의자에 앉았다. 몸에 소름
이 돋아 있다. 바깥에서 들어온 공기가 차가운 탓만은 아니
었다.

료 짱은 또 나가는 모양이군―마쓰우라의 목소리가 되살
아났다. 그는 야에코의 몸 위에 있었다. 관자놀이에 땀이 밴
채로.

기와를 밟는 소리가 들리자 마쓰우라가 그렇게 말했던 것
이다. 료지가 창문을 통해 밖으로 나가 지붕을 타며 어디론
가 간다는 것을 야에코는 전부터 알고 있었다. 그러나 그 일

로 료지에게 뭐라고 한 적은 없었다. 나가 주는 편이 정사에
몰두하기 좋아서였다.

　그날도 그랬다. 그가 돌아올 때도 기와 밟는 소리가 어렴풋
하게 났다.

　하지만.

　그게 어떻다고. 료지가 뭘 어쨌다는 말인가.

14

　입구에서는 산타클로스가 카드를 나눠 주고 있었다. 가게
안에는 클래식풍으로 편곡된 캐럴이 흐른다. 연말과 크리스
마스, 그리고 개점 세일이라는 요소가 복합적으로 작용해서
걸어 다니기 힘들 만큼 북적거렸다. 가만 보니 손님 대부분
이 젊은 여자들이다. 이건 마치 꽃에 벌레가 모여든 형국이
군, 하고 사사가키는 생각했다.

　시노즈카 유키호가 운영하는 'R&Y' 오사카 1호점은 오늘
성황리에 오픈했다. 도쿄 본점과 달리 이곳은 가게가 빌딩
전체를 차지하고 있었다. 옷은 물론이고 각 층별로 액세서리
와 가방, 구두도 취급했다. 사사가키는 잘 모르지만 죄다 고
급 브랜드 물건이라고 한다. 거품이 꺼졌다고들 하는데 그런

분위기에 역행하는 상술이었다.

1층에서 2층으로 올라가는 에스컬레이터 바로 옆에 차를 마시며 쉴 수 있는 공간이 있었다. 사사가키는 한 시간 전쯤부터 그 찻집의 구석 테이블에 앉아 1층 플로어를 내려다보고 있었다. 밤이 돼도 손님의 발길은 조금도 줄어들 기미를 보이지 않았다. 이 찻집에 들어오는 데만도 한참 줄을 서서 기다렸다. 지금도 입구에 긴 줄이 늘어서 있다. 점원에게 눈치가 보여 사사가키는 커피를 한 잔 더 주문했다.

그와 테이블을 사이에 두고 젊은 커플이 앉아 있었다. 사람들 눈에는 젊은 부부와 둘 중 한 사람의 아버지쯤으로 보일 것이다. 커플 중 남자 쪽이 조그만 소리로 사사가키에게 말을 건넸다.

"역시 나타나지 않는군요."

음, 하며 사사가키가 살며시 고개를 끄덕인다. 그 눈길은 여전히 1층을 주시하고 있었다.

젊은 남녀는 둘 다 오사카 부경 본부의 경찰관이다. 특히 남자 쪽은 수사 1과 형사다.

사사가키는 시계를 보았다. 폐점 시간이 다가오고 있다.

"아직 몰라."

상대더러 들으라고 하는 소리가 아니라 스스로에게 중얼거린 소리다.

그들이 기다리고 있는 사람은 말할 것도 없이 기리하라 료지였다. 발견하면 그 자리에서 붙잡기로 되어 있다. 아직 체포는 할 수 없지만, 어떻게 해서든 신병을 확보해야 한다. 형사 생활을 접은 사사가키지만 료지에 대해 잘 안다는 명목으로 협력자로서 여기 와 있다. 물론 수사 1과장인 고가가 그렇게 조처해 준 것이다.

기리하라 료지의 혐의는 살인.

예의 선인장 화분에서 나온 유리 조각을 본 순간 사사가키의 뇌리에 번뜩 떠오르는 것이 있었다. 바로 마쓰우라가 실종될 당시의 복장이었다. 몇 사람이 "그는 초록색 렌즈의 래이밴 선글라스를 자주 끼고 다녔다."고 진술했던 것이다.

사사가키는 고가에게 부탁해 유리 조각을 분석하도록 했다. 그의 직감이 옳았다. 그것은 래이밴 렌즈임에 틀림없었고, 거기에 희미하게 남아 있는 지문도 마쓰우라의 집에서 채취한 그의 지문과 매우 흡사했다. 그 일치율이 90퍼센트가 넘었다.

왜 그 화분에 마쓰우라의 선글라스 조각이 들어 있었을까. 짐작컨대 선인장의 원래 주인인 가라사와 레이코가 화분에 흙을 담을 때 섞여 들어갔을 가능성이 컸다. 그렇다면 그 흙은 어디에서 가져왔을까. 화분 전용 흙을 구입한 것이 아니라면 자택 마당의 흙을 사용했다고 보는 것이 가장 타당할 것이다.

하지만 가라사와 레이코의 집 마당을 파헤치려면 수색 영장이 필요했다. 그만한 근거로 영장을 청구할지 말지 판단하기란 어려울 터였다. 그런데 결국 수사 1과장인 고가가 결단을 내렸다. 현재 가라사와가에 거주자가 없다는 사실이 결단을 내리는 데 도움이 되었음은 물론이다. 하지만 사사가키는 나이 든 전직 형사의 집념을 믿어 준 것이라고 보고 있다.

수색은 어제 실시됐다. 가라사와가의 마당을 둘러싸고 있는 담장 바로 밑에 맨땅이 드러난 곳이 있었다. 수색 전문가들은 일말의 주저도 없이 그곳부터 파기 시작했다.

약 두 시간 후, 1구의 백골 사체가 발견됐다. 옷을 입지 않은 나신으로, 사후 7, 8년이 경과된 것으로 보였다.

현재 오사카 부경은 과학 수사 연구소의 힘을 빌려 사체의 신원을 파악하는 데 주력하고 있다. 방법은 여러 가지가 있다. 적어도 마쓰우라 이사무인지 아닌지를 확인하기는 어렵지 않을 것이다.

사사가키는 사체가 마쓰우라의 것이라고 확신하고 있었다. 백골 사체의 오른손 새끼손가락에 플래티넘 반지가 끼워져 있었다는 얘기를 들었기 때문이다. 그 반지를 낀 마쓰우라의 손이 움직이는 모습을 그는 어제 일처럼 떠올릴 수 있었다.

게다가 사체의 오른손은 또 다른 증거 하나를 쥐고 있었다.

백골이 된 손가락에 사람 머리카락 몇 가닥이 휘감겨 있었던 것이다. 격투가 벌어졌을 때 상대의 머리카락을 움켜쥐었을 것이라고 상상할 수 있었다.

문제는 그것이 기리하라 료지의 것이라고 단정할 수 있느냐는 것이었다. 일반적인 경우라면 모발의 색조, 광택, 굵기, 경도, 모수질 지수, 멜라닌 색소 과립의 분포 상태, 혈액형 등의 요소로 개개인을 식별할 수도 있다. 그러나 이번에 발견된 머리카락은 빠진 지 이미 몇 년이 지난 것이어서 그런 요소로 어느 정도까지 판별할 수 있을지는 미지수였다. 그럴 경우에 대비해 고가는 생각해 둔 것이 있었다.

"여차하면 과학 경찰 연구소에 의뢰합시다."

고가는 DNA 감정을 염두에 두고 있는 듯했다. 유전자의 본체인 DNA 배열의 차이로 개인을 식별하는 방법은 지난 1, 2년 사이 몇 건의 사건에 사용됐다. 경찰청에서는 앞으로 4년에 걸쳐 전국의 현 단위 경찰에까지 이 방법을 도입할 계획이라고 발표했지만 아직까지는 과학 경찰 연구소 한 곳에서만 감정할 수 있다.

과연 시대가 변했다고 생각하지 않을 수 없다. 전당포 주인 살해 사건으로부터 19년. 그 세월이 모든 것을 변화시켰다. 수사 방법까지도.

그러나 문제는 기리하라 료지 본인을 찾아내는 것이었다.

아무리 증거를 확보한들 체포하지 못하면 의미가 없다.

그래서 사사가키가 제안한 방법이 시노즈카 유키호의 주변을 감시하는 것이었다. 망둥이는 새우 가까이 있다, 그는 지금도 그 말을 굳게 믿는다.

"유키호의 가게가 오픈하는 날, 기리하라는 반드시 나타날 거야. 오사카에 가게를 연다는 것은 그들에게 특별한 의미가 있거든. 그리고 유키호는 도쿄에도 가게가 있으니 오사카에는 그리 자주 오지 않을 거야. 그러니 오픈 당일을 노려야 해."

사사가키는 고가에게 그렇게 주장했다.

이 전직 형사의 의견에 고가는 동의해 주었다. 그래서 오늘, 개점 시각부터 여러 명의 수사원이 교대로 장소를 바꿔가며 이곳을 감시하고 있었던 것이다. 사사가키도 아침부터 나와서 약 한 시간 전까지는 건물 건너편 찻집에 있었다. 그런데 기리하라가 좀처럼 나타날 기미를 보이지 않자 이렇게 현장으로 뛰어들었다.

"기리하라가 지금도 아키요시 유이치라는 이름을 사용할까요?"

남자 형사가 조그만 소리로 물었다.

"글쎄, 잘 모르겠어. 어쩌면 다른 이름을 쓰고 있을지도 모르지."

그렇게 대답하고 나서 사사가키는 좀 다른 생각에 빠져들었다. 아키요시 유이치라는 가명에 관해서였다.

어디선가 들어 본 적이 있는 이름이라고 줄곧 생각해 왔다. 그런데 얼마 전 그는 그 이유를 알게 됐다.

강간 사건의 용의자였다가 기리하라 료지의 증언으로 풀려났던 기쿠치 후미히코에게 들은 이름이었다. 애당초 기쿠치가 용의선상에 오른 것은 현장에 떨어져 있던 키홀더가 그의 것이라고 누군가 경찰에 찔렀기 때문이었다. 기쿠치의 말에 따르면 그 '배신자'의 이름이 바로 아키요시 유이치라고 했다.

기리하라가 그 이름을 가명으로 선택한 이유는 무엇일까. 물론 확실한 건 기리하라 본인에게 물어봐야 알 수 있겠지만 사사가키로서는 짐작되는 바가 있었다.

아마도 기리하라는 자신의 삶이 모든 것을 배신하는 형태로 이루어져 있다는 것을 자각하고 있었을 것이다. 그런 다분히 자학적인 심경을 담아 아키요시 유이치라는 이름을 사용했던 것 아닐까.

기리하라가 기쿠치를 함정에 빠뜨린 이유에 대해서도 사사가키는 거의 해답을 알아냈다고 자신한다. 기쿠치가 갖고 있었다는 사진은 기리하라에게 매우 불리한 것이었다. 그 사진에는 기리하라 야에코와 마쓰우라 이사무의 밀회 장면이 찍혀 있었다. 만일 기쿠치가 그런 사진을 경찰에게 보일 경우, 그것 때문에 수사가 재개될 가능성도 있었다. 기리하라가 우려한 것은 사건 당일의 알리바이가 무너지는 것이었다. 야에코와 마쓰우라가 정사 중이었다면 기리하라는 혼자 있었다는 얘기가 된다. 객관적으로 생각하면 경찰이 당시 초등학생이었던 그를 의심했을 것 같지는 않지만, 그로서는 그 사실을 숨기고 싶었을 것이다.

어젯밤 기리하라 야에코를 만난 덕분에 사사가키는 자신의 추리를 확신하게 됐다. 사건이 일어난 그날 기리하라 료지는 혼자 2층에 있었다. 그러나 내내 그곳에 있었던 것은 아니다. 주택이 밀집한 그 지역에서는 도둑이 2층으로 침입하기 쉬웠다. 그렇다면 2층에서 밖으로 나가는 것 또한 쉽다는 얘기다. 그는 지붕을 타고 어디론가 갔다가 다시 지붕을 타고 돌아왔을 것이다.

가게 안에 폐점 시간이 가까웠음을 알리는 방송이 흐르기 시작했다. 그것이 신호이기라도 하듯 사람들의 흐름이 갑자기 방향을 바꿨다.

"틀린 거 아닐까요?"

남자 형사가 말했다. 여자 경찰도 시큰둥한 표정으로 주위를 둘러보고 있었다.

만약 기리하라 료지를 발견하지 못할 경우, 오늘 중으로 시노즈카 유키호를 불러 참고인 조사를 벌일 예정인 듯했다. 그러나 유키호가 제 입으로 수사에 도움이 될 만한 말을 할

리 만무했다. 누구라도 속아 넘어갈 만큼 순진하게 놀라는 표정을 지으며 "어머니 집 마당에서 백골 사체가 나왔다고 요? 도무지 믿을 수가 없어요. 거짓말이겠죠?"라고 말할 게 뻔했다. 그리고 그녀가 그렇게 말하면 경찰로서는 속수무책 이다. 마쓰우라가 살해된 것으로 추정되는 7년 전 1월에 가 라사와 레이코가 유키호 부부의 집에 와 있었다는 것은 다카 미야 마코토의 증언으로 이미 밝혀졌다. 그리고 기리하라와 유키호가 내통하고 있었다는 증거는 어디에도 없다.

그때였다.

"사사가키 씨, 저기……."

여자 경찰이 사람들 눈에 띄지 않게 슬며시 손가락으로 어 딘가를 가리켰다.

그쪽을 본 사사가키의 눈동자가 커졌다. 유키호가 가게 안 을 천천히 걷고 있었다. 새하얀 투피스를 몸에 걸친 채 보석 같은 미소를 머금고 있다. 그 아름다움, 이라기보다 광채에 주변에 있던 손님과 점원들이 넋을 놓고 그녀를 보았다. 뒤 돌아서까지 바라보는 사람도 있었고 그녀를 보며 소곤거리 는 이들도 있었다. 하나같이 그녀에게 선망의 눈길을 보냈 다.

"여왕이로군요."

젊은 형사가 중얼거렸다.

그러나 사사가키는 여왕 같은 유키호의 모습에 전혀 다른 모습을 겹쳐 보고 있었다. 그 낡은 아파트에서 만났을 때의 그녀를. 그 무엇도 가까이 다가오지 못하도록 마음을 꼭 닫아건 소녀.

그 얘기를 좀 더 빨리 들었더라면. 어젯밤 아에코에게 했던 말과 똑같은 말을 그는 마음속으로 되풀이했다.

그 얘기를 아에코에게 들은 것은 5년 전쯤이었다. 그녀는 상당히 취해 있었다. 물론 그렇기 때문에 털어놓았을 것이다.

"이제 와서 하는 말이지만, 우리 남편이 그쪽으로는 영 아니었어요. 아니, 전에는 그렇지 않았는데 점점 그렇더라고요. 대신에, 뭐랄까…… 이상한 취미로 흐르기 시작했어요. 그걸 유아 취미라고 한다던가……. 어린 여자아이들에게 관심을 가지는 거예요. 그런 종류의 사진도 잔뜩 사들이고 말이죠. 그 사진요? 그 사람 죽자마자 몽땅 없애 버렸어요. 당연하잖아요."

그녀의 그다음 얘기는 사사가키를 더욱 경악케 했다.

"그때 마쓰우라에게 이상한 얘기를 들었어요. 남편이 여자아이들을 돈을 주고 사는 것 같다는 거예요. 여자아이들을 사다니 무슨 말이냐고 했더니, 돈을 주고 나이 어린 여자아이에게 상대를 시키는 거라고 하지 뭐예요. 그런 일을 하는 곳도 있나 싶어서 깜짝 놀랐더니 나더러 물장사 출신이 아무것도 모른다며 웃었어요. 지금은 부모가 딸에게 그런 일을 시켜 밥벌이하는 세상이라고요."

그 얘기를 들었을 때 사사가키의 머릿속에 태풍이 휘몰아쳤다. 한순간 모든 사고가 정지됐다. 그리고 잠시 후, 그때껏 혼란스럽기만 하던 것들이 안개가 걷힌 것처럼 선명하게 보였다.

야에코 얘기는 그게 끝이 아니었다.

"그러다가 남편이 더 이상한 짓을 하기 시작했어요. 아는 변호사에게, 남의 집 아이를 양녀로 삼으려면 어떤 절차를 밟아야 하느냐고 묻더라고요. 내가 왜 그러냐고 다그쳤더니 당신과는 관계없는 일이라며 불같이 화를 내더군요. 그러더니 급기야는 나더러 헤어지자고 했어요. 그때는 정말 이 사람이 머리가 어떻게 된 거 아닌가 싶었어요."

이건 결정적이다, 라고 사사가키는 생각했다.

기리하라 요스케가 니시모토 모녀의 아파트에 드나들었던 것은 니시모토 후미요가 아니라 그 딸이 목적이었던 것이다. 그는 몇 번인가 그 딸의 몸을 샀을 것이다. 그 낡은 아파트의 하나뿐인 방은 그렇게 추악한 장사에 이용되었을 것이다.

거기서 사사가키는 한 가지 당연한 의문을 품었다.

과연 손님이 기리하라 요스케뿐이었을까.

가령 교통사고로 죽은 데라사키 다다오는 어땠을까. 수사진은 그를 니시모토 후미요의 애인이라고 단정했었다. 그러나 데라사키가 기리하라 요스케와 같은 성향을 지니지 않았다고 단정할 근거는 없다.

안타깝게도 그 점에 대해서는 아직까지 밝혀진 것이 없다. 설사 다른 손님이 있었다 해도 이제 와서 추적하기란 불가능하다.

확실한 것은 기리하라 요스케에 관한 것뿐이다.

기리하라 요스케의 백만 엔은 니시모토 후미요에게 줄 거래 대금이었다. 그러나 그것은 그녀더러 애인이 되어 달라는 의미가 아니라 그녀의 딸을 양녀로 삼게 해 주는 대가로 건네는 돈이었다. 그녀의 딸과 관계를 가져 본 기리하라 요스케는 어떻게든 그 아이를 자기 혼자 독차지하고 싶은 마음이 생겼을 것이다.

요스케가 돌아간 후 후미요는 공원에서 혼자 그네를 탔다고 했다. 그때 그녀의 마음속에서 어떤 생각이 오갔을까.

기리하라 요스케는 후미요와 얘기를 끝낸 후 도서관으로 갔다. 자신의 마음을 빼앗은 미소녀를 데리러 간 것이다.

그 후의 경과를 사사가키는 머릿속에 확실하게 그릴 수 있다. 기리하라 요스케는 소녀를 데리고 그 건물 안으로 들어갔다. 소녀는 과연 저항했을까. 별로 그러지 않았을 것이라고 사사가키는 추측한다. 요스케가 그녀에게 이렇게 말했을 것이 분명하기 때문이다. 네 엄마에게 백만 엔을 줬단 말이야.

그 먼지 가득한 곳에서 무슨 일이 벌어졌을지는 상상하기조차 끔찍하다. 그런데 그 광경을 본 사람이 있다면.

료지가 그때 우연히 배기관 속에서 놀고 있었다고는 생각하지 않는다. 자기 집 2층에서 빠져나간 그는 도서관으로 갔을 것이다. 아마 그 전에도 그는 종종 그런 식으로 유키호를 만났을 것이다. 자신의 자랑인 종이 그림을 보여 주기도 하면서. 그 도서관만이 두 사람이 마음을 쉴 수 있는 장소였다.

그러나 사건이 있었던 날 료지는 도서관 근처에서 이상한 장면을 보았다. 아버지가 유키호와 함께 걸어가고 있었다. 그는 두 사람을 미행했다. 두 사람은 그 건물로 들어갔다.

안에서 뭘 하는 것일까. 소년은 말할 수 없이 불안했다. 엿볼 수 있는 방법은 딱 하나였다. 결국 그는 배기관으로 기어들어갔다.

그렇게 해서 그는 그 경악할 장면을 목격했던 것이다.

그 순간 소년에게 그의 아버지는 추악한 하나의 짐승에 불과했을 것이다. 슬픔과 증오가 소년을 지배했을 것이다. 사사가키는 사체에 남아 있던 상처를 지금도 떠올릴 수 있다. 그것은 소년의 마음의 상처이기도 했다.

아버지를 살해한 후 료지는 유키호를 도망치게 했다. 문 안쪽에 벽돌을 쌓은 것은 사건이 발각되는 것을 조금이라도 늦추려는 소년의 지혜였을 것이다. 그 후 그는 다시 배기관으로 기어 들어갔다. 그가 어떤 심정으로 배기관 속을 기어 다녔을지를 생각하면 사사가키는 가슴이 저려 온다.

그 후 소년과 소녀 사이에 어떤 약속이 오갔는지는 알 수 없다. 아니, 약속이랄 만한 것이 없었을 것이라고 사사가키는 생각한다. 그들은 자신들의 혼을 지키려 했을 뿐이다. 그 결과 유키호는 진짜 자신의 모습을 아무에게도 내보이지 않고, 료지는 지금도 어두운 배기관 속을 배회하고 있는 것이다.

료지가 마쓰우라를 살해한 직접적인 동기는 그가 알리바이의 비밀을 아는 사람이기 때문일 것이다. 마쓰우라는 어떤 일을 계기로 료지가 아버지를 살해한 범인일 가능성을 눈치 챘을지 모른다. 그리고 그걸 빌미로 예의 게임 소프트웨어 위조에 가담하도록 강요했을 가능성이 크다.

그러나 사사가키는 한 가지 동기가 더 있다고 생각한다. 기리하라 요스케의 유아 취미가 야에코의 외도에 기인하지 않았다고 단정할 수 없기 때문이다. 료지는 2층 자기 방에 있으면서 엄마와 마쓰우라가 내는 추잡한 소리를 몇 번이고 들었을 것이다. 저 남자 때문에 우리 부모가 미쳤다, 어린 그가 그렇게 받아들였다고 해도 이상할 것이 없다.

"사사가키 씨, 그만 가죠."

형사의 목소리에 퍼뜩 정신을 차렸다. 둘러보니 찻집에는 그들 외에 손님이 아무도 없었다.

끝내 나타나지 않은 것인가.

허망함이 가슴에 퍼졌다. 오늘 여기서 기리하라를 잡지 못
하면 두 번 다시 그를 잡을 수 없을 것 같다는 생각이 들었다.
그렇다고 언제까지나 여기 눌러앉아 있을 수도 없는 일이다.

"그래요, 갑시다."

어쩔 수 없이 무거운 엉덩이를 들었다.

찻집에서 나온 사사가키는 두 남녀와 함께 에스컬레이터를
탔다. 다른 손님들도 하나둘 매장을 빠져나가고 있었다. 점
원들은 개점 첫날의 판매가 성공리에 끝난 것을 만족스러워
하는 표정이었다.

가게 앞에서 카드를 나눠 주던 산타클로스가 위로 올라가
는 에스컬레이터를 타고 있었다. 그 또한 기분 좋게 피로한
기색이다.

에스컬레이터에서 내린 사사가키는 다시 한 번 가게 안을
둘러보았다. 유키호의 모습은 보이지 않았다. 지금쯤 오늘의
매출을 계산하기 시작했을지도 모른다.

"수고 많으셨습니다."

가게를 나오기 전에 남자 형사가 속삭였다.

그래요, 수고했습니다, 하면서 사사가키도 살짝 고개를 숙
였다. 다음 일은 그들에게 맡길 수밖에 없다, 젊은 그들에게.

다른 손님들과 함께 사사가키는 가게를 나왔다. 커플로 위장한 형사들은 그에게서 슬머시 떨어져 다른 곳에서 망을 보고 있던 형사에게 다가갔다. 이제부터 유키호가 있는 곳으로 가서 참고인 심문을 할 것이다.

사사가키는 코트 앞섶을 여미고 걷기 시작했다. 바로 앞에 모녀로 보이는 두 사람이 걸어가고 있었다. 그들도 방금 가게에서 나온 것 같았다.

"좋은 선물 받았네. 집에 가서 아빠한테 보여 드려야겠다."

엄마가 그렇게 말하자 "응." 하고 서너 살쯤 된 소녀가 고개를 끄덕였다. 소녀가 손에 쥔 것이 팔랑팔랑 흔들렸다.

그 순간 사사가키는 눈을 부릅떴다. 소녀가 쥐고 있는 것은 빨간 종이였다. 빨간 종이가 순록 모양으로 예쁘게 오려져 있었다.

"이거, 이거 어디서 났니?"

그는 뒤에서 소녀의 팔을 잡았다. 엄마인 듯한 여자가 잔뜩 겁을 먹은 표정으로 자신의 딸을 끌어당겼다.

"왜 그러시죠?"

소녀는 금방이라도 울음을 터뜨릴 기세였다. 지나가던 사람들이 힐금힐금 바라봤다.

"아아, 죄송합니다. 저, 이거…… 어디서 난 건가요?"

소녀가 쥐고 있는 종이를 가리키며 사사가키가 물었다.

"어디서 받았어요."

"어디서요?"

"저 가게에서요."

"누가 줬죠?"

산타 할아버지, 라고 소녀가 대답했다.

그와 동시에 사사가키는 뒤로 획 돌아섰다. 그리고 추위 때문에 무릎에 통증이 오는 것을 견디며 미친 듯이 뛰었다.

가게 문이 거의 닫히려 하고 있었다. 그 앞에는 아직 형사들이 있었다. 정신없이 달려오는 사사가키의 모습을 본 그들이 의아한 표정을 지었다.

"왜 그러세요?"

"산타클로스야."

사사가키가 외쳤다.

"그게 그놈이야."

상황을 파악한 형사들이 이미 닫힌 유리문을 억지로 열고 안으로 들어갔다. 그리고 막아서는 점원들을 밀치며 정지해 있는 에스컬레이터로 뛰어 올라갔다.

사사가키도 그들을 쫓아 매장으로 들어가려고 했다. 그러나 다음 순간 다른 생각이 떠올랐다. 그는 건물 옆에 있는 좁은 골목으로 들어갔다.

바보야, 이 바보야, 그를 대체 몇 년이나 쫓아다녔어. 그놈은 언제나 사람들에게 보이지 않는 곳에서 유키호를 지키고 있었잖아.

건물 뒤로 돌아가자 철제 난간이 달린 계단이 있고 그 위에 문이 있었다. 그는 계단을 뛰어 올라가 문을 열었다.

눈앞에 한 남자가 서 있었다. 그는 검은 옷을 입고 있었다. 그 남자 또한 눈앞에 불쑥 사람이 나타나자 놀란 기색이었다.

기묘한 시간이었다. 사사가키는 자기 앞에 서 있는 인물이 기리하라 료지라는 것을 인식했다. 그럼에도 몸이 움직이지 않고, 목소리도 나오지 않았다. 그러면서 머리 한구석으로는 '이놈도 내가 누군지 생각해 냈겠지.' 라며 냉정하게 판단을 하고 있었다.

그러나 그 순간은 1초도 되지 않았다. 남자는 몸을 돌려 방향을 바꾸더니 사사가키의 반대편으로 뛰기 시작했다.

"거기 서!"

사사가키도 뒤쫓아 뛰었다.

복도를 지나자 매장이 나왔다. 형사들의 모습이 보였다. 가방이 진열된 선반을 누비듯 하며 기리하라는 도망쳤다. 저 놈이야, 하고 사사가키가 외쳤다.

형사들이 일제히 그를 뒤쫓았다. 그들이 있는 곳은 2층이었다. 기리하라는 움직이지 않는 에스컬레이터로 가고 있었다. 잡을 수 있다, 라고 사사가키는 확신했다.

그러나 기리하라는 에스컬레이터를 타지 않았다. 그 바로 앞에서 멈추더니 주저 없이 1층을 향해 몸을 날렸다.

점원들의 비명이 들렸다. 그리고 무언가가 부서지는 요란한 소리가 이어졌다. 형사들은 멈춰 있는 에스컬레이터를 뛰어 내려갔다.

몇 초 후 사사가키도 에스컬레이터에 도착했다. 심장이 고통스러울 정도로 뛰고 있었다. 아픈 가슴을 누르며 그는 천천히 아래층으로 내려갔다.

거대한 크리스마스트리가 쓰러져 있었다. 그 바로 옆에 기리하라 료지의 모습이 보였다. 그는 큰대자로 엎드린 채 움직이지 않았다.

형사가 다가가 그를 일으키려 했다. 그러다가 동작을 멈추더니 사사가키 쪽을 돌아보았다.

"어때?"

사사가키가 물었다. 그러나 대답은 돌아오지 않았다.

사사가키는 료지에게 다가갔다. 그의 몸을 뒤집어 젖혔다. 그 순간 또 한 번 비명이 울렸다.

기리하라의 가슴에 무언가 꽂혀 있었다. 피에 물들어 식별하기 어려웠지만 그것이 무엇인지 사사가키는 금방 알 수 있었다. 보물처럼 소중히 여기던 가위. 그의 인생을 바꿔 놓은 가위였다.

구급차를, 이라고 누군가 외쳤다. 이어서 사람들이 뛰어가는 발소리가 들렸다. 하지만 모두 소용없는 짓이라는 것을 사사가키는 알고 있었다. 사체란 그에게 낯익은 것이었다.

누군가 다가오는 기척이 느껴져서 사사가키는 고개를 들었다. 유키호가 서 있었다. 그녀가 눈처럼 하얀 얼굴로 내려다보고 있었다.

"이 남자는 누굽니까?"

사사가키가 그녀의 눈을 보며 물었다.

유키호의 얼굴은 인형마냥 표정이 없었다. 그런 얼굴로 그녀가 대답했다.

"전혀 모르는 사람이에요. 아르바이트생은 점장이 알아서 채용하니까요."

그 말이 채 끝나기 전에 그들 앞에 젊은 여자가 나타났다. 그녀는 새파랗게 질린 얼굴을 하고 있었다. 점장 하마모토입니다, 라고 그녀가 가늘게 떨리는 목소리로 말했다.

형사들이 행동을 개시했다. 어떤 형사는 현장 보존 작업에 들어가고 어떤 형사는 점장 하마모토를 상대로 참고인 조사를 시작했다. 그리고 또 어떤 형사는 사사가키의 어깨를 잡고 그를 사체에서 떼어 놓았다.

사사가키는 휘청거리며 형사들의 무리에서 떨어져 나왔다. 고개를 들어 보니 유키호가 에스컬레이터를 걸어 올라가고 있었다. 그 뒷모습이 하얀 그림자처럼 보였다.

그녀는 한 번도 뒤돌아보지 않았다.